기생
매창

기생 매창

초판 1쇄 인쇄 2013년 4월 19일 초판 3쇄 발행 2013년 6월 24일

지은이 윤지강 펴낸이 연준혁

출판 1분사 분사장 최혜진
2부서 편집장 한수미 편집 정지연
디자인 조은덕
제작 이재승

펴낸곳 (주)위즈덤하우스 | 출판등록 2000년 5월 23일 제313-1071호
주소 경기도 고양시 일산동구 장항동 846번지 센트럴프라자 6층
전화 031-936-4000 | 팩스 031-903-3891
전자우편 yedam1@wisdomhouse.co.kr
홈페이지 www.wisdomhouse.co.kr
종이 월드페이퍼 | 인쇄·제본 (주)현문 | 후가공 이지앤비

값 13,000원 ⓒ 윤지강, 2013 ISBN 978-89-5913-729-9 03810

* 잘못된 책은 바꿔드립니다.
* 이 책의 전부 또는 일부 내용을 재사용하려면
  사전에 저작권자와 (주)위즈덤하우스의 동의를 받아야 합니다.

국립중앙도서관 출판시도서목록(CIP)

기생 매창 / 지은이 : 윤지강. ― 고양 : 위즈덤하우스,
2013
  p.;   cm

ISBN 978-89-5913-729-9 03810 : ₩13000

한국 현대 소설[韓國現代小說]

813.7-KDC5
895.735-DDC21   CIP2013003946

기생 매창
梅窓

윤지강 지음

예담

사랑에 빠진 그대에게

사랑에 깊이 중독된 당신에게

이별의 슬픔에 허우적대는 그대에게……

차례

서(序) ──── 011

1부
내 마음 알아줄 사람 ─ 021
금낭 속 선약 ─ 032
천명(天命) ─ 050
도화꽃 붉고 탐스러운 봄날 ─ 062
차가운 매창에 비치는 달그림자 ─ 077

2부
그리움 사무쳐도 ─ 095
구슬 같은 눈물 ─ 109
아는 사람 하나 없는 곡조 ─ 128
소나무처럼 푸르자 맹세했던 날 ─ 142
용을 타고 푸른 하늘로 ─ 162
옥을 안고 형산에서 우노라 ─ 176

3부

꿈속에서나 그릴 뿐 — 195

나는 거문고를 타네 — 212

안부는 묻지도 못하고 — 235

님의 마음까지 찢어질까 — 250

오늘처럼 쓸쓸할 줄 몰랐어라 — 270

외로운 난새의 노래 — 286

이화우 흩날릴 제 이별한 님 — 308

한 조각 무지갯빛 꿈 — 327

외로운 학 — 355

결(結) ——— 379

작가 후기 독자에게 드립니다 ——— 398

서(序)

사람들은 피리를 불지만 나는야 거문고를 타네.
세상 길 가기 어려움을 오늘 더욱 알겠노라.
발 잘려 세 번이나 수모를 당하고도 끝내 임자를 만나지 못해
아직도 옥덩이를 불안고 형산에서 울고 있노라.

— 매창

계랑에게

계랑이 달을 보면서 거문고를 뜯으며 「산자고사」를 불렀다니, 어찌 그윽하고 한적한 곳에서 부르지 않고 부윤(府尹)의 비석 앞에서 불러 남들의 놀림거리가 되었소. 석 자 비석 앞에서 시를 더럽혔다니, 이는 아가씨의 잘못이오. 그 놀림이 곧 내게로 돌아왔으니 정말 억울하외다. 요즘도 참선을 하시는지. 그리움이 몹시 사무칩니다.

기유년(1609년) 정월, 허균 씀

편지를 읽던 나는 얼굴이 화끈 달아올랐다.

억색한 마음에 사창을 열고 얼굴에 찬바람을 쐬었지만 도무지 섞이 가라앉지 않았다. 허균은 작년 여름 공주 목사(牧使)에서 파직당해 한동안 부안에 내려와 우반동 정사암에 칩거했다. 홍길동이라는 한 불우

한 천재를 주인공으로 혁명적인 소설을 구상했고 내게 초고 일부를 보여주기까지 했다. 12월에 정3품 승문원 판교의 교지를 받고 다시 한양으로 올라간 허균이 나와의 염문으로 파직되었다니 너무도 화가 나고 어이가 없다.

나는 그에게 해명의 말 대신 시 한 수를 적어 보냈다.

잘못은 없다지만 뜬소문 도니
사람들 입방아 무섭기만 해라.
시름과 한스러움 날로 그지없으니
아픈 김에 사립문 닫고 말았어라.

허균이 부안에 온 것은 신축년(1601년) 여름 7월이었다. 해운판관 허균에 대한 소문은 그가 부안에 도착하기도 전에 이미 도내에 파다했다. 직산에서 허균이 관청 앞에 쌓아놓은 실제 곡식 수량과 보고서의 수량을 일일이 대조하다가 수량이 틀린 것을 발견하고, 보고서를 올린 아전을 그 자리에서 형틀에 묶어 곤장을 치게 했다는 것이다. 성격이 곧고 직선적인 허균의 본치가 여실히 드러난 사건이었지만, 매를 맞은 아전이 앉은뱅이가 되었다는 소문은 철저히 과장된 것이었다. 아전의 비리를 눈감아주고 정기적으로 상납을 받아오던 수령이 분기가 치솟아 허균을 모함하기 위해 작정하고 퍼뜨린 소문일 뿐이다.

그가 부안에 온 날은 비가 추적추적 내렸다. 상사(上舍) 고홍달의 안내로 나를 만나러 온 허균은 천연덕스럽게 나와 초면인 것처럼 굴었다.

고홍달이 먼저 돌아간 후에 그와 나는 밤이 이슥하도록 술을 마셨다. 우리는 말에 기갈이 든 사람처럼 끝도 없이 얘기를 나눴다. 마치 어린 시절을 같이 보낸 소꿉친구처럼 해도 해도 더 할 얘기가 남아 있는 것 같았다. 그는 임란 때 피난 도중 아이를 낳고 죽은 첫 아내에 대해 말했고 금강산 금화역에서 술병으로 죽은 형 허봉과 요절한 누이 난설헌에 대해 아픈 마음을 토로했다.

어느 순간 허균이 손을 뻗어 내 이마 위에 몇 올 흐트러진 머리카락을 뒤로 넘겨주며 이상하게도 나를 대하고 있자니 그들 모두가 사무치게 그리워진다고 하면서 내게로 얼굴을 가까이 가져왔다. 나는 온몸과 정신이 아득해져 하마터면 그대로 그의 품에 쓰러져 안길 뻔했다. 울컥 나의 내부에서 무언가가 올라왔고 나는 그의 손을 뿌리치고 일어나 방을 나오고 말았다. 어머니에게 그의 침소에 연희를 들여보내라 이르고는 쫓기듯 별채로 돌아온 나는 일각문을 걸어 잠갔다. 그가 분단이를 내보내 나를 찾았지만 나는 등잔불을 입으로 불어 꺼버렸다.

다음 날 허균이 넌지시 내게 물었다. 애인이 있느냐고. 나는 웃음이 터지려는 것을 꾹 참고 아무 말도 하지 않았다. 허균이 말하는 애인이란 김제 군수로 와 있던 이귀를 말하는 것이다. 이귀는 연회가 있을 때마다 김제 관아로 나를 불렀고 그때마다 나는 거절하지 않고 거문고를 안고 달려갔다. 즉시 도내에 매창이 이귀의 정인(情人)이라고 소문이 퍼졌지만 나는 가타부타 발변하지 않았다. 조정의 실세라고 알려진 이귀와의 염문 탓에 귀찮게 덤벼들던 시골고라리들이 떨어져 나갔기 때문이다. 하지만 내가 연정을 품기에 이귀는 지나치게 시류에 밝고 탐욕적인 인물이었다. 그는 백성에게 가혹한 세금을 부과하고, 두 끼 피죽도 못 먹고 자기 집 농사도 버거운 백성을 동원해 그냥 두어도 될 강가에 큰 제방을 쌓아 원망이 하늘 끝에 닿았다. 암행어사의 감사에 걸려 파직된 이귀는 후일 광해군을 축출하는 데 앞장서 공신의 지위에까지 올라갔다. 나는 천성적으로 그런 부류의 남자를 좋아할 수가 없다. 내가 그토록 잇속에 밝았다면 기생으로서 한창 인기 절정의 나이였던 때 천민에다 가난뱅이인 남자와 어찌 사랑에 빠졌겠는가.

아무튼 신축년의 그 여름밤 육체의 사랑으로 얽히지 않은 덕분에 허균과 나는 남녀의 관계를 초월해 허물없이 편지를 주고받으며 우정을 나누게 되었다. 그 세월이 벌써 십여 년 가까이 흘렀다니…… 참으로 믿을 수 없다. 세월의 속절없음이여!

나는 허균에게 쓴 편지를 똥구디를 시켜 역참(驛站)에 가 한양으로 올라가는 인편에 부치라 이르고는 개암사로 향했다.

질화로에 올려놓은 돌 냄비의 물이 부르르 끓어오르자 혜명대사가 귀때사발에 물을 따르고 뜨거운 김을 한 김 내보낸 뒤 손으로 차를 집어 다관에 넣고 목까지 물을 채웠다.

혜명대사는 값비싼 다구는 일체 사용하지 않는다. 찻물을 끓이는 돌 냄비와 물 식힘 그릇으로 쓰는 오지 귀때사발, 다관으로 쓰는 낡은 구리 주전자와 찻잔도 대사가 밥그릇으로 쓰는 발우가 전부다.

혜명대사가 말갛게 우러난 찻물을 내 잔에 따랐다.

"곡우 전에 딴 첫물차이옵니다."

흙냄새 물씬 나는 절 방에서 마시는 차는 달지도 쓰지도 시지도 떫

지도 않은 오미(五味)를 고루 갖춘 맛이다.

"아씨. 지난번 천도재 때 뵈었을 때보다 얼굴이 더 상하셨소이다."

나는 노랗게 우러난 찻잔 속의 찻물을 들여다보다가 입을 열었다.

"대사님. 제 몸이 제 몸 같지 않고 제 마음도 제 마음 같지가 않사옵니다. 그저 치룽구니만 같아 사람들과도 만나고 싶은 마음이 조금도 없사옵니다. 세상살이가 허무하고 억울하기만 할 뿐이옵니다."

"아씨. 싯다르타는 왕국을 버리고 수행하던 중 인도에서 가장 번성한 마가다국의 왕 빔비사라를 만났습니다. 빔비사라는 태자의 고귀함에 사로잡혀 함께 나라를 다스리자고 제안하며 '아름다운 이름을 버리고 몰래 숨어 살면서 육신과 마음을 괴롭히는 것 또한 괴로움이 아닌가?' 하고 말했습니다. 싯다르타가 대답하기를 '세상에서 가장 인자한 아버지와 세상에서 가장 효자인 아들이 있어 그 사랑이 골수에 사무친다 해도 죽음 앞에서는 서로가 서로를 대신할 수 없습니다. 만약 이 거짓된 몸에 괴로움이 닥쳐온다고 하면 아무리 지위가 높아도 육친이 곁에 있어도 장님에게 등불을 밝혀주는 것과도 같은 법, 눈 없는 사람에게 등불이 무슨 소용이 있겠습니까?' 하고 대답했습니다. 싯다르타는 이렇게 자기를 완전히 버린 그 자리에서 자기를 찾은 것입니다."

"대사님. 한갓 비천한 기녀인 제가 어찌 자기를 넘어설 수 있단 말이옵니까? 다만 미망에 빠져 살아 있어도 산 것 같지 않고 죽고 싶으나 용기가 없어 죽지도 못하는 중생이……."

"아씨. 석가모니는 입멸하기 전 제자들에게 '자기 자신을 섬으로 삼아 머무르고 자기 자신을 의지처로 삼아 머물러라. 진리를 섬으로 삼아 머무르고 진리를 의지처로 삼아 머물러라. 이 밖에 다른 것에 머무르거나 의지해서는 아니 되느니라' 하고 유언을 남기셨습니다. 석가모니께서 자기를 섬으로 삼으라 하신 것은 수행을 통해 자기를 넘어선 그 각(覺)의 상태를 말하는 것입니다. 아씨. 당분간 절에 머무르시면서 삼천 배 정진을 하시는 것이 어떻겠사옵니까?"

나는 한참 생각한 후에 대답했다.

"대사님 말씀대로 하겠사옵니다."

"명심하소서. 백팔 배를 아무리 열심히 드린다 한들 백팔 배가 아닌 백팔 번 배, 삼천 배가 아닌 삼천 번 배를 드린다면 평화가 아니라 무간지옥에 다시 떨어질 것이옵니다."

나는 새벽에 일어나 깨끗이 목욕재계하고 대웅전 법당에서 매일 백팔 배를 올렸다.

불전에서 삼천 배를 하는 것은 나라는 아상(我相)을 뽑아내려는 것이다. 삼천 배를 하기 위해서는 최소한 한 달은 백팔 배를 올려야 한다. 처음의 백팔 배는 누구나 무난하게 할 수 있다. 하지만 시간이 지날수록 숨이 차오르고 무릎에 통증이 오고 손목이 시어지고, 어느 지점에서 눈물이 흐르기 시작한다. 그런 순간에 이르면 감동을 느끼고 자신이 대단하다고 생각하게 된다. 무릎이 덜덜 떨리지만 개운한 마음으로 부들부들 떨며 일어나 다시 절하고 쓰러진다. 이천 배를 지나 삼천 배를 향해 가면 온 삭신이 극도로 쑤시면서 토할 것처럼 속이 메슥거리고 곧이라도 대변이 나올 것 같은 기분이 든다. 이때가 마장(魔障)에 든 것이다. 하지만 그 순간을 이겨내면 몸이 구름을 탄 것처럼 가벼워지고 몸 안에 굴러다니던 모든 잡생각이 사라지고 사기(邪氣)가 달아난다.

나는 겨우 사흘을 백팔 배를 하고 몹시 앓았다. 며칠을 끙끙 앓고 일어나 나는 다시 새벽 예불 시간에 백팔 배를 올렸다. 온 삭신이 뼈 마디마디까지 쑤시는 고통을 견디면서 나는 한 달에 이르러 삼천 배를 마칠 수 있었다.

고요한 법당에서 절을 할 때면 언젠가 아버지가 내게 불러주던 노래가 영혼 깊숙이에서 울려오곤 했다.

걸어도 걸어도
그대 세상 끝에 이를 수 없으니
그대 거기 이를 수 없기에 고(苦)로부터 벗어나지 못하리.
그러나 지혜가 깊고 세상을 바로 보는 이
진실로 그 끝을 보도다.
청정한 삶을 살아온 이
평온한 마음으로 윤회의 끝남을 알게 되리.
이 세상도 저 세상도 가려고 하지 않으리.*

삼천 배를 마치고 개암사를 내려온 나는 한 편의 이야기를 쓰기로 마음먹었다. 어쩌면 앞으로 남은 나의 삶이 얼마 되지 않을지도 모르기 때문이었다. 나는 사대부들이 자신의 행록(行錄)을 기록하듯 나, 기생 매창의 일생에 대해 쓰기로 했다.

1부

내게 하늘나라의 선약 있으니
고운 얼굴의 슬픔을 씻어낼 수 있네.
금낭 속 깊이 감추어두었다가
오직 사랑하는 여인에게만 주고 싶어라.

—유희경

떠돌며 밥 얻어먹기를 평생 배우지 않았고
다만 차가운 매창에 비치는 달그림자만을 사랑하노라.
세상의 속된 사람들 고요히 살려는 나의 뜻 알지 못하고
손가락질하며 뜬구름이라 잘못 아는도다.

—매창

내 마음 알아줄 사람

날이 희부윰히 밝아오는데 밖에서 인기척이 났다. 비몽사몽간에 문을 여니 반물 들인 모시 청포에 검은 띠를 두르고 유건(儒巾)을 쓴 선비가 정원을 서성이고 있었다. 마치 하늘에서 신선이 갈파의 용을 타고 지상에 내려온 듯 복욱한 모습이었다. 자리옷 바람인 것도 잊고 정원으로 달려 나가니 선비가 와락 달려들어 나를 으스러져라 껴안고 입술에 뜨거운 입술을 부딪치며 혀를 디밀었다. 혀와 혀가 엉키고 더할 수 없이 달콤한 샘물이 솟아올랐다. 하늘의 감로수라 해도 이보다 더 단맛이 우러날 수는 없을 것이다. 선비가 한 손으로 내가 입은 얇은 속저고리를 끌어내리고 입술로 내 젖꼭지를 꼭 물었다. 순간 번개에 감전된 것 같은 전율을 느끼며 나는 소스라치게 놀라 잠에서 깨어났다.

하리망당히 앉아 있다가 정신을 차리고 보니 연상 위에 책이 펼쳐진 채로 놓여 있었다. 어젯밤 늦게까지 심돋우개로 등잔불의 심지를 돋워 가며 읽던 『금오신화』다.

> 홀로 비단 창가에 기대어 느릿느릿 수놓으니
> 갖가지 꽃들 만발한 속에서 꾀꼬리 우지짖네.
> 남몰래 봄바람 원망하니 무슨 이유가 있겠는가.
> 조용히 수를 놓다 그만둔 것은 그리운 마음 있어서인데.
> 길가에 있는 이, 누구의 님인가요.
> 푸른 소매 큰 띠가 수양버들 사이로 아른아른 비치네.
> 어찌해야 뜰 안의 저 제비처럼
> 주렴을 헤치고 사뿐히 담장을 넘어갈거나.

「이 선비가 담장 안의 아가씨를 엿보다」의 한 장면이다. 낯 뜨거운 꿈을 꾼 것은 그 때문일까? 책을 덮고 일어나 사창을 열었다. 창밖 매화나무 가지에 부리가 희고 꽁지가 알록달록한 새 두 마리가 앉아 뾰로롱 뾰로롱 청아한 음성을 냈다. 왠지 모를 느꺼운 감정이 일고 내부에서 무언가가 가열하게 끓어오르는 것을 느꼈다.

분단이가 방문을 열고 숯불을 담은 작은 화로를 들여놓았다.
"아씨. 조반을 올릴까요?"
"아니."
"아씨께서 조반을 드시지 않으면 마님께 제가 경을 치옵니다."

"오늘은 차만 마실 것이야."

나는 누구와도 말하고 싶지 않아 분단이를 쳐다보지도 않고 짧게 말을 끊었다. 분단이가 뾰로통해 화로의 다리쇠 위에 찻주전자를 올려놓고 쌩하니 방을 나갔다.

주전자의 물이 보르르 소리를 내며 끓어올랐다.

나는 다관에 차를 넣고 뜨거운 김을 한 김 내보낸 뒤 주전자의 물을 따랐다.

내가 차를 마시는 습관은 아버지로부터 물려받은 것이다. 아버지는 초여름에는 넓은 토란잎에 괴어 있는 이슬을 받아 차를 우리고, 겨울에는 매화나무 가지에 앉은 눈을 퍼다 찻물을 끓였다. 봄이면 아버지는 금전초나 청미래순, 선학초 같은 약초를 채취해 직접 차를 만들어 일년 내내 즐겼다.

뜨겁게 달구어진 무쇠솥에 아홉 번을 덖고 비비는 과정을 통해 차를 만들면서 아버지는 언제나 이렇게 말했다.

"진짜 좋은 차를 만드는 사람은 맨손으로 물을 떠 마셔도 물에서 차 향내가 나느니라. 우리 계랑이도 그처럼 향내 나는 여자가 되어야 하느니."

맨손에서 어떻게 차 향내가 난다는 것인지, 향내 나는 여자란 어떤 것인지 나는 알 수가 없었다. 다만 우리 아버지야말로 진짜 향내 나는 사람이라고 생각하곤 했을 뿐이다.

나는 다관의 말갛게 우러난 차를 잔에 따라 한 모금 음미했다.

부드러운 차향이 입안에 은은하게 번졌다.

일각문 열리는 소리에 이어 섬돌에 발소리가 나고 어머니가 방으로 들어왔다.

"봄을 타는 게냐? 조반을 안 먹겠다니."

어머니 뒤로 월명암의 암자에 머무르고 있는 처녀보살이 뒤따라 들어왔다.

그녀가 들어온 것만으로도 방 안이 귀기로 서늘해지는 듯했다.

내가 아랫목을 내주고 차를 한 잔 따라주자 그녀의 입에서 의외의 말이 나왔다.

"아씨께서 상사의 병을 앓고 계시군요."

어머니가 덴겁해 언성을 높였다.

"보살님, 이 무슨 소리요? 우리 계랑이가 상사병을 앓다니?"

처녀보살의 눈빛이 우물 속처럼 푸르고 깊었다. 그녀가 나를 뚫어질 듯 바라보고 있어 나도 모르게 홀린 듯 새벽의 꿈을 도파니 털어놓고 말았다.

"꿈속에서 어떤 선비가 나를 찾아왔다오. 생판 모르는 남자라오."

"아씨께서 귀인을 만나셨군요."

"그 남자가 내게 입맞춤을 했소."

"귀인이 아씨께 입맞춤을 했다는 것은 아씨를 귀애하고 있다는 뜻이옵니다. 입맞춤이 감로수처럼 달았다면 아씨께서도 그분을 깊이 연모하고 계심이옵니다."

나는 부끄러움으로 화끈 달아오르는 얼굴을 떨어뜨리고 말았다.

"『역경』「건시전」에 말하기를 구름이 움직이고 비가 내려야 사물이 됨됨이를 이룬다 하였으니 이는 음양의 작용을 말하는 것이옵니다. 이 세상에 남녀의 정처럼 간절한 것이 없사옵니다. 입맞춤보다 더 짙은 행위가 있었다면 귀인과 아씨가 영혼으로 깊이 연결되어 있다는 뜻이옵니다. 언젠가 귀인이 반드시 아씨를 만나러 오실 것이옵니다. 귀인과 아씨께서는 수삽석남(首揷石枏)*의 사이가 될 것이옵니다."

처녀보살이 돌아간 후 어머니가 나를 끌어 앉히고 달구쳤다.

"어느 작자인지 이실직고하거라. 상사병까지 앓는다니 이게 대체 무슨 소리냐? 누구냐? 그 작자가?"

"어머니. 지금 내 나이가 몇인데 상사병이에요? 그냥 꿈을 꾸었을 뿐이에요."

"시끄럽다. 네가 오 행수의 청혼을 단칼에 거절한 것도 다 이유가 있었던 게야."

김제와 전주 등의 미곡 상권을 틀어쥔 오 행수가 매파를 보내온 것이 보름 전이다. 두 달 전에 상처한 오 행수는 비록 나이가 쉰이 넘고 장성한 자녀도 여럿 있으나 강건한 데다 나를 첩으로 들이겠다는 것도 아니고 후처로 맞이하겠다는 것이니 그만하면 감지덕지할 조건이라고 어머니는 생각하고 있었다. 하지만 나는 아직 스무 살이 아닌가. 아무리 고대광실 으리으리한 저택에서 오색붕어와 학두루미를 키우며 화려한 비단옷에 매일 산해진미로 호사를 누린다 해도 나는 아무 느낌이 일지 않는 남자에게 시집가고 싶지는 않았다. 내 나이 아직 한창 때라 부안뿐 아니라 김제, 전주의 토호들 중 나를 얻을 수 있다면 천금 만금이라도 내놓을 풍류객이 한둘이 아니었다. 그들이 원하는 것은 내 육체가 아니었다. 단지 육체라면 나보다 어리고 예쁜 기생들이 각처에 즐비했다. 그들이 원하는 것은 나의 음악이었다. 전주에서 소갈병으로 고생하는 한 노인은 내 노래를 들으면 병의 차도가 좋아진다고 한 달에 한 번 가마를 보내왔다. 하루나 이틀 묵으면서 노래와 거문고를 들려주고 받아 오는 전두(纏頭)가 만만치 않았다. 내가 그렇게 해서 받은 돈이나 비단 등을 부안까지 가지고 오는 일은 극히 드물었다. 대개는 오는 길에 구걸하는 걸인이나 각설이패, 중에게 개암 까먹기로 털어주고 집에 돌아올 때는 언제나 빈털터리였다. 처음에 어머니는 그런 내게 불같이 화를 내고 서운해 했으나 종내에는 포기하고 말았다.

내가 아무 말이 없자 어머니가 더욱 을러댔다.

"도내의 웬만한 권세가도 오 행수한테는 허리를 숙인다. 그게 다 오 행수의 금력 때문이 아니겠느냐? 게다가 전처한테서 딸만 내리 다섯을 보았으니 떡두꺼비 같은 아들이라도 낳아봐라. 그보다 더 금상첨화가 어디 있겠느냐?"

"어머니. 길에 돌도 연분이 있어야 걷어차고 제 마음에 괴어야 궁합이라고 했어요. 오 행수 얘기는 제발 이제 그만하세요."

"네가 언제까지 청춘일 줄 아니? 응? 세코짚신에는 제날이 좋다고 분수에 맞는 배필이 최고지. 귀인은 무슨 귀인?"

"어머니! 그건 꿈이라니까요."

"그래. 네 말대로 꿈이라고 치자. 그렇다고 생판 모르는 남자가 꿈속에 나타나 입맞춤을 했더란 말이냐? 원, 그런 민망할 데가. 필시 네 마음속에 들어 있는 남자일 터. 누구인지 말해 보거라. 규각나는 소리만

하지 말고."

"어젯밤에 제가 『금오신화』를 읽다가 잠들어서 그런가 봐요."

"뭐라고? 네가 지금 정신이 있느냐? 그 소설은 내용이 음란해 책이 나오자마자 조정에서 금서로 정한 책이 아니더냐? 네가 어쩌려고 그 따위 난삽한 연애소설을 읽는단 말이냐? 네가 참으로 일패가 아니라 몸이나 파는 탑앙모리처럼 천해지려고 그러느냐?"

나는 더 이상 자그락대기도 지겨워 시 쓸 시간이라고 어머니를 억지로 일으켜 방에서 나가게 했다. 일각문까지 어머니를 배웅하고 봉당으로 올라서려는데 화사한 빛깔이 짙어가는 영산홍 위로 산제비나비 두 마리가 팔랑거리는 모습이 유독 눈에 들어왔다. 온몸이 칠흑처럼 검고 꼬리 부분에 청보랏빛이 감도는 자태가 요염하기 짝이 없다. 공중으로 날아오르고 땅바닥으로 내려앉으며 노니는데 살랑살랑 교태를 부리며 날아가는 암컷의 뒤를 수컷이 잡을 듯 말 듯 끊임없이 따라 부닐었다. 두 마리의 산제비나비가 노는 모습이 영락없이 남녀의 사랑놀음이다. 나도 모르게 얼굴이 홧홧하게 달아올랐다. 누가 볼까 부끄러워 얼른 방으로 도망쳐 들어왔지만 마음이 들떠 싱숭생숭하기만 했다. 슬며시 창으로 다가가 산제비나비 두 마리를 훔쳐보다가 연상 서랍을 열고 벼루와 먹을 꺼냈다.

정성 들여 먹을 갈고 호흡을 가다듬었다.

먹을 찍을 때는 숨을 내쉬고 글을 쓸 때는 숨을 들이쉰다. 호흡이 일그러지면 붓이 흔들려 획이 깨지고 시상(詩想)도 사라지기 때문이다.

마음속 울울한 정을 말로 다 못 하고
꿈꾸는 듯 바보가 된 듯해요.
거문고 안고 강남곡** 타본다지만
나의 이 마음 알아줄 사람 하나 없어요.

오시(午時)가 조금 지나 관아에서 호장이 나와 전주 판관 윤흠이 보내온 초대장을 전해주고 갔다. 사흘 후에 있을 관찰사 부임연에 참석하라는 전갈이다.

다음 날 중화 무렵 부안 현감이 보내온 가마가 문 앞에 대기했다.

분단이가 화장 도구며 노중에 먹을 간식을 싼 보퉁이를 들고 따르고, 똥구디가 지게 위에 연회에 입을 의복 일습이 담긴 옷함과 거문고를 얹고 희희낙락하며 따라나섰다.

어머니가 가마 안에 요강을 넣어주면서 가는 동안 오 행수의 청혼을 다시 생각해 보라고 한 성화를 댔다.

동진나루를 건너 김제의 벽성관에서 하루를 묵고 다음 날 다시 길을 떠나 어슬막에 전주에 도착했다.

연회 날 아침 일찍 일어나 나는 늘 하던 대로 거문고를 무릎에 안았다.

오른손의 둘째와 셋째 손가락에 술대를 끼우고 엄지손가락으로 누르듯이 쥐고는 왼손으로 문현과 무현을 만져 줄을 고른 후에 당 동 당 동 소리를 내다가 점차로 스르덩 스르당 청청청 소리로 옮겨가면서 훈련에 들어갔다. 제1현 문현을 슬 하고 타니 벼락 치듯 웅장한 소리가 나고 제

2현 유현을 당 동 하고 뜯으니 봄날의 미풍처럼 아련한 소리가 울린다. 제3현 대현을 덩 둥 하고 타니 지평선에 펼쳐지는 보랏빛깔 노을처럼 눅눅한 소리가 흐른다. 괘상청, 괘하청을 한꺼번에 훑어 양청 소리를 내고 마지막 굵은 무현으로 장중하게 끝맺음을 했다.

 거문고를 무릎에 빗기어 안고 한 음 한 음 타다 보면 어느새 거문고와 하나 되어 생각에 삿된 마음이 없는 사무사(思無邪)의 상태가 된다.

 전주 교방의 행수이자 거문고 명인인 나의 스승 옥호빙은 늘 강조했다.

 "『예기』「악기편」에 무릇 음의 일어남은 사람의 마음에서 나오는 것이라 했다. 소리는 거문고 줄에서 나오는 것이 아니라 마음에서 나오는 것이다. 성음은 곧 연주자의 영혼이라 할 수 있다. 영혼이 맑으면 소리가 맑게 울리고 영혼이 탁하면 소리도 혼탁해지는 법이다."

 교방에 들어오기 전까지 나는 악보 없이 아버지가 연주하는 것을 보고 기억한 대로 연주하며 거문고를 익혔다. 그러다가 교방에 와서 처음으로 반듯한 네모 칸에 율자(律字)를 적은 정간보를 보자 그렇게 신기할 수가 없었다. 소리를 눈으로 볼 수 있어야 한다던 아버지의 말이 무슨 뜻인지 비로소 나는 깨닫게 되었다.

 아버지가 내게 거문고로 성음 놀이를 즐기게 해주었다면 옥호빙은 마음을 연마하는 자세를 가르쳐주었다. 옥호빙이 거문고를 비껴 안고 유현을 휘감아 농현하면 연못의 물고기가 수초 사이로 헤엄치듯 아른아른하고 대현을 짚고 술대로 현침을 내려치면 세찬 파도가 바위에 부딪히는 듯 웅혼했다. 나는 교방에서 연습벌레라는 소리를 들어가며 옥호빙의 가르침을 하나라도 놓칠까 혹독하게 훈련했다. 내가 밤중에 연습하는 바람에 등잔불 기름이 닳는다고 취체가 게정을 내어 불도 켜지 못하고 캄캄한 어둠 속에서 훈련한 날도 많았다.

내가 교방에서 스승 옥호빙에게 가장 먼저 전수받은 음악이 《영산회상》 중 〈세령산〉이다. 본래 불자들이 모여 부처의 자비와 성덕을 찬양한 《영산회상 불보살》에 곡을 얹어 부른 것이 수백 년을 내려오면서 종교적 색채가 사라지고 선비들의 풍류로 발전한 음악이 《영산회상》으로 〈세령산〉은 그중에서도 단순하고 덤덤한 곡이 그렇게 아름다울 수가 없다.

나는 스승 옥호빙이 연주하던 모습을 하나하나 기억해 가며 술대로 문현과 유현을 훑어 싸랭을 구사하고 왼손으로 현을 당기고 누르고 떨고 구르며 끊임없이 물결과도 같은 파동을 일으켜 농현음을 구사하고 현을 튕기고 뜯어 올려 자출성을 내고 즉흥적으로 간결한 시김새를 넣어가며 한여름 소낙비가 퍼붓듯이 격렬하게 연주하다가 어느 순간 봄날 산제비나비가 사랑놀음을 하듯 니염니염 연주해 나가니 왠지 모르게 들썽하던 마음이 간정되었다.

훈련을 마치고 나는 거울 앞에 앉아 평소보다 정성 들여 화장을 시작했다. 찔레꽃 미안수를 얼굴에 바르고 촉촉이 스며들기를 기다려 분꽃 가루 백분을 기름에 개 골고루 펴 발랐다. 누에고치집에 산단(山丹) 가루를 묻혀 얼굴의 유분기를 없애고 새카만 미묵으로 눈썹을 초승달처럼 살짝 휘어지도록 길게 그리고 잇꽃 연지로 입술을 새빨갛게 발랐다.

거울 속에 전혀 내가 아닌 내가 있었다. 중국 미인도의 여자처럼 새

하얗게 바른 분과 짙게 바른 입술이 요염하게 보였다. 내 가슴은 계속해서 벅차게 끓어넘치고 있었다. 봄 탓인지도 모른다. 꿈속에서 내게 입맞춤을 했던 남자는 과연 누구일까? 어떻게 내가 그런 꿈을 꿀 수가 있을까? 내 안에 나도 모르는 음탕함이 숨어 있기라도 한 것일까? 내가 그토록 혐오해 마지않는 음탕함이 내 안에도 역시 있는 것일까? 나도 모르게 얼굴이 뜨겁게 달아올랐다. 나는 수건으로 빨갛게 바른 입술을 닦아내고 새카맣게 칠한 눈썹도 지워냈다.

분단이가 촐랑거리며 참견했다.

"아씨. 오늘 연회에 누구 기다리는 선비님이라도 있으시와요?"

"네 눈에 내가 그렇게 보이니?"

"화장하시는 데 매우 공을 들이시니 그렇지요."

분단이의 말이 맞다. 나는 누군가를, 무언가를 기다리고 있다. 그것은 사랑이다. 나는 사랑에 빠지고 싶은 것이다. 내 마음을 온통 사랑으로 빨갛게 물들이고 싶다. 기생인 나를 탐하고 내 음악과 내 시를 향유하는 남자가 아닌, 인간으로서의 내게 매료된 그런 남자와 진짜 사랑을 하고 싶은 것이다. 하지만 기생인 내게 그런 사랑이 찾아올까?

분단이의 시중을 받아가며 속옷을 갖춰 입은 후에 나는 치자물 들인 연노랑 생명주 저고리에 수박색 옥사 치마를 입고 저고리 아래 향가 노리개를 달았다. 벌과 나비가 그려진 전모 위에 먹색 너울을 쓰고 연회장으로 향하는데 마냥 가슴이 부풀고 설레었다.

금낭 속 선약

 붉은 깃털 달린 산수털벙거지에 푸른 융복의 무관 차림을 한 관찰사 이광이 전주로 들어오자 미리 남문 밖에 대기한 의장대와 악대가 성대하게 산대희를 베풀었다.
 삼현육각의 악기로 천지를 진동하게 하고 광대들이 천오(天吳)와 상학(翔鶴)의 춤을 추는 가운데 쌍간(雙竿)과 희환(戱丸)의 놀이가 벌어지고 대면(大面)과 귀검(鬼臉)의 춤이 흥겨웠다.
 남녀노소 할 것 없이 구경꾼들이 몰려나오고, 임시 천막을 치고 모주를 곁들여 콩나물국밥을 파는 간이주막과 돗자리 위에 술 단지를 올려놓고 마른안주를 겸해 탁주를 파는 일일주점까지 생겨 거리가 쾌분잡하기 이를 데 없었다. 지게 위에 발채를 얹고 그 위에 아이를 태운 시골 사람도 보이고 나무 막대에 색색의 댕기를 줄줄이 건 댕기 장수, 짚신과 미투리를 지게에 주렁주렁 매단 짚신 장수, 함지박에 수수떡을 팔러 나온 떡장수 할미와 박다위 외질빵에 엿목판을 목에 건 더벅머리 총각 뒤로 가댁질을 치며 이리저리 몰려다니는 조무래기 아이들까지 합쳐 도성 안이 인산인해를 이루었다.

전주 판관 윤흠이 반 마장이나 나가 관찰사 이광을 맞이했다.

감영의 어간대청에 커다란 교자상이 놓이고 통째로 구운 새끼 돼지 고기에 푹 익힌 송아지 고기, 숯불 재에 묻어 구운 붕어구이 등이 보기 좋게 올려지고 각양각색의 주악떡과 문배주, 도소주, 방문주 등 값비싼 술이 준비되었다.

악공들이 피리, 대금, 해금, 장구, 북을 일제히 울리자 남색 치마, 색동저고리에 남색 쾌자를 입고 가슴 높이 붉은 허리띠를 두르고 붉은 모자를 쓴 수십 명의 동기(童妓)들이 한삼 자락을 가볍게 뿌리치면서 일사불란하게 등장했다.

느린 염불의 도드리장단에 맞춰 입장한 무희들이 무대 중앙에 일렬 종대로 서서 한삼을 너울너울 위로 흩뿌리며 춤추는데 사뿐사뿐 떼어 놓는 발 디딤새가 있는 듯 없는 듯하고 지그시 밟았다가 차는 듯 낭창낭창 발을 들어 올리는 자태가 홀릴 듯 요염했다.

음악이 빠르고 경쾌한 타령장단으로 바뀌자 무희들이 착착 칼 부딪치는 소리를 내며 칼사위를 하다가 검무의 절정에서 연풍대를 하는데 뒤로 한껏 허리를 꺾어 칼을 휘두르며 용틀임사위를 하는 장면에서 군중이 영내가 떠나가게 환호성을 올리며 박수를 쳤다.

이어 포구락 향발무가 펼쳐지고 전주 관아의 기생 백여 명이 행수 승서아의 선창에 맞춰 목청을 탁 돋우어 다 함께 「호남가」를 노래했다.

 태인하신 우리 성군 예악을 장흥하니
 삼태육경은 순천심이요, 방백수령은 진안이라
 고창성에 높이 앉아 나주 풍경 바라보니
 만장운봉은 높이 솟아 층층한 익산이요.
 백 리 담양 흐르는 물은 구비구비 만경인데
 용담의 흐르는 물은 이 아니 진안처며
 능주의 붉은 꽃은 곳곳마다 금산인가.
 삼천리 좋은 경은 호남이 으뜸이로다.
 거드렁거리고 살아보세 에헤이!

 감영의 무사들이 편을 갈라 격구 시합을 한 후에 마지막으로 활쏘기 대회가 열렸다.
 80간 거리의 사정(射程)에 높이 열두 자, 너비 여덟 자의 목판으로 된 과녁이 세워지고 사수들이 활을 높이 들어 올려 과녁을 겨누면서 몸을 풀었다.
 색색의 화려한 옷을 입은 기생들이 사수들을 응원하기 위해 사대 뒤에 일렬로 나란히 섰다. 기생들은 사수의 몸에 옷자락이라도 살짝 스쳐서는 안 된다. 어쩌다가 기생이 실수로 사수의 옷소매를 스치게 되면 큰 벌을 받는다. 그만큼 사대는 엄숙한 장소로 여자가 절대 설 수 없는 성소(聖所)나 다름없다.

내 앞에 선 남자가 과녁을 향해 시위를 한껏 당겼다가 세차게 내보냈다.

화살이 과녁 중앙의 빨간 부분에 정확하게 꽂혔다.

고전이 붉은 기를 번쩍 들어 올려 "10점이오!" 하고 크게 외치자 남회청이 "유희경 변!" 하고 시조창으로 외쳤다. 기생들이 한입을 모아 "유희경 나리 일시에 관중이오!" 하고 굿거리 조로 흥겹게 노래했다.

내 심장이 쿵 소리를 내며 정신이 아찔해졌다. 나는 내 귀를 의심하며 바로 내 눈앞에 선 사수를 뚫어지게 바라보았다. 심장이 거의 오그라드는 듯했다. 만남이 이런 식으로 오리라고 나는 단 한 번도 상상해 본 적이 없었다.

그가 다시 줌손을 이마와 같은 높이로 치켜들고 깍짓손을 높이 끌어 맹렬한 힘으로 놓았다. 허공에 커다랗게 포물선을 그리며 날아간 화살이 과녁 중앙의 빨간 부분에 정확히 명중했다. 고전이 "10점이오!" 크게 외치자 남회청이 "유희경 변!" 하고 이어 외치고 기생들이 흥겹게 노래하기 시작했다.

나는 숨을 쉴 수도 없었고 발이 땅에 붙어 있는 것 같지가 않았다. 심장이 쿵쿵거리고 터질 듯했다. 그가 내 앞에 존재한다는 그 사실 하나만으로도 내 피가 미친 듯이 뛰었나. 나는 심장이 너무 뛰어 노래할 수가 없었다.

그가 활을 든 채로 뒤돌아서자 나와 눈이 마주쳤다. 그의 표정에는 아무 변화가 없다. 나는 수삽하고 딩황헤 어찌할 바를 몰랐다. 그가 나를 전혀 기억하지 못한다는 사실이 나를 슬프게 했다. 하지만 그가 어떻게 나를 기억할 수 있단 말인가? 칠 년이란 세월이 흐르지 않았는가. 비썩 마르고 볼품없던 열세 살의 소녀는 구름 같은 트레머리를 올리고 분단장한 기녀가 되었다. 누구라도 몰라볼 팔팔결 다른 모습이다. 그런데도 나는 깊이 상처받고 있었다. 나는 충분히 아름답고 젊고 재능을 가졌음에도 그의 앞에서 여전히 옛날의 주름 든 그 촌뜨기 소녀로 되돌아갔다.

그가 시위를 높이 끌어 연거푸 화살 다섯 대를 내보내 과녁에 적중하니 오중몰기(午中沒技)*다.

남회청이 큰소리로 "유희경 변!" 하고 선창을 하자 기생들이 춤추며 노래하는 소리가 영내를 떠나가게 울렸다.

"유희경 나리 여홍감 이시에헤 과한 주홍이오! 지화자하 지화자하 지화자하 지화자 지화자!"

대회가 끝나고 관찰사 이광이 큰소리로 우승자를 호명했다.

"장원! 유희경!"

유희경이 부상으로 받은 부루말 위에 높이 올라 삼베를 몸에 두르고 영내를 한 바퀴 돌며 내방객들에게 답례의 인사를 했다.

나는 먼발치로 그 모습을 보고 교방의 숙소로 돌아왔다.

나는 심장이 내내 뛰었다. 내 가슴에 한꺼번에 천 개의 등불이 일제히 켜진 듯했다. 숨을 쉴 수도 없었고 거의 내 정신이 아니었다. 나는 향낭에서 청심환을 찾아 입에 넣고 우물우물 씹어 물과 함께 꿀꺽 삼켰다.

멍하니 앉아 있노라니 밖에 통인이 와 고했다.

"판관께서 속히 납시라는 명이시옵니다."

나는 거울 앞에 앉아 화장을 고치고 객사로 향했다. 부임연이 끝나고 객사에서 조촐한 술자리가 벌어지고 있었다. 나는 판관 윤흠이 명하는 자리로 가 앉았다.

관찰사 이광의 옆자리다.

내가 듣기로 이광은 매우 훌륭한 인물이었다. 그는 기축년(1584년) 정여립의 난 때 조정으로부터 역모에 연루된 자들을 철저히 가려내라는 명을 받았으나 무고한 선비들을 풀어주어 그 자신이 위기에 처했다. 더구나 이광은 정여립과 진사시 동기라 서인들로부터 역적과 한 패라는 눈총까지 받으며 죽음의 문턱까지 갔지만 쌓은 덕행으로 목숨을 구할 수 있었다.

나는 진심으로 존경의 마음을 담아 이광의 술잔에 가득 술을 따라 올렸다.

"한양에까지 명성이 자자한 여류 시인에게서 직접 술을 받으니 이 사람의 광영이오.. 허허허."

이광의 넘늘이성 있는 언사에 좌중이 다 홍연대소했다.

이광의 맞은편에 그의 사마시 동기라는 대제학 조우항이 앉았고 그 옆에 유희경이 앉아 있었다. 반지레한 흑갓과 비단 도포 차림의 양반들 사이에 그만이 잿빛 창옷과 평량자 갓 쓴 천민의 복색이다. 오히려 그래서 더 내 눈에 그는 화광동진(和光同塵)**으로 보였고 사대부보다 더 사대부처럼 보였다.

그의 곁에 흰색 거들지 달린 다홍색 저고리에 모란꽃이 수놓인 쪽빛 치마를 입은 경패가 눈을 살짝 내리뜨고 앙짜스럽게 앉아 있다. 높이 올린 가채와 복사꽃같이 발그레한 피부, 미추룸한 자태가 전주 제일의 미인이라는 명성이 아깝지 않다.

윤흠이 흐뭇한 미소를 지으며 경패에게 명했다.

"잘 뫼시거라. 그분은 한양에서 알아주는 시인이시니라. 여색에 초연하기로 소문나 있으니 오늘 어디 한번 네가 마음을 돌려보거라. 그러면 내 큰 상을 내릴 것이니라. 으하하하."

"호호호. 판관 나리. 소녀를 영 무지렁이로만 아시오니까? 저도 유(劉)와 백(白)의 명성쯤은 들어 알고 있사옵니다."

경패가 함초롬히 유희경을 바라보며 아양을 떨었다.

"나리. 시만 잘 쓰시는 줄 알았더니 이렇게 잘생긴 미남일 줄은 상상도 못했사옵니다."

경패가 나긋나긋 손을 들어 유희경의 술잔에 찰찰 넘치게 술을 따랐다. 경패의 동작 하나하나에는 남자들의 눈을 의식한 철저히 훈련된 기교가 배어 있다. 유희경이 경패가 따라주는 술잔을 입에 가져가 천천히 마신다. 경패가 더욱더 그의 소매에 달라붙어 착착 부닐며 달게 군다. 지극히 나를 의식한 태도다. 나와 경쟁하겠다는 심보다.

경패와 나는 전주 교방에서 함께 예기(藝妓) 수업을 받았다. 경패는 나의 재능에 게염을 품고 사사건건 행티를 놓았다. 내가 하지도 않은 말을 했다고 말질을 해 동기들 간에 조련질시키고, 세책집에서 빌려 와 몰래 읽던 『금오신화』를 가져다 취체에게 쏘개질해 나를 교방에서 쫓겨날 뻔하게 하며 언걸을 입혔다. 뿐만 아니라 교방의 고수(鼓手)인 장 씨와 내가 애인 사이라고 헛소문을 퍼뜨려 장 씨를 교방에서 떠나가게 한 장본인이다. 경패는 나의 원수나 마찬가지다.

경패가 할기시 유희경을 바라보며 코 먹은 소리를 냈다.

"나리! 술잔을 받으셨으면 소녀에게도 한 잔 따라주시옵소서!"

유희경이 빙긋이 웃으며 경패가 내민 술잔에 술을 따랐다. 경패가 두 손으로 술잔을 받들어 홀짝홀짝 들이켜는 모습을 보고 있노라니 나는 속이 요글요글해 견딜 수가 없었다.

윤흠이 내게 무어라고 한 것 같은데 나는 제대로 듣지를 못했다. 윤흠이 거듭 재우쳐 그제야 알아듣고 나는 얼굴을 붉혔다.

"부안에서 예까지 먼 길 오느라 고생했네. 어디 한양 손님들 앞에서 거문고 솜씨를 뽐내보게나."

나는 마음을 도스르고 거문고를 무릎에 비껴 안았다. 괘하청, 괘상청, 유현, 대현, 문현, 무현의 순서로 조현해 정악의 줄로 고르며 살짝 경패를 바라보았다. 경패가 쌩클하게 치켜뜬 눈으로 나를 옹추처럼 노려보았다. 나는 자못 승리감에 도취해 《영산회상》 중 〈세령산〉을 연주하기 시작했다. 당 동 당 동 줄을 뜯어 올리고 스르덩 스르당 청청청 소리로 옮겨가며 연주하던 나는 지나치게 긴장한 나머지 문현을 세게 친 다음 유현에서 술대를 순간적으로 멈춰 싸랭을 구사하다가 그만 술대를 떨어뜨리고 말았다. 거문고를 연주하다가 술대를 떨어뜨리기는 난생처음이었다. 수치심과 부끄러움으로 나는 온몸의 피가 역류해 얼굴로 몰리는 것 같았다.

경패가 기쁨에 겨운 표정으로 젓가락으로 너비아니 구이를 집어 유희경의 입에 넣어주며 나비눈으로 하르르 나를 일별했다. 경패의 아기

똥한 얼굴에 고소하다는 표정이 역력하다. 나는 눈물이 핑 돌았다. 고개를 들던 나는 유희경의 웅숭깊은 눈길과 마주쳤다. 나는 그저 점직하고 수통스러운 마음에 이 자리를 벗어나고 싶을 뿐이었다. 유희경이 다따가 손뼉을 크게 쳐 나를 응원한다는 표시를 했다. 나는 드디어 제정신으로 돌아왔다. 양반과 부호들 사이에서 내 아버지처럼 초라한 창옷을 걸친 한 남자가 내 영혼이 부르짖는 내면의 소리에 귀 기울인다는 사실이 나를 고무했다.

나는 다시 거문고를 무릎에 비껴 안고 괘하청, 괘상청을 훑어 양청소리를 내《영산회상》의 서막을 열었다. 왼손으로 줄을 흔들고 밀었다가 퇴하고 울리어 치거나 가볍게 움직이고 밀고 또 밀었다가 퇴하고 은은하게 움직여 쉴 새 없이 농현을 하니 좌중이 다 숨을 죽였다. 왼손으로 끊임없이 현을 희롱하고 오른손의 술대로 줄을 올려 긋고 내리찍으며 비류직하로 현침을 탕탕 치고 손목뿐 아니라 머리, 어깨, 나아가 온몸을 흔들며 나는 혼신의 힘을 다해 평조, 우조, 계면조, 중고조로 넘나들며 자유자재로 변화하는 성음을 냈다. 나는 망아지경(忘我之境)의 경지에서 오로지 유희경만을 위해 연주했다. 나는 그를 위해 노래하는 한 마리 새가 되었다. 그는 나를 깃들게 하는 울울한 나무였다. 나는 어느새 나무에 내리는 비가 되었다. 나는 나무에 쌓이는 함박눈이 되었다. 나는 거문고의 현란한 파동 사이로 날아오르는 새카만 암컷 산제비나비가 되었다.

 나는 사랑에 빠진 것이다.
 연주가 끝나자 우레와 같은 박수가 터졌다.

이광이 크게 치하했다.

"유어출청(遊魚出聽)***이로다. 이토록 아름다운 연주를 듣고 시 한 수가 나오지 않는다면 어찌 시인이라 하겠는가? 누가 이 아가씨의 매혹적인 연주에 답례의 시를 바치겠는가?"

조우항이 시동에게 붓과 먹물을 유희경 앞으로 가져다 놓으라 명했다.

"백(白)은 이 자리에 없으니 유(劉)가 한 수 쓰게나. 풍월향도의 맹주가 아니라면 누가 가인에게 시 한 수를 바치겠는가? 하하하."

유희경이 붓에 먹을 듬뿍 찍어 잠깐 붓방아를 놀리더니 이내 일필휘지로 써 내려갔다.

어느 저녁 선녀가 지상에 내려와
풍류 타는 우아한 자태 초나라 미인이로다.
거문고 품에 안고 비단 창가에 앉아
그리움의 무한한 마음을 한없이 풀어내누나.

내 심장이 마구 요동쳤다. 그가 내 마음을 들여다보고 있는 것만 같았다. 내가 기다리는 어떤 것, 말할 수 없는 그리움을.

시를 읽은 윤흠이 소쇄하며 내게 명했다.

"계랑은 호남 제일의 여류 시인이 아니던가? 어찌 가만히 있을 수 있겠는가? 답시를 써보게나."

윤흠의 명으로 시동이 지필묵을 내 앞으로 옮겨다 놓았다.

나는 요동치는 가슴을 간정하고 붓을 들어 한 글자 한 글자를 정성

들여 써나갔다.

> 봉래산 북쪽에 흰 눈이 쌓여
> 매화꽃 피기가 마냥 더디오.
> 봄이 오면 일찌감치 피어나련만
> 그 꽃 어느 누가 보아주리오.

이광이 파안대소했다.
"하하하. 과연 도내 최고의 예기라더니 자부가 대단하도다. 자신이 봉래산에 하강한 선녀이건만 세속 남자들이 알아보지 못함을 한하지 않는가? 이는 참으로 아녀자의 기상이 아니로다."
윤흠이 하뭇하게 웃으며 말휘갑을 쳤다.
"으허허허. 대감. 그것이 우리 전주 교방에서 학습한 채 맞은 생짜의 자긍임을 아시오."
유희경이 문득 눈을 들어 나를 바라보며 싱긋이 웃었다.
그 미소에 내 얼굴이 홧홧하게 달아올랐다.
그가 왼손으로 오른팔의 옷소매를 잡고 붓을 휘둘렀다.

> 일찍이 남도의 계랑 이름 들어 알고 있었지.
> 아름다운 시문 한양에까지 자자했네.
> 이제사 직접 눈앞에 대하고 보니
> 하늘의 선녀가 이 땅에 하강한 듯 아름다워라.

내 가슴이 용솟음쳤다. 그가 한양에서부터 이미 나를 알고 있다는 사실에 황홀할 만큼 기뻤다. 순간 나는 꿈속에서 내게 입맞춤을 한 남자가 누구인가를 확연히 깨달았다. 붉게 달아오른 얼굴이 더욱 화끈해졌다. 그가 나의 귀인이라니…… 아씨와 그분은 수삽석남의 사이가 될 것이라던 처녀보살의 말이 떠올라 나는 영혼까지 새빨갛게 물드는 느낌이었다.

조우항이 너털웃음을 터뜨렸다.

"으하하하. 유생(劉生).**** 이 어인 일인가? 그동안 아무리 절색의 기녀라 해도 눈길 한 번 주지 않더니."

윤흠이 응짜를 놓았다.

"어허! 참으로 듣기가 거북하구료. 계랑은 함부로 아무 남자에게나 눈길을 주지 않기로 유명하오. 오죽하면 기명도 섬초라고 짓지 않았겠소. 남자에 연연하지 않고 홀로 고독하겠다는 뜻이라오. 으허허허."

"판관도 익히 아시면서 뭘 그러시오? 유생은 동강에게 예학(禮學)을 공부해 그 엄정함이 지나칠 정도요. 오죽하면 한양 기생들 사이에 풍월향도의 맹주를 유혹하는 기생에게 상금까지 걸려 있겠소. 으하하하."

"유생이나 계랑이나 둘 다 고집이 대단한 사람들이구료. 하하하."

겨끔내기로 한마디씩 하는 사이 다시 지필묵이 내 앞으로 왔다.

유희경과 나의 시 대결에 분위기가 한껏 고조되었다. 마치 그와 내가 599점의 한자가 적힌 네모난 나무패를 가지고 시패(詩牌) 놀이를 하는 것 같았다.

그는 선녀와 그리움의 나무패를 골랐고 나는 봉래산과 매화가 적힌 나무패를 골랐다. 말할 수 없는 갈망이 돌냄비 안의 설설 끓는 물처럼 내 안에서 가열하게 끓어넘쳤다. 결국은 그와 내가 동시에 사랑이라고 적힌 나무패를 잡을 것임을 나는 느끼고 있었다.

나는 붓에 먹을 듬뿍 찍었다.

    나에게 그 옛날 진나라의 쟁(箏)이 있으니
    한 번 타면 백 가지 감회가 일어나누나.
    세상에 이 곡조 아는 사람 없어
    머언 옛적 왕자교의 생황에나 화답하리라.

윤흠이 시 종이를 관찰사 이광에게로 건넸다.

"하하하. 대감. 이 아가씨가 어찌나 도도한지 이 자리의 어느 남자도 성에 안 차고 오직 후한의 선인(仙人)인 왕자교하고나 어울리겠다는구료. 참으로 아가씨의 콧대가 하늘을 찌르는 듯하구료. 하하하."

유희경이 나를 바라보며 거쿨진 언사로 말했다.

"아가씨는 원침(鴛針)*****으로 시를 짓는구료. 그렇다면 소인이 견우가 되어 답시를 쓰리다."

    내게 하늘나라의 선약(仙藥) 있으니
    고운 얼굴의 슬픔 씻어낼 수 있네.
    금낭(錦囊) 속 깊이 감추어두었다가
    오직 사랑하는 여인에게만 주고 싶어라.

좌중이 다 박장대소하고 한동안 웃음소리가 그치지 않았다.
　"우하하하. 세상에 별 남자 없구료. 천하의 풍월향도 맹주가 이런 연애시를 쓰다니 말이오."
　"금낭이라! 으하하하."
　"견우라 하지 않소? 아예 작정하고 고백하는 것이 아니고 무엇이오? 견우와 직녀라! 하하하 하하하."
　경패가 얼굴이 하얗게 질려 나를 죽일 듯 노려보았다. 셈평에 미립난 경패가 양반도 부자도 아닌 천민 유희경에게 마음이 있어서 그러는 것이 아니다. 경패는 오로지 내게 진 것이 분한 것이다. 화가 머리끝까지 치솟은 경패가 체기가 있다고 자리를 떴지만 나와 유희경의 시 놀이에 취해 누구도 아는 척을 하지 않았다.
　연회가 끝나고 숙소로 돌아왔지만 나는 도저히 잠을 이룰 수가 없었다. 머릿속에는 그저 유희경에 대한 생각뿐이었다. 도대체 어떤 운명이 우리를 만나게 하고 이끄는 것일까? 나는 이 불가해한 힘에 압도되어 구름 위를 둥둥 떠다니고 있었다. 그동안 얼마나 오랜 시간을 그의 이름을 머릿속에서 진언(眞言) 외듯 되뇌었던가. 그가 내게로 오기를 갈망하면서도 나는 이 일이 현실로 일어나리라고 생각해 본 적이 없었다. 요동치는 마음을 진정시킬 수가 없어 살그머니 일어나 소리 나지 않게 옷을 입고 먹색 너울을 썼다. 내 마음과 몸은 그리움으로 온통 빨갛게 물들어 있었다. 나는 무엇엔가 홀린 것이었다. 미친 것이었다. 무엇에 홀린 것인지 무엇에 미친 것인지 나는 알 수가 없었다. 갓방에 인두 달 듯 절절 끓는 마음을 어찌할 수가 없어 나는 교방 후원의 협문을 빠져나와 무작정 객사로 향했다.

맞은편에서 초롱 불빛이 흔들리며 가까이 다가왔다.

관아의 통인이 내 앞에 멈춰 섰다.

먹색 너울을 써 내가 누군지 알아보지 못하는 것이 오히려 다행이었다.

"아씨. 야심한 시각에 혼자서 어딜 가시는 게요?"

통인의 뒤로 남자 서너 명이 웃으며 내 쪽을 바라보았다. 객사에서 술자리가 끝나고도 미련이 남아 남문 밖 술청에 우르르 몰려 나가 한 잔씩 걸치고 들어오는 것 같았다.

나는 갑자기 닥친 상황에 둘러댄다는 것이 규각나는 말을 하고 말았다.

"길을 잃었소. 캄캄한 탓에……."

남자들이 웃음을 터뜨리며 넌덕을 쳤다.

"하하하. 달이 휘영청 밝은 밤에 캄캄해서 길을 잃다니 이런 어불성설이 어디 있는가?"

"하하하. 길을 잃은 것이 아니라 님을 찾는 것이렷다. 그렇지 않소? 어여쁜 아가씨."

남자들이 겨끔내기로 한마디씩 패사를 부리는 사이로 썩썩한 음성이 튀어나왔다.

"농들이 지나치시오. 아가씨에게 그만한 사정이 있겠지요."

나는 목소리만으로도 그가 유희경임을 알 수 있었다.

"으하하하. 역시 한양 남자가 감언(甘言)에 능하구료. 그렇다면 유생이

길 잃은 아가씨를 모셔다 드리구료."

통인을 앞세운 남자들이 "꿈아 꿈아 무정헌 꿈아 오시난 님을 보내 난 꿈아…… 언제나 알뜰헌 님을 다시 만나 이별 없이 살으란 말거나 헤거나 헤!" 하고 노래하며 객사 쪽으로 사라졌다.

"바래다드릴 테니 어서 갑시다."

유희경이 앞서서 성큼성큼 걸어갔다. 달빛이 그의 창옷과 평량자 갓 위로 마구 부서져 내렸다. 나는 그의 뒷모습을 바라보고 있노라니 그저 마음이 아파왔다. 서럽고 슬픈 마음이 마구 북받쳐 올랐다.

유희경이 뒤돌아보았다.

"왜 오지 않는 거요? 나를 믿지 못해서 그러오? 걱정 마시오. 나는 유(劉)와 백(白) 중의 바로 그 유라오. 하하하. 유와 백. 하하하 하하하."

그는 술에 취해 흥취가 도도해 한껏 호방해진 듯했다.

"아가씨는 이 사람을 믿고 어서 따라오시오."

나는 그 순간 너무나도 말하고 싶었다. 나라고. 바로 나라고. 하지만 내 마음은 소리가 되어 나오지 않았다. 언제 전주를 떠나느냐, 편지하고 싶은데 주소를 가르쳐줄 수 없느냐, 묻고 싶었지만 나는 그러지 못했다. 우물쭈물하는 사이에 교방 앞에까지 와버렸다. 객사에서 교방까지의 거리가 그토록 가까운 줄을 나는 처음으로 알았다.

"어서 들어가시오. 그리고 앞으로는 야심한 시각에 함부로 돌아다 니지 마시오."

그가 너글너글한 어소로 말하고 곧 뒤돌아서 저만치 가버렸다. 그의 등을 바라보던 내 눈에서 눈물이 주루룩 흘러내렸다.

열세 살 때와 똑같았다.

그때 그는 나를 전주 교방에 데려다 놓고 떠났다. 나는 그의 뒷모습을 바라보며 눈물만 철철 흘렸다. 마치 그가 나를 버리고 가기라도 하는 것처럼 나는 그와 떨어진다는 사실이 공포스러울 정도로 무서웠다. 그도 끝내 내가 마음에 걸렸던지 저만치 가다 말고 되돌아와 내게 물었다.

"만약에 말이다. 네가 어떤 고생을 하더라도······."

나는 그의 입만 쳐다보았다. 그의 입 끝에 내 목숨이 달린 것처럼. 그가 내게 각단지듯 물었다.

"나를 따라 한양으로 가고 싶으냐?"

나는 고개를 떨구었다. 가겠다고도 안 가겠다고도 나는 대답하지 못했다. 그저 굵은 눈물을 방울방울 떨구었을 뿐이다. 전주 교방의 관노가 손으로 그의 등을 떠다밀고 문을 철컥 닫아걸었다. 닫히는 문틈으로 나는 그의 뒷모습을 멍하니 바라보았다. 가슴이 찢어질 것만 같았다. 나는 완전히 세상에 혼자 버려진 것이다. 어떡하든 혼자서 살아나가지 않으면 안 되는 것이라고 열세 살의 나는 생각했었다.

그때 흘리던 눈물과 지금 흘리는 눈물은 다르다.

나는 허전거리며 방으로 들어와 이불을 돌돌 말고 숨죽여 한참을 울었다.

그리고 나서 나는 휴대용 필가(筆架)에서 세필 붓과 먹물 통을 꺼내 시를 썼다.

오직 그만을 위한 시였다.

사람들은 피리를 불지만 나는야 거문고를 타네.
세상 길 가기 어려움을 오늘 더욱 알겠노라.
발 잘려 세 번이나 수모를 당하고도 끝내 임자를 만나지 못해
아직도 옥덩이를 붙안고 형산에서 울고 있노라.

먹물이 마르기를 기다려 시 종이를 접어 봉투에 넣었다.
다음 날 아침 나는 똥구디를 시켜 아무도 모르게 객사의 유희경에게 은밀히 편지를 전하라 일렀다.

천명(天命)

　내 인생은 나의 것이 아니었다. 나는 비천한 신분으로 태어났고 나의 운명은 내가 태어나기도 전에 이미 결정되어 있었다. 아전의 집안은 아전끼리만 혼인해야 한다는 것. 그것은 국가의 법으로 정해진 것이었다. 나는 아무것도 내 스스로 선택할 수 있는 것이 없었다.
　유희경은 나로 하여금 내 운명을 선택할 수 있게 해준 유일한 사람이었다.
　아버지가 갑자기 죽고 나서 사고무친의 나를 전주 교방에 데려다 준 그 순간부터 그는 나의 정신적인 아버지가 되었다.
　나는 그를 통해 내 삶의 역사를 다시 쓸 수 있었다.
　천민 유희경.

남의 집 담벼락에 버려져 업동이라는 이름을 얻은 종놈 유업동의 아들인 그.

그는 내가 『천자문』에서 가장 좋아하는 '유곤독운 능마강소(遊鯤獨運凌摩絳霄)'가 결코 관념이 아니라는 것을 내게 가르쳐준 위대한 인간이었다.

북쪽 깊은 바다의 아주 작은 물고기 알 곤이가 거대한 붕새가 되어 훨훨 날아간다.

그것은 어린 시절부터의 내 꿈이고 이상(理想)이었다. 나는 내가 갈 수 없는 자유의 세계를 항상 그리워했다. 어쩌면 엄마가 아버지와 나를 버리고 부안을 떠난 것도 자유를 찾아간 것이라고 생각하게 되면서부터 나는 더 이상 엄마를 미워하거나 원망하지 않았다.

나는 전주 교방의 고수인 장 씨를 통해 유희경의 이력을 전해 들을 수 있었다.

그가 열세 살 때 아버지 유업동이 죽자 천민으로 무덤에서 시묘살이를 한 것, 그 시묘살이로 인해 동강 남언경이라는 뛰어난 학자를 만나 그의 제자가 된 것 등등.

그다음부터는 내가 더 그에 대해 잘 알게 되었다. 한양에서 오는 문사들을 통해 나는 유희경에 대해 더 많은 것을 들을 수 있었고 그가 쓴 시들을 모았다.

그는 유(劉)와 백(白)으로 불리며 혜성처럼 등장한 문단의 총아였다.

유와 백.

유희경과 백대붕.

한 사람은 양반집의 상장례를 집전하는 천한 경사(經師)고 또 한 사람은 배를 만드는 전함사의 노비다. 이 두 사람이 천민들만으로 풍월향도라는 시회를 조직한 것은 조선 문단 최초의 일로 혁명에 버금가는 일이었다. 그들이 등장하기 전까지 시*란 양반들만이 향유할 수 있는 전유물이었다.

특히 유희경의 이력은 팔도를 떠돌며 부풀리고 덧붙여져 신화(神話)가 되었다. 덩달아 화담 서경덕의 이름도 다시 거론되었다. 유희경의 스승이 된 동강 남언경과 사암 박순이 다 화담의 제자이기 때문이다. 벼슬을 거부하고 가난한 민중 곁에 머문 화담의 영향으로 남언경과 박순이 천한 신분의 유희경을 기꺼이 제자로 받아들인 것이다.

남언경은 조선 최초의 양명학자다. 양명학의 중심 사상은 심즉리(心卽理)로 전통적인 가치관에 반기를 들어 마음의 참된 앎을 이법으로 생각하고 이를 실천하는 지행합일이다. 모든 인간의 마음에 천리(天理)로서의 도덕성이 갖추어져 있으므로 신분의 여하를 막론하고 누구나 지선(至善)의 경지에 이를 수 있다는 것이 양명학의 사상이다.

유희경이 평생의 은인이 될 남언경을 만난 것은 천우신조의 일로 아버지 무덤에서 시묘살이를 할 때다. 어린 나이에다 비천한 신분인 그가 양반들이나 지키는 시묘를 살며 초하루와 보름에는 반드시 집으로 가 궤정에 전(奠)을 올리고 어머니를 문안하니 칭송하지 않는 사람이 없었다.

초하루가 되어 어느 날 그가 집에 가니 삽짝에 새끼줄이 쳐져 있었다. 온 고을에 역병이 돌아 전염되지 않은 어머니는 친척집으로 옮겨지고 병든 동생이 혼자 집 안에 격리되어 있었다. 그가 들어가려 하자 동네 사람들이 잡고 말렸다. 형제가 둘 다 죽으면 병든 어머니를 누가 보살피냐고. 그는 동생이 죽어가는 것을 눈앞에 뻔히 보고서도 버려두는 것은 한 팔을 생짜로 끊어내는 것과 무엇이 다르냐고 눈물로 애원했다. 하는 수 없이 사람들이 놓아주니 집 안으로 뛰어 들어간 그가 죽어가는 동생을 지극정성으로 간병해 살려낸 일화는 당시 장안의 화젯거리가 되었다.

시묘가 끝났을 때 남언경이 자신의 집으로 들어와 학문할 것을 권했지만 병든 어머니를 동생에게만 맡길 수 없다고 그는 책지게를 짊어지고 스승의 집을 오가며 공부했다. 그가 어머니의 똥오줌이 묻은 이불과 옷들을 빨아 개울가 바위에 널고 하루 종일 빨래가 마르기를 기다리며 책을 읽었다는 이야기는 당시 장안의 아낙들이 자녀들을 훈계할 때마다 논 이기듯 밭 이기듯 되뇌던 말이었다.

"저기 요금문 밖의 업동이 아들 희경을 보아라. 더도 말고 덜도 말고 희경이처럼만 공부하거라."

그는 비록 신분상으로는 비천한 천민이었지만 정신의 세계에서 자유인이었다.

내가 한양에서 온 문사들에게 슬쩍 유희경이 어떤 시인이냐고 물으면 대답하기를 성품이 청담하고 소탈해 산림 속의 은자(隱者) 같고 시는 왕유와 맹호연의 풍격을 지녔다고들 대답했다. 나는 그들에게서 유희경의 시를 하나씩 수집해 한 수 한 수 질 좋은 분주지에 옮겨 썼다.

눈빛과 달빛이 다투어 빛나는 밤
소인(騷人)은 잠 못 들어 뒤척이네.

강산의 무한한 경치

모두 오언시에 담아 넣노라.

나는 그의 시를 필사할 때마다 그에게 조금씩 가까이 가는 느낌이었다. 그리고 언젠가는 그가 나를 찾아오게 될 것이라고 희망하곤 했다.

십 년 방랑하며 산과 물 다니다 보니

세 번의 봄이 가고 다시 세 번의 봄을 보냈네.

옷 한 벌 밥 한 끼 모두 천명이려니

어찌 구구하게 분수 밖을 넘볼 것인가.

나는 그를 기다렸다.

그가 내게로 와줄 것을.

하지만 자신의 신념과 이상을 철저히 지키며 오로지 한길만을 고집하는 그가 기생인 나를 만나기 위해 과연 부안으로 와줄 것인지 나는 자신이 없었다. 끝내 한양으로 올라가고 마는 것은 아닌지 나는 기대감과 절망 사이를 오가며 초조하게 그를 기다렸다. 사흘이 지나도 그에게서 아무 소식이 없자 가슴 한 귀퉁이가 무너지는 것 같았다. 단 열흘간만이라도 부안으로 와 시를 가르쳐달라고 간절히 쓴 편지가 무색했다. 하지만 동헌에 들어갔던 똥구디가 돌아와 어제 동진강에 풍랑이 심해 배가 뜨지 못했다고 하는 얘기를 듣고서 나는 다시 기대감을 품었다. 정원 나무 밑의 의자에 앉아 망연히 산제비나비 두 마리를 지켜보고 있는데 시장 밥집의 중노미가 나를 찾았다. 평량자 갓 쓴 남자가 은밀히 아씨에게 전하라고 했다면서 척독(尺牘)을 건넸다. 나는 가슴이 활랑거려 편지를 열어볼 수가 없었다. 혹시라도 오지 못한다는 소식이 아닐까 불안했다. 그건 기우였다. 편지는 아주 짧았다. 변산을 유람하고 싶으니 안내해 달라는 것이었다. 남밖그의 성황당 앞에서 기다리겠다고 써 있었다.

나는 반닫이 깊숙이 넣어두었던 남복(男服)을 꺼냈다. 바지저고리에 소화문단 방령을 입고 고머리에 두건을 두른 차림으로 종아리에도 단단히 행전을 치고 가벼운 신발을 신었다. 누가 보아도 여염집 미장가인 총각의 차림이다. 나는 말 옆에 담요와 우의 등 여행용 짐을 빠짐없이 챙겼다.

준비를 끝내고 안채로 들어가 어머니에게 인사를 했다.

"한양에서 온 문사가 변산을 유람한다고 안내를 부탁했어요."

난데없이 남장을 하고 나타난 나를 본 어머니가 미간을 찌푸렸다.

"뺄때추니처럼 얼마나 싸돌아다니려고 남장까지 한 게냐? 누군지 먼저 집으로 초대하지 않고 왜 밖에서 만난다는 게야? 무슨 조홧속인지 영 모르겠구나."

"좋은 분이에요. 제가 마음속으로 평생의 스승으로 모시는 분이에요."

"어이구! 우렁잇속 같은 네 속을 어이 알리. 기생 년이 스승은 무슨 스승이라고. 그저 돈 많은 남자 만나 평생 걱정 없이 살면 족하지. 네가 아직 고생을 몰라서 그러는 게야."

어머니가 구시렁거리면서도 골동반에 찰밥과 생치장, 쇠고기장조림을 싸고 주악떡과 중배끼, 엿, 연엽주가 담긴 동고리를 내 손에 들려주었다.
 나는 어머니에게 꾸벅 인사를 하고 서둘러 집을 나왔다.
 말고삐를 잡고 약속 장소까지 가는 동안 나는 수없이 질문했다. 그는 부안에 왜 온 것일까? 내가 편지에 쓴 대로 다만 시를 가르쳐주기 위해 온 것일까? 아니면 나를 보기 위해 온 것일까? 나는 이 두 질문 사이를 오가며 찬물과 뜨거운 물에 번갈아 들어가는 것처럼 가슴이 뜨거워졌다가 다시 식고는 했다.
 성황당 앞에 그가 부루말을 타고 나를 기다리고 있었다. 정녕 꿈이 아니었다. 나는 너무 기뻐 눈물이 왈칵 쏟아지려 했다. 그는 처음에 화장하지 않은 민낯에 남복 차림인 나를 알아보지 못했다. 하지만 곧 나를 알아본 그가 짐짓 패사를 부렸다.
 "이거 참 실망이오. 아리따운 아가씨를 만날 생각에 먼 길을 달려왔는데 웬 총각이 마중 나오니 말이오."
 조마조마하며 기다렸던 내 마음은 아랑곳없이 짓궂게 구는 것이 야속해 내 입에서도 톡 쏘는 말이 나오고 말았다.
 "나리께서 아리따운 아가씨를 만나고 싶으시다면 부풍관으로나 가보시지요."
 나는 말 위로 올라타 뒤도 안 돌아보고 말의 박차를 굴렀다.
 곧 그의 말이 내 뒤를 쫓아 달리는 소리가 들렸다. 나는 고삐를 더욱 세게 당겨 한껏 속도를 냈다. 바람이 잉잉 소리를 내며 내 귀를 때렸다. 전주에서 그가 내게 써준 시가 바람과 함께 내 마음에 잉잉거렸다. 선약을 고이 간직했다가 사랑하는 여인에게만 주고 싶다는 내 마음과 몸이 온통 빨갛게 물들었다. 갈애(渴愛)다. 나는 새삼 깨달았다. 내가 오매불망 사랑이라는 그 강렬한 서사를 기다리고 있었음을.

그가 숨 가쁘게 내가 탄 말 옆으로 다가왔다.

"농담 좀 했기로서니 그리 삐칠 것이 무엇이오?"

"저를 오래 기다리게 하시고서도 사과의 말씀도 없으시니 그렇지요."

내 말이 마치 거문고의 농현음처럼 파르르 떨려 나왔다.

말은 쌀쌀맞게 하고 있었지만 그가 내게로 왔다는 사실에 나는 설렘과 기쁨의 파고를 끊임없이 넘나들고 있었다.

그가 내 말을 앞질러 가며 소리쳤다.

"먼저 바다가 보고 싶소. 바다로 갑시다."

두 마리의 말이 앞서거니 뒤서거니 하면서 머리를 나란히 해 봄물이 오르는 들판을 달렸다. 쉬지 않고 달리는 말 옆으로 광활한 들판이 지나가고 곧이어 기세가 웅장하고 빼어난 변산이 굽이굽이 펼쳐졌다. 봄의 미풍이 얼굴을 간질이며 스름스름 지나갔다. 봄이 이토록 눈부시게 아름답다니. 온통 꽃길에 꽃동산, 꽃바람이었다. 그리고 나는 스무 살이었다. 아! 스무 살! 나는 용솟음치는 내면의 소리를 들었다. 사랑을 꽉 잡아, 하는 소리를.

어느새 눈앞에 바다가 펼쳐지고 갯내가 풍겨왔다.

모래밭으로 갈매기가 꾸루룩 울며 내려앉고 섬들이 손에 닿을 듯 가깝게 보였다.

"뱃사람들이 말하는데 순풍을 만나 쏜살같이 가면 곧바로 중국 땅에 이른다고 해요."

검푸른 바다가 쉴 새 없이 밀려와 말의 발목을 휘감았다.
천천히 갯벌을 달리는데 수평선에서 밀물이 밀려오더니 어느새 말의 정강이까지 물이 차올랐다. 놀란 나는 얼결에 말머리를 돌려 급히 갯벌을 빠져나가면서 소리 질렀다.

"나리! 어서 나오세요! 밀물이 눈 깜짝할 새에 몰려와요!"

그는 내 말을 못 들은 척 그 자리에 꼼짝 않고 서서 눈앞에 거침없이 밀려오는 파도와 대적이라도 할 듯 바라보고 서 있었다.

"나리! 어서 나오시라니까요! 어서요!"

저만치서 집채만 한 밀물이 쿵쾅 소리를 내며 휘몰아쳐 오더니 순식간에 해변까지 닥쳐왔다. 내가 갯벌을 다 빠져나오도록 그는 여전히 그 자리에 붙박인 듯 서 있었다. 나는 거의 실성한 사람처럼 미친 듯 소리 질렀다.

"나리! 나리! 어서 나오세요! 나리! 나리!"

그제야 그가 말의 잔등에 찰싹 엎드려 쏜살같이 내달렸다. 거대한 파도가 그의 등 뒤에서 시커먼 아가리를 벌리고 무섭게 육박했다. 그가 막 갯벌을 빠져나와 너설로 올라서자 말의 배까지 물이 넘실거렸다. 그는 말이 놀라지 않도록 살살 엉덩이를 두드려가며 너설을 빠져나와 내가 있는 산 아래까지 왔다.

"나리! 제가 얼마나 놀랐는지 아세요? 정말 너무하세요."

나는 얼마나 놀랐는지 눈물이 다 쏙 빠졌다. 그가 말없이 웃으며 내가 탄 말의 고삐를 한 손으로 자신의 말고삐와 함께 잡았다. 그와 나는 바다를 옆에 끼고 천천히 달려 육지로 올라섰다.

인적이 드문 산 아래의 너럭바위 옆에 자리를 잡고 그가 생나무를 꺾어 와 불을 피웠다. 생가지가 타다닥 소리를 내며 타 들어가자 젖은 옷이 말라가면서 나는 새물내가 향긋했다.

 나는 불빛에 비친 그의 얼굴을 부끄러운 줄도 모르고 뚫어져라 바라보았다. 위로 치솟은 검은 눈썹과 부리부리한 눈, 세 갈래로 드리운 삼각수와 무엇보다 보는 이를 압도하는 절제와 인내가 깊게 밴 웅숭깊은 눈빛을.

 내 눈길을 의식한 그가 물끄러미 나를 바라보았다.

 그의 눈이 알 수 없는 열끼로 환히 빛나고 있었다.

 나는 도저히 이 공간이 현실로 느껴지지가 않았다. 어쩌면 나는 선계에 와 있을지도 모른다는 생각이 들었다. 그와 나는 어떤 이상의 세계에서 만나고 있는 것이다. 나는 황홀하기 그지없었다. 이 모든 것, 그가 내 앞에 있다는 사실이, 그가 나를 만나기 위해 부안에 왔다는 사실이 기적처럼 느껴졌다.

 나는 그의 품에 그대로 쓰러져 안기고 싶은 격렬한 충동과 자제하는 마음 사이에서 갈팡질팡했다.

 "사랑하는 여자에게 선약을 주고 싶다 하셨지요?"

 "그건 시리오."

 그의 목에 무언가가 걸린 것 같았다.

 "단지 시일 뿐이라고요?"

 니는 부끄러움도 없이 빤히 그를 바라보았다.

 "저도 풍월향도의 회원이 되고 싶었죠. 그래서 한양에서 문사들이 내려오면 풍월향도의 시를 읊어달라고 해 공책에 모았어요. 저는 기다렸어요. 바로 오늘을. 당신이 내게로 오실 날을."

그가 멍해 나를 바라보았다.

나는 아득한 마음으로 그에게 물었다.

"당신은 누구인가요?"

하지만 나의 그 말은 입 밖으로 나오지 못했다. 그가 나를 거세게 품에 쓸어안고 내 입술을 자신의 입술로 막아버렸기 때문이다.

모래밭에 내려앉았던 갈매기 떼가 끼룩끼룩 일제히 울어대며 하늘로 날아올랐다.

그 이후의 시간이 어떻게 흘러갔는지 나는 알지 못한다. 그가 짐을 풀어 천막을 쳐 잠자리를 만든 것까지가 기억 속에 남아 있을 뿐이다. 새벽녘 파도 소리에 잠이 깼을 때 단지 하룻밤을 보냈을 뿐인데도 일만 년의 시간이 흐른 것 같았다. 그가 내 손을 끌고 천막 밖으로 나왔다. 사방에 운무가 자욱해 아무것도 보이지 않았다. 무주공산에 우리 두 사람만이 떠 있는 듯했다. 파도 소리와 갈매기 소리가 악공들의 연주처럼 우리를 축복했다. 나는 끓어오르는 격정으로 그의 품에 다시 파고들어 두 손으로 그의 목을 감았다. 나는 나를 제어할 수가 없었다. 내 속에 끓어오르는 무언가가 팽창되어 폭발할 지경이었다. 그가 나를 두 팔로 끌어안았다. 그 상태로 우리는 그렇게 운무 사이를 둥둥 떠다녔다. 마치 두 그루의 나무가 폭풍에 휩쓸려 엉킨 것처럼 우리는 바닷속을, 알 수 없는 어떤 세상을 언제까지나 자맥질했다.

뜨거운 격정이 지나갈 때까지 그가 나를 품에서 놓아주지 않았다.

수평선에서 노랗게 해가 떠오르며 운무가 서서히 걷히고 바다가 드러났다.
　나는 마침내 사랑에 빠진 것이다.

도화꽃 붉고 탐스러운 봄날

짐을 꾸려 살구꽃 핀 주막을 찾아가니 보리가 반 섞인 밥에 생선구이와 김국이 나왔다. 아버지가 비명횡사한 이후로 그 무수한 아침 중에 내가 먹어본 가장 맛있는 아침이었다.

우리는 어디라고 정하지 않고 천천히 경치를 보면서 달리다가 좋은 곳에 이르면 말에서 내려 돗자리를 펴고 앉았다. 차를 끓여 마시고 시를 짓고 노래했다. 둘레가 백 리도 넘는 변산을 다리가 아프면 말을 타고 오르고, 높은 산은 말을 나무에 묶어두고 척촉장을 짚고 허리에 호리병을 끼고 올랐다.

궁궐을 짓기 위해 해마다 아름드리 재목을 베어내지만 숲은 울울창창했고 산 아래 해안가로 언제 조수가 밀려와 바다가 될지 알 수 없었다. 갈아 신을 미투리를 한 켤레씩 허리에 차고 비가 올지 몰라 우의도 봇짐에 넣었다. 말 옆에 실었던 담요와 솥 등은 그가 등에 짊어지고 찬합과 화겸(火鎌) 등은 보통이에 싸서 내가 짊어졌다.

변산은 용이 승천하기 위해 꿈틀거리는 형상으로 굽이굽이 펼쳐지고 있었다. 눈을 감고 뛰어내리면 그대로 용을 타고 무한의 자유 지대로 날아오를 듯했다. 우리는 바위를 타기도 하고 깊은 연못을 들여다보기도 하면서 조물주가 베푼 무진장(無盡藏)의 향연을 마음껏 즐겼다. 풍경에 취해 문득 멈춰서 시를 지으면 해낭(奚囊)에 넣었고 민가에서 저녁연기가 오르면 돌로 임시 화덕을 쌓아 밥을 지었다. 노구솥에 밥을 짓는 것은 그의 몫이었고 나는 물가의 미나리와 돌나물을 뜯고 씀바귀를 캐 흐르는 물에 씻었다. 산행에 익숙한 그는 된장과 냉이로 구수한 찌개를 즉석에서 끓여냈다. 된장찌개를 가운데 놓고 뜯어 온 미나리를 뚝뚝 잘라 갈치속젓에 찍어 먹고 씀바귀로 된장 쌈을 싸 먹으면 세상에 그보다 더한 진미가 없었다.

"늘 그대를 그리워했지."

"그때 저는 어떤 아이였어요? 저를 어떻게 기억하고 계셔요?"

"아주 당찬 소녀였어."

"엄마의 태몽이 불로초였다고 하더군요. 서왕모께서 불로초라며 곱게 간직하라고 손안에 쥐어주셨다고 합니다. 물론 엄마에게 들은 것이 아니고 아버지가 말씀해 주신 것이니 그도 일찍 엄마와 헤어져 자란 저를 가엾이 여겨 지어내 들려주신 것인지도 모릅니다."

그가 내 이마에 흐트러진 머리카락을 손바닥으로 쓸어 뒤로 넘겨주었다.

"아니오. 그대는 불로초가 될 것이오. 그대의 시가 영원세세 이어져 뭇사람들에게 읽힐 것이오. 사랑에 빠진 여인들이, 사랑을 갈구하는 연인들이 사랑을 그리워하며 그대의 시를 음송할 것이오."

굽이굽이 산을 돌아가면 폭우로 쓰러진 나무가 우리에게 길이 되어 주고 쌓인 돌들이 사다리가 되어 지나갈 수 있게 해주었다. 험준한 산길이 끊긴 곳에 용이라도 웅크리고 있을 듯한 연못이 나타났다. 그가 연못 옆의 평평한 바위에 짐을 풀고 목새에 천막을 쳤다.

모닥불을 피워 주막에서 사 온 국밥으로 점심을 먹은 후 그가 땀을 식힌다며 옷을 훌훌 벗고 물속으로 들어갔다. 봄이라고는 하지만 아직 물은 얼음물처럼 찬데도 그는 거침없이 물속으로 뛰어 들어가 내게도 들어오라고 손짓했다. 나는 잠시 망설이다가 그에게 뒤돌아 있으라 말하고는 옷을 벗고 물속으로 들어갔다. 처음에는 무척 찼지만 한참을 헤엄치니 점점 따스해지기 시작했다.

연못가의 대나무 사이로 예쁜 깃털의 새들이 죄졸거리며 날아오르고 물속에는 송사리들과 피라미들이 무엇이 그리 재미있는지 이리저리 몰려다니며 와글와글했다.

어느새 내 뒤로 헤엄쳐 온 그가 몸을 밀착시켜 뒤쪽에서 바짝 나를 끌어안았다. 남자의 걸까리진 몸이 부드러운 살에 강하게 부딪쳤다. 내 얼굴이 부끄러움으로 차가운 물속에서도 뜨겁게 달아올랐다.

"깜찍한 아가씨. 금낭 깊이 감춰둔 선약을 주겠다고 한 내 시를 보고 왜 얼굴이 빨개진 거요?"

"제가 뭘 어쨌다고요?"

그가 더욱더 나를 끌어안으며 내 귀에 속삭였다.

"선약이 무언지는 알고 있소? 금낭이 무엇인지 알고나 있소?"

"선약은 선약이고 금낭은 금낭이지 무엇이옵니까?"

그가 입으로 내 귀를 살짝 깨물며 짓궂게 재우쳤다.

"선약이 무엇이오? 금낭이 무엇이오? 말하지 않으면 물속에 집어넣어 용에게 잡아가라고 하겠소."

나는 얼굴을 새빨갛게 물들이며 손을 뒤로 돌려 그의 사추리를 더듬어 돌덩이같이 단단해진 양물을 잡았다. 그가 내 몸을 더욱 바짝 끌어당겨 안고 내 귀에 뜨겁게 속삭였다.

도화꽃 붉고 탐스러운 봄날도 잠시라네.
고운 얼굴의 수심을 누가 고쳐주리.
하늘의 선녀라 해도 홀로 잠드는 밤은 견디기 어려운 법
이 봄이 사라지기 전 무산운우의 정을 실컷 누려보세.

시정잡배들이나 읊는 음탕한 연애시를 그가 내 귀에 쏟아놓고 있었다. 평소의 나라면 혐오해 마지않을 그런 속시(俗詩)에 나는 아랫배가 뜨거워지는 것을 느꼈다. 그것은 급류처럼 빠르게 내 온몸으로 퍼졌다. 내 몸의 모든 곳에서 불꽃이 터지고 있었다. 나는 아득해져 뒤로 돌아 그의 목을 두 팔로 감았다. 강렬하게 내리쬐는 정오의 태양 광선이 내 눈을 찔렀다. 내 눈이 멀고 내 마음이 멀었다. 오직 그를 원하는 내 관능

의 뜨거운 눈만이 생생하게 떠져 있을 뿐이다. 나는 이 순수한 욕정에 온몸이 활활 불타오르고 강렬한 성애의 도발로 영혼까지 새빨갛게 물들었다. 나는 자신이 결코 정숙한 여자가 아님을 이 순간 깨달았다. 나는 음탕했고 나는 느끼고 있었다. 내 육체가 음탕함을 갈망하고 있음을. 나는 뜨거워지고 축축해졌다. 나는 그에게 굴복했다. 오직 그만이 내게 전부가 되었고 그가 내 세계의 중심에 우뚝 서 있었다. 지금까지 어느 남자에게도 예속되지 않은 나의 자아가 그에게 순종하고 나의 모든 것, 영혼과 정신, 육체를 바칠 것이었다.

그가 나를 안고 물 밖으로 나와 천막 속 돗자리 위에 펼쳐진 담요에 나를 뉘었다.

어디선가 극락정토에 산다는 가릉빈가의 새가 울었다.

그가 완전히 벌거벗은 맨살로 실오라기 하나 걸치지 않은 나의 나신(裸身)을 감싸 안았을 때 나는 참혹할 정도의 고독에서 처음으로 구원받는 느낌이었다.

엄마가 나를 버리고 집을 나간 이후 아버지까지 객사하고 홀로 이 세상에 남겨진 나는 오로지 살아남겠다는 맹목적인 의지 하나로 버티어왔다. 도대체 무엇이 나의 내부에 그토록 집요한 삶에의 의지를 불태우게 했을까? 그것은 생(生)에 대한 맹렬한 복수심이었다.

아무짝에도 쓸모없는 지집년이구먼!

내가 처음 이 세상에 태어났을 때 할머니가 내뱉던 박절한 말을, 방문을 쾅 소리 나게 닫던 그 소리를 나는 또렷하게 기억한다. 어머니의 자궁을 빠져나와 이 낯선 삶에 진입한 첫 순간 존재를 거부하던 차갑고 매몰

찬 음성. 아무짝에도 쓸모없는 지집년을 싸질렀구먼! 그 기억은 자라면서 후에 집안사람들이 들려준 냉혹하고 무서운 할머니에 대한 이야기들이 조립되어 형상화된 것인지도 모른다. 아니다. 분명히 나는 기억한다. 그리도 작고 앙증맞은 아기는 태어나는 순간 이 세상으로부터 버림받았다. 그 슬픔은 영원히 각인된다. 나는 그것을 절대 잊지 못한다.

나는 자랐지만 여전히 상처투성이의 갓난아기다. 이름조차 없었다. 나는 그저 아기로 불렸다. 할머니가 죽고 세 살이 되었을 때에야 아버지는 나를 호적에 올렸고 계생이라는 이름을 지어주었다. 오직 아버지만이 다정했다. 남동생이 태어나 엄마와 할머니의 사랑을 독차지하고, 또 남동생이 호환마마로 죽어 슬픔이 극에 달했을 때도 아버지의 사랑은 지나마르나 그대로였다.

나는 관아의 치부책을 정리하는 아버지 옆에서 종이에 아무렇게나 호작질을 하며 글을 익혔다. 그것은 글자가 아닌 집이나 도깨비 같기도 한 형상이었지만 아버지는 감격에 겨워 칭찬했다. 우리 딸 최고라고. 아버지는 나뭇잎들과 꽃잎들에 먹물을 묻혀 종이에 찍어 사물의 이름을 내게 가르쳐주었다. 절편을 찍어내는 백자떡살, 옹기떡살 등에 물감을 입혀 종이에 찍어보게도 했다.

내가 조금 더 자랐을 때 아버지는 개암사 뒤 고대국가인 백제의 마지막 성터에서 깨진 기와 조각을 주워다 주고 그 시대의 책인 『삼국유사』를 읽어주었다.

승려 일여이 쓴 시가 특히 내 마음을 끌었다.

눈 덮인 금교에 아직 얼음 풀리지 않아
계림의 봄빛 완연하지 않건만
기특해라 봄의 신 재주도 많아
모례의 집 매화에만은 먼저 손을 썼구나.

내가 모례의 집 매화에 먼저 손을 쓴다는 말이 무슨 뜻이냐고 묻자 아버지는 이렇게 대답했다.

"안즉 추위가 가시지 않아 매화가 피어날 때가 아니건만 부처님께서 모례의 집에만은 먼저 매화를 피어나게 해주셨다는 뜻이구먼."

"뭐 땜시 부처님께서 모례의 집에만은 먼저 매화를 피어나게 해주셨당가요?"

그때 아버지가 한 대답이 평생 나를 지배한다.

그건 모례가 아주 착한 사람이기 때문이란다. 우리 딸 계랑이처럼.

우리 계랑이처럼.

우리 딸처럼.

우리 딸은 향내 나는 여자가 되어야 하느니.

아버지야말로 모례의 집에 손을 쓴 부처처럼 내 삶에 가장 자비로운 손을 쓴 존재였다.

그 아버지가 죽고 나서 홀로 된 내 삶에 다시 손을 쓰기 시작한 사람이 바로 유희경이다.

나는 어머니의 자궁에서 빠져나온 그대로의 모습으로 그의 품에 안겼다. 그의 우람한 남근이 여리고 섬세한 꽃잎 사이를 부드럽게 헤집었다. 나는 설탕으로 만들어진 구름을 타고 비현실의 황홀경을 날아다녔다. 물속의 금붕어가 지느러미를 흔들며 다가와 미끄덩한 주둥이로 나의 여근곡(女根谷)을 계속해 쪼아댔다. 신비로운 전율이 나의 가장 내밀한 곳에서 온몸으로 번지고 무언가가 격렬하게 나를 요동치게 했다. 내가 태어나기 이전인 태곳적부터 존재했던 어떤 것, 위대하고도 슬프고 아름다우며 영원한 것, 절대의 것, 절대의 어떤 것, 그 어느 것도 대적할 수 없는 근원인 것과 나는 하나가 되고 있었다.

나를 친친 얽어맨 무거운 족쇄에서 나는 드디어 해방되었다. 그 모든 아픈 기억으로부터 나는 벗어나고 있었다. 여자로 태어났다는 설움과 엄마에게 버림받았다는 아픈 상실감, 부안 현감에게 추행당하던 치욕의 기억과 남복을 입고 자라야 했던 쓰라린 슬픔, 야비한 사내아이들로부터 유린당하던 분노와 머리 올리기 의식을 치르던 때 그 구역질 나던 밤의 수치스러웠던 순간들로부터 나는 깨끗이 정화되고 있었다.

나는 깃털처럼 가볍게 허공을 날아 저 아름다운 세계로 니연니연 흘러갔다. 그곳은 아무것도 없는 무(無)의 공간이었다. 나는 단지 마법에 걸린 한 마리 암컷 산제비나비였다. 나는 꽃 속을, 공기 속을 다부닐고 땅으로 내려앉으며 끊임없이 신음하고 흐느끼고 있었다.

그가 나를 자신의 몸 위로 올려놓았다. 나의 양다리를 벌려 그의 배를 타고 앉은 어접린(魚接隣)의 자세로 만들었다. 그 자세 그대로 그가 나를 두 팔로 감싸 안고 몸을 일으켰다. 그의 남근이 나의 성기 안에서 마음껏 출렁이고 그의 입술이 나의 입술을 빨아들이며 두 손은 젖가슴을 움켜쥐었다. 그의 손가락이 한껏 솟아오른 내 젖꼭지를 희롱한다. 아아! 내 입에서 탄식과도 같은 신음 소리가 아무리 참으려 해도 터져 나왔다. 그가 나를 안고 조금씩 허리를 들어 움직일 때마다 내 온몸으로 번개가 치는 것 같은 전율과 벼락을 맞은 나무가 활활 타오르는 것 같은 파동이 격렬하게 일었다. 나는 흥분으로 인해 소용돌이치고 쾌락의 숨 막히는 황홀로 인해 질식해 죽을 것만 같았다. 오, 나는 마음속으로 외쳤다. 이것이 정말 내게 일어나고 있는 일이란 말인가. 거대한 남근이 내 안에서 폭발하기 직전이었다. 아무리 억누르려고 해도 계속해서 신음 소리가 터져 나왔다. 그가 마음껏 소리를 지르라고 내 귀에 속삭였다. 깊은 산속에 오직 그와 나뿐이었다. 나는 더 이상 참을 수 없는 지경에 도달했다. 나도 모르게 크게 소리를 내질렀다. 숱한 세월 동안 내 안에 갇혀 있던 억눌린 비명을.

아아아! 아아아아! 아아아아아!

그의 남근이 점점 커져 드디어 내 심장에 육박했다.

내게서 모든 과거와 현재와 미래가 사라지고 오직 그의 남근만이 나의 세계에 존재했다.

나는 내 영혼의 모든 힘을 소진해 비명을 질렀다.

아아! 아아아! 아아아아! 아아아아아!

그의 남근이 마침내 내 심장을 관통했다.

순간 나는 오랫동안 내 영혼에 갇혀 울고 있던 한 이름을 외쳤다.

천!

천!

나는 이 남자, 유희경이 누군지 알 것 같았다. 그는 내 어린 연인 천이 시공을 초월해 다른 행성에서 시간을 보내고 늙어 내게로 온 남자, 내 남자였다. 나는 지금 이 순간 천을 만나고 있었다. 나의 가엾은 연인. 내가 아무리 늙어도 영원히 늙지 않을 나의 어린 연인, 천.

내 심장에서 붉은 선혈이 낭자하게 흘러내렸다. 나쁜 피였다. 내가 나를 자해하던 숱한 불면의 밤들, 오욕으로 얼룩진 나의 삶, 비탄에 빠졌던 시간과 분노로 일그러진 나의 영혼, 더럽혀지고 걸레가 된 나의 육신이 그의 남근에 의해 더할 수 없이 순결하게 정화되고 있었다. 내 존재는 철저히 부서지고 해체되었다. 나는 존재 이전의 어떤 것, 완전한 무로 비워지고 오직 그만이 내 세상이 되었다. 나는 깨단했다. 그 옛날 내가 지극하게 쌓은 돌탑 위에 올려놓았던 남근석이 하나의 구체적 실체로 내 몸에 뚜렷한 족적을 남기고 있음을.

황홀경에서 내가 눈을 떴을 때 그의 빛나는 두 눈이 바로 내 앞에 있었다.

땀으로 미끌거리는 내 몸을 그가 두 팔로 가뿐히 들어 올려 자신의 얼굴 쪽에 나의 음부가 놓이게 했다. 부끄러움으로 내가 아무리 도망치려 해도 그의 강한 팔과 다리가 나를 휘감아 놓아주지 않았다. 내 두 손이 마치 방바닥을 기어가듯 그의 머리 위쪽 바닥을 짚었다. 그가 입술로 피리쟁이가 피리를 불듯 나의 음부(陰部)를 불기 시작했다. 성흥(性興)이 최고조로 달한 내 입에서 격렬한 신음이 계속해서 새어 나왔다.

눈물이 나의 눈과 음부에서 동시에 흘러내렸다.

나는 떨고 무한하게 열리고 마침내 파열하고 범람하며 저 밑도 끝도 없는 심연으로 추락하고 침잠했다. 더할 수 없이 고요하고 평안했다. 나는 더 이상 비명을 지르지 않았다. 내 비명은 멈추었고 나의 눈물도 그쳤다.

나는 노래를 위해 미지의 숲을 방황하는 슬픈 소녀가 아니었다. 나는 더 이상 비밀의 사원을 헤매지 않을 것이다. 나는 이제야말로 천에 대한 애도의 기간이 끝났음을 알았다. 나는 억압에서, 슬픔에서, 분노에서, 원한에서 천을 해방할 것이다.

유희경은 내가 천을 위해 쌓은 내 비밀의 왕궁에 새로이 소생한 나의 스승, 나의 길잡이, 나의 아버지였다. 나는 그의 남근에서 떨어지는 것이 아쉬웠다. 그와 분리되는 것이 두려웠다. 그의 몸 위에 완전히 밀착되어 나는 엎드린 채로 움직이지 않았다. 내가 그토록 경멸하고 혐오해 마지않는 육체를 나는 처음으로 어떤 두려움도 없이 바라보았다. 이것은 새롭게 깨어난 본능에 대한 순응이었다. 나는 이토록 남자와 여자 사이에 친밀한 애정을 경험한 적이 단 한 번도 없었다.

우리는 숲속을 거닐다가 연못을 만나면 발가벗고 들어가 희학질을 했고, 그는 숲속의 평지나 커다란 바위 밑의 목새에 자신의 옷을 깔고 나를 탐했다. 중국의 춘화 속 음탕한 교접처럼 그는 나를 무릎 위에 올려놓고 희롱하고 나를 네 발 달린 짐승처럼 엎드리게 하고 뒤쪽에서 내 몸 안으로 들어오기도 했다. 그와 나는 낮과 밤을 가리지 않고 숲속에서, 주막의 침침한 방에서 지칠 때까지 서로의 육체를 갈구했다. 이 야비한 생존의 들판에서 그것만이 살아남을 수 있는 유일한 방법인 것처럼 물고 핥고 빨았다. 그래도 우리는 여전히 허전했다. 왜냐하면 우리의 영혼은 비천하고 비천하고 비천했으며 우리의 육체는 더없이 고귀하고

고귀하고 고귀했기 때문이다.

그가 내게 팔베개를 해주면 나는 그의 손을 만졌다. 그의 손마디는 굵었고 대장장이처럼 누런 쇠못이 박혀 있었다. 나는 그의 손이 좋았다. 글만 쓰는 선비의 손이 아니라서 좋았다. 호미를 잡을 수 있는 손이라서 좋았다.

나는 매번 똑같은 질문을 했다.

나를 좋아하세요?

그럼.

왜 좋아하세요?

좋아하니까 좋아하지.

언제까지 좋아하실 건데요?

언제까지나 좋아하지.

자꾸자꾸 더 좋아지면 그땐 어떡하죠?

그럼 같이 살면 되지.

나는 묻고 또 물었다.

나를 좋아하세요? 그는 언제나 똑같이 대답한다. 그럼 좋아하지. 그 말이 얼마나 좋았는지 모른다. 좋아한다는 말보다 그럼, 하고 무뚝뚝하게 대답하는 그의 썩썩한 목소리가 좋았다. 그럼이라는 말의 어감이 좋았다. 내 마음속에서 그럼, 그럼, 하는 메아리가 거문고의 농현음처럼 울렸고 그 말은 나를 달뜨게 했다.

당신은 여기, 제 앞에, 이곳에 어떻게 오신 건가요?

저를 사랑하세요? 왜요? 왜 저를 사랑하세요?

나는 사랑에 한 번도 빠져보지 않은 어린 소녀처럼 계속 같은 질문을 반복했다. 당신은 누구인가요? 그가 나의 손을 잡고 내 눈을 들여다보며 말한다. 나도 같은 걸 묻고 싶소. 당신은 누구요? 도대체 누구요? 어떻게 당신이 내 앞에 있는 거요? 당신이 어디서 왔소?

그와 나는 시적(詩的) 공간에서 둘 다 순결한 어린아이였다. 우리가 남녀라는 것과 나이 차이가 배로 난다는 것은 아무 문제도 되지 않았다. 우리는 아무리 얘기해도 할 얘기가 더 남았고 시간이 항상 너무 빨리 흘러갔다.

얼마나 오랜 시간을 당신을 기다려왔는지 몰라요. 또 얼마나 오랜 시간을 견뎌야 당신을 다시 만날 수 있을까요?

나는 그의 등에 얼굴을 묻었다. 더할 수 없는 평화와 안식이 나를 아늑하게 했다. 그의 등이 나의 집 같았다. 나는 평생 그 등을 바라보기만 하고 살아도 행복할 것 같았다.

잠든 줄 알았던 그가 내 쪽으로 돌아누웠다. 그러면 나는 다시 물었다. 그가 대답하지 않아도 나는 계속 묻고 또 물었다.

당신도 나만큼 나를 좋아하나요? 나만 이렇게 당신을 좋아하나요? 우린 이제 어떻게 되는 거죠? 제가 당신을 안 보고도 살 수 있을까요? 당신은 저 없이도 행복할 수 있나요?

우리는 변산의 가장 높은 봉우리인 의상봉에 올랐다. 올라가는 내내 그가 내 손을 꽉 잡고 있었다. 삶과 사투를 벌이며 끊임없이 붕새가 되려 하는 남자의 손에 이끌려 나는 어릴 때 아버지와 오르곤 했던 산의 정상에서 세상을 내려다보았다. 세상을 다 가진 것 같았다. 세상이 다 내 것 같았다.

하루는 그가 내가 몸이 지나치게 약하다고 걱정하며 논두렁에서 미꾸라지를 잡아 추어탕을 끓여주었다. 전주 교방에서 어느 해 가을 먹었던 추어탕 이후로 나는 두 번 다시 그 음식을 먹지 않았었다.

교방에서는 머리 올리기 의식을 하루 앞둔 동기들에게 추어탕을 끓여주었다. 나는 그 추어탕을 먹고 체해 밤새도록 토하고 설사하기를 반복했다. 그다음부터 나는 추어탕 냄새만 맡아도 토하곤 했다.

그가 땀을 흘리며 한 그릇을 다 비운 나를 보고 웃었다.

"축하하오. 추어탕을 극복한 것을."

그는 내가 추어탕을 극복한 것을 축하해 주기 위해 목로주점에서 술을 한 잔 사 주었다.

매 순간, 매일매일 우리는 축하할 일이 너무도 많았다.

개암사 뒤의 우금암 원효방은 높이가 8척쯤 되었다. 굴의 입구에 튼튼한 나무 사다리가 땅 밑까지 드리워져 있었다. 아버지가 그랬던 것처럼 그가 내 허리에 밧줄을 매고 먼저 올라가 나를 오르게 했다. 그가 내게 절대 발밑을 보지 말고 위만 보고 올라오라고 격려했다. 내가 잡고 있으니 아무 걱정 하지 말라고 하면서. 나는 발을 후들후들 떨면서 천천히 한 발 한 발 사다리를 타고 올라가 마침내 원효방에 다다랐을 때 그의 품에 달려들어 와락 울음을 터뜨리고 말았다.

"원효는 해골 물을 마시고 당나라로 유학 가려던 마음을 바꾸었소. 무덤 속 하룻밤을 계기로 마음의 이치를 터득한 것이라오. 물은 똑같은 물이고 바가지도 똑같은 바가지인데, 어제의 감로수가 오늘은 더러운 물로 느껴졌다면 이것은 더럽고 깨끗함의 차이가 물이나 바가지에 있는 것이 아니라 내 마음속의 인식에 있다는 것을 깨달은 것이오. 진리가 내 마음속에 있는데 굳이 당나라까지 가서 구할 이유가 없어진 원효는 그곳에서 발걸음을 돌렸다오."

원효방에는 작은 불상과 원효의 진용(眞容)만이 있을 뿐 아무것도 없었다.

그가 쌈지에서 부싯돌을 꺼내 쳐서 불을 만들어 원효의 진용 앞에 향을 피웠다.

원효방에서 내다본 바깥 풍경이 지금도 눈을 감으면 선하게 떠오른다. 모든 숲의 나무들이 생생하게 봄의 꽃망울을 틔워 천지에 꽃눈개비를 흩뿌리고 있었다. 그것은 내 생애에 다시없을 가장 감동적인 풍경이었다.

차가운 매창에 비치는 달그림자

개울을 건너다 탁자로 맞춤한 바위가 눈에 띄면 우리는 그곳에 앉아 온종일 시를 짓고 술을 마셨다.
내가 먼저 바위 위에 종이를 올려놓고 쓴다.

버들에는 푸르스름 안개가 끼고
꽃잎도 붉으스름 안개에 눌렸네.
나무꾼 노래 멀리 메아리쳐 들리고
어부의 피리 소리 저녁놀 속에 스러지네.

내 시를 읽은 그가 술 한 잔을 또 마시고 미소 지으며 붓을 놀렸다.

산은 빗기운 머금고 물은 안개 머금고
푸른 풀 호숫가에 백로가 졸고 있네.
길은 해당화 아래로 꺾어 돌고
땅 가득히 향기로운 눈 같은 꽃은 휘두르는 채적에 떨어진 것이네.

말을 타고 가다 길가의 목로주점에서 또 술 한 잔을 사 마시고 계속해 간다. 술에 취해 말 위에서 꾸벅꾸벅 졸기도 한다. 경치 좋은 곳에 이르면 말에서 내려 벚꽃 나무 아래 돗자리를 깔고 누워 바람이 휘두르는 채적에 떨어지는 꽃비 속에 언제까지고 누워 있다. 나는 꽃향기에 취해 더욱 나의 사랑을 키운다. 나는 맹렬하게 사랑에 매달린다. 배고픈 아기가 엄마 젖을 그악스럽게 빨아대는 것처럼 나는 모든 열정을 다해 사랑에 쏟아붓고 추구한다.

어릴 때부터 등산을 잘해 양반들의 명산 유람에 길잡이를 한 그는 못하는 게 없었다. 특히 그가 가장 잘 만드는 것은 차였다. 그는 먹을 수 있는 약초나 풀, 꽃잎을 채취해 노구솥에 맨손으로 차를 덖었다. 솥에 덖고 비비고 또 덖고 비비고 하다 보면 초록색 잎이 꽈배기처럼 돌돌 말려 차가 된다. 이마에 진땀을 흘리며 차를 덖는 그의 모습이 내게 아버지를 떠올리게 했고 그럴 때마다 나는 느꺼움에 가슴이 뭉클해지곤 했다.

밥을 먹고 차까지 마시고 나면 그가 생황을 불고 나는 춤추고 노래했다.

님은 즐거워라.

왼손에 생황을 들고

오른손으로 나를 방으로 부르시네.

아, 즐거워라.

님은 즐거워라.

왼손에 새 깃을 들고

오른손으로 나를 손짓해 불러 춤추게 하네.

아, 즐거워라.*

그와 나를 결속하는 것은 시(詩)다. 시적 언어다.

세상 사람들은 피리를 불지만 나는 거문고를 타요, 라는 나의 시는 화씨지벽(和氏之璧)의 고사를 인용한 것이다.

초나라의 화씨는 형산에서 봉황이 깃든 돌을 발견하고 주군에게 가져갔으나 한갓 돌덩이를 바쳤다고 분노한 초려왕이 한쪽 발목을 자르는 극형을 내렸다. 초려왕이 죽고 초무왕이 즉위하자 화씨는 다시 명옥이 깃든 돌을 바쳤다가 남은 발목마저 잘리는 형벌을 받았다. 이에 화씨는 형산에서 슬피 울었고 기이하게 여긴 문왕이 마침내 돌덩이 속에 든 명옥을 알아보고 그를 구원해 주었다.

그는 내 시의 숨은 기호를 알아차리고 나를 만나기 위해 부안으로 왔다.

우리는 둘 다 비천한 집안에서 태어나 비천하게 자랐다. 현실은 우리에게 출구 없는 감옥이나 다름없었다. 하지만 우리는 서로의 존재를 알아보았다. 우리가 보잘것없는 돌 속에 갇힌 진정한 보석임을.

"내가 열세 살 때 아버지가 포악한 상전에게 매를 맞아 돌아가셨소. 남편을 살려달라고 매달리던 어머니까지도 몽둥이로 내리쳐 단매에 허리를 부러트렸지. 끓어오르는 복수심으로 하면 당장 그 자리에서 칼을 맞아 죽는 한이 있더라도 상전의 목줄을 끊어버리고 싶었지만 어머니와 동생을 생각하니 참을 수밖에 없었소. 그때 나는 겨우 열세 살이었지. 나는 오기로라도 시묘살이를 시작했던 거요. 상놈도 양반처럼 인간이라는 것을 보여주고 싶었던 것이오.

상전이 하인 놈들을 데리고 와 나를 위협했소. 자고로 하늘 아래 풀벌레도 이슬 먹는 종자가 따로 있고 오물 먹는 종자가 따로 있거늘 어디 천하디천한 종놈이 양반의 흉내를 내 시묘살이냐고 무섭게 울골질했소. 내가 굴복하지 않자 하인 놈들을 시켜 나를 개 패듯 때렸소. 범강장달이 같은 장정 세 놈이 달려들어 패니 어린 내가 어찌 견디겠소. 코에서 피가 터지고 온몸이 시퍼렇게 멍들어 그야말로 육장병거지 꼴이 되지 않았겠소.

북촌에서 수락산까지 나를 보겠다고 달려왔던 동생이 처참하게 두드려 맞는 나를 본 거요. 동생은 신발이 벗겨지는 것도 모르고 다시 북촌까지 단걸음에 뛰어가 피투성이가 된 발로 영감마님의 처소로 뛰어들었소. 개성 유람을 다녀와 아무것도 모르던 영감마님이 대노해 내 아버지 유업동을 때려죽인 아들을 과거 공부 하라고 선산이 있는 시골로 쫓아 보내고 우리 가족을 외거노비로 분가시켜주었소. 신역(身役)을 면제해 주고 원동에 집 한 채와 푸서리 땅까지 내주어 우리 가족이 살 길을 도모해 주었소.

하지만 그걸로 끝난 것이 아니었소. 전호후랑(前虎後狼)**이라고 하필이면 아버지의 묘를 쓴 바로 옆이 권세가 뜨르르한 청원위의 선영이었던 거요. 청원위의 묘지기가 찾아와 당장 묘를 이장하라고 을근거렸소. 하루는 다 저녁때 묘지기가 하인 놈들을 데리고 오더니 다짜고짜 나를 결박하고는 아버지 무덤을 파헤쳤소. 무덤의 흙을 다 파내고는 나를 그 속으로 떠밀고 퍼낸 흙을 다시 삽으로 퍼 넣기 시작했소. 나를 생매장할 생각이었던 거요. 이대로 죽는구나 싶은데 묘지기가 지껄이는 말에 정신이 번쩍 들었소. '저놈을 파묻어야 북촌 서방님께 나머지 돈을 받을 게 아녀. 웃한내에 새로 술청을 열었는데 얄캉얄캉한 꽃겨집이 두 년이나 왔다고 소문이 짜해. 으흐흐흐. 후딱 처리하고 가서 밤새껏 놀아보자고. 저깟 뿌리도 없는 상놈 하나 감쪽같이 파묻어버려도 누가 신경이나 쓰겠는가? 산 위의 늑대가 내려와 물어 갔다고 생각할 테지. 흐흐흐.'

현애철수 장부아(縣崖撒手 丈夫兒). 벼랑 끝을 잡고 있던 손마저 놓아버릴 용기가 있어야 대장부라는 뜻이오. 나는 그때 내가 벼랑 끝에 서 있다는 것을 알았소. 아버지가 내 눈앞에서 매 맞아 죽고 허리가 부러진 어머니는 평생 구들자리 신세가 되어 똥오줌을 받아내야 했소. 더 이상 무서울 게 없었지. 나는 유일하게 잡고 있던 구원의 줄을 탁 놓고 캄캄한 어둠 속으로 몸을 던질 각오가 되어 있었소. 겨우 열세 살인데도 나는 백 살도 더 먹은 것 같았소. 고통이 내게 지혜를 터득하게 해준 것이오. 얼굴로 흙더미가 마구 쏟아져 입속으로 들어갔지만 나는 온 산이 쩌렁쩌렁 울리도록 풍월을 읊기 시작했소."

백성들의 어려움이여, 백성들의 어려움이여
흉년 들어 그대들은 먹을 것이 없구나.
나는 그대들을 구원할 마음이 있어도
그대들을 구원할 힘이 없구나.
백성들의 괴로움이여, 백성들의 괴로움이여
저들은 그대들을 구원할 힘이 있어도
그대들을 구원할 마음이 없구나.
바라건대 잠시라도 소인의 마음을 돌려
군자의 생각을 가져라.
군자의 귀를 빌려
백성의 말을 들어보아라.***

  그의 아버지 유업동이 산에 나무하러 가면 지게를 세워놓고 읊던 시였다. 남의 집 종놈에 불과한 유업동이 풍월을 읊을 수 있었던 것은 동갑내기인 도련님의 방자로 시중을 들며 등 너머로 글을 익힌 덕분이었다.
  유희경이 아버지의 관 위에서 죽을힘을 다해 뜨물 먹은 당나귀 청으로 노래하는데 어느 순간 사위가 고자누룩해졌다. 그의 몸은 반쯤 흙으로 뒤덮이고 눈은 뜰 수도 없게 따끔거리고 목에서도 꺽꺽 쉰 소리가 났다. 소낙비가 지나간 비거스렁이의 서늘함이 느껴져 그는 기분이 오싹해 이미 죽어 저승에 온 것은 아닐까 하는 생각조차 들었다. 슬그머니 위를 올려다보니 웬 까까머리 중과 호협한 선비가 무덤 안을 들여다

보고 있었다.

선비가 산 위의 절에 일러 무덤 옆에 여막을 지어주게 하고 매일 아침 소년에게 죽을 쑤어 가져다주라고 시켰다. 그 선비가 바로 그의 목숨을 구하고 인생을 통째로 바꿔준 동강 남언경이었다. 남언경이 관아에 소장(訴狀)을 써주어 그는 묘지기의 무작한 횡포에서 벗어날 수가 있었다.

"만약 내가 그날 그분을 만나지 못했더라면 오늘의 나는 없었을 것이오."

그가 갈증이 나는지 술을 따라 한 모금 입을 적셨다.

"스승의 가르침 중에 중요하지 않은 것이 하나도 없지만 그중에서도 늘 강조하신 것이 신의였소. 신사가복 기욕난량(信使可覆 器欲難量).『논어』「학이」편에 나오는 것으로 말은 지킬 수 있게 해야 하고 됨됨이는 헤아리기 어렵도록 크게 키우라는 뜻이오."

그가 내 손을 끌어다 잡았다.

"신(信)은 사람 인(人)과 말씀 언(言)이 합쳐진 글자요. 약속이란 것은 도장을 찍어내듯 약속한 말 그대로를 지킬 수 있어야 한다는 뜻이오. 내가 부안에 온 것은 결코 기생인 그대를 탐하기 위한 것도, 그대의 소망대로 시를 가르쳐주기 위해 온 것도 아니오."

콧등이 찡해지며 내 눈에 눈물이 고였다.

"나는 그대와의 약속을 지키지 못했소. 참으로 미안하오."

그가 내 아버지의 무덤을 만들어주겠다고 한 그 옛날의 약속을 지키지 못한 것에 대해 뒤늦은 사과를 하고 있었다.

나는 교방에서 동기 수업을 끝내고 어엿한 기생이 된 후에 사람을 사서 그때의 그곳, 송 진사네 집 어름을 샅샅이 뒤졌으나 어디에 아버지의 무덤 비슷한 것이 있기나 할 것인가. 다만 나는 아버지의 위패를 부안의 개암사에 모시고 천도재를 올리는 것으로 마음을 달랬을 뿐이다.

먼 지평선 위로 황금빛과 남빛이 섞인 붉은 노을이 들판에 드리우고 있었다. 그와 나는 산 아래의 커다란 바위 밑에 돗자리를 깔고 저녁밥을 지어 먹었다.

나는 산 위의 약수터로 가 샘물을 떠 왔다.

상이랄 것도 없는 둥그런 돌을 찾아 둘 사이에 놓고 그 위에 정화수를 올려놓았다.

나는 그때까지의 남복을 벗고 시장에서 산 끼끗한 무명 치마저고리로 갈아입고 그에게 세 번 절을 해 평생 지아비로 모실 것을 맹세했다.

나는 시 한 수를 써 그에게 내밀었다.

> 떠돌며 밥 얻어먹기를 평생 배우지 않았고
> 다만 차가운 매창(梅窓)에 비치는 달그림자만을 사랑하노라.
> 세상의 속된 사람들 고요히 살려는 나의 뜻 알지 못하고
> 손가락질하며 뜬구름이라 잘못 아는도다.

나는 저고리 옷고름을 풀어 젖가슴을 드러냈다.
"제발 부탁드립니다. 저를 위해서 새겨주십시오."
그가 깊은 눈으로 나를 뚫어질 듯 응시했다.
"후회하지 않겠소?"

"네. 절대 후회하지 않을 것이옵니다."

"죽을 때까지?"

"죽어서 저세상에서도 저는 당신의 여자가 될 것이옵니다."

마음에 어떤 한 사람을 두는 것은 슬픔을 키우는 것이다. 슬픔은 점점 자라 잎을 달고 꽃을 피우고 열매를 맺고 마침내 슬픔은 가슴속에서 단단하고 아름다운 결빙이 된다. 그렇게 되면 영원히 슬픔의 독을 품고 살아가야만 한다.

한참을 묵묵히 앉아 있던 그가 결심한 듯 바늘에 먹물을 찍어 나의 젖무덤에 한 땀 한 땀 찔러 매창(梅窓)이라고 새겨 넣었다.

연비가 끝났을 때 내 눈에서 뜨거운 눈물이 계속해 흘러내렸다.

그가 내게 시 한 수를 지어주었다.

꿈에 비로봉에 올랐더니
부상에서 빛나는 해가 붉게 물결에 쏘아대네.
선녀가 학을 타고 구름을 넘어오시더니
나를 섬궁(蟾宮) 계수나무 그림자 사이로 데려가누나.

나는 기쁨으로 가슴이 터질 것처럼 벅차올랐다. 나의 첫 기명이 섬초(蟾初)니 섬궁(蟾宮)이란 곧 나의 왕궁을 말한다. 나는 말하자면 달 속의 계수나무다. 그는 내 비밀의 사원에 입성한 첫 남자, 나의 남자다. 그가 내 젖가슴의 먹물을 수건으로 정성 들여 닦아내고 그곳에 얼굴을 묻었다. 그가 입술로 내 젖꼭지를 강하게 꽉 물었다. 갈파의 용을 타고 내 꿈속에 나타난 남자가 바로 내 곁에, 내 앞에 존재한다. 정녕 이것은 꿈이 아니다. 그가 입술을 열고 뜨거운 혀를 내 입속으로 디밀었다. 혀와 혀가 엉키면서 그 속에서 말할 수 없이 달콤한 생명수가 흘러넘쳤다. 나는 그를 나의 섬궁에 가두고 탈출하지 못하게 할 것이다. 그는 나의 영원한 포로가 될 것이다.

다음 날부터 나는 남복을 벗고 소박한 시골 아낙의 차림으로 그와 동행했다.

흰 무명 저고리에 먹물 치마를 입고 햇볕을 가리기 위해 머리에 전모를 쓴 나를 알아보는 사람은 누구도 없었다.

중화가 되어 한 주막으로 들어갔다.

주모가 화덕 위의 커다란 가마솥 뚜껑을 열자 구수한 냄새가 식욕을 자극했다.

찬은 깍두기 하나뿐이었지만 시원한 콩나물국밥과 알큰한 모주가 일품이었다. 그와 나는 며칠 굶은 사람처럼 땀을 뻘뻘 흘리며 뚝배기에 안다미로 퍼 담은 콩나물국밥을 걸탐스레 입에 퍼 넣었다.

그것이 그와 먹는 마지막 음식이라는 것을 그때 내가 어찌 알았을 것인가.

등에 아이를 업고 머리에 광주리를 인 아낙과 지게 위에 땔나무를 잔뜩 얹은 남자가 주막으로 들어왔다. 곧 펄펄 끓는 국밥이 나오자 주먹상투를 튼 남자가 게걸스레 입안에 퍼 넣고, 아낙은 등에 업은 젖먹이를 앞으로 돌려 안아 보얀 젖무덤을 드러내고 젖을 물린 자세로 한 손으로 국밥을 입이 미어져라 퍼 넣었다. 손으로 깍두기를 집어 먹던 아낙이 갑자기 "어이구! 이눔 새끼가 어무이 젖은 왜 깨물고 지랄이여?" 하고 찰싹 소리가 나게 아기의 등을 때렸다. 아기가 으앙, 하고 자지러지게 울음을 터뜨리자 "어이구, 아파쪄? 아파쪄? 어이구, 이쁜 내 새끼! 얼룰룰루!" 하며 얼러대고 쪼옥 소리가 나게 입을 맞췄다.

나는 엄마 젖을 물고 탐욕스럽게 빨아대는 아기의 밤볼 진 볼과 젖무덤을 꽉 움켜쥔 통통하게 살이 오른 손을 보았다. 순간 나는 그 초라한 아낙에 대한 게염이 일고 입맛이 싹 가셨다.

기생은 팔천(八賤)에 속하는 천민으로 한번 기적(妓籍)에 오르면 벗어날 수가 없다. 양반과 혼인하더라도 그 자식은 천자수모법(賤者隨母法)에 의해 아들은 노비, 딸은 기녀가 되어 관아에 예속된 채 신분이 세습된다. 늙거나 병이 들어 기녀의 역할을 하지 못할 때는 딸이나 조카, 그마저 없으면 수양딸을 대신 들여보내야 했으니 돈을 바치고 속량되는 경우가 아니면 평생 벗어날 수 없는 신분의 예속이었다. 겉보기에 화려해 보일 뿐 노예나 다름없이 비참한 존재였다.

나는 숟가락을 놓고 신발을 신었다. 국밥을 먹다 말고 물끄러미 바라보던 그가 남은 모주를 훌쩍 들이켜고 곧 나를 따라 나왔다. 우리는 말을 타고 논틀밭틀길을 말없이 지나갔다. 사랑이 사랑만으로 어렵다는 것을 나는 처음으로 느끼고 있었다. 그는 결국 떠나갈 것이다. 한양과 부안의 거리를 가늠해 보지만 얼마나 먼 거리일지 헤아려지지가 않았다. 나는 차마 그에게 나를 한양으로 데려가달라는 말을 할 수가 없었다. 그에게는 나를 속량할 만한 돈이 없다. 그는 가난한 천민이다. 우리는 그때까지 단 한 번도 이별에 대해 얘기를 나누지 않았다. 어쩌면 마음속 깊이 헤어짐을 기정사실로 미리 상정하고 있었던 것인지도 모른다. 시한부의 사랑이라 그토록 더 달콤했던 것일까?

마을 어귀로 들어서는데 커다란 느티나무 아래 사람들이 모여 오구탕을 치고 있었다.

가까이 가보니 등짐을 나무에 기대어놓은 항아장수가 천산지산 다 떠위고 있었다.

"부산성이 단 하루 만에 함락되었다는구만. 시방 엥남 짝은 피난민들로 도로가 꽉 막혔당게."

"고것이 참맬이당가? 증말로 부산성이 함락되었다꼬라?"

"이보쇼. 내가 매크랍시 그짓말을 허것는가? 시방 똥줄 타게 대구 짝에서 오는디 숭악헌 왜놈들이 갑옷 위에다가 짐승 가죽을 디끼쓰고 닥치는 대로 사람을 처죽이고 지집은 노파건 어린애건 가리지 않고 겁탈한다고 하는구만. 아주 조선 사람 씨를 다 말릴라고 장정들은 불알을 발라 소금에 절여 본국으로 보낸다고 하는구만."

왜구들은 이전부터 자주 해안가 마을에 출몰해 민가를 약탈하고 어린아이들을 노예로 잡아갔다. 한 아낙이 공포에 떨며 땅바닥에 주저앉아 통곡을 터뜨렸다. 아낙의 울음을 계기로 모여 섰던 여자들이 콧물을 훌쩍거리며 한꺼번에 울기 시작했다.

항아장수가 내려놓았던 등짐을 어깨에 다시 멨다.

"내가 헐 말은 다 했응게 그만 가게 길을 내주쇼이. 후딱 집에 가 식구들 데불고 피난 갈랑게."

수염이 하얀 늙은 영감이 엄정하게 꾸짖었다.

"피난은 무신 피난이여? 왜놈들이 괜히 영남으로 쳐들어왔것어? 우리 전라도는 이순신 장군이 지셔서 아주 튼튼혀. 걱정하지 않아도 되여."

유희경은 조용히 사람들 속을 빠져나와 곧바로 행장을 꾸려 동진강으로 향했다.

집으로 들어가라고 했지만 나는 한사코 동진나루까지 따라갔다.

피난 가려는 승객들로 배는 발 디딜 틈이 없었다. 뱃머리 덕판과 이물, 고물에 사람들이 빼꼭히 들어찼다. 활쏘기 대회에서 부상으로 받은 그의 부루말을 배에 태운다는 것은 어림도 없는 일이었다.

사공이 배를 띄우려고 상앗대를 이리저리 돌리며 모주 먹은 돼지 껄때청으로 외쳤다.

"싸게싸게들 자리에 앉으시요이!"

유희경이 말고삐를 내 손에 쥐어주었다.

"자세한 상황은 모르지만 전쟁은 그리 오래가지 않을 거요. 그때까지 말을 맡아주시오."

마치 설씨녀와 헤어지는 가실처럼 그는 내게 말을 맡겼다.

나는 전쟁이 일어났다는 그 사실보다 그와의 이별이 도저히 현실로 받아들여지지가 않았다. 너무나도 갑작스럽게 닥친 일이었기 때문이다. 나는 멍해 있다가 그가 갯벌을 건너갈 때 문득 따라 들어갔다.

"저도 따라가겠어요."

그가 주춤 뒤돌아보며 낮게 부르짖었다.

"계랑!"

기생은 관에 얽매인 공물이나 마찬가지라 함부로 임지를 떠날 수가 없다. 만약 발각이 되면 죽음에 이를 정도의 큰 벌을 받고 상대 남자도 파직당하는 벌을 받게 된다. 그가 천민이라 파직의 변이야 없겠지만 다시는 돌아올 수 없는 먼 국경의 노비로 끌려갈 것이다.

그가 발걸음을 돌려 내게로 다가와 목소리를 낮춰 말했다.

"전쟁은 길지 않을 거요. 전쟁이 끝나면 내가 꼭 오겠소! 내 말 알아 듣겠소?"

"아니 죽어도 헤어지지 않겠어요! 나리! 제발 저를 데려가주세요!"

"계랑! 나는 의병으로 출정할 생각이오. 당신은 이곳에 있는 것이 더 안전할 거요. 편지하리다. 알겠소? 어디 있든 꼭 당신에게 소식을 전하 겠소! 어서 돌아가시오! 어서!"

사공이 배를 띄우기 위해 선착장의 말뚝에 묶어놓은 버릿줄을 풀며 소리 질렀다.

"탈 것이여 안 탈 것이여? 타지 않을라믄 배를 띄우것소!"

나는 불현듯 저고리춤을 뒤져 은장도를 그에게 내밀었다. 우슬재를 넘을 때 방물장수에게서 사 그가 나에게 선물한 부부합 금장도의 은칼 이었다.

"몸에 지니고 계세요! 그리고 꼭 편지하세요! 꼭요!"

그가 갯벌을 철벅철벅 뛰어 황급히 배의 한구석을 비집고 올라탔다.

그가 덕판에 한 발을 올려놓자마자 사공이 상앗대를 잡아당겨 배를 강 쪽으로 강하게 밀어냈다. 그 바람에 그의 몸이 중심을 잃고 잠시 휘청거렸다.

어느새 배가 강의 중심을 향해 물살을 헤치며 빠르게 나아갔다.

이물 쪽의 상앗대를 내려놓고 고물 쪽으로 옮겨 가 상판노로 갈아 잡은 사공이 뱃노래인지 상여 노래인지 모를 타령을 구성지게 뽑아냈다.
 "예! 어야 예 어어 야아! 노 저어라! 예 어어 야아 돈 벌러 가세! 예 어야 예! 북망산천 멀다더니 눈 감으면 황천일세! 예 어야 예 어어 야아! 명사십리 해당화야 꽃 진다고 설워 마라! 예 어야……."
 나는 배가 보이지 않을 때까지 선착장에 꼼짝 않고 서 있었다.
 넘실대는 푸른 강물 위로 미풍에 날린 복사꽃잎이 물살에 둥둥 떠내려갔다. 나는 충동적으로 그 물속에 뛰어들고 싶은 격앙된 감정을 느꼈다. 만약 그날 우리가 헤어져 칠 년이라는 긴 세월을 만나지 못할 것을 내가 알았더라면 나는 죽는 한이 있더라도 그를 따라 설령 지옥 끝까지라도 갔을 것이다.
 칠 년…… 칠 년이라니…….
 나무말미처럼 짧은 사랑, 긴 이별이었다.

2부

그대의 집은 부안에 있고 내 집은 한양에 있으니
그리움 사무쳐도 만날 수 없어
오동잎에 떨어지는 빗소리에 애간장만 타는구나.
— 유희경

소나무처럼 푸르자 맹세했던 날
우리의 사랑은 깊기만 했어라.
강 건너 멀리 떠난 님께선 소식도 끊어졌으니
밤마다 슬픈 마음을 나 홀로 어이할거나.
— 매창

그리움 사무쳐도

  언덕 끄트머리 가까운 곳에 바다 쪽을 향해 굿상이 차려졌다. 일월떡, 칠성떡, 별상떡, 대감떡, 감응떡, 해떡, 달떡, 천두떡에 송이채, 더덕채, 도라지채 삼색 나물과 닭이 차례로 올려지고 일월시루 안에 새발심지를 놓고 생미가 담긴 불기(佛器) 세 개에 흰 고깔이 씌워져 있다.
  굿상 앞에는 아흔아홉 상쇠방울, 솟을명도, 일월명도, 제금 등이 펼쳐지고 칠성단 위에 자두가 길게 놓였다.
  붉은 깃털 달린 산수털벙거지에 동달이를 차려입은 장교가 검쓴 표정으로 굿상 오른편에 버티어 섰고, 그 뒤로 꼬꼬마벙거지에 무릎치기를 입은 포졸들이 일렬횡대로 배열했다. 만약의 경우에 대비해 부안 관아에서 파견한 군대다.

밤이면 귀신의 슬픈 곡성이 들려오고 비라도 뿌리는 날이면 인광이 번쩍인다는 호벌치에 원한 맺힌 손돌이바람이 데억지게 몰아쳤다.

하얗게 소복 차려입은 무당이 눈을 희번덕이며 다가설 때마다 굿상 앞에 모여선 사람들이 움찔 놀라 한 발짝씩 뒤로 물러섰다.

굿상 앞에 피워놓은 횃불이 악마의 혀처럼 시뻘겋게 일렁거렸다.

불빛에 비친 무당의 눈빛은 꼭두서니 빛보다 더 붉었다.

마침내 무당이 군중 속에서 한 여자를 지목해 앞으로 끌어냈다. 더덜뭇이 끌려 나온 여자는 시르명한 표정에 머리는 산발이고 땟국에 전 옷에서 시궁창 냄새가 진동했다.

무당이 여자의 머리 위에 사람 형상으로 만든 종이를 올려놓자 여자가 부르르 진저리를 치며 몸을 떨었다.

굿판에 향내가 가득한데 무당이 처연한 음성으로,

"신이로구나!"

크게 외치자 이어 상쇠가 꽹과리를 꽤앵! 하고 울렸다.

그 순간 나는 온몸에 소름이 돋고 모골이 송연해지면서 알 수 없는 감동으로 가슴이 벅차고 눈물이 치솟아 올랐다.

무당이 다시 목청을 탁 돋우어,

"이 잔치는 돌아간 사람을 씻기어 저 세상으로 안전하게 인도하고자 함이오니 귀신은 흠향하시고 편안히 돌아가소서!"

크게 외치고는 망자의 넋을 부르는 지전춤을 추기 시작했다. 꽹과리, 북, 장구, 징이 꽹꽹거리고 둥둥거리는데 신기(神氣) 오른 무당이 하리망당히 서 있는 여자의 주변을 빙빙 돌다가 양손에 든 지전으로 여자의 머리를 감싸듯 들어 올리는 시늉을 했다.
 "올랐구나아! 올랐구나아! 불쌍헌 망제씨가 넋이라도 오시리잇고! 혼이라도 오시리잇고!"
 총 맞아 죽은 귀신, 바다에 빠져 죽은 귀신, 불에 타 죽은 귀신, 굶어 죽고 겁탈당해 죽어 구천을 헤매는 귀신들이 굿상 뒤 병풍에 걸쳐놓은 옷가지를 무섭게 뒤흔들었다.
 여자의 머리 위에 얹혀 있던 사람 형상의 종이가 무당의 양손에 든 지전에 달라붙어 서서히 올라가다가 떨어지기를 반복했다.
 "어매! 이를 어쩌쓰나!"
 "넋이 안 붙는구만!"
 "을매나 원통하믄 넋이 안 붙을까매!"
 사람들 입에서 절로 탄식이 흘러나오는데 멍히 서 있던 여자의 입에서 처절한 부르짖음이 터져 나왔다.
 "내 새끼 살려주시요! 내 새끼 살려내시랑게!"
 달을 향해 고개를 치켜든 여자는 다름 아닌 줄포 해안의 해녀 배 씨였다.
 그녀의 열두 살과 아홉 살 난 두 아들은 정유년 줄포 해안에 들이닥친 왜군에게 잔인하게 살해당했다.
 왜군은 고샅을 누비며 살아 있는 모든 것을 다 죽였다. 어린 손자를 안고 나는 죽여도 좋으니 제발 손자만은 살려달라고 애원하는 노파를 수십 명이 윤간하고 손자의 코를 도려냈다. 사람의 귀는 둘이나 코는 하나니 귀 대신 코를 잘라 보내라는 도요토미 히데요시의 미치광이 같은 명령에 의해서였다. 이순신 장군으로 인해 본국으로부터의 보급로가 끊겨 평양까지 진격하고서도 결국 전쟁에 진 도요토미 히데요시는 정유년(1597년) 재침을 강행하며 전군에 명령했다.

"전쟁이 이토록 오래 끄는 것은 전라도 때문이다. 전라도민을 단 한 명도 남김없이 다 죽여 씨를 말리고 코를 잘라 보내거라."

이때부터 전라도에는 "애비 온다, 이비 온다"는 말이 유행하기 시작했다. 코를 떼어 가고 귀를 떼어 가는 왜군을 뜻하는 이비(耳鼻). 이렇게 칠년 전쟁 동안 왜군이 떼어낸 귀와 코가 12만 6천 명이나 되었다.

왜군은 고창을 짓이기고 흥덕에 침입해 배풍령 전투에서 조선군을 완전히 도륙하고 줄포 해안으로 들이닥쳤다. 갑옷 위에 짐승의 가죽을 둘러쓰고 모자에도 날짐승의 붉은 깃털을 꽂은 왜군은 저승사자나 다름없었다.

마당에서 미역을 말리고 있던 배 씨는 "왜놈이다! 왜놈이 쳐들어온다!" 미친 듯 외치고는 엉겁결에 뒷간으로 뛰어들어 두엄 더미 속으로 몸을 숨겼다.

삽짝을 발로 차 무너뜨리고 집 안으로 들이닥친 왜군은 고미다락 깊숙이 숨은 배 씨의 두 아들을 끌어냈다. 왜군이 두 아들에게 부모가 숨은 곳을 대라고 하자 큰아들이 아비는 임진년(1592년) 의병으로 나가 죽었고 어미는 어디 있는지 모른다고 대답했다.

몇 년 동안이나 조선 땅에 주둔하면서 조선말을 익힌 왜군이 고함을 질렀다.

"바카야로! 나와라! 나와서 몸을 바치지 않으면 아들들을 죽여버릴 것이다!"

작은아들이 처절하게 울부짖었다.

"어무이! 어무이! 살려주시요! 어무이! 어무이!"

배 씨는 귀를 틀어막았다. 죽음이 두려워서가 아니라 정조를 훼손당할 것이 무서웠기 때문이다. 어미가 훼절하면 그 아들은 과거 시험조차 치를 수 없는 것이 조선의 법이다. 어미의 재가만으로도 아들의 출셋길은 차단되고 등용되지 못했다. 굶어 죽는 것은 작은 일이나 정절을 잃는 것은 큰일이라고 하지 않는가.

"바카야로!" 하는 고함 소리와 함께 큰아들의 목이 뎅겅 잘려 나갔다. 곧이어 작은아들의 목이 잘리고 선명한 피가 햇살에 튀었다. 왜군은 키득거리며 두 아들의 배를 가르고 간을 꺼내 울타리에 걸었다. 줄포 해안을 분탕질한 왜군이 부안 방면을 향해 몰려간 후에도 배 씨는 뒷간에서 나오지 못했다.

먼 바다로 고기잡이를 나가 목숨을 부지한 어부가 마을을 뒤지다가 배 씨를 발견했다. 배 씨의 온몸이 딱딱하게 굳어 펴지지 않았다. 어부는 간신히 배 씨를 방으로 옮기고 아궁이에 장작을 지폈다. 한참 후 더운물을 가지고 방으로 들어가려는데 사지가 풀린 배 씨가 마당으로 구를 듯 튀어나왔다.

배 씨는 갈기갈기 찢긴 아들들의 시체를 안고 겅중겅중 뛰었다. 한참을 미친 듯 날뛰던 배 씨가 울타리에 걸쳐져 있던 두 아들의 간을 입속에 넣고 꿀꺽 삼키더니 괴성을 지르며 바다 쪽으로 내달렸다. 그 후로 배 씨를 보았다는 사람은 아무도 없었다.

용모가 곱고 행동거지가 바른 데다 자식 교육에 엄격해 고을 사람들의 칭송을 받던 여자였다. 남들보다 손이 재고 발라 같이 바다에 가면 굴을 따도 그렇고 무엇을 해도 수확량이 많았다. 그녀의 소원은 오로지 두 아들의 과거 급제였다. 먹을 것 안 먹고 입을 것 안 입고 손이 북두갈고리가 되도록 일해 아들들을 한양으로 유학 보내는 것이 그녀의 단 하나 소망이었다.

"내 새끼 살려내시요! 내 새끼 살려내시요!"

처연한 음성으로 부르짖던 배 씨의 시선이 굿상 오른편에 버티고 선 장교의 붉은 깃털 달린 모자에 고정되었다. 배 씨가 괴성을 내지르며 장교에게로 달려들었다.

"이눔! 이 천벌을 받을 눔! 내 새끼 살려내랑게! 이눔! 이 나쁜 눔! 으허허어! 으허허어!"

깡마른 손이 산수털벙거지에 매달린 군복패영을 살똥스럽게 잡아당겼다. 밀화 구슬 군복패영이 후드득 뜯겨 나가면서 땅바닥으로 흩어졌다. 창졸간에 봉변을 당한 장교가 손에 들고 있던 등채로 여자의 얼굴을 세차게 후려쳤다. 얼굴에 붉은 채찍 자국이 그어지고 피가 흘러내렸지만 배 씨는 개의치 않고 장교를 향해 다시 달려들었다.

장교의 뒤에 배열했던 포졸들이 우르르 몰려나와 육모방망이로 여자를 난타하고 발로 짓이겼다. 배 씨가 비명을 내지르며 땅바닥으로 굴렀다. 군중이 반 넋을 빼고 있는데 쥐대기 옷을 걸친 거지 아이 하나가 포졸들을 비집고 들어가 배 씨의 몸을 감싸 안았다.

"때리지 말랑게요! 이 아짐은 미쳤구만요! 지정신이 아니여요!"

포졸 한 놈이 거지 아이의 멱살을 오둠지진상으로 잡아 팽개쳤다. 소년이 저만치 나가떨어지면서 코에서 시뻘건 피가 흘러내렸다. 눈물과 핏물로 반 범벅이 된 얼굴로 소년이 엉금엉금 기어가 땅바닥에 쓰러져 미동도 않는 배 씨를 껴안았다.

"아짐! 아짐! 죽으면 안 된당게. 아짐!"

포졸 놈이 거지 아이를 향해 육모방망이를 다시 치켜들었을 때 굿상 멀찍이 서서 구경하던 방갓 쓴 남자가 불식간에 앞으로 튀어나왔다. 이건 또 웬 소소리패인가 해 포졸들이 육모방망이를 꼬나들고 남자를 에워쌌다. 남자가 한 손을 들어 머리에 쓴 방갓을 천천히 벗었다.

"오오!"

군중 속에서 억눌린 함성이 터져 나왔다. 코가 뭉턱 잘려 나간 남자의 얼굴은 기묘했다. 밀물이 서서히 밀려오듯 군중 속에서 남자 몇이 주춤거리며 앞으로 나와 포졸들 앞에 섰다. 얼굴을 감싼 무명 수건을 풀고 머리의 방갓을 벗은 그들은 한결같이 코가 잘려 나가고 없었다. 흐릿한 달빛 아래 선 코 없는 남자들은 살아 있는 귀신이었다.

숨 막힐 듯한 정적 속에서 횃불만이 무섭게 일렁거렸다.

군중의 눈동자가 무당의 눈빛처럼 꼭두서니 빛으로 번들거렸다.

줄 끊어진 모자를 고쳐 쓴 장교가 왼쪽 겨드랑이에 찬 칼집에서 후벼치듯 환도를 뽑아 들었다.

"잘 듣거라! 국법으로 금지된 굿을 사또께서 특별히 허락하신 것은 국가 수호를 위해 호벌치에서 분사한 의병의 넋을 달래고, 나아가 부안민의 마음을 위로하고자 함이었다! 만약 불미스런 사태가 발생한다면 한 사람도 남김없이 체포할 것이니 그리 알라!"

장교의 기세에 시르죽었던 포졸들이 육모방망이를 바르쥐고 으르딱딱거렸다.
　그때까지 죽은 듯 널브러져 있던 배 씨가 불시에 몸을 솟구치면서 장교를 향해 무서운 기세로 달려들었다. 장교가 손에 들고 있던 칼로 여자를 향해 내리그었다. 사람들 입에서 날카로운 비명 소리가 터져 나왔다. 다음 순간 믿기지 않는 일이 벌어졌다. 장교가 내리치는 칼날을 맨손으로 움켜쥔 배 씨의 손에 상처는커녕 피 한 방울 흘러내리지 않았다.
　덴겁한 장교가 칼자루를 놓고 가재걸음을 쳤다.
　배 씨가 칼을 바로 잡고 훨훨 칼춤을 추기 시작했다.
　무거운 칼을 자유자재로 움직이며 춤추던 배 씨의 입에서 새청 맞은 음성이 터져 나왔다.
　"애고애고 불쌍한 우리 엄니! 엄니 엄니 가엾은 우리 엄니, 이 아들 넋을 받으소! 내 넋을 받으소! 애고애고! 우리 엄니 내 넋을 받으소! 엄니 엄니 우리 엄니, 가엾은 이 아들 잊지 마소! 사모관대, 어사화, 앵삼 소원타가 거적 도포, 거적 바지가 가당키나 하오! 엄니 엄니. 거적에 나를 둘둘 말아 엎어서 묻었을 때 내 푸른 눈에 흙이 잔뜩 들어갔소! 엄니 엄니 우리 엄니. 눈 따가워죽겠소. 털어주오! 털어주오! 내 눈에 든 흙 털어주오!"
　배 씨의 입에서 터진 것은 큰아들 복성의 음성이었다.
　달빛에 드러난 껑더리된 배 씨의 얼굴이 너무도 창백해 도저히 살아 있는 사람으로 보이지 않았다.
　무당의 청승스러운 무가(巫歌)가 바람 소리를 제압하며 하늘 높이 퍼져 나갔다.

"봄은 갔다가 다시 오며는 만물이 소생허건마는, 초로 같은 우리 인생 아차 한 번 죽어지면 칠성포로 상하를 질끈 묶어 소방대뜰 우구 높게 걸어 매 명정공포 앞을 세고, 초로 같은 우리 인생 아차 한 번 죽어지면 더덕이라 싹이 나며 골가지라 움이 날까! 애처른 인간의 명이로구나!"

초저녁에 시작한 진혼굿이 끝난 것은 해시(亥時)가 다 되어서였다.

가마를 타고 집으로 돌아오는데 나는 눈이 따끔거리고 아파 뜰 수가 없을 지경이었다. 바람에 재티라도 들어갔는지 영 까끌거리고 욱신욱신 통증까지 느껴졌다.

나는 수건으로 눈을 누르고 내내 유희경이 한양에서 보내온 마지막 시를 생각하고 있었다.

> 그대의 집은 부안에 있고 내 집은 한양에 있으니
> 그리움 사무쳐도 만날 수 없어
> 오동잎에 떨어지는 빗소리에 애간장만 타는구나.

그 시가 끝이었다. 더 이상 그는 어떤 소식도 전해 오지 않았다. 나는 그의 신상에 무슨 안 좋은 일이 생긴 것 같아 매우 고통스런 나날을 보내고 있었다. 임진년 그와 동진강에서 이별한 후 내가 어떻게 그 긴 칠 년의 시간을 보낼 수 있었는지 믿기지 않을 정도로 이 몇 달 동안 나의 내면은 극심한 고뇌 속에 빠져 있었다.

열흘 전 나는 관아로부터 선상기(選上妓)로 선발되었다는 통기를 받왔다. 그와의 연락이 두절돼 몸이 마르고 애가 타는 판국에 관차(官差)가 들고 온 선상기 발탁 서류에 나는 날개라도 단 듯 기쁘기 한량없었다. 옷을 새로 짓는다, 신을 새로 맞춘다 하면서 법석 떨던 마음에 찬물을 끼얹은 것이 호벌치의 진혼굿이었다.

무당이 탁한 음성으로 "신이로구나!" 외칠 때 나는 가슴이 텅 비고 모든 것이 무의미해지는 마음이었다. 어떤 불가사의한 힘이 나를 저 무한대의 우주로 들어 올렸고 지극히 찰나의 순간 나는 이 생의 속절없음을 뼛속 깊이 절감했다. 어쩌면 사랑의 속절없음을 깨달은 것인지도 모른다. 나는 그가 결코 부안과 한양의 물리적인 거리 때문에 오지 못하는 것이 아니라는 생각을 비로소 하게 되었다.

진혼굿 때부터 시작된 눈병이 약수로 씻고 의원에게 보여도 낫지 않았다. 어머니가 민간요법으로 말린 생선 대가리의 눈에 바늘을 꽂아 동쪽 벽에 걸어두고 매일 아침 내게 지성으로 절하라 시켰다.

나는 문을 닫아걸고 누구도 만나지 않았다. 며칠을 고민하던 나는 눈병이 심해 한양에 갈 수 없으니 다른 기생을 선상기로 올려 보내라는 편지를 써 똥구디를 시켜 현감에게 전하라 일렀다.

똥구디는 내 편지를 현감에게 전하기 전에 어머니에게 빼앗기고 말았다.

"이미 선상기로 뽑혀놓고 거역하면 왕명을 어긴 죄가 된다는 걸 모르느냐?"

단걸음에 별채로 달려온 어머니가 나를 심하게 야단쳤다.

"눈병이 이렇게 심한데 어딜 가겠어요?"

나를 한참 동안 물끄러미 바라보던 어머니가 한숨을 내쉬고 음성을 낮췄다.

"한양에 가야 그 유희경인가 뭔가 하는 인사를 만날 게 아니냐?"

나 역시 그에게 편지가 끊겼을 때 당장이라도 한양으로 달려가 그를 만나야만 직성이 풀릴 것 같았다. 무엇 때문에 나와 연락을 끊었느냐고 속 시원히 이유라도 알고 싶었다. 하지만 남녀가 헤어질 때 도대체 이유란 것이 어디 있을 것인가? 사랑은 그저 봄날처럼, 가을날처럼, 눈처럼, 꽃처럼 사라지는 것이다. 아무 이유도 없이 그냥 가버리는 것이다. 무슨 수로 사랑을 잡을 것인가?

"어머니. 나 이제 그 사람 잊었어요. 아니 잊을 거예요."

"네 눈병이 왜 생긴 줄 네가 더 잘 알 게다. 그 인사가 보고 싶어 눈병이 난 게 아니냐? 약수로 씻고 침을 맞아도 낫지 않으니 이게 상사병이지, 다른 병이냐?"

"……"

"가서 만나야 하느니라. 그렇지 않으면 이 시골구석에서 늙어 죽을 때까지 그 인간을 기다리다 네 인생이 끝나는 거다. 사랑땜을 하고 나야 기생은 뼈가 단단해지느니라. 그래야 진짜 기생이 되느니라."

기녀의 사랑은 한여름 날의 장맛비, 봄날 아지랑이, 비 온 후의 무지개와도 같은 것이다. 지방관들은 길어야 이 년 정도 머물다 한양으로 올라간다. 함빡 정이 들었다 이별할 때는 당장이라도 한양으로 불러올릴 것 같지만 일단 돌아가고 나면 마누라에 첩에 새 기생에 어디 소식이나 줄 것인가? 남겨진 기생은 이제나저제나 편지가 올까, 행여 한양으로 불러올릴까 하며 아글타글 속을 끓이다가 세월만 보낸다. 그렇게 한 번은 사랑땜을 하고 나야 더 이상 사내를 믿지 않는다. 그러면서 서서히 향낭에 남자에게서 받은 패물과 헤어질 때 받은 이빨, 남자의 턱에서 뽑은 수염 등을 모으게 된다. 아무리 뽑은 이빨을 두엄 더미 속에 팽개치고 수염을 아궁이에 불태우며 분풀이를 한들 떠나간 남자가 돌아올 것인가? 그저 오기로 그렇게라도 몸부림을 쳐보는 것이다.

복개 역시 젊은 날 한 남자에게 홀딱 빠진 적이 있었다. 부안에 유배 온 대가의 서방님이었다. 그에게 함빡 홀린 복개는 갖은 음식을 만들어 사내의 입을 만족시키며 지극정성으로 공궤했다. 일 년이 지나 유배가 풀렸을 때 사내는 헤어질 수 없다며 함께 한양으로 가자고 짓졸랐다. 복개는 비싼 가구는 팔고 옷가지는 친인척에게 나눠준 후 이별 잔치까지 크게 하고 떠들썩하게 한양 길에 올랐다.

한양으로 올라가면서 복개의 수중에 든 돈은 한 푼도 남아 있지 않았다. 남자와 호사스럽게 유람을 하면서 흥청망청 쓴 탓이었다. 충주 관아에서 하루를 묵은 것은 현감이 사내와 동문수학한 벗이기 때문이었다. 객사에서 하룻밤을 유숙하고 일어난 날 아침, 사내는 다른 날과 다르게 좌정하고 앉아 서안 위에 『소학』을 펼쳐놓고 있었다. 기분이 묘했고 가슴이 철렁 내려앉았다. 다른 날 같으면 전날 밤 방사(房事)를 질펀하게 했어도 새벽녘 다시 복개의 젖꼭지를 주무르며 단속곳을 벗기던 사내였다.

예감했던 대로 아침상을 물리고 난 사내가 안색이 변해 말했다.

"내가 이제 유배에서 풀려 한양으로 올라가는 마당에 기생첩을 끼고 간다는 것은 말이 안 되는 일일세. 우선 부안으로 돌아가 있게. 내 한양에 가서 먼저 부친의 허락을 받고 자네를 불러올림세."

복개는 빈털터리로 홀로 남겨지고 어정잡이 사내는 홀홀 떠났다. 기가 막히고 억색해 복개는 터덜터덜 탄금대로 갔다. 죽기를 작정하고 물속으로 뛰어들었지만 낚시하던 남자가 발견하고 건져내 목숨을 건졌다. 그때 연락을 받고 부안에서 충주까지 와준 사람이 아전 이탕종이었다.

복개가 자존심만은 있어 죽어도 부안으로 돌아가지 않겠다고 고집을 부렸다.

"서방님께서 반드시 한양으로 불러올린다고 하셨다오."

"그렇다면 어찌해서 물속으로 뛰어들었는가?"

복개가 아무 말도 하지 못하자 이탕종이 마른하늘에 날벼락 치는 소리를 했다.

"이 가똑띠기 같은 사람아. 이제 그만 정신 차리게. 간장이 시고 소금이 곰팡 난다 해도 그 인사가 자네를 한양으로 불러올리는 일은 절대 없을 것이야. 그 인사는 지금 충주 현감이 붙여준 기생과 유람 중이라네. 아마 그 기생과도 원주쯤에서 헤어지고 또 다른 기생을 품에 끼고 한양까지 올라가겠지."

복개는 어찌나 분한지 이빨을 아드득 갈며 이탕종의 멱살을 쥐어 잡고 격격 울었다. 이탕종은 복개가 몸부림치며 흔드는 대로 가만히 앉아서 그 패악을 다 받아주었다. 울다울다 지쳐 정신을 차리고 보니 이탕종의 옷고름이 반은 뜯겨져 나가고 얼굴에도 손톱에 그은 생채기가 보였다.

그때부터 복개는 오로지 돈 모으는 재미로만 아득바득 강파르게 살아왔다.

어느 날 이탕종이 딸을 데리고 온다 간다 말도 없이 부안을 떠나 종무소식이더니 논두렁 죽음 했다는 소식에 복개는 방바닥을 설설 기며 통곡했다. 복개가 전주에서 기생이 된 나를 데리고 와 친딸처럼 극진히 위하는 것을 보고 부안 사람들은 혹시 이탕종이 복개와 바람이 나 낳은 딸이 아닌가 의혹의 눈초리로 보기도 했다.

"참 무정한 양반이다, 네 아버지가. 에이휴! 참말로 세상에 그런 양반도 없었지. 네 아버지야말로 무괴아심(無愧我心)의 삶을 산 분이셨느니라."

어머니의 눈자위가 불그레해졌다.

"마음이 때로 칼이 되느니라. 그러면 살 수가 없게 되느니라. 한양에 가 그 인사를 반드시 만나봐야 하느니라. 그래야 네가 미련을 끊을 수 있느니라. 눈물은 내려가고 숟가락은 올라간다고 아무리 지독한 슬픔도 세월이 지나면 잊히게 마련이니라."

구슬 같은 눈물

동헌의 서리들이며 고을 사람들이 동문 밖까지 나를 배웅해 주었다.
가마꾼들이 청원 문루를 나서 돌솟대의 오리당산과 수문장 격인 상원주장군, 하원당장군 부부 장승 앞에서 가마를 세우고 치성을 드렸다. 나도 가마에서 내려 멀고 먼 한양 길이 평탄케 해달라고 두 손을 모아 합장하고 기도했다.
동진나루까지 따라온 어머니가 내 손을 잡았다.
"에미 말 잘 들거라. 굳이 부안으로 돌아올 생각을 말거라. 알아듣겠느냐? 무슨 수를 써서라도 옥당기생이 되어 한양에서 호강하고 살아야 한다."
"어머니. 왜 그런 말씀을 하세요? 저는 부안에서 어머니하고 늙어 죽을 때까지 살 거예요."

"에미 말을 그저 네뚜리로 듣는구나. 이 시골구석에서 평생 늙어 죽을 작정이라고? 아서라. 너만은 나처럼 이렇게 살면 안 되느니라."

어머니가 끝내 눈가를 저고리 고름으로 꾹꾹 눌렀다.

"애야. 계랑아."

"네. 어머니. 말씀하세요."

"……."

어머니는 무언가 내게 할 말이 더 있는 것 같았으나 입을 닫고 말았다.

동진강의 물은 여전히 푸르게 넘실거렸다. 언제가 되어야 동진강을 건널 때 마음이 아프지 않게 될까? 한양은 어떤 곳일까? 유희경은 과연 나를 반겨줄까? 나는 깊이를 알 수 없는 강물 속을 내려다보며 마음속으로 무수한 질문을 했다.

한양 길은 멀고 험했고 노중에 보는 풍경은 황폐하기 그지없었다. 어디를 가든 무텅이에 두럭을 형성하고 사는 유민들의 지지랑물 흐르는 옴팡집이 보였다.

전쟁으로 농토를 잃고 전국을 떠돌며 걸식하는 유민들이 내가 탄 가마가 지나갈 때마다 한 푼 줍쇼, 하고 구걸을 했다. 나는 내가 맞닥뜨리는 참혹한 현실에 지독한 무력감을 느껴야 했다.

칠 년간의 전쟁은 이 나라 백성의 절반을 앗아갔고 전국을 초토화했다. 백성들은 죽거나 왜국에 노예로 끌려갔고 140만 결에 이르던 농지는 약 3분의 1인 54만 결로 줄어들었다.

조선이 전쟁의 피해를 복구하려면 얼마나 많은 시간이 걸릴 것인가.

이 모든 끔찍한 상황을 짊어지고 가는 것은 오직 백성들뿐이다. 전쟁의 당사자인 왜국은 패전 후 도요토미 막부가 무너지면서 도쿠가와 막부가 등장했고 국력이 약해진 명나라도 변방의 만주족에게 잠식당해 국운이 위태로운 상황이지만, 조선의 왕실과 조정만은 전쟁 전과 별반 달라진 것이 없다. 한 가지 달라진 점이라면 전쟁 전 득세했던 서인이 패전의 책임으로 물러나면서 기축년 정여립의 난으로 실각했던 동인이 다시 조정의 전면에 등장했고 동인은 북인과 남인으로 붕당되었다는 것이다.

내가 이러한 중앙 정부의 세력 다툼을 잘 알고 있는 것은 중앙에서 파견된 지방관들의 입을 통해서였다. 그나마도 뜻 있는 선비들만이 백성의 일을 걱정할 뿐, 대부분은 기생의 치마폭에서 색을 즐기고 향리들의 대접이나 받으며 적당히 임기를 채우고 한양으로 올라갈 생각만 한다. 탐학한 자들은 아전과 짜고 유민들에게 배급된 진휼미를 빼돌리고 모래와 흙을 섞어 양을 속이고 착복하기에 바빴다. 양반이란 바로 그런 자들이다. 어무적이 시에 쓴 것처럼 그들에게는 백성을 구할 힘이 있어도 백성을 구할 마음이 없었다.

전주에서 논산으로 향하는 길 어름의 복찻다리 앞 간이주점을 지나던 가마꾼들이 목이나 축이고 가겠다며 가마를 세웠다.

늙은 할미가 돗자리에 누런 술 단지를 올려놓고 좌판에 북어채와 오징어 등 마른안주를 벌여놓고 탁주를 팔았다.

돈피 휘항을 쓴 항아장수와 너구리털 배자에 패랭이를 쓰고 등에 괴나리봇짐을 멘 남자가 돗자리 앞에 쭈그리고 앉아 술잔을 기울이다가 내가 가마에서 내리자 흘긋거리고 쳐다보았다. 얼마나 마셨는지 말고기 자반이 된 탕창짜리가 돗자리 한쪽에 앉아 담배를 뻐끔뻐끔 피우다가 괜한 곤두기침을 했다.

가마꾼들이 할미가 퍼주는 탁주를 벌컥벌컥 단숨에 들이켜고 저마다 자리를 잡고 앉아 쌈지에서 고불통을 꺼내 막불경이를 채워 부시를 쳐 담뱃불을 붙였다.

할미가 위아래로 나를 훑어보더니 매실매실하게 내뱉었다.

"보시구랴, 기생 아씨. 소리나 한 곡 뽑아주시구랴. 그럼 내 술 한 잔 값은 감해주리다."

똥구디가 욱해서 불끈 성을 냈다.

"아니 이 할미가 지금 뉘게다 헛소리를 하는 것이우? 우리 아씨가 어디 길가에 나앉은 창기인 줄 알우? 직수굿이 술이나 팔 일이지. 한 번만 더 콩팔칠팔 입방정을 떨었다가는 내 당장 돗자리를 엎을 것이니 그리 알우."

반지빠른 할미가 언죽번죽 되술래잡았다.

"오라! 그러니까 기생 아씨는 돈 많은 부잣집이나 지체 높은 나리들 앞에서나 노래하신다 그 말이구랴?"

"어허! 그래도 이 할미가 보자 보자 하니까!"

"거 조빼는 사람한테 억지로 소리시키지 말고 내 딸년 노래나 들어보시우."

똥구디의 말을 싹뚝 자르고 툭 튀어나온 사내의 말에 사람들의 시선이 쏠렸다. 게뚜더기 눈을 한 곤쇠아비동갑의 사내가 잔뜩 주럽이 든 소녀를 왁살스럽게 앞으로 떼밀었다. 누덕누덕 기운 저고리에 때 묻은 도랑치마를 입고 얼굴은 부황이 들어 누렇게 뜬 소녀가 무슨 큰 죄라도 지은 것처럼 어깨를 움츠리고 사람들 앞으로 끌려 나왔다. 머리는 산발이고 몸에서는 젖국 냄새가 진동해 거지도 그런 상거지가 없다. 슬픔과 두려움으로 가득 찬 소녀의 커다란 눈이 어디다 눈길을 둘 데가 없어 안쓰럽게 헤매고 있다. 나는 소녀를 뚫어질 듯 바라보다가 눈이 마주치고 말았다. 소녀가 황급히 시선을 돌렸다.

그 순간 나는 인생이라는 탐욕스런 괴물의 아둑시니 같은 시커먼 아가리를 보았다. 나는 저 불쌍한 소녀가 결코 사내의 딸이 아니라는 것을 직감했다. 소녀는 그 부라퀴 같은 자가 전쟁터에서 구한 돈벌이 도구이자 성적 노리개인 것이다. 내 가슴속에서 형언할 수 없는 슬픔과 분노가 치솟아 올랐다.

사내가 돗자리 위에 털썩 주저앉아 좌판 위의 북어채를 한 움큼 집어 입에 넣고 질겅질겅 씹었다.

"이년 소리가 저 기생 아씨보다 나을 것이우. 탁배기나 한 잔 주시구랴."

소녀가 여전히 입을 다물고 있자 사내가 눈알을 무섭게 부라리며 울골질했다.

"야! 이 쌍년아! 맞아 죽고 싶어 환장한 것이여? 어서 소리하라는데 뭣하고 지랄이여!"

앙당그리고 선 소녀가 여전히 입을 열지 않자 사내가 기어코 일어나 두툼한 손바닥으로 소녀의 뒤통수를 세차게 후려갈겼다. 소녀가 휘청거리며 몇 걸음 뒤로 물러났다.

"이 쌍년이 돼지게 맞어야 정신을 차리것어? 어서 이리 와 소리하지 못혀!"

소녀가 주먹으로 눈물을 닦아내며 제자리로 와 입을 열어 노래하기 시작했다.

슬픈 노래를 부르는 때는 꼭 울고 싶은 때라오.
먼 곳을 바라볼 때는 고향에 가고 싶을 때라오.
고향 생각에 슬픈 마음 쌓여만 가네.
돌아가고파도 집엔 아무도 없고
건너가고파도 강엔 배가 없네.
내 마음을 어찌 말로 다 할 수 있으리.
타는 가슴에 수레바퀴 굴러가는 듯하네.*

아아, 나는 가슴이 미어지는 듯했다.

처음에 기어들어가는 소리로 노래하던 소녀의 음성이 점점 커지고 어느 결에 노래 속으로 들어갔다. 소녀는 다른 세상으로 가 눈빛이 저 꿈의 세계를 헤매고 다닌다. 소녀가 바라보는 세상은 이 땅 어디에도 존재하지 않는다. 소녀만이 그 비밀한 왕궁의 주인이다.

어느 결에 나는 두 손을 모아 맞잡고 소녀의 노래를 듣고 있다.

건성으로 거지 소녀의 노래를 듣던 사내들의 눈이 휘둥그레졌다. 돈피 휘항 쓴 항아장수가 콧등을 문지르며 허리춤의 줌치를 뒤져 샐닢을 꺼내 소녀 앞에 놓인 귀퉁이가 떨어져 나간 바가지에 던져 넣었다.

"거 참! 무슨 노래가 이리도 사람 애간장을 녹이는 게여."

소반장수도 한 손을 코로 가져가더니 팽 하고 코를 풀었다.

"거 묘하네. 꼭 귀신에 홀린 거 같구먼. 아주 마음이 착잡하고 요상해지는구먼."

거지 소녀는 더 이상 거지가 아니었다. 그 아이의 남루한 옷도, 호졸근한 몰골도, 때가 덕지덕지 앉은 손도, 이가 설설 기어 다닐 듯한 산발한 머리도 더 이상 추하지가 않다. 다만 소녀의 애잔한 음성만이 사람들의 영혼에 봄처럼 녹아든다. 먹을 것을 찾아 고향을 버리고 떠도는 슬픈 사람들, 그들은 소나무 껍질을 벗겨 죽을 끓이고 쥐를 잡아 호박잎에 싸 먹고 흙까지 파먹으며 목숨을 연명했다. 그들은 농토를 버리고 호미를 내던지고 항아장수로 소반장수로 이 고장 저 고장을 유랑한다. 애달프고 격정적인 노래가 그들의 언 가슴을 녹인다.

노래, 노래, 노래.

소녀의 노래가 내 가슴을 요동치게 한다. 내 가슴이 더할 수 없이 뛰고 있다. 나를 열세 살로 데려간다. 노래하지 못해 산으로 도망쳤던 나. 내 안에 갇혔던 노래. 열세 살 때 나는 노래하지 못해 아팠지만 소녀는 한 끼의 끼니를 구걸하기 위해 노래한다.

노래.

나는 부안에서 노래 잘하는 소녀였다. 나를 모르는 사람들도 부안읍에서 노래 잘하는 소녀라면 아, 하고 고개를 끄덕였다.

나는 외롭거나 슬플 때면 노래를 불렀고 엄마가 보고 싶을 때면 혼자서 목이 터져라 노래했다. 노래는 내 마음속의 슬픔을 삭이는 힘이었다. 물론 기쁠 때도 노래를 부르긴 했지만 기쁜 날은 극히 드물었다.

나는 어려서부터 음악적 재능이 뛰어났다고 한다. 아버지는 내가 절대음감을 지니고 태어난 것이라고 했다. 나는 모든 자연의 소리와 생활의 소음에 민감했다. 아궁이에서 장작이 타는 소리, 가마솥에서 밥이 끓고 뜸이 드는 소리와 빗소리, 바람소리, 낙엽이 떨어지는 소리, 꽃이 피어나는 소리를 들었고 그 음을 거문고 줄을 뜯어 음악의 소리로 표현하는 것이 재미있었다.

달이 밝은 여름날 밤이면 동네 사람들이 우리 집으로 모여들었다. 아버지의 거문고 연주를 듣기 위해서였지만 겨우 네 살 신동의 거문고 소리가 신기해서였다. 사람들이 내게 주문했다. 빗방울 소리를 내보라고, 바람 소리를 내보라고. 종내에는 방귀 소리도 내보라고 주문했다. 그러면 나는 눈망울을 또록또록 굴리며 삐잉 혹은 뽀옹 소리를 내 이건 엄마의 방귀 소리, 푸드득 빠앙 이건 아버지의 방귀 소리라고 해 웃을 일이 없는 가난한 사람들을 포복절도하게 했다.

하지만 나의 재주가 나를 불행하게 할 줄을 내가 어찌 알았겠는가.

내가 열 살 때, 학문이 깊고 거문고를 뜯을 줄 아는 성실한 내 아버지 이탕종을 신임해 가끔 불러 술을 치고 대화하던 현감이 한양으로 이임하고 새 현감이 부임해 오면서 불행이 시작되었다.

그가 오기 전부터 관아의 이속들 사이에 뼈도 못 추릴 탐관오리라고 소문이 짜했다. 선정을 베풀던 전임 현감과는 정반대의 탐욕스런 새 현감이 부임연에서 기생들의 노래를 듣고는 하나같이 소리 잘하는 년이 없다고 글컹대자 이방이 공생을 시켜 나를 관아로 불러들였다.

내 노래를 들은 현감이 흡족한 얼굴로 꾀꼬리도 이보다 더 고운 음성을 낼 수 없으리라고 칭찬하며 돈냥을 집어주었다. 내가 얼굴이 빨개져 받지 못하자 가까이 불러 어깨를 두드리며 앞으로 자주 와 노래해 주면 한양으로 데려가 내의원에 의녀로 넣어주겠다고 귀가 확 뜨이는 소리를 했다. 옆집에 사는 학수의 윗대 조상 할머니가 의녀였기 때문에 나는 자라면서 의녀에 대해 귀에 딱지가 앉도록 들었다. 의녀는 녹의홍상에 침방을 차고 머리에는 검은 비단으로 만든 가리마를 쓰고 궁궐에 살며 왕비와 공주의 병을 치료하는 지체 높은 신분이라고 학수 아버지가 입에 침이 마르도록 자랑했기 때문이다.

의녀란 천민의 딸인 내가 꿈꿀 수 있는 가장 높은 지위였다.

새 현감 앞에 불려 가 노래한 바로 그날 저녁, 이방이 술병을 들고 삽짝을 들어서자 아버지가 신발도 신지 않고 마루를 내려가 멱살을 틀어잡았다.

"새줄랑이 같은 놈! 내가 너를 친구로 대접한 대가가 겨우 이거냐? 엉? 우리 계랑이를 한 번만 더 현감 앞에 불러내 노래시키면 아주 그때에는 친구고 뭐고 끝장일 줄 알어."

이방이 숨이 막혀 캑캑거리며 사정했다.

"이, 이 사람아. 이거 좀 놓고 얘기하세."

생전 처음 보는 아버지의 반자받은 모습에 놀란 내가 버선발로 달려가 아버지를 뜯어말렸다. 아버지가 이방의 멱살을 틀어잡은 손을 놓고 마루로 와 털썩 엉덩이를 내려놓았다.

이방이 엉거주춤 다가와 아버지 옆에 슬쩍 엉덩이를 걸치고 앉았다.

내가 부엌으로 가 거섭안주로나마 술상을 차리는데 이방이 게정대는 소리가 부엌까지 들렸다.

"왜 융통성 없이 이러나? 현감의 가문은 한양에서도 벌열에 속한다고 하네. 서인들만 산다는 북촌에 으리으리한 저택이 두 채나 있고 전국 각지에도 토지가 수두룩하다네. 자네 언제까지 딸년만 바라보고 홀아비로 늙을 작정인가? 계량이를 데려가 호강시켜준다고 하니 현감이 한양으로 갈 때 딸려 보내고 자네도 새장가를 들어야지. 선운동에 참한 노처녀가 있다는데도 왜 이리 고집을 피우나? 딸년 여의고 나면 늘그막에 어찌 혼자 살려는 게야?"

"여호모피(與狐謀皮)** 같은 소리 하지도 말게. 호강은 무슨 호강. 데려다 소리하는 노예 삼아 심심파적하려는 게지. 한양의 돈 많은 양반들이 집에 가비(歌婢)와 악동(樂童)을 두고 음악을 즐긴다는 것을 지금 자네가 몰라서 이러는 게야? 악독한 자는 노래 잘하는 어린 계집애를 사다가 아예 독한 약초를 먹여 눈을 멀게 한다는 얘기도 못 들었어? 한 번만 더 우리 계량이를 불러내 현감 앞에 세우기만 하면 그때에는 아주 모가지를 비틀어버릴 테니 그리 알어!"

"허어 참! 자네 고집도 알아주어야 해."

"똑똑히 들어. 우리 계량이는 정혼했어. 정혼자가 있다고."

나는 깜짝 놀랐다. 도대체 내가 누구와 정혼했단 말인가.

"계량이 정혼자가 있다고? 언제 약혼을 했더란 말인가? 김제 관아의 박호장 아들이야? 응? 그래? 거 금시초문이구먼."

내가 술상을 들고 나가자 아버지도 이방도 말을 멈췄다. 술 한 주전자를 다 비우고서야 혀가 꼬부라진 이방이 돌아가고 난 후 아버지가 나를 불러 앉히고 엄포를 놓았다. 한 번만 더 관아로 가 노래하면 머리를 박박 밀어버리겠다고.

"아부지. 현감 나리가 소리 잘헌다고 돈을 주셨어라우. 뭐 땜시 노래를 못 허게 한당가요?"

"머시여? 돈을 받았다고? 그게 참맬이여?"

"야."

"당장 그 돈 이리 내놓지 못혀?"

내가 향낭에서 돈을 꺼내주자 아버지가 뒷간으로 가 똥통에 빠트리고 말았다.

"앞으로 관아에서 불러도 절대 가지 말그라. 기생 년이 아닌 다음에야 누가 연회에 가서 소리하고 돈을 받것는가? 아부지 말 알아듣것어?"

관아에서 일해 사대부의 표준말을 쓰는 아버지는 나와 얘기할 때만은 언제나 고향의 토박이말을 사용했다. 내가 표준말을 쓸 줄 모르기 때문이었다.

현감이 쥐어준 돈으로 장날 댕기장수가 오면 궁초댕기를 사려고 작정했던 나는 섭섭하기 그지없었지만 아버지가 워낙 무서운 얼굴을 했기 때문에 눈물을 꾹 눌러 참았다.

나는 아버지를 한편 존경하고 한편 미워했다. 엄마가 도망간 것도 아버지의 너무도 결곡한 면 때문일 것이라고 나는 자라면서 생각하곤 했다. 아버지는 무능력했다. 아니, 지나치게 정직했다고 하는 편이 옳을 것이다.

아전은 세습직으로 아무리 학문이 뛰어나도 과거에 응시할 수 없고 혼인도 같은 아전 집안끼리만 해야 한다. 그나마 조선 초기에는 수조지로서 인리위전(人吏位田)이 있었으나 세종 대에 폐지되고 아예 녹봉 자체가 없다. 결국 아전은 직무에서 발생하는 모든 기회를 이용해 재물을 모으지 않으면 살아갈 수가 없다. 전세, 공물, 병역, 소송 등 기타 모든 제도가 탐학한 아전에게 먹이거리였지만 내 아버지 이탕종은 정직한 사람이라 평생 곤궁했다.

아버지는 가끔 술에 대취하면 탄식했다.

"우리 가문은 줄가리 있는 가문이었느니라. 아주 먼 옛날에는 부안뿐 아니라 고부 덕천까지가 다 우리 조상의 땅이었다고 하는구나. 하루 종일 걸어도 자기 땅을 밟을 수 있었다고 네 할아버지께서 늘 말씀하셨지. 하지만 말이다. 아전은 아무리 공부해도 과거를 볼 수 없으니 내가 이 시골구석에서 구차한 목숨을 연명하는구나. 이런 망할 놈의 세상이 언제 끝나고 좋은 세상이 오려나."

아전을 세습직으로 하고 과거를 치르지 못하도록 한 것은 개국 초의 태종이었다. 고려가 망하고 조선이 창건되자 태종은 고려 호족의 세력을 꺾기 위해 향리로 흡수하고 신분 상승을 할 수 없도록 법으로 대못을 질러놓았다. 아전은 아무리 부자라도 비단옷을 입을 수 없고 산호나 수정 갓끈을 달 수 없으며 가마나 말을 탈 수 없고 모자도 챙이 좁은 방립만을 써야 한다. 과거를 금지해 정계에 발을 디디지 못하게 한 것만으로는 성이 안 차 복식으로 신분의 차별을 느끼게 해 고려 호족이 조선의 신흥 사대부에게 굴복하도록 만든 장치였다.

나의 할아버지는 새벽 4시면 일어나 세면하고 단정히 앉아『소학』을 읽고 아들 이탕종도 그렇게 교육했다. 할아버지가 아들의 이름을 탕종(盪鐘)이라 지은 것도 세상에 한 빛이 되라는 큰 뜻이었다. 탕종이란 다름 아닌 황금 종이라는 뜻이 아닌가. 가슴에 커다란 포부를 품었지만 아버지는 어느 날부터『대학』,『중용』,『논어』대신 아전의 이문(吏文)을 익히기 위해『전등신화』를 읽고 법률 서적인『경국대전』을 비롯해『전후속록』,『수교집록』,『대명률』,『속대전』과 죄인에 관한 형사적 판결 규정인『결송유취』,『무원록』,『의옥집』등을 읽어야 했다. 관아 일을 하기 위해 아전이 반드시 읽고 공부해야 하는 책들이었다. 더 이상 내 아버지 이탕종은 세상에 한 빛이 되는 소리를 울리기 위해 유곤독운 능마강소(遊鯤獨運 凌摩絳霄)의 꿈을 꿀 수가 없었다.

아버지가 검모포로 출장을 나갔던 날 관아에서 통인이 나와 나를 찾았다. 한양에서 손님들이 와 현감이 즉시 나를 데려오라 시켰다고 재우쳤지만 나는 끝내 동헌으로 들어가지 않았다.

그날 밤 아버지가 매우 늦게 집으로 돌아왔는데 술에 곤죽이 되어 있었다. 간신히 부축해 방으로 옮기니 아버지는 똑바로 눕지도 못하고 엎드려 고통스런 신음 소리를 냈다. 자세히 보니 바지에 핏물이 벌겋게 들어 있었다. 아버지가 나 때문에 현감에게 매를 맞은 것을 알고 나는 부엌에 들어가 부뚜막에 앉아 눈이 빨개지도록 울었다.

며칠 후에 아버지에게 다시 출장 명령이 떨어졌다. 관아 사람들이 다 꺼리는 위도, 군산도, 구도의 환곡을 조사하라는 것이었다. 현감이 작정하고 아버지를 골탕 먹이려는 것이 분명했다. 나중에야 알게 된 일이지만 아버지가 현감의 눈 밖에 난 것이 비단 나 때문만은 아니었다.

　부안에서는 정기적으로 왕실에 특산물인 백합을 진상해 왔는데 방납인이 산지에서 구입하고 그 대가를 관으로부터 받아냈다. 방납인은 시가보다 호되게 물품 값을 매겨 받아내고 그 이익의 절반을 현감에게 바쳤다. 보통 인삼 한 근 값으로 면포 16필, 표범 가죽 한 장 값으로 무명 70필, 호피 깔개 한 장 값으로 무명 200필, 송이버섯 세 사발 값으로 무명 40필, 은행 한 말 값으로 쌀 80말에 이르는 시세에 비해 터무니없이 비싼 값이었다. 죽는 것은 조조 군사라고 사정이 이러하니 죽어나는 것은 백성뿐이었다. 아버지는 방납인의 횡포를 근절하기 위해 전임 현감 때부터 직접 산지에 가 물품을 구입해 왔는데, 그러다 보니 신임 현감이 바라는 꾹돈을 찔러주지 못했던 것이다.

　아버지가 출장을 떠난 바로 그날 동헌에서 통인이 나와 현감이 당장 치부책을 가지고 들어오라는 전갈을 해왔다.

　관청의 회계장부는 매월 말 결산해 호조에 보고하고 삼 개월이 지나도록 보고하지 않을 경우 엄중한 처벌을 받는다. 아버지는 매월 말 빠짐없이 장부를 정리해 호조에 보고했는데 이번에는 보고 날짜에서 열흘이 넘도록 장부를 제출하지 않았다는 것이다. 통인이 오늘 안으로 장부를 가져오지 않으면 아버지가 벌을 받게 될 것이라는 말을 하고 돌아갔다.

　나는 사랑방을 샅샅이 뒤져 치부책을 찾아 보퉁이에 싸 들고 동헌으로 갔다. 이방에게 건네주고 돌아오려 했지만 만날 수가 없었다. 아무리 기다려도 이방이 오지 않아 질청에서 나오던 나는 패훈당 앞에서 검측

한 얼굴의 현감과 딱 마주쳤다. 현감이 걸음을 멈추고 머리끝에서 발끝까지 지꺼분한 눈으로 나를 훑어보았다. 점심때 반주를 했는지 얼굴이 해닥사그리했다. 동달이 차림의 장교가 현감의 뒤를 따르다가 나를 보자 반색했다.

"네가 관아에는 무슨 일이더냐? 아비를 만나러 왔느냐?"

"치부책을 가지고 왔당게요."

"그래? 이리 주고 어서 가보거라."

현감이 실뚱머룩해 장교를 나무랐다.

"아직도 동진나루에서 사람을 죽이고 달아난 살인 죄인을 포박하지 못했다면서? 자네는 어서 나가서 죄인을 잡지 않고 뭘 하는 겐가?"

장교가 난감한 표정을 지으며 고개를 가로젓고 뒤돌아섰다. 나는 그를 따라 즉시 이곳에서 도망쳐야 한다고 생각했다. 그것은 위험에 처했음을 느낀 동물적 본능이었다. 하지만 생각일 뿐 나는 두 발이 동헌 마당에 들러붙기라도 한 듯 그 자리에서 손톱여물만 썰었다.

현감이 나를 따라 들어오라고 손짓하며 동헌의 협방으로 들어갔다.

곧 여종이 나주반에 누름적과 술병을 들여놓고 뒷걸음질로 방을 나갔다.

치부책을 뒤적거리던 현감이 미간을 찌푸리며 글컹거렸다.

"어허! 이런 어리석은 인사를 보았나. 여기 개인이라고 표기만 하고 이름을 적지 않았구나. 쯧쯧. 자고로 회계 업무란 치밀하고 정확히 기입해야 하는 법인데 막연히 개인이라고 하면 누구를 말하는지 어떻게 알겠느냐? 네 아비는 지난달에도 치부책을 허록(虛錄)으로 기록해 벌을 받을 것을 내가 구제해 주었거늘……쯧쯧."

현감이 내게 술잔을 내밀었다.

"그렇게 꿔다 놓은 보릿자루처럼 있지 말고 술이나 한 잔 치려므나."

덴덕스러운 마음이 들었지만 어쩔 수 없이 술을 따르는데 손이 덜덜 떨렸다.

"어허! 이런! 이런! 번질이라는 용어가 왜 이리 많은 게냐? 아비가 아전이니 너도 번질이라는 용어가 무슨 의미인지 알렷다?"

현감의 미렷한 턱살이 보기 흉하게 꿈틀거렸다.

나는 겁에 질려 간신히 대답했다.

"회 회계상의 부 부정 용어랑게요."

현감이 버럭 언성을 높이며 내 앞으로 치부책을 집어던졌다.

"어허! 참으로 이를 어찌할꼬! 곧 한양에서 감사가 내려올 텐데 이 치부책을 본다면 내가 어디 목이나 붙어 있겠느냐? 어허! 참으로 이럴 데가! 네가 이문(吏文)을 알 것이니 한번 큰소리로 읽어보거라!"

나는 어려서부터 아버지가 정리하는 장부를 익숙하게 보아왔기 때문에 대하, 봉상, 본색, 색장원, 국진색, 차비, 병이, 이상, 이하 등의 전문 회계 용어와 이두가 섞인 치부책을 어렵지 않게 읽을 수 있었다.

"유상목(留上木) 50필을 개인이 사적으로 개봉했으니 태노 50도의 처벌을 한 후에 이자를 붙여 납부하도록 한다."

"유상미(留上米) 100말을 개인이 사적으로 빌려 대출해 주고 기한에 맞추어 내지 못하면 노비에게 태형 50도의 벌을 내린 후 역시 하나하나 이자를 취해 징수하여 납부해야 한다."

"별창(別倉)의 콩 1천여 석을 개인이 민간에 분급한 것처럼 번질하고 허록했으니 정정해 바로잡아야 한다."

내가 보기에도 치부책에는 어느 때보다 소송 문건에 쓰는 갓갓다짐, 갓갓발림이라는 용어가 두드러지게 나타났다. 회계상의 부정 용어인 번질(反作), 입본(立本), 나이(挪移) 등도 전임 현감 때와는 달리 눈에 띄게 많았다. 그때 내가 어떻게 아버지가 주묵(朱墨)으로 붉게 밑줄을 긋고 개인이라 표시한 것이 현감에게 뇌물을 바치고 부정 축재를 일삼은 토호라는 것을 알 수 있었겠는가. 아버지는 후환이 두려워 토호의 이름을 기입하지 못하고 개인이라고 본인만 알게 표시해 놓은 것이다. 더더구나 내가 사랑방 시렁의 책함 속에서 찾아 현감에게 가져간 것은 아버지만이 간직하고 있던 비밀 장부였다. 아버지가 관아에 제출하는 장부는 아전 집무소인 질청에 보관되어 있었던 것이다.

현감이 내 손에서 치부책을 빼앗아 구석으로 던지고 지꺼분한 눈빛으로 나를 바라보았다.

"나이가 몇 살이라 했는고?"

"열 살이여요."

"열 살이라. 조금만 더 지나면 꽃이 제대로 피었는지 안 피었는지 간을 보는 나이로구나. 어디 네 꽃이 어떤지 한번 간을 보자꾸나."

현감이 느닷없이 나를 잡아당겨 품에 가두고 저고리 앞섶을 헤쳤다.

"현감 나리! 왜 이런당가요? 제발 보내주시랑게요! 현감 나리!"

"가만히 있거라. 곧 중앙에서 감사가 내려올 텐데 이런 허위 문서를 본다면 네 아비는 필시 큰 벌을 받고 국경으로 귀양 가게 될 것이니라."

아버지가 귀양 간다는 말에 나는 완전히 얼어붙어 옴짝달싹도 할 수가 없었다. 내가 저항하면 아버지를 잡아다 매를 쳐 죽일 것이라는 공포로 나는 숨이 막힐 것만 같았다.

"내 말만 잘 들으면 네 아비도 벌을 받지 않고 너도 한양에 데려가 호강시켜주마."

현감의 손이 분주하게 저고리 고름을 풀고 치맛말기를 끌렀다. 나는 와들와들 떨면서 찍 소리도 내지 못하고 울기만 했다. 현감이 내 얼굴에 입술을 부벼대며 한 손으로 단속곳을 끌어 내렸다. 남자의 거친 턱수염이 뺨에 까끌거리고 입에서 풍기는 문뱃내가 역해 나는 토할 것만 같았다. 현감의 한 손이 허겁지겁 내 음문을 헤집었다. 징그러운 뱀이 내 몸 위로 기어가는 것 같은 소름 끼치는 느낌에 나는 진저리를 치면서도 아버지가 벌을 받는다는 생각에 저항할 염도 못 냈다. 그저 눈을 꼭 감고 아버지만을 생각했다. 아버지를 위해서라면 나는 이보다 더한 일도 할 수 있다고 마음속으로 부르짖었다. 헉헉 신음 소리를 내며 내 몸 위로 덮치던 현감이 별안간 내 몸에서 떨어져 나갔다. 밖에서 어지러운 발자국 소리가 분주하고 다급하게 외치는 소리가 났다.

"불이야! 불이야!"

매캐한 연기가 방문 틈으로 스며들어 왔다.

통인이 바로 문밖에 와서 숨찬 음성으로 고했다.

"현감 나리! 현감 나리! 불이 났사옵니다! 어서 피하시옵소서!"

현감이 벌떡 일어나 귀둥대둥 정신없이 옷을 챙겨 입고 밖으로 뛰쳐나갔다.

만약 그날 불이 나지 않았다면 나는 어찌 되었을 것인가. 겨우 열 살 뿐인 내가 그때 무작한 현감에게 능욕을 당했더라면 나는 자긍심을 잃고 전주 교방으로 가 예기가 되겠다는 마음조차 먹지 못했을 것이다.

그 불을 낸 손은 도대체 누구의 손이었을까? 불은 패훈당의 가장 구석진 협방 뒤쪽의 함실아궁이에서 시작되었고 고방채를 반쯤 태우다 잡혔다. 당시는 경황이 없어 그냥 지나갔지만, 그날 나와 마주쳤던 장교가 불을 낸 것인지도 모른다고 훗날 나는 어렴풋이 추측했다. 장교의 아내가 산후독으로 다 죽어갈 때 아버지가 관아의 진휼미를 가져다 주고 또 가물치를 구해 달여 먹게 해 살려주었던 것이다.

그것이 우연한 불이었든 의도된 방화였든 그날 불을 낸 그 손이 나는 모례의 집에 가장 먼저 매화꽃을 피우게 한 부처의 손이라고 생각한다. 그것을 가능케 한 것은 내 아버지 이탕종이 쌓은 선업이었다고 나는 믿는다. 지신수우 영수길소(指薪修祐 永綏吉邵)라 하지 않는가. 사람이 이 세상을 살아간다는 것은 장작을 태우듯 제 몸뚱이를 태워가는 일이니 착한 일을 많이 해 덕을 쌓으면 그 복이 자손들한테로 이어질 것이라는 말이다.

아는 사람 하나 없는 곡조

 패훈당에서 도망친 나는 성황산 아래의 성황당으로 가 숨었다. 집으로 가면 불을 잡고 난 후 현감이 다시 통인을 내보내 나를 찾을지도 모르기 때문이었다. 성황당에 치성을 바치러 왔던 학수 엄마가 아니었다면 나는 언제까지고 그곳에 숨어 있었을 것이다. 학수 엄마는 와들와들 떨면서 눈이 통통 붓도록 울고 있는 나를 집으로 데려가 죽을 끓여주고 재워주었다. 아버지가 출장에서 돌아올 때까지 나는 학수네 부엌에 딸린 골방에서 꼼짝도 하지 않았다.
 "가자."
 출장에서 돌아온 아버지는 그 말만을 했다. 그때까지도 나의 떨림은 멈추지 않았다. 학수 아버지가 방구들이 탈 정도로 군불을 때고 아무리 두꺼운 이불로 감싸주었어도 나는 계속해 떨고 있었다. 아버지는 집에 갈 때까지 내 손을 잡고 놓지 않았다. 아버지가 손에 너무 힘을 주는 탓에 손이 아팠지만 나는 아무 말도 하지 않았다. 아버지의 표정으로 보아 어떻게 된 일인지 알고 있는 것 같았다. 아버지와 친한 그 장교가 미리 귀띔을 한 듯했다.

아버지는 집으로 가 거문고를 안고는 나를 데리고 성황산 아래 금대로 갔다.

아버지가 거문고를 비껴 놓고 유현을 휘감아 농현하니 새벽의 태양빛에 꽃봉오리가 열리는 듯 미쁘고, 끊임없이 왼손으로 현을 희롱하니 비 오는 날 강물 위로 떨어진 꽃잎이 하염없이 흘러가는 것처럼 아련하게 슬프고, 대현을 짚고 현침 밑을 향해 술대가 비류직하로 콰당콰당 내려치니 한없이 펼쳐진 해안에 검푸른 파도가 데억지게 부딪히는 소리처럼 웅장했다.

내 마음속의 형언할 수 없는 슬픔이 천천히 가라앉고 떨림이 멈추었다.

하늘에 황금빛 보름달이 어느새 솟아올라 아버지의 하얗게 센 머리 위로 찬란한 빛을 내리쬐었다. 젊은 나이에 머리가 하얗게 센 그를 부안 사람들이 놀람 반 존경 반으로 금옹(琴翁)이라 불렀는데 바로 그날 저녁 아버지가 거문고를 연주하던 모습은 꼭 신선 같았다.

아버지가 거문고를 뜯으며 병창(竝唱)을 했다.

걸어도 걸어도
그대 세상 끝에 이를 수 없으니

그대 거기 이를 수 없기에
고(苦)로부터 벗어나지 못하리.
그러나 지혜가 깊고 세상을 바로 보는 이
진실로 그 끝을 보도다.
청정한 삶을 살아온 이
평온한 마음으로 윤회의 끝남을 알게 되리.
이 세상도 저세상도 가려고 하지 않으리.

  어느 결에 몰려왔는지 금대 주변으로 성황산의 야생동물들이 다 몰려와 앉았다. 호랑이, 곰, 여우, 늑대부터 독수리, 매, 꿩, 다람쥐와 어떻게 그곳까지 기어 올라왔는지 성황산 아래 바다 밑의 거북까지 보였다.
  조용히 둘러앉아 연주를 듣던 동물들이 아버지의 노랫소리에 취해 두 발을 들고 일어나 손에 손을 잡고 춤추기 시작했다. 호랑이와 다람쥐가 손을 잡고 거북 등 위로 토끼가 올라타 신나게 신나게 몸을 흔들고 꿩이 늑대의 코끝에 앉아 춤을 추고 여우와 매가 대무(對舞)를 추느라 현란하게 발을 놀리며 빙빙 돌았다.
  드디어 아버지가 그리던 용화세계가 도래한 것이다.
  모든 산들이 푸르게 되고 모든 길 위에 비단이 깔리게 될 때 길 위에는 호랑이가 돌아다닐 수도 있고 사람이 걸어 다닐 수도 있다. 가난한 사람이나 부자나 어린애나 노인이나 농부나 왕이나 누구든 걸어 다닐 수 있다.
  모든 길에 성스럽게 비단이 깔리니 그때 미륵의 용화세계가 오는 것이다.

그것은 꿈이었을까? 나는 지금도 그날 밤의 일이 내 꿈속에서 벌어진 일이었는지, 아니면 광대들이 부안에 들어와 동물의 탈을 쓰고 공연한 것을 보고 내가 착각하는 것인지 콩켸팥켸해 가늠할 수가 없다.

다음 날 아버지는 관아로 가 아전의 자리를 내놓았다. 주변에서 얼마 안 있으면 승진할 텐데 그 좋은 자리를 왜 포기하느냐고 말렸지만 아버지는 한 번 먹은 마음을 바꾸지 않았다.

그렇지만 현감이 무슨 연유로 아버지와 나를 그렇게 순순히 놓아주었을까. 아마도 아버지는 현감이 내게 음욕을 품은 것을 눈치챈 그날부터 현감의 부정을 빠트리지 않고 기록했던 것 같다. 내가 현감에게 가져간 치부책 외에 아버지는 따로 현감의 비리만을 모아둔 장부가 있었고, 만약의 경우를 대비해 그것을 퉁노구에 넣어 뒤꼍의 쓰지 않는 함실아궁이 속 재에 묻어 보관했던 것이다.

현감은 많게는 백 냥이 넘고 적게는 수십 냥의 뇌물을 받고 향임이나 군임, 면임을 임명해 주고 향안이나 교안에 이름을 올려주는 방법으로 축재했다. 그 외에도 결세 빼돌리기, 송사 척결 시 뇌물 수수, 부정한 방법으로 재물 탈취 등 열거하자면 끝도 한도 없다.

그중에서도 현감이 가장 많이 저지른 부정이 환곡의 양을 속이는 것이었다. 보통 추수가 끝나고 환곡을 회수할 때 아직 거둬들이지 않은 곡식을 거둔 것으로 하거나, 봄의 춘궁기에 백성에게 양곡을 나눠주지 않고 나눠준 것처럼 거짓으로 작성해 감사에게 보고하고는 빼돌린 곡식을 경강 상인에게 팔아 재물을 착복하는 것이다. 아버지가 개인이라고 표시하고 붉은 주묵으로 밑줄을 그어놓은 자가 다름 아닌 이렇게 해서 빼돌린 곡식을 팔아 현감에게 이익의 반을 바치는 토호였다.

두견이 목에서 피 내어 먹듯 하는 현감의 악행 중에서도 가장 비열한 짓은 가난한 백성의 토지를 불법으로 강탈하는 것이었다. 현감은 군내를 시찰한다는 명목으로 돌아다니다가 홍수로 유실되거나 주인이 없어 버려진 땅을 둔전(屯田)으로 만들어 관내의 종들을 시켜 개간하게 했다. 땅이 황폐해져 농사를 지을 수가 없어 대처로 나가 떠돌던 원래의 땅임자가 돌아오면 막대한 개간비를 물어달라고 하니 땅 주인은 눈 뜨고 자기 땅을 빼앗길 수밖에 없었다. 현감은 이렇게 차지한 농토를 감관에게 당청첨(唐靑縕)이나 추포(麤布), 명박영자(明珀纓子) 등을 잔뜩 뇌물로 안기고 아예 전적(田籍)에서 빼내 은결(隱結)로 만들어 국가에 납부하는 세금을 한 푼도 내지 않았다.

아버지가 만약 현감의 비리만을 모은 문서를 암행어사나 감사에게 제출한다면 현감은 파직당하고 먼 섬으로 유배될 수도 있었다. 아무리 그렇다고는 해도 현감이 좀더 간악한 인간이었다면 아버지를 쥐도 새도 모르게 죽이고 무슨 수를 써서라도 나를 한양에 데려가 가비로 삼았을 것이다. 그보다 더 심한 짓도 저지르는 것이 지배층의 행태가 아닌가. 하지만 현감은 재물과 여색을 밝혔을 뿐 사람을 죽일 정도로 흉한은 아니었던 것 같다.

아버지는 팔 것은 팔고 나눠줄 것은 나눠준 후에 부안을 떠나기 전 장터로 가 내게 맞춤한 남복을 두어 벌 사 입혔다.

"계랑아. 아부지 말 잘 듣거라이. 인자부텀 니는 사내놈으로 살아야

헌다."

"아부지. 그것이 먼 말씸이랑가요? 뭐 땜시 지가 사내놈이 되어야 헌당가요?"

허공을 멍하니 바라보던 아버지가 느닷없이 말했다.

"아부지 말 잘 들어봐라. 니가 니 살 때 일이엇다야. 내가 거문고를 뜯다가 줄이 툭 끊어졌는디 니가 툇마루에서 풀각시를 갖고 놀다가 '아부지, 다섯 번째 줄이 끊어졌당게요' 하고 말하는 것이 아니것냐? 내가 놀라서 이번에는 부로 두 번째 줄을 끊고 물었제. 긍께 니가 이번에도 정확히 두 번째 줄이라고 맞히는 것이여. 니가 고로코롬 영특했제."

나는 그 일하고 내가 남복을 입는 일이 무슨 연관이 있는지 물어보고 싶었으나 아무 말도 하지 못했다. 아버지가 조상 대대로 살아온 고향을 나로 인해 떠난다는 것을 알고 있기 때문이었다.

"그 땜시 아부지는 거문고고 글이고 니를 갈치는 것이 무서웠다야."

"뭐 땜시 지를 갈치는 것이 무서웠당가요?"

"지집이 학문을 하믄 팔자가 사나워진다고 안 허냐?"

"그려서 지한티 글도 안 갈치고 거문고도 안 갈친 것이당가요?"

"그려. 허지만 인자부텀은 아부지가 고런 생각을 버릴 것이구먼. 포사요환(布射僚丸)이란 말도 있응게 말이여."

"포사요환? 아부지. 고것이 무신 말이라요?"

"뛰어난 재간 하나만 있어도 고난을 헤치고 살아갈 수 있다는 뜻이제. 내가 그동안 하나뿐인 딸자슥이 박복해질까 봐 고것이 무서워서 절대 니를 안 갈칠라고 했제. 그런디 니가 절로 깨우쳐가니 그럴 바에는 차라리 제대로 갈치는 것이 낫것다고 맴을 고쳐묵엇다. 고래야 포사요환이 될 게 아니것나?"

사실 포사요환이라는 말은 아버지에게 해당되는 말이었다. 아전을 그만둔 아버지가 그나마 할 수 있는 일이란 훈장 노릇밖에는 없었으니까. 다만 아버지는 막 사춘기로 접어든 딸에게 남복을 입히는 것이 미안해 포사요환이니 내가 어려서부터 영특했다느니 하는 말을 거듭해 중절거린 것이리라.

아버지는 될 수 있으면 부안에서 멀리 떨어진 지방으로 갔다. 그래 봐야 아버지는 도내를 벗어나지는 않았다. 그만큼 고향 땅에 대한 미련을 도파니 끊어버릴 수는 없었던 것이다. 아버지는 지방 세족(勢族)의 행랑채에 기식하며 그 집 아들들에게 글을 가르치는 것으로 생계를 유지했다. 아버지는 돈을 모아 서당을 열 때까지만 참으라고 하면서 내게 몇 번이나 신신당부했다. 절대 사람들 앞에서 노래하면 안 된다고.

아버지는 부안을 떠나기 전 마지막으로 나를 데리고 개암사로 갔다. 그곳에 아버지의 전처의 위패가 모셔져 있었기 때문이다. 아버지는 어느 날 전처의 무덤이 자녀의 앞길에 해가 된다는 사주가의 말을 듣고는 무덤을 파 시신을 화장하고 위패를 개암사에 모셨다. 아버지는 개암사의 주지 스님께 얼마간의 돈을 내놓으며 기일(忌日)에 제를 올려줄 것을 부탁했다.

대웅전 법당에서 백팔 배를 올린 아버지는 나를 데리고 절의 뒷산을 올랐다. 산꼭대기에 하늘을 찌를 듯 가파르고 웅장한 두 개의 바위가 있었다. 부안 사람들이 울금바위라고 부르는 바위다. 한 바위에는 애초에 삼신굴이라 불렸지만 신라 때부터 복신굴, 도침굴이라 부르는 두 개의 굴실이 있고, 그 옆의 더 웅장한 바위에 원효대사가 머물며 용맹정진해 사람들이 원효방이라 부르는 굴실이 있다. 아버지는 미리 준비해 간 밧줄로 내 허리를 단단히 동여매고는 밧줄의 끝을 잡고 굴실에 매달린 사다리를 먼저 올라가 나를 올라오게 했다. 나는 다리를 덜덜 떨면서 천천히 한 발 한 발 나무 사다리를 밟고 올라갔다.

아버지가 계속 큰소리로 외쳤다.

"절대 밑을 보지 말그라. 아부지만 쳐다보고 올라오그라. 무섭다는 것도 다 맴속에 있느니라."

내가 사다리를 타고 올라갈 때 스님의 독경 소리와 목탁 소리가 내내 들렸다. 그 소리가 어찌나 아늑하게 들리는지 어느 순간 나는 무서움을 잊을 정도였다.

굴속에는 불상과 원효대사의 진용이 있었다. 아버지가 부싯돌을 쳐 향을 피우고 원효대사의 진용에 합장했다.

"아부지. 그란디 왜 요로코롬 높은 곳에 올라와 기도한당가요?"

아버지는 도무지 이치에 맞지도 않는 대답을 했다.

마음을 알기 위해서라고.

마음.

마음이 생기면 온갖 법이 생기고 마음이 사라지면 토굴과 무덤이 다르지 않다고 원효대사는 말했다.

아버지는 내가 기생이 될 것을 미리 알았던 것일까? 그래서 나를 데리고 굳이 위험한 그곳까지 올라가 마음에 대해 말해 주고 싶었던 것일까? 아니면 한창 멋을 부릴 나이의 딸에게 남복을 입히는 것이 미안해 그랬던 것일까? 아무리 남복을 입고 남의 집 행랑살이를 해도 마음이 중요하다는 것을 내게 깨우쳐주려고 원효대사가 수행했다는 그곳을 보여주었던 것일까? 해골바가지의 물과 깨끗한 바가지의 물이 결국은 마음먹기에 달렸다는 것을 내게 말해 주기 위해서.

나는 후일 정식 기생이 되고 나서야 아버지가 내게 남복을 입게 한 것이 단지 더부살이에서 나를 보호하기 위한 것만이 아니라는 것을 알게 되었다. 내게 남복을 입히고 객지 생활을 하게 한 것이 오로지 나를 위한 액막이였다는 것을.

아버지는 내가 자라면서 몇 번이나 이름을 새로 지어주었다.

계생(癸生). 계유년에 태어났다고 해서 그렇게 지은 이름이라고 한다. 아버지가 내게 그렇게 말한 것이 아니고 사람들이 그렇게 추측해 말했을 뿐이다.

계(癸) 자는 오행(五行)으로 따지면 물(水)에 해당하는 글자다. 계수(癸水)는 계곡의 암반수에 고인 맑은 물, 깊은 산속의 옹달샘, 이슬비 등 모든 정지되고 변화된 물로 생명수를 의미한다. 물은 항상 흘러가는 성질을 지닌다. 물이 고여 있으면 썩는다. 그래서 물은 늘 흘러가려 하고 궁극에는 바다에 가 닿는다. 또한 물은 지혜의 특성을 지닌다. 강물에 커다란 바위가 떨어져도 물은 변화가 없다.

어느 날 마을에 온 사주가가 내 이름을 풀이하고 말했다.

"옹달샘에 모래 한 줌을 뿌리면 금세 탁해지듯 이 이름자를 가지면 주변 환경에 크게 영향을 받게 되오. 물은 지혜롭고 총명하지만 속이 훤히 들여다보이는 만큼 거짓말을 절대 못 하고 마음이 여려 눈물이 많고 비관적이오."

아버지는 사주가의 말에 몹시 상심했다. 그해에 엄마가 아버지와 나를 버리고 집을 나갔고 개에게 놀란 내가 밤마다 가위에 눌리며 몹시 앓았기 때문이다.

명전자성(名詮自性)이라고 평생 눈물이 많다는 사주가의 말에 아버지는 고심한 끝에 내 이름의 계(癸) 자를 계수나무를 뜻하는 계(桂) 자로 바꾸었다. 계수나무는 달 속에서 자라는 전설 속의 나무로 불사(不死)의 상징이기 때문이다.

"니 이름이 이제는 계생(癸生)이 아닌 계생(桂生)이여. 알것냐?"

"아부지. 계생(癸生)이나 계생(桂生)이나 똑같은 소리가 나는디 무신 차이가 있당가요?"

"지금까정 니 이름자 계는 물이었다야. 그 물의 기운이 인자부텀은 나무를 살려줄 거여. 니는 이제 나무여, 계수나무. 알것냐? 우리 딸래미는 달 속의 계수나무여. 허허허."

아버지는 그 후로 늘 나를 계랑(桂娘)이라고 불렀고 때로 술이 거나하게 취하면 달 공주라고 나를 놀리기도 했다.

내가 전주 교방에서 동기의 예를 치르고 처음 가진 기명이 섬초(蟾初)인 것도 계랑이라는 이름과 무관하지 않다. 아버지가 술에 취하면 놀리던 내 별명, 달 공주. 섬초란 바로 달로 도망친 항아가 아닌가.

『산해경』의 「항아분월」에는 항아가 서왕모로부터 남편 예(羿)가 하사받은 불사약을 몰래 마시고 달로 도망쳐 두꺼비로 변했다고 나온다. 아름다운 항아가 보기에도 흉측한 두꺼비로 변했다는 것은 자아를 획득한 여성에 대한 남성 사회의 응징이다. 아무리 남편이 잘못했다고 해도 감히 여자가 남편을 버리고 도망치다니 있을 수 없는 일이었다.

항아가 남편을 버린 것은 예가 물의 여신인 복비와 바람이 났기 때문이 아닌가. 항아가 지상으로 내려오게 된 것도 활의 명수인 예가 태양신 제준의 아들 아홉을 활로 쏘아 죽인 탓이었다.

서왕모가 예에게 내려준 선약(仙藥)은 한 사람이 마시면 하늘로 올라갈 수 있고 두 사람이 마시면 지상에서 영원히 죽지 않고 살 수 있는 명약이었다. 항아는 자신을 배반한 예와 끝내 살기도 싫었고, 그렇다고 남편과 동반하지 않고 하늘로 돌아갈 수도 없어 전혀 다른 세계인 달을 택한 것이다.

「항아분월」의 분(奔) 자는 달아난다는 뜻 외에도 예를 갖추지 않고 결혼한다는 의미도 있으니 항아가 달로 날아갔다는 것은 새로운 연인을 찾아 새 출발을 하겠다는 이중적 의미도 함축되어 있다. 하지만 항아가 궁극적으로 찾아간 것은 남자가 아니라 바로 진정한 자기 자신이 아니었을까?

내가 화초머리를 올리고 섬초라고 기명을 지은 것은 아버지가 지어준 계수나무를 뜻하는 계(桂) 자를 염두에 둔 것도 있지만 일종의 자학과 자기혐오, 극렬한 반항심에서 나온 것이다. 그것은 절대 어느 남자에게도 예속되지 않겠다는 가열한 자기 결심이었다.

아버지는 내 이름을 물에서 왔다는 계생에서 달 속의 계생으로 바꾼 후에도 두 번이나 더 이름을 바꿔 지어주었다.

향금(香琴), 천향(天香).

향기 향(香) 자는 곡주(穀酒)에서 나는 코를 찌르는 술 냄새를 형용한다. 그래서 기생 이름에 유독 향 자가 많다. 옥향, 추향, 이향, 월향, 향운, 국향, 난향, 진향, 계향, 단향 등등…….

역학을 공부한 아버지는 내 사주에 기생 될 팔자라고 나오자 어떻게든 그것을 막아보려고 안간힘을 쓴 것이다. 향기 향 자를 넣은 이름을 지어 부르게 해 액막이를 하고 타관에서 남복을 입혀 살게 한 것이다. 옛날부터 사주가 센 자식은 절에 팔거나 객지로 보내 액막이를 하지 않는가.

내가 당시에 그런 사실을 알았기 때문에 고분고분 아버지의 뜻을 따라 남복을 입었던 것은 아니다. 다만 아버지가 나를 얼마나 극진히 위하는지 알고 있기 때문이었다. 아버지가 언제나 나를 위해 최선의 것을 선택한다고 나는 굳게 믿었다.

엄마가 집을 나가고 나서 남자 혼자 어떻게 딸을 키우느냐고 주변에서 여자를 소개해 주며 족대길 때마다, 아버지는 어린 나를 계모의 손에 구박덩이로 자라게 할 수 없으니 죽을 때까지 혼자 살 거라고 각단지곤 해 상대의 입을 막아버렸다.

나에 대한 아버지의 정성이 어찌나 지극한지 사람들이 민주댈 정도였다. 천민의 딸을 공주 부럽지 않게 키워 어떻게 시집보낼 거냐고 하면 아버지는 이렇게 말했다. 딸자식은 키워 시집보내면 평생 동안 얼굴 한 번 못 보고 살 수도 있으니 곁에 있을 때 잘해주어야 한다고. 아버지 밑에서 사랑을 듬뿍 받고 자라면 혹 남자를 잘못 만나 인생길이 순탄치 않게 되더라도 보짱이 있어 고난을 헤쳐 나갈 수 있는 법이라고. 딸은 특히 아버지의 사랑을 충분히 받아야 한다고 말했다.

아버지가 그렇게 정성을 기울여도 엄마의 빈자리를 채우기에는 부족했는지 자라면서 나는 병치레를 잘했다. 자주 고뿔이 들었고 눈병을 앓았으며 체하거나 가위 눌림에 시달리곤 했다. 그러다가 일곱 살 때 관절염에 걸리고 말았다. 아버지는 하나밖에 없는 고명딸이 불구가 될까 걱정돼 당나귀를 빌려 김제의 용하다는 한의원에 나를 데리고 갔다.

"어린아이들이 성장기에 생기는 병은 유전적 요인도 크지만 환경의 영향이 가장 큰 법이오. 부모의 사랑을 넉넉히 받고 자란 아이는 병이 생겨도 곧 이겨낼 수 있지만 그렇지 않은 아이는 병이 잘 걸리고 병들어도 고치기가 어렵소. 아직 어린아이라 마음속의 슬픔을 말로 다 못 하니 신체의 병으로 나타내는 것이오."

의원은 약을 지어주며 무조건 섭생을 잘 시키고 지극정성으로 돌보면 나을 수 있을 것이라고 했다. 약값이 생각보다 비쌌는지 김제에서 돌아올 때 아버지는 당나귀를 역참에 내주고 나를 등에 업고 혹은 걸리고 해서 돌아왔다.

송화 주막에서 수수에 칼제비를 넣은 남매죽을 먹고 노곤해진 나는 그만 쪽잠에 빠졌다. 퍼뜩 일어나보니 봉놋방이 텅 비었고 아버지가 옆에 없었다. 엄마가 집을 나간 후부터 나는 잠시라도 아버지가 보이지 않으면 불안했다. 기겁을 해 "아부지! 아부지!" 하고 울음을 터뜨리며 방문을 벌컥 열었다. 툇마루에 앉아 멍하니 허공만을 바라보던 아버지가 돌아보는데 눈가에 물기가 축축했다. 그때 나는 어린 가슴에도 서늘하게 깨달았다. 아버지도 위로가 필요하다는 것을. 그때부터였을 것이다. 내가 더 이상 밤이면 엄마를 찾아내라고 머리악을 쓰고 울지 않게 된 것이. 아마도 나는 그때 겨우 여섯 살의 나이에 어른이 된 것 같다.

아버지는 농가에 부탁해 무자치를 구해 와 시뻘겋게 달군 무쇠솥에 들기름을 넣고 푹 고아 아침저녁으로 내게 먹였다. 또 찰진 땅을 골라 흙을 파내고 잡아 온 지렁이를 생동쌀에 섞어 달여서 먹이고, 검은깨와 호두를 갈아 생동쌀에 섞어 죽을 끓여주었으며, 개구리를 잡아 뒷다리를 숯불에 구워 먹였다. 내 심장이 튼튼해지라고 마을에 돼지 잡는 집이 있으면 쟁개비를 들고 가 염통을 얻어 와서는 약탕기에 붉은 영사(靈砂)를 넣고 화로에 은근히 고아 먹도록 했다.

내가 그 모든 비위가 상하는 음식들을 두말없이 먹은 것도 송화 주막에서 본 아버지의 눈물과 무관하지 않았다. 그랬기 때문에 나는 아버지가 입히는 남복을 저항하지 않고 입었고 아버지가 금지한 노래를 부르지 않았다. 하지만 너무나 마음이 슬퍼질 때는 노래가 미치도록 부르고 싶었다. 그럴 때면 나는 산으로 도망칠 수밖에 없었다.

나의 비밀의 사원으로……

소나무처럼 푸르자 맹세했던 날

산이 움직인다.

계곡물 소리, 바람이 지나가는 소리, 바람에 풀과 나무들이 서로 몸을 비비는 소리, 온갖 종류의 새들이 우짖는 소리와 숲속에 몸을 숨기고 나를 훔쳐보는 짐승들의 숨소리로 인해……

높은 봉우리에 올라가 앉으면 아래로 낮은 산들이 펼쳐지고 구름이 흘러가는 하늘이 멀리 보인다. 그곳, 아무도 들을 사람이 없는 산봉우리에 앉아 나는 노래한다. 처음에는 외로움에 떨며 슬프게 시작한 노래가 어느덧 흥에 취해 나는 두 팔을 새의 날개처럼 활짝 펼치고 숲을 뛰어다니며 노래한다. 이름을 알 수 없는 새들과 몇 백 년을 살아왔는지도 모를 우람한 나무들이 내 노래에 귀를 기울인다. 그들이 메아리를 통해 내 노래에 화답한다. 나는 메아리 속에서 내가 그리워하는 이들의 소리를 들으려고 귀를 모은다. 그렇게 나의 노래는 산이, 산속의 나무들이, 새들이, 스쳐가는 바람이, 떠도는 혼령들이 매일 조금씩 키워주었다.

노래 부르다 배가 고파지면 주머니에서 개떡을 꺼내 먹었다. 딱딱한 개떡을 우물우물 씹어 먹노라면 내 눈에 눈물이 가득 고인다.

나는 오색의 색실로 향낭에 수(繡)를 놓고 손수건에도 글자로 수를 새기고 싶다. 나를 남자로 아는 안채의 계집종 은가히가 내게 준 손수건에는 생애여(生愛汝)라고 분홍색 실로 수가 새겨져 있었다.

생애여. 살아 있는 한 너를 사랑해, 라는 뜻이다.

나도 누군가 잘생긴 남자애에게 그런 글귀를 손수건에 새겨 선물하고 싶다. 다홍치마, 노랑 저고리에 머리에도 궁초댕기를 두르고 분홍색 예쁜 꽃신을 신고 훨훨 그네도 타보고 싶고 종집깨로 눈썹도 뽑아 초생미로 다듬고 얼굴에 박하분도 발라 한껏 멋을 부리고 싶다. 그것이 금기가 되었기 때문에 더더욱 나는 그것을 갈망한다.

나의 여자는 이제 막 움트려 하고 있다. 젖망울이 생겨나기 시작했다. 딴딴해지는 게 너무 아파 혹시 내가 죽을병에 걸린 것은 아닌지 걱정되지만 누구에게도 의논할 사람이 없었다. 다만 복숭아씨처럼 솟아오르는 그것이 밖으로 드러나지 않도록 무명 수건으로 꼭꼭 싸매어 여밀 뿐이었다.

엄마도 친구도 없는, 자신이 여자인 것을 숨기고 남자로 살아가야 하는 열세 살의 소녀가 슬픔과 외로움을 삭일 수 있는 한 가지 방법은 노래밖에 없었다. 마음속에 배알티가 끓어오르고 더 이상 슬픔을 억누를 수 없으면 나는 달음박질쳐 산으로 갔다. 가시에 긁히고 칡넝쿨에 발이 걸려 넘어지기도 하면서 나는 산의 정경에 홀려 끝없이 올라가는 날도 있었다. 산봉우리에 오르면 아래로 마을이 훤히 내려다보였다. 그 마을은 내가 태어나고 자란 곳이 아니다. 내 집은 그곳에 없다. 나는 그곳에서 영원히 이방인이다. 누구도 나를 계랑이라고 부르지 않는다. "거금옹이 고명딸이로구면. 참허게 생겼는디 우리 집 며느리로 삼고 싶구먼!" 하는 말도 더 이상 듣지 못한다. 꼬불꼬불한 고샅과 한없이 이어진 논틀밭틀길, 초가집들 사이로 청기와의 대저택이 보인다. 아버지와 내가 더부살이를 하는 송 진사의 집이다. 그곳에서 나는 계동이라 불리는 사내아이다. 나를 사내아이로 알고 있는 그곳으로 나는 돌아가고 싶지 않다.

고향 부안이 너무나도 그립다. 눈을 감으면 훤히 떠오른다. 우리 집이 있는 노휴재와 아버지가 나를 데리고 자주 오르던 성황산, 달 밝은 밤이면 아버지가 거문고를 안고 가 연주하던 금대와 수정같이 맑은 샘물이 솟는 혜천, 질청에서 아버지가 나오기를 기다리며 뛰어놀던 읍성의 넓은 마당.

아버지는 다시는 부안으로 돌아가지 않을 작정인 것일까? 나를 끝까지 남자로 살게 하려는 것일까? 내가 돈 많은 양반의 집에 가비로 팔려 가는 것보다는 차라리 나를 남자로 살게 하는 것이 더 좋다고 아버지는 생각하는 것일까? 나는 어쩌면 시집도 못 가고 노처녀가 될 것이다. 관아의 구실아치들이 농담으로라도 나를 며느리로 삼겠다고 하면 아버지는 화를 벌컥 내며 반자받았다. 우리 딸래미는 아무한테나 시집보내지 않겠다고. 하지만 내게 다른 삶이란 것이 있을 수 있을까? 아버지가 비록 운명으로부터 나를 보호하기 위해 남복을 입히고 고향을 떠났다고 해도.

나의 운명은 도대체 어떤 것일까? 아버지는 운명을 바꾸기 위해서는 고향을 떠나 먼 곳에서 살아야 한다고 철석같이 믿고 있는 것일까? 운명에 쫓기는 열세 살의 어린 내가 할 수 있는 것은 다만 산속에 나만의 성을 쌓는 것이다. 산에 나의 왕국이 있다. 나는 종다래끼에 돌을 담아 가지고 올라가 노래 한 곡을 부를 때마다 돌탑을 쌓았다. 그 돌탑이 내 키만 해지면 나는 이곳을 떠나게 해달라고 기도했다.

아버지가 서당을 열면 좋은 여자에게 새장가를 들라고 말할 것이다. 그러면 나는 어디론가 훌훌 갈 수 있을 것이다. 한양으로 가 의녀가 될 것이다. 의녀는 의학 서적과 약방문을 읽기 위해 어려운 한문 교육을 받아야 하고 유교적 소양을 갖추기 위해 『논어』, 『맹자』, 『중용』, 『대학』 등을 공부해야 한다고 학수가 내게 말해 주었다. 나는 공부했기 때문에 충분히 의녀가 될 자격이 있었다. 하지만 시골구석의 소녀인 내가 연산군이 의녀를 기생으로 변질시켰다는 사실을 어찌 알았을 것인가.

아무도 없는 산속에서 때로 사람의 말소리가 두런두런 들려오기도 했다. 자세히 귀를 기울이면 그 소리는 물이 흘러가는 소리였다. 그 소리가 내게는 꼭 "계랑, 거기 너니?" 하고 말하는 것처럼 들렸다. 나는 큰 소리로 대답하곤 했다. "그래! 나 여기 있어! 나야!" 아무리 크게 외쳐도 산울림만 돌아온다. "그래! 나 여기 있어! 나야!" 하고.

나는 더 크게 외친다.

"나 여기 있어! 나 여기 있다고! 나는 이계량이야! 이계량!"

내 이름은 금기다. 나는 사내아이였다. 여자라는 것을 숨기고 남자로 살아가야 한다는 중압감으로 인해 내 원래의 밝고 명랑하던 성격이 점점 변했다. 나는 말이 없어지고 비관적인 성격이 되어갔다. 아파도 혼자 속으로 삭이고 거의 죽을 지경이 되지 않는 한 아프다고 말하지 않게 되었다. 아버지가 언제 돈을 모아 서당을 열지도 의문이었다. 아전으로 있을 때도 돈 한 푼 모으지 못했던 아버지가 아닌가.

남복을 입고 살면서부터 나는 말투도 고쳤다. 양반가의 행랑채에서 생활하면서부터 아버지는 관아에서 쓰던 표준말을 지속적으로 쓰기 시작했고 내게도 표준말을 익히게 했다.

태어날 때부터 익숙해진 언어 습관을 고치는 일은 매우 어려운 일이라 나는 매일 아침저녁으로 손가락 굵기의 붓을 입에 물고 거울 앞에서 혹독하게 연습했다. 『언문삼강행실도』, 『언문효경』, 『태평광기언해』 같은 언문으로 된 책을 달달 욀 정도로 읽고 또 읽었다. 각고의 노력 끝에 나는 양반들이 쓰는 표준말을 익히게 되었다. 아버지는 아마도 더부살이 신세인 내가 양반 자제들에게 기가 죽을까 봐 그들과 동등한 언어로 대화할 수 있도록 표준말을 쓰게 한 것 같다.

나는 아버지의 기대에 부응하려고 노력했다. 나는 조신하게 행동하는 의젓한 사내아이였고 이러한 이중의 삶에 점차로 나 자신을 길들여 나갔다.

범삼의 집에서 살게 된 것은 내가 열세 살 때로 그때 나는 사투리를 교정하고 완벽하게 표준말을 사용했다.

아버지는 내가 남장 여자라는 것이 들통 날까 봐 두려워 한집에서 일 년 이상 머무르지 않았다. 성실하고 우직한 데다 학문의 깊이까지 갖춘 아버지를 양반들은 내보내기 싫어했지만 아버지는 기어코 거처를 옮겼다.

송 진사네 행랑채에 딸린 글방에는 주인집 아들인 범삼 외에도 같은 문중의 좌수 아들 필종과 향청의 아들 승득, 그리고 나까지 모두 네 명이 공부했다. 한창 사춘기에 접어든 사내아이들은 발정난 개처럼 설설거리며 무언가 새로운 것, 자신들을 흥분시켜줄 것을 찾았다. 이 발감쟁이들이 훈장인 내 아버지가 잠시라도 자리를 비우면 어느 종년의 오줌 누는 궁둥이를 훔쳐보았다느니 보지를 보았다느니, 어느 계집종이 맛있게 생겼다느니 불시에 쇠용통을 주물러보았다느니 하고 여자 얘기만 늘어놓았다. 새벽에 좆이 꼴려 용두질을 쳤다는 둥 아침마다 자지가 불뚝성을 낸다는 둥 시설궂게 다떠위는 소리들이 듣고 있기가 여간 민망한 것이 아니었다.

개중 범삼이 가장 심했다. 딸만 내리 여섯을 낳고 송 진사가 쉰 살에 얻은 범삼은 부잣집에서 자라나 세상 물정을 모르는 궁도령이었다. 아예 공부에는 관심도 없고 입만 열면 음담패설이었다.

글퉁이가 아버지가 자리를 비우기 무섭게 회초리로 손바닥을 탁탁 쳐가며 어꾸수하게 늘어놓는 말을 듣고 있자면 속에서 욕지기가 치밀 정도였다.

"자고로 하초행공이란 남아가 자아를 성찰하는 한 과정인 법. 잘 들어보거라. 하초행공에도 여러 가지가 있으니, 찬(攢)이라 하여 낭심을 잔뜩 모아 쥐고 토닥거리기, 쟁(掙)이라 하여 양경을 돌 위에 얹고 꾹꾹 찌르기, 차(搓)라 해 고환을 비비는 법, 속(束)이라 해 귀두를 두드려주는 법, 무(撫)라 해 부드럽게 어루만지는 법도 있고 졸(猝)이니 털을 뽑듯 옥경을 뽑았다 놓았다 하기, 속(束)이라 준두를 두드려주기, 악(握)이라 양손으로 훑어 올리기 등 참으로 오묘하기 짝이 없느니라.”

나는 벌떡 일어나 글방을 나오고 싶었지만 괜한 의심을 살 것 같아 요글요글한 속을 도스르고 묵묵히 앉아 책을 읽을 뿐이었다.

그러면 범삼이 실없는 말로 나를 쓸까스르며 엉너리를 쳤다.

"으흐흐흐. 계동이 이놈 봐라. 얼굴이 시뻘게가지고. 자식이 생긴 것도 꼭 깎은서방님처럼 생겨가지고 하는 짓도 영락없는 계집애다. 너 혹시 은가히 고년하고 벌써 해본 거 아니냐? 흐흐흐."

범삼이 여드름투성이의 얼굴을 내 얼굴에 가까이 가져다 대고 킁킁거렸다.

"이놈한테서는 꼭 계집애들한테서 나는 젖비린내가 난단 말이야. 야, 너희들 그렇지 않냐?"

필종이 낄낄거리며 놀렸다.

"왜 그래? 비역질이라도 하고 싶은 거야?"

"야! 임마! 모기 좆에 당나귀 좆 박는 소리 하지도 마라. 널린 게 계집년들인데 왜 사내놈하고 그 짓을 하느냐 말이야. 으휴! 생각만 해도 속이 메스껍구나."

다음 날부터 나는 세수할 때 녹두 가루를 사용하지 않았고 일부러

부엌 아궁이 앞에서 한참을 앉아 있다가 글방에 들어가곤 했다. 범삼이 내게서 난다고 하는 젖비린내를 없애기 위해서였다.

아버지가 송 진사의 명으로 뱀골의 땅을 매매하는 데 필집으로 가 글방을 비운 날이었다.

그날따라 글방에 나와 범삼이 둘만 남게 되었다.

범삼이 숙제로 내준 『천자문』을 쓰는데 유곤독운 능마강소(遊鯤獨運 凌摩絳霄)를 유군독운 능마강소(有君獨運 陵摩江霄)라 쓰고 있었다. 가만있었으면 될 것을 범삼에게 한마디 해준 것이 큰 화근이 될 줄을 그때 내가 어찌 알았겠는가.

"도련님. 이거 틀렸소. 곤(鯤)을 군(君)이라 쓰고 강(絳)도 강(江)이라 쓰지 않았소?"

범삼이 코웃음을 치며 게두덜거렸다.

"지금 네놈이 훈장님 아들이라고 감히 나한테 훈수질인 게냐? 잘 들어봐라. 네놈 말대로 하면 군(君)이 아니고 곤(鯤)이라는 것인데 무슨 깨알만 한 곤어가 하늘을 날아간다는 게냐? 유군독운 능마강소(有君獨運 陵摩江霄)가 맞느니라. 임금님이 하늘과 강을 어루만지며 다스리시다가 돌아가시니 커다란 왕릉에 묻히신다는 것이 이치에 합당하지 않느냐?"

하필이면 그때 송 진사가 글방으로 들어왔다.

우리 둘이 서로 틀렸네 맞았네 하면서 자그락대는 것을 이미 문밖에서 들은 송 진사가 『천자문』을 놓고 내게 해석해 보라 명했다.

"유곤(遊鯤)은 독운(獨運)하여 능마강소(凌摩絳霄)하니라. 즉 곤어는 홀로 제 뜻대로 노닐다가 하늘 테두리를 넘어 미끄러지듯 날아간다는 뜻이옵니다."

"어디 자세히 해석해 보겠느냐?"

"『장자』「소요유」에 이렇게 말하고 있사옵니다. '북쪽 깊은 바다에 물고기 한 마리가 살았는데, 그 이름을 곤이라 하고 그 크기가 몇 천 리인지 알 수 없다. 곤은 변하여 새가 되었는데 그 이름이 붕이며 등 길이가 몇 천 리인지 알 수 없다. 붕새는 한 번에 9만 리를 날아오르니 날개가 온 하늘을 뒤덮고 한 번 날갯짓에 파도가 치는데 3천 리까지 바람을 일으킨다고 하였사옵니다."

"어허! 네가 『장자』를 읽었더란 말이냐? 그럼 곤(鯤)은 무엇이고 붕(鵬)이 무엇인지 말해 보거라."

"장자가 말하는 물고기 '곤'과 새 '붕'은 하나의 상징이라고 할 수 있사옵니다. 장자는 이러한 상징의 모색을 통해 인간 존재의 한계를 초월할 수 있다는 진리를 우리에게 깨우쳐주고 있사옵니다."

곤은 현재 자기가 처한 북쪽 바다를 벗어나 자유로운 남쪽 바다로 날아가기를 꿈꾼다. 붕새란 곧 인간 실존의 한계를 초극한 자유로운 존재를 의미한다. 따라서 붕새란 변혁을 일으키는 자다. 바람을 일으키는 자다. 하지만 나는 내 마음속의 말을 더 이상 송 진사에게 말하지 않았다.

송 진사가 말없이 무서운 눈으로 나를 뚫어져라 바라보았다.

범삼이 말고기 자반이 된 얼굴로 고개를 푹 떨구고 송 진사 눈치만 살폈다.

그날 범삼은 사랑채로 불려 가 송 진사에게 회초리가 수십 개나 부러져 나가도록 종아리를 맞았다. "어구구! 나 죽네! 어구구! 나 죽네!" 하고 우는 소리가 사랑채 담장을 넘어 안채와 행랑채까지 다 들렸다.

저녁때 집에 와 사정을 들은 아버지가 나를 몹시 나무랐다.

"괄낭무구무예(括囊无咎无譽)라 했으니 자루의 주둥이를 꽉 조이면 해도 없고 명예도 없다 했느니라. 자고로 코 아래 구멍이 제일 무서운 법. 해를 입지 않으려면 입을 붙들어 매야 하거늘 네가 주제넘은 짓을 했구나."

다음 날 범삼이 절뚝거리며 글방으로 들어오는데 나를 죽일 듯 노려보았다. 용통하기 짝이 없는 범삼이 이때부터 내게 원한을 품고 복수하려 했다는 것을 나는 전혀 눈치 채지 못했다.

나는 점점 더 산으로 도망치는 시간이 많아졌다.

때로 나는 달렸다. 멈추지 않고. 달리는 것이 아니라 도망치는 것이었다. 내가 처한 이 삶에서, 벗어날 수 없는 현실에서. 나는 오직 달리는 행위 그 자체에 집중했다. 나는 노루처럼 토끼처럼 달렸다. 나는 내가 산속의 짐승이라 착각하는 때가 있었고 그러면 몹시 행복해졌다.

어느 날 숲속에서 기이한 표식을 발견했다. 나뭇가지에 일정한 간격으로 잇꽃 물을 들인 무명 끈이 묶여 있었다. 나는 호기심에 붉은 색끈이 묶여 있는 나무를 따라가보았다. 미로를 탐험하는 것 같았다. 나는 흥분되었고 비밀의 사원으로 들어가는 기분이었다.

자드락길이 끝나고 갑자기 시야가 트이면서 도무지 사람이 살 것 같지 않은 산자락에 옹기종기 도끼집이 몇 채 보였다. 사람은 그림자도 보이지 않고 다 쓰러져가는 울바자 아래로 씨암탉이 구구거리며 땅을 헤집고, 멀리 수수밭 둔덕에 누군가 피워놓은 다부치홰에서 연기가 오르고 있었다. 이토록 산세가 험하고 척박한 곳에 겨우 비나 피할 누옥을 짓고 화전이나 일구고 살 사람들이라면 대부분 관아의 추달을 피하기 위해 도망친 사람들일 것이다. 수수나 기장 따위의 농사가 고작이겠지만 그래도 등 붙일 집이 있고 농토가 있으니 나름대로 행복을 누렸을 이 평화로운 은신처가 훗날 나로 인해 도륙이 나고 말리라는 것을 그때 내가 알았더라면 다시는 이곳을 찾지 않았을 것이다.

다음 날부터 나는 산에 갈 때마다 풍계문이하는 어린아이처럼 붉은 표식을 찾아내기에 골몰했다. 그 붉은색의 표식이 나를 설레게 했고 외로움에서 벗어나게 해주었다. 누군가가 나를 위해 그 표식을 매달아놓은 것 같았기 때문이다.

바위 틈새에 원추리꽃이 피어 있었다. 아버지가 가장 좋아하는 꽃이다. 언젠가 딱 한 번 아버지가 거의 인사불성으로 취한 날 내 앞에서 네 엄마가 꼭 원추리꽃처럼 예뻤다고 털어놓았다. 아버지가 나 때문에 장가를 가지 않는 것이 아니라 여전히 엄마를 사랑하고 있다는 것을 나는 그때 알았다. 나는 꽃을 꺾기 위해 계곡으로 내려갔다. 하늘빛이 투영돼 옥색으로 비치는 물가에 고라니 한 마리가 입을 축이고 있었다. 고라니가 도망가지도 않고 가만히 서서 나를 바라보았다. 맑은 눈망울이 더없이 순정했다. 사람이라면 절대로 가질 수 없는 너무도 무구하고 맑은 눈빛이었다.

내가 고라니에게 물었다.

"너는 산에서 사니? 너 혼자 사니? 엄마는 어디 있니? 아버지는? 동무는 있니? 형제는 어디 있니? 네 집은 어디 있니?"

놀랍게도 고라니가 내게 대답했다. 어이없는 일이었다. 나는 내가 꿈을 꾸고 있거나 아니면 내가 미친 것이라고 생각했다. 하지만 고라니가 분명히 내게 대답하고 있었다.

"나는 산에서 살아. 엄마도 없고 아버지도 없어. 동무도 없고 형제도 없지. 그러는 너는 어디서 살고 있니? 너는 엄마가 있니? 아버지가 있니? 동무는 있니? 형제는 있니?"

고라니가 훌쩍 뛰어 순식간에 내 눈앞에서 사라졌다. 나는 서운해서 나무 그루터기에 털썩 쓰러지듯 주저앉았다. 내 눈에서 하염없이 눈물이 흘러내렸다. 지독하게 외로운 나머지 내가 드디어 미쳐가고 있다고 나는 생각했다.

흐윽, 하고 흐느끼며 나는 화들짝 놀라 잠에서 깨어났다.

꿈이었다.

나는 늘 같은 장소에서 노래 불렀다. 그곳은 산속 나만의 공간이었고 내 돌탑이 있었다.

덜그럭 덜그럭 목란이 방에서 베를 짜네요.

베틀 소리 멈추고 긴 한숨 소리 들려요.

무슨 걱정인가 물으니, 무슨 생각인가 물으니

다른 생각 아니오, 다른 생각 아니오.

어젯밤 군첩이 내렸는데 가한께서 군사를 소집한다오.

그 많은 군첩 속에 아버지도 끼어 있소.

우리 집에는 장성한 아들 없고 목란에게는 오라비 없으니

내가 안장과 말을 사

아버지 대신 싸움터에 나가겠어요.

목란은 중국 남북조 시대의 소녀로 아버지 대신 남장을 하고 전장으로 나갔다.

나는 남장을 한 목란이 좋았다. 매일 목란의 노래를 불렀다.

나무 그루터기에 푸르르 날아와 앉았던 쇠박새가 우듬지로 높이 날아올랐다. 나뭇가지 부러지는 소리가 났다. 누군가 있다. 얼마 전부터 나는 누군가가 나를 훔쳐본다는 것을 느꼈지만 어쩌면 숲속의 고라니나 사슴일 거라고 대수롭지 않게 넘겼다.

하지만 이번은 아니다.

나는 오싹한 느낌에 노래를 멈췄다.

며칠 전 글방에 감이 담긴 쟁반을 들고 온 은가히가 무서운 얘기를 들려주었다. 한양의 어느 양반이 사람을 시켜 산골에서 노래 잘하는 나어린 계집애를 사다가 독초를 먹여 눈을 멀게 했다고. 내가 왜 눈을 멀게 하느냐고 물으니 한(恨)을 키워 소리를 좋게 하려는 것이라고 했다.

너무도 무서워 나는 갑자기 오줌이 마려웠다.

순간 내 귀에 믿을 수 없을 정도로 청청한 노랫소리가 들려왔다.

동쪽 장에서 말을 사고, 서쪽 장에서 안장 맞추고

남쪽 장에서 고삐 사고, 북쪽 장에서 채찍을 사

아침에 부모에게 하직하고 저녁에 황허에 머무르네.

부모 애타는 소리 못 듣고, 다만 황허 물소리만 철철

투명하게 맑은 음색, 아무리 높고 어려운 대목도 힘 하나 들이지 않고 가뿐하게 넘기는 목구성, 얼음에 박힐 듯 청산에 유수처럼 거침없는 소리에 나도 모르게 화답했다.

돌아와 천자를 뵈오니, 천자는 명당에 앉으시어
공훈을 열두 급으로 기록하고, 백 천 포대기의 상을 내리시네.
소망이 무어냐 하기에, 목란은 상서랑의 벼슬도 싫소.
원컨대 천리마를 빌려주어 나를 고향으로 보내주세요.

나의 화답에 용기를 얻은 노랫소리가 일우명지(一牛鳴地)*의 거리에서 들려왔다. 나도 모르게 누군지 알 수도 없는 사람이 부르는 노래를 따라 어느 결에 우리는 함께 합창하고 있었다.

전투복 벗어놓고 예전 옷 다시 입어
창 앞에서 머리 빗고 거울 보고 화장하네.
다시 나가 전우를 보니, 전우들 놀라며 말하네.
십이 년을 함께했건만 목란이 여자인 줄 몰랐구나.

목란이 여자인 줄 몰랐구나, 하는 구절에서 그만 목이 메었다. 나는 벌떡 일어나 달리기 시작했다. 아프거나 슬프기 때문이 아니었다. 외롭거나 서럽기 때문이 아니었다. 내가 여자라는 것을 감추고 사는 것이 지긋지긋하기 때문이었다. 목란은 십이 년이나 남자로 살았는데 나는 겨우 삼 년이었다. 앞으로 내가 구 년을 더 목란처럼 남복을 입고 살아야 한다면 나는 배배 말라서 죽어버릴 것이다.

뜀박질하는 내 뒤로 모든 것이 물러났다. 소리도 사라지고 숲도 사라지고 세상도 사라져갔다. 뒤이어 세찬 뜀박질 소리가 들려왔다. 추격자는 나보다 힘이 센 것이 분명했다. 잔 나무들이 후두둑 꺾이고 새들이 푸드덕 날아올랐다. 토끼와 고라니가 놀라 새근발딱 기를 쓰고 달아났다. 내 발에서 신발이 벗겨졌다. 나는 그대로 뛰었다. 가시나무에 옷이 걸려 북 찢겨 나갔다.

발이 나무 그루터기에 걸리면서 나는 그대로 고꾸라졌다.

"아악!"

미행자가 내 앞에 모습을 드러냈다. 나보다 키가 한 뼘은 더 크고 끌밋하게 잘생긴 소년이었다. 소년이 미처 내가 피할 새도 없이 꼬부려 앉아 내 발을 움켜잡았다. 발을 빼려 하자 억센 힘으로 내 발을 움켜잡고 버선을 벗겼다. 나는 맨발을 남자에게 보이는 것이 수치스러워 발을 빼려고 안간힘을 썼으나 소용없었다. 발바닥에 얕게 가시가 박혀 있었다. 소년이 손으로 가시를 빼내고는 주머니에서 붉은 색끈을 꺼내 상처를 묶었다. 그리고 내게 버선을 다시 신겨주고 잃어버렸던 신발을 조심조심 신겨주었다.

"미안해. 널 놀라게 하려던 것은 아니었어."

천은 나무에 매달린 붉은 띠의 표식을 따라가면 나타나는 화전민 두

럭에 살고 있었다. 두럭의 사람들은 여름에 농사를 짓고 겨울에는 고리장이 일을 하는 천민들이었다. 그들은 다만 항아리에 열흘 분의 쌀이나마 비축해 두고 아궁이 옆에 솔가지나마 땔감을 쌓아두고 살 수 있으면 그것만으로도 행복한 순박하고 가난한 사람들이었다.

그날부터 나는 산에 올라가 노래 부르는 일이 슬프지 않았다.

나는 산 입구에 들어서면 크게 소리 질렀다.

거기 있니?

메아리가 대답했다.

거기 있니… 거기 있니… 거기 있니…….

내가 대답한다.

나 여기 있어… 나 여기 있어… 나 여기 있어…….

천은 노래하는 내 옆에서 풀피리를 불었다. 나 혼자 노래 부르는 것보다 천과 함께 노래하는 게 그렇게 좋을 수가 없었다.

천은 나의 노래에 감응한 산이 내게 화답하여 보내준 신비의 소년이었다. 나는 산에 갈 때마다 유과나 강정을 몰래 소매 속에 숨겨 가져가 천에게 주고 송 진사네 집에 제사가 있어 떡이라도 찌는 날에는 고무라기라도 가져다주었다.

산에서 자란 천은 숲길을 평지처럼 달리고 모든 새와 나무의 이름을 알았다. 노래를 누구에게 배웠느냐고 하자 자신의 어머니가 무녀라고 말했다. 나무의 붉은 표식은 무녀인 어머니가 사계절마다 달라지는 숲에서 길을 잃을까 봐 매달아놓은 것이라고 했다.

"어머니는 아주 가끔 오셔. 팔도를 떠돌며 억울하게 죽은 혼령들을 위로하기 때문이야. 그래서 몇 달에 한 번 오실 때도 있어. 어머니가 오실 때 길을 잃을까 봐 표시를 하는 거야. 어머니와 나만 아는 표식이지. 그런데 이제 네가 알았으니 세 사람이 아는 거네."

천이 무척 어두운 표정으로 어머니가 집에 오지 않은 것이 일 년도 넘었다고 말했다. 하지만 그 말 외에는 누구하고 사는지, 자신의 집이 어디인지 말하지 않았다. 나는 천이 스스로 말하기 전에는 아무것도 묻지 않았다. 천이 내게 왜 여자가 남자 옷을 입느냐고 묻지 않는 것처럼.

천은 이미 내가 여자라는 걸 알고 있었다. 내가 화를 내며 추궁하자 얼굴을 새빨갛게 물들이며 내가 오줌 누는 것을 우연히 보았다고 했다. 일부러 훔쳐본 것이 아니라고 하면서 얼굴이 빨개져 그대로 숲속으로 도망치고 말았다. 나 역시 창피하기도 하고 화도 나고 해 그대로 산을 내려오고 말았다. 산을 다 내려왔는데 멀리 범바위 쪽에서 천이 부르는 노랫소리가 아득히 들려왔다.

목란이 여자인 줄 몰랐구나……

나는 더욱 얼굴이 빨개져 달음박질치기 시작했다.

마을 입구에서 신부의 집에서 혼례를 치르고 사흘 만에 신랑 집으로 향하는 우귀(于歸) 행렬과 맞닥뜨렸다.

맨 앞에서 붉은 갓에 검은 단령을 입은 안부(雁夫)가 길을 인도하고 그 뒤로 겹날개 사모에 자색 단령 입은 신랑이 염염한 토산마 위에 늠름하게 앉았다. 신부는 황동 꼭지 팔인교를 탔는데 늘어진 주렴 사이로 연지곤지 찍고 족두리 쓴 자태가 아른아른 비쳤다.

신부의 가마 앞으로 네 쌍의 청사초롱 든 소동과 한 쌍의 안보(安洑)

를 세우고 그 뒤로 열두 명의 계집종이 현구고례** 할 닭찜, 안주, 밤, 대추, 과일과 약주 등을 머리에 이고 들고 따르고 족두리하님이 가마 바로 앞에 서서 신부에게 나쁜 액이 따라오지 못하도록 부용향을 받쳐 들고 걸었다.

신부의 가마 뒤로는 검은빛의 비단 장옷 입은 유모가 말을 타고 따르고 그 뒤로 시가 어른들께 드릴 버선과 이불, 옷함과 경대 등 혼수를 실은 수레가 줄줄이 잇는데 하인과 관청의 하리들이 전후좌우를 옹위하며 따르니 행렬이 지나가기까지 족히 한나절이 걸렸다.

그 광경을 하염없이 지켜보던 내 마음실 어디에선가 슬픈 것도 같고 기쁜 것도 같은 설렘이 일었다. 아마도 그날 나는 처음으로 주진지계(朱陳之計)***의 꿈을 꾸었을 것이다.

민가의 풍습에 찔레꽃머리가 되면 좋아하는 이에게 연애편지를 써 찔레꽃 더미에 숨겨놓는 풍속이 있다. 봄이 되면 동네 처녀에게 첫눈에 반한 총각이 밤새워 쓴 편지를 이징가미에 얹어 꽃 속에 숨기고 우물물을 길러 가던 처녀가 찔레꽃을 꺾는 척하며 편지를 꺼낸다. 지금은 찔레꽃머리가 아닌 나뭇잎들이 골붉은 때지만 나는 아버지 몰래 밤에 등잔불 아래에서 무명천에 생애여, 라고 푸른 색실로 수를 놓기 시작했다.

생애여. 이 생이 다할 때까지 너를 사랑해.

나의 가슴은 온통 천에 대한 생각뿐이다.

나는 손수건을 종이에 곱게 싸 푸른 색실로 묶어 천과 만나던 장소에 가져다 놓았다.

널 사랑해! 널 사랑해! 나는 하늘에 쓰고 땅에 쓰고 구름에 쓰고 바람에 쓰고 골골의 나뭇잎에 쓴다. 사랑은 단단하다. 사랑은 예쁘다. 사랑은 완전하다. 나는 완전해진다. 나는 천의 색시가 될 것이다.

나는 밤에 잠들기 전까지 천을 생각했고 아침에 눈뜨는 순간 가장 먼저 천을 생각했다. 나는 매 순간 천을 그리워했다. 풀피리를 불 때의 그 말할 수 없이 섬세하고 다정한 음률을 내던 입술과 내가 발을 다쳤을 때 업어주던 듬직한 등판과 나를 업고 가볍게 산을 내려오며 불러주던 목란의 노래……. 나는 매일 밤 이불 속에 누워 천이 한 말을 하나하나 곱씹었다. 어떤 말은 공책에 적기도 했다. 아주 단순한 말 "너를 좋아해" 같은 말, "넘어지지 말고 조심해서 가" "산에서 혼자 울지 마" 그런 지극히 평범한 말들. 천의 손짓과 천의 미소를 생각하며 나는 혼자 웃었다. 내가 그에게 "너도 나를 좋아하니?" 하고 물으면 그는 늘 같은 대답을 했다. "그럼!"이라고. 나는 그 단어가 너무나도 좋았다. 그럼! 그럼! 그럼은 내 속에서 메아리가 되고 설탕이 되고 구름이 되었다. 물결이 되고 파동이 되어 내 온 존재를 춤추게 하고 노래하게 했다.

어느 날 나의 돌탑 꼭대기에 길죽한 돌이 세워져 있었다.

나는 골불은 나뭇잎처럼 얼굴이 발갛게 물들었다.

천이 손을 입에 가져다 대고 포롱포롱 보로통보로통 새의 울음소리를 흉내 내며 나타났다.

"네가 한 짓이지?"

천이 짓궂게 웃으며 수수꾸기만 했다.

"누군지는 모르지만 탑이 훨씬 더 근사해졌네. 위용이 생겼잖아."

그날 밤 나는 망측하고도 해괴한 꿈을 꾸었다. 돌탑 위에 세워져 있던 남근석이 거대한 뱀이 되어 내 치마 속을 파고드는 꿈이었다. 자연이 음탕한 나를 징벌한 것이다. 나는 너무도 놀라 오줌을 흠뻑 싸고 말았다. 소스라쳐 잠에서 깨 이불을 들춰보니 요에 빨갛게 핏자국이 번지고 있었다.

 첫 월경이었다.

용을 타고 푸른 하늘로

 글방 수업이 쉬는 날, 범삼이 재 너머로 단풍 구경을 가자고 제안했다. 단풍 구경은 핑계고 개울가에 빨래하러 나온 여자들을 훔쳐보겠다는 음흉한 속셈이다. 자나 깨나 범삼의 머릿속에는 여자 생각밖에는 없었다. 하지만 그 모든 일이 범삼의 철저한 계략이라는 것을 내가 어떻게 알 수 있었겠는가.
 나는 약초를 캐러 산에 가야 한다고 둘러댔다. 그 말은 전혀 거짓말만은 아니었다. 아버지는 소갈증이 있었고 얼마 전부터는 심장도 좋지 않았고 위도 조금씩 나빠지고 있었다. 엄마가 집을 나간 후부터 시작됐던 폭음과 아전 업무로 인한 화증이 아버지의 병을 키운 것이다. 나는 남복을 순순히 입는 조건으로 술을 끊을 것을 원했고, 아버지는 예전

부안에 있을 때처럼 폭음은 하지 않았지만 여전히 술을 끊지는 못했다.

내가 종다래끼를 어깨에 메고 대문을 나서려 할 때 필종과 승득이 내 앞을 막아섰다.

범삼이 뒤에서 왁살스럽게 허리춤을 잡아당겨 도소주 병을 내 허리춤에 매달았다. 분명 영감마님의 서재에서 슬쩍한 것이리라.

"도련님. 영감마님께서 아시면 경을 치실 것이오."

범삼이 내 등을 떼밀며 어벌쩡하게 늘어놓았다.

"네가 걱정할 일이 아니잖아? 종아리를 맞아도 내가 맞을 거 아니냐? 너야 공부를 잘해 우리 아버지께서 특별히 예뻐하시지 않냐? 큭큭큭."

필종과 승득이 키들거리며 홍글방망이를 놀았다.

"계동아. 이거 비싼 술이야. 괜히 토끼다가 병 깨지 말고 얌전히 걸어. 자식이 말이지. 매일 혼자서 산에 약초 캐러 간다고 핑계 대고 어디 몰래 여자 만나러 가는 거 아니냐? 눈치를 보아하니 은가히 년이 청소 핑계로 글방에 자꾸 들락거리는 게 다 네놈 때문인 것 같은데 말이야. 큭큭큭."

"은가히 고년이 뭘 몰라도 한참 모르는 거지. 으흐흐."

달랑쇠 필종이 패꽝스럽게 휘파람을 휘익 불며 목란이 여자인 줄은 몰랐구나, 하고 헤든거렸다.

"야! 필종아! 입 다물지 못해?"

범삼이 왈칵 성을 내며 필종에게 눈을 부라렸다. 나는 도무지 그들이 하는 짓거리가 생게망게하고 못마땅했지만 그냥 따라갈 수밖에 없었다. 간식거리가 든 동고리를 들고 필종이 내 뒤를 따르고 승득과 범삼이 내 옆에서 도망치지 못하도록 경계하며 걸었다.

　단풍 구경을 가는 양반과 기생들의 유람 행렬이 요란하게 우리 앞을 지나갔다. 숙초 창의에 평양 망건으로 한껏 멋 부린 남자들이 말을 타고 앞서고 그 뒤로 가맛바탕을 탄 기생들과 악기를 든 악공 세 명과 술병과 안주가 든 광주리를 인 하님들이 뒤따랐다.

　전모를 쓴 기생들이 우리를 보고 상글상글 미소를 지었다.

　범삼이 넋을 빼고 쳐다보자 은행색 저고리에 꽃 자수가 놓인 살구색 옥사 치마를 입은 기생이 "이봐요, 잘생긴 도령. 오늘 밤에 나와 촛불놀이 해보지 않을래요?" 하고 는실난실 연사질했다.

　범삼이 얼굴이 벌게져 아무 말도 못 하자,

　"오늘 밤 꼭 나를 보러 와요. 내가 숫난이를 벗어나게 해드릴 테니. 호호호" 하고 야살을 떨었다.

　범삼은 입을 헤벌리고 그 자리에 넋을 빼고 서서 그 기생이 안 보일 때까지 움직이려 하지 않았다.

　"기생 아씨를 보더니 밑이 끌려 아주 환장을 하는구나."

　필종과 승득이 놀리는 말에 정신을 차린 범삼이 걸음을 떼어놓으며 무슨 생각을 하는지 갑자기 나를 바라보고 야릇한 미소를 지었다. 그 웃음이 어찌나 기묘한지 나는 속에서 토기가 올라오고 전율이 일었다. 그때 나는 무슨 수를 써서라도 도망쳤어야 했다. 적어도 그렇게 했더라면 천에게 닥칠 불행만은 막을 수 있었으리라.

　범삼의 지시에 필종과 승득이 여자들이 빨래하는 개울가에서 약간 떨어진 너럭바위 아래 편편한 목새에 가져간 유둔을 깔았다.

대가의 하녀들로 보이는 여자 셋이 치마를 무릎까지 걷어 올려 허여멀건한 속살이 다 드러났다. 중년의 여자는 돌 위에 빨래를 얹어놓고 방망이로 두들기고 있고 늙은 할미는 머리를 감았는지 바위 위에 앉아 머리를 빗고 있었다.

나어린 계집종이 우리가 훔쳐보는 것을 눈치 채고는 보란 듯이 치마를 허벅지까지 둥둥 걷어 올리고 물속으로 들어가 빨래를 흐르는 물에 처덕처덕 헹구었다. 앙가조촘 구부린 살품 사이로 이드를한 속살이 아른거린다.

여자들을 따라온 아이들이 물장구를 치며 신나게 노래를 불렀다.

"작것 작것 못난 작것 엉뎅이에 뿔난 작것. 또망에 빠진 작것. 꼭지로 건진 작것. 윗물에 시친 작것. 윗물에 헹군 작것. 술 한 잔도 안 준 작것. 작것 작것 못난 작것 엉뎅이에 뿔난 작것……."

범삼이 입맛을 다시며 도소주를 입잔에 안다미로 따라 단숨에 벌컥 들이켰다. 필종과 승득도 한 잔씩 마시고는 "카아! 좋다!" 하고 호기를 부렸다. 아무리 술을 못 마신다고 해도 끝내 우즖이는 바람에 나도 간신히 술 한 잔을 마셨다. 얼마나 독한지 얼굴이 화끈해지면서 목이 타는 것 같고 속에서 천불이 나는 것 같았다. 내 눈과 범삼의 눈이 정면으로 마주쳤다. 범삼이 이글거리는 눈빛으로 나를 바라보았다. 나는 범삼이 야지랑을 떠는 계집종 때문에 성욕이 발동해 그런 줄로만 알았다.

술 한 병이 금세 동이 났다. 범삼이 내게 주막에 가서 술을 한 병 사오라고 시키며 줌치에서 엽전을 꺼내 주었다. 나는 취기가 올라 일어서는데 다리가 후들거렸다.

범삼이 나를 노려보며 으르댔다.

"혹시라도 도망칠 생각은 아예 하지도 마라. 우리가 셋이라는 거 명심해. 도망가봐야 독 안에 든 쥐니까."

사실 나는 얼른 이들에게서 도망치고 싶은 마음밖에는 없었다. 속마음을 들킨 것 같아 나는 짐짓 큰소리로 말했다.

"내가 도망가기는 어디로 도망간다고 그러시오?"

내 말에 범삼은 무엇이 그리 우스운지 오두방정을 떨며 킬킬거렸다. 필종과 승득도 죽겠다는 시늉으로 나를 바라보며 키들키들 웃었다. 사내아이들의 그 웃음이 무엇을 의미하는지 얼마 후에야 알게 되었지만 그 당시는 그저 걸음을 빨리 해 그곳을 벗어나고 싶을 뿐이었다.

계속해 우리 쪽으로 추파를 던지던 계집종이 내가 지나가자 남상남상 가기를 부렸다.

"이봐요. 총각. 이쪽으로 와서 빨래 좀 짜줄래요?"

그 소리를 들은 범삼이 느질맞게 소리 질렀다.

"그놈은 계집애처럼 약골이라 기운이 없어 빨래를 못 짜느니라. 어디 내가 가서 짜줄까나?"

앙달머리스런 계집애가 코웃음을 홍, 치며 톡 쏘았다.

"도련님. 색대질을 하고 싶으면 저기 저 기생 년 술청에나 가보시옵소서."

계집종이 자깝스럽게 내뱉는 말에 범삼과 필종, 승득이 구를 듯 데굴데굴 웃는 소리가 먼 곳까지 들려왔다.

길목의 목로주점에 술꾼 서넛이 앙가발이 소반을 가운데 놓고 희담을 늘어놓고 있었다.

　주모는 보이지 않고 마당 한쪽에서 중노미가 숯불에 고등어를 굽고 있어 기름이 지글지글하고 생선 타는 냄새가 진동했다.

　나는 범삼이 준 엽전을 만지작거리다가 천에게 주기 위해 육포를 샀다. 아마도 술기운에 한껏 배포가 커진 탓이리라.

　나는 숨이 차도록 달렸다.

　산.

　이제 산은 완전한 내 친구, 내 집, 나의 성채다. 거기에 내 영혼이 쉴 곳이 있고 나의 사랑이 숨어 있다.

　나는 돌을 몇 개 집어 바지 주머니에 넣었다.

　나의 돌탑은 점점 더 그 위용을 더해간다. 나는 주머니에서 돌을 꺼내 정성스레 돌탑 위에 올려놓았다. 나의 진언은 이제 달라졌다. 맨 처음 이 돌탑을 쌓을 때 나의 기원은 엄마를 만나게 해달라는 것, 한양으로 가 의녀가 되게 해달라는 것, 아버지가 하루빨리 서당을 차리고 내가 여자 옷을 입고 살게 해달라는 것이었다.

　하지만 이제 나의 기원은 오직 하나뿐이었다. 천의 신부가 되는 것이었다. 천은 겹날개 사모에 자색 단령을 입고 엽엽한 토산마를 타고 내게로 온다. 나를 데려가기 위해서. 나는 연지곤지 찍고 족두리 쓰고 꽃가마 타고 그의 집으로 간다. 나는 천을 따라 이 세상 어디든 갈 것이다. 천의 어머니처럼 무녀가 되어도 나는 상관없다고 생각했다.

　천은 내게 무명천에 잇꽃으로 물을 들여 붉은 댕기를 만들어주었고 잇꽃 연지를 만들어주기도 했다. 내 머리에 들꽃으로 엮은 화관을 씌워

주었고 꽃반지와 꽃목걸이를 선물했다. 가끔 돌팔매질로 잡은 들짐승의 방자고기를 가져다주는 날도 있었다. 천은 매일 내게 한 가지씩 선물을 주었다. 숲속 작은 연못 위에 종이꽃을 만들어 가득 뿌려놓기도 했다.

나는 보답으로 달개비꽃을 으깨 만든 물감으로 푸르게 물들인 종이에 시를 써서 주었다.

> 아름다운 두 여인 선녀인가 사람인가
> 푸른 버들 그늘에서 다투어 그네 뛰네.
> 치마허리에 매단 노리개 소리 구름 너머까지 들려
> 용을 타고 푸른 하늘에 오르는 듯해

천은 내가 시 힘이 있어 중국의 3대 여류 시인인 설도, 화예부인, 어현기처럼 조선에서 유명해질 거라고 격려해 주곤 했다.

술기운 때문인지 나는 천과 약속한 봉우리까지 갈 수가 없었다. 범삼이 반 강제로 술을 석 잔이나 마시게 한 때문이었다. 나는 나무 그루터기 아래 편편한 풀밭에 두 다리를 뻗고 앉았다. 골불은 나뭇잎들이 마치 비단에 수놓인 꽃들처럼 아름답게 보였다. 행복했다. 그것이 술로 인한 거짓된 행복의 감정이란 것을 나는 그때 알지 못했다.

나는 조그만 나뭇가지를 집어 박자를 맞추며 마치 길가의 천한 술집 작부처럼 노래하기 시작했다.

님은 칡을 캐러 갔네.

하루를 못 봐도 석 달을 못 본 듯

님은 쑥을 캐러 갔네.

하루를 못 봐도 아홉 달을 못 본 듯

님은 약쑥을 캐러 갔네.

하루를 못 봐도 삼 년을 못 본 듯

산이 빙빙 돌았다. 나는 구름처럼 둥실둥실 산 위를 떠다녔다. 눈을 감자 천의 얼굴이 바로 내 앞에 있었다. 나는 더욱 크게 노래를 불렀다.

하루를 못 봐도

석 달을 못 본 듯

어디선가 후다닥 훼치는 소리에 나는 노래를 멈추고 벌떡 일어나 주변을 휘둘러보았다.

먹잇감을 찾느라 허공을 빙빙 돌던 수리가 토끼를 낚아채는 중이었다. 필사적으로 달아나려고 몸부림치는 토끼의 목줄을 수리가 날카로운 부리로 꽉 물고 놓아주지 않았다. 나는 주머니 속에서 돌멩이를 꺼내 내가 낼 수 있는 최대한의 힘을 다해 세차게 날렸다. 돌멩이는 핑 소리를 내며 간신히 수리의 날갯죽지를 건드리고 저편 노간주나무 아래로 떨어졌다. 그 참에 놀란 수리가 토끼를 놓아주고 허공으로 치솟아 올랐지만 토끼의 비운은 그것으로 그치지 않았다. 기다리고 있기나 했던 듯 나무 우듬지에 앉아 망을 보던 매가 잽싸게 땅을 차며 피를 흘리는 토끼의 목줄을 발톱으로 움켜쥐고 날개를 활짝 펴 유유히 사라졌다.

내 눈에서 나도 모르게 눈물이 주룩 흘러내렸다. 그것이 곧 내게 닥칠 비극의 전조라는 것을 알지도 못한 채로 나는 그저 슬프고 마음이 아파 눈물을 멈출 수가 없었다.

천과 만나기로 한 봉우리에서 그가 부는 풀피리 소리가 아스라이 들려왔다.

내가 옷소매로 눈물을 닦고 일어서려 할 때 내 앞에 길게 그림자가 드리웠다.

"왜 이렇게 늦게 오는 거야?"

그들이 웃었다. 킥킥하고. 올려다보니 그들은 내가 기다리는 천이 아니라 범삼과 필종, 승득이었다. 나는 놀라서 벌떡 일어나 앉았다. 셋 다 술에 취해 얼굴이 볼그족족했고 눈빛이 시커먼 동굴처럼 기묘한 빛으로 번들거렸다.

"뭐? 북해의 작은 물고기 곤이가 붕새가 되어 남쪽 하늘로 훨훨 날아간다고? 우하하하."

범삼의 말에 필종과 승득이 왁자하게 따라 웃었다. 범삼과 필종은 그렇다 치고 승득은 착한 아이였다. 하지만 그도 위험한 사춘기 소년이긴 마찬가지였다. 나는 본능적으로 위험을 직감했다. 하지만 사방을 둘러보아도 빽빽한 숲이다. 천과 만나기로 한 봉우리는 족히 한 마장은 떨어져 있다.

나는 벌떡 일어서 달아나려고 했다.

"어서 잡아! 달아나지 못하게 해!"

범삼의 명에 필종과 승득이 양쪽에서 내 팔을 잡고 나무등치로 몰아세웠다.

"야. 너 정말 사내놈 맞냐? 흐흐흐. 자식 어디 고추 좀 보자."

나는 온 산이 떠나가도록 소리를 질렀다. 내 비명 소리가 천에게 들리도록 있는 힘을 다해 죽어라 외쳤다. 나는 미구에 천에게 어떤 일이 닥칠지도 모르는 채로 미친 듯 소리를 질렀다.

범삼이 이글이글한 눈빛으로 내 앞으로 바짝 다가와 바지 속으로 손을 집어넣었다.

나는 악다구니를 쓰며 울부짖었다.

"손 치워! 내 몸에 손대지 마!"

나는 발을 뻗어 있는 힘껏 그의 사추리를 걷어찼다. 방심하고 있던 범삼이 어구구 비명을 지르며 주저앉았다. 그 바람에 놀란 승득이 내 팔을 놓았다. 나는 필종의 팔을 이빨로 강하게 물어뜯고 뛰기 시작했다. 숲이 내 앞에서 뒤로 물러났다. 어서 도망치라고 나를 강한 힘으로 떠밀어주었다. 내 발은 땅에 닫지 못했다. 신발이 벗겨졌다. 나무 가시랭이에 옷이 찢기고 버선발에 돌이 아프게 채었다. 내 발이 허공을 날았다. 산비탈이었다. 나는 앞으로 엎어지며 머리를 박고 몸이 한 바퀴 돌면서 데굴데굴 굴렀다. 오른쪽 발에 무엇인가가 강하게 부딪혔다. 나는 단말마의 비명을 지르며 나동그라졌다. 나무꾼이 베어낸 나무 밑둥치의 뾰족한 모서리가 엄지발톱을 깊숙이 찔렀다. 아찔한 통증에 정신이 얼얼했다. 나는 두 손과 두 발로 네 발 달린 짐승처럼 엉금엉금 기었다.

범삼이들의 웃음소리가 바로 지척에서 들렸다. 나는 필사적으로 단 한 걸음이라도 더 도망치기 위해 낙엽을 와삭와삭 헤치며 기어갔다.

범삼이 내 앞을 가로막고 생청을 떨었다.

"왜 그래? 붕새가 되어 구만 리를 훨훨 날아가보시지! 호호호. 가소로운 년! 네년이 남자 옷을 입고 글을 공부하면 가히 붕새가 될 줄 알았더냐?"

범삼이 쪼그리고 앉아 우악스럽게 내 옷고름을 잡아당겼다.

나는 머리악을 쓰면서 소리 질렀다.

"손 치워! 내 몸에 손대지 마! 죽여버릴 거야!"

"호호호! 네년이 지금 누가 칼자루를 쥐고 누가 칼날을 쥐었는지 모르는구나? 괘씸한 년 같으니라고!"

곁에서 지켜보던 승득이 말을 더듬었다.

"범 범삼이 형. 이 이제 그만해. 그냥 겁만 주기로 한 거잖아. 데려다 치료하게 해주자. 저 발에 피 흐르는 것 좀 봐."

"시끄러! 이년 궁둥이를 보고 제일 좋아한 놈이 이제 와서 왜 딴소리야?"

범삼이 내 가슴을 친친 동여맨 젖 가리개를 풀었다. 술에 취한 그의 눈이 이글거리고 침을 꿀꺽 삼켰다.

"호호호. 네년 하는 짓거리가 하나같이 요상했지. 소변보러 갈 때도 꼭 혼자 가고 말이야. 서서 오줌 누는 걸 한 번도 못 봤다니까."

나는 눈물로 범벅이 되어 악다구니를 쓰며 외쳤다.

"천! 천! 어디 있어? 천!"

범삼이 한 손으로 내 턱을 치켜들었다.

"천? 그럼 그렇지. 네년이 매일 산에 다니는 게 바로 사내놈 때문이었구나. 더러운 년 같으니라고."

나는 진저리를 치며 범삼의 얼굴에 침을 칵 뱉었다.

"손 치워! 이 손 치우란 말이야!"

범삼이 두툼한 손으로 내 뺨을 있는 힘껏 후려갈겼다. 내가 헉 소리를 내며 한쪽으로 고개가 꺾이는데 다시 숨 돌릴 틈도 주지 않고 반대쪽 뺨을 더욱 세차게 후려쳤다.

내 코에서 시뻘건 피가 옷 위로 뚝뚝 떨어져 내렸다.

범삼이 내 바지춤을 끌렀다. 나는 더 이상 비명조차 지를 수 없었다. 필종이 뒤에서 내 입을 한 손으로 틀어막았기 때문이다.

"네놈, 아니 네년 덕분에 평생에 아버지께 그렇게 많이 맞아본 것이 처음이다. 네년이 매일 산에 가는 걸 보고 승득이 놈을 시켜 뒤를 밟게 했지. 네년이 서서 오줌을 누지 않고 앉아서 오줌을 누더라고 승득이가 킬킬거리며 좋아하더군. 그러길래 계집년이 아무 데서나 보지를 까고 오줌을 누면 안 되는 법이지."

승득이 눈물을 흘리며 간곡히 사정했다.

"범삼이 형. 제발 이제 그만둬. 훈장님 딸이잖아. 우리와 일 년이나 같이 공부한 사이잖아. 나는 정말 이럴 줄은 몰랐어. 그냥 계동이를 놀려주기로 한 거잖아. 혼만 내주기로 한 거잖아. 우리 아버지께서 아시면 나는 당장 집에서 쫓겨날 거야."

범삼이 비웃었다.

"이년은 양반이 아니야. 어떻게 해도 상관없는 천한 우물(尤物)* 년이라고!"

"그 그래도 후 훈장님 딸이잖아."

"훈장은 개뿔. 아전 노릇하다가 능력이 없어 쫓겨난 것을 우리 아버지께서 불쌍히 여겨 봐주시는 것이지. 이년이 아마도 기생 될 팔자라 남장을 시켜 액막이를 하려는 것 같은데. 호호호. 어차피 기생 되면 몸 버릴 년인데 먼저 따먹는다고 해서 나쁠 게……"

범삼이 비명을 지르며 뒤로 나동그라졌다.

필종과 승득도 어디선가 날아온 돌팔매에 어이쿠 비명을 지르며 바닥으로 쓰러졌다.

천이었다.

"도망쳐! 어서 도망쳐!"

나는 죽어라 달리기 시작했다. 코에서 피가 흐르는 것도, 엄지발톱의 통증도 그 순간 나는 잊었다. 바람결에 나는 천의 비명 소리를 들은 것 같아 달음박질을 멈췄다. 내가 멈춰 서자 그 모든 울림도 멈췄다. 산은 괴괴할 뿐이었다.

"어서 그년을 잡아! 절대 놓치지 마!"

범삼의 고함이 산을 울렸다.

도망쳐! 어서!

천의 울부짖음이 메아리가 되어 산 전체를 쩌렁쩌렁 울렸다.

나는 정신없이 달리기 시작했다.

어떻게 산을 내려오고 마을 앞 신목(神木)을 지나 송 진사의 집, 아버지와 내가 사는 행랑채까지 왔는지 모른다. 거의 귀신의 형용으로 방문 앞에 쓰러진 나를 본 아버지가 사색이 되어 뛰쳐나와 나를 안아다 방에 뉘었다.

　나는 밤새 고열에 시달리며 천의 이름만을 불렀다.

　천! 어디 있어? 천! 천!

옥을 안고 형산에서 우노라

다음 날 나는 내 방에서 꼼짝도 하지 못하고 누워 있었다. 아버지가 상처에 홍화씨 가루를 발라주고 어혈을 풀어주는 소목나무를 끓여 그 물을 마시게 했다. 그 외에는 아무 일도 일어나지 않았다. 그다음 날도 집안은 조용했다. 아버지는 내게 무슨 일이 있었냐고 묻지 않았다. 나는 산에 약초를 캐러 갔다가 호랑이를 보았다고 아버지에게 거짓말을 했다. 아버지가 그 말을 믿는지 어쩐지는 알 수 없었다.

죽을 가져온 은가히가 내게 물었다.

"계동아. 정말이니? 진짜 호랑이를 봤어?"

내가 대답하지 않자 은가히가 음성을 낮춰 말했다.

"글방에 훈장님 드실 차를 가지고 들어가니까 도련님들이 한창 쑥덕거리다가 말을 딱 멈추는데 아무래도 계동이 너하고 상관있는 일인 것 같아. 너 호랑이 본 거 아니지? 그렇지?"

나는 무슨 말이라도 해야 할 것 같아 되는대로 지껄였다.

"그 도련님들이야 매일 하는 꿍꿍이가 공부 안 하고 놀러 갈 궁리지."

"하긴 그 도련님들의 관심은 온통 여자들이라니까. 어젯밤에 말이야. 글쎄 범삼이 도련님이 기생집에 갔다가 영감마님께 들켜 된통 혼찌검이 난 거 알아?"

산망스런 계집애가 은근슬쩍 내게로 가슴을 기울이며 손으로 내 이마를 짚었다.

"야! 왜 이래? 저리 비켜!"

제 풀에 무안해진 은가히가 매몰차게 내뱉었다.

"홍! 니가 아무리 훈장의 아들이고 학문을 해도 결국 센둥이가 검둥이고 검둥이가 센둥이라는 거 잊지 마."

범삼의 지시로 망오지가 나를 감시하고 있다는 것을 안 것은 천이 궁금해 손톱여물만 썰다가 견딜 수가 없어 슬며시 방을 빠져나오려 할 때였다.

마당을 쓰는 척하던 망오지가 쏜살같이 다가와 을러댔다.

"야! 도련님이 너 아무 데도 못 가게 단단히 지키라는 엄명이시니 행여 딴맘 먹지 말고 죽치고 누워 있어."

망오지는 은가히 때문에 내게 악감정을 품고 있는 터였다.

나는 망오지에게 사정했다.

"잘 봐. 나는 이불 속에서 그냥 자고 있는 거야."

나는 방문을 열어 보여주었다. 이불 속에 베개를 두 개 넣어 사람이 자고 있는 것처럼 보였다.

"제발 한 번만 봐줘. 금방 돌아올게. 그리고 나는 은가히 개 좋아하지 않아. 은가히하고 아직 손도 안 잡았어. 오늘 일을 눈감아주면 은가히가 너를 좋아하도록 해줄게. 꼭."

"어떻게?"

"글쎄 내 말을 믿어. 내가 여자 꼬시는 방법을 가르쳐줄 테니까."

내 말에 망오지가 입이 귀에 걸리게 좋아하며 나를 보내주었다.

"야! 그 대신 너무 늦지 않게 돌아와야 해. 알았냐?"

"걱정하지 마. 도련님한테는 내가 끙끙대며 앓기만 한다고 해. 알았지?"

나는 부리나케 달렸다. 엄지발톱의 상처에 신발이 닿을 때마다 통증이 느껴졌지만 그 따위 아픔쯤은 천을 걱정하는 마음에 비할 바가 아니었다.

나는 천이 나무에 묶어놓은 비밀의 표식을 따라 범의 형상처럼 생겨 범바위라는 이름이 붙은 웅장한 바위 위로 올라섰다. 그곳에서는 천이 사는 안골이 훤히 바라보였다.

멀리 산이 핏빛으로 활활 불타오르는 모습이 보였다. 나는 산이 가을을 앓다가 미쳐버린 줄로 알았다. 나처럼 그렇게 너무도 아파서 산이 미쳐가고 있다고 문득 생각했다. 나는 발가락의 통증 때문에 절뚝거리며 두럭을 향해 고불고불한 산길을 돌고 돌아갔다. 약수터를 지나 막 안골로 들어섰을 때였다. 매캐한 냄새가 코를 찌르고 닭과 개의 울음소리에 섞여 아낙들의 처절한 통곡 소리, 아이들의 기절할 듯한 울음소리가 들려왔다.

까치등거리 입은 포졸들이 육모방망이를 휘두르며 내 앞을 가로막았다. 내가 무슨 일이냐고 묻자 역병이 돌아 화전민 부락을 불태우라는 상부의 지시가 있었다고 말했다.

아기를 등에 업고 울부짖는 한 아낙에게 천이 어디 있느냐고 물었으나 이미 정신이 나가 내 말에 대꾸도 하지 않고 실성한 사람처럼 통곡하기만 했다. 내가 포졸에게 천이라는 열네 살 먹은 사내애가 어디 있느냐고 묻자 포졸이 그깟 고리장이 상놈을 자기가 알 게 무어냐고 눈을 홉떴다. 그러면서 네놈도 잡혀가고 싶지 않으면 얼른 산을 내려가라고 충고했다.

나는 거의 제정신이 아니었다. 내 영혼은 내 속에 들어 있지 않고 내 몸 밖을 헤매고 있었다. 산비탈을 거의 구를 듯 내려와 관아로 달려갔다. 동헌문을 지키는 포교에게 천이라는 남자애가 잡혀 왔느냐고 물어보았다. 포교는 천이 누군지는 모르고 곤쇠아비동갑의 사기꾼만 잡혀왔다고 말해 주었다. 나는 다시 산으로 갔다. 범바위가 바라보이는 산 아래쪽 용가시나무 아래에 내가 쌓은 돌탑을 찾으려 했지만 도무지 길이 보이지 않았다. 산이 나를 거부하고 있는 듯했다 숲의 모든 나무들과 풀들이 서로 빽빽이 몸을 붙이고 길을 열어주지 않았다. 나는 몇 번이나 똑같은 길을 헤맸다. 나는 내가 악몽을 꾸고 있는 거라고 생각했다. 기진맥진한 내가 체념하고 산을 내려오려고 할 때에 바로 내 눈앞에 나의 돌탑이 나타났다. 우람한 남근석이 돌탑의 정중앙에 우뚝 서 있었다. 천이 세워놓은 것이었다. 그것만이 천의 존재가 환상이 아닌 실재라는 것을 증거하는 유일한 물건이었다. 나는 그 돌을 주머니에 넣고 집으로 돌아왔다.

멍하니 누워 있는데 은가히가 방문을 소리 나게 벌컥 열고 톡 쏘아붙이듯 내뱉었다.

"영감마님이 찾으셔."

은가히는 평소와 다르게 내게 친절하지 않았다. 나를 더러운 벌레 보듯 하는 눈빛이었다. 나는 드디어 올 것이 오고야 만 것을 알았다.

사랑방 보료 위에 좌정한 송 진사가 무서운 눈으로 나를 노려보았다.

"여봐라. 무엇 하느냐? 어서 저것을 데려다 철저히 검사하거라."

계집종 둘이 나를 양팔로 꽉 붙잡고는 맹장지문을 열고 어둑신한 방으로 들어갔다. 내가 몸을 비틀자 은가히가 내 입에 무명 수건을 쑤셔 넣어 입을 막았다. 그동안 내게 몇 번이나 연애편지를 보냈다가 무시당한 은가히가 복수라도 하듯 거칠게 내 옷을 벗겼다.

"세상에! 세상에!"

은가히가 낮게 부르짖으며 내 저고리 고름을 풀고 젖 가리개를 풀었다.

"영감마님. 틀림없이 여자의 쇠용통이 있사옵니다."

이번에는 더욱 세심한 관찰이 요구되는 명이 내려졌다.

"하초도 검사해 보거라."

계집종 둘이 발버둥치는 나를 붙잡고 은가히가 내 옷들을 하나씩 벗겨냈다. 내가 종종 대의 사방지처럼 남자의 성기와 여자의 음문을 동시에 지닌 괴물인지 검사하기 위해서다. 이제 내 몸에 남은 것은 하초에 걸친 다리속곳 하나뿐이었다.

아버지가 뛰쳐 들어와 송 진사 앞에 부복하고 처절히 애원하는 소리가 들렸다.

"진사 어른! 이 모든 것이 소인의 불찰이옵니다. 저 아이는 여식이 틀림없습니다. 남복을 입게 한 것은 저 아이의 아비인 소인이니 벌하시려거든 차라리 소인을 벌하소서! 아이를 그만 놓아주소서! 진사 어른! 제발 거리책지(據理責之)*를 따져 벌을 내리십시오! 제발! 진사 어른! 으흐흐흑."

대노한 송 진사가 고함을 질렀다.

"훈장! 어찌 내 집 안에서 이럴 수가 있소? 다만 남자만 가르칠 뿐 여자는 글을 가르치지 않는다는 조선의 법도를 훈장이 모른단 말이오? 여자에게는 여사행(女四行)이라 하여 부덕(婦德), 부언(婦言), 부용(婦容), 부공(婦功)만을 닦게 하면 족하다고 퇴계께서 『규중요람』에서 언급하셨음을 훈장이 모르지 않을 터! 지금 훈장이 감히 천한 계집년에게 남자 옷을 입혀 내 아들과 같이 공부하게 했으니 이러고도 훈장이 살기를 바란단 말이오?"

은가히가 차마 못 하겠다고 고개를 돌렸다. 얼굴이 해귀당신처럼 넙데데한 계집종이 내 몸에 남은 다리속곳을 우악스럽게 벗겨내고 강제로 두 다리를 벌렸다. 그러고는 음탕한 눈길로 내 아랫도리를 샅샅이 살폈다.

은가히가 울먹거리며 아랫방을 향해 고했다.

"남자의 양물은 없사옵니다. 여자가 분명하옵니다."

은가히가 독이 바짝 올라 내 뺨을 세게 후려쳤다. 그러고도 분이 안 풀리는지 내 머리를 휘어잡고 마구 흔들었다.

"옷을 입게 하고 너희들은 물러가거라."

계집종들이 물러간 후에 나는 주섬주섬 옷을 입었다. 아버지가 내 손을 잡아 일으켜 세웠다. 나는 일어설 힘도 없었다. 눈물도 말라버렸다. 말라버린 것이 아니라 내 안의 독기가 온통 빨아들인 것이다. 나는 백 살도 더 늙은 노파처럼 교활하고 매실매실해졌다. 아버지가 나를 업어다 방에 뉘었다. 바라지로 저녁의 붉은 노을빛이 들이비쳤다. 내 곁에 우두망찰 앉은 아버지의 눈이 그보다 더 붉게 타오르고 있었다.

땅거미가 졌지만 아버지는 등잔에 불을 밝히지 않았다.

밖에 은가히가 와서 방 문고리를 흔들더니 보퉁이를 방 안으로 밀쳐 넣었다.

"이 옷으로 갈아입혀 오늘 밤 사랑채로 들이라는 영감마님의 분부시오."

보퉁이 속에는 내가 평소에 그렇게도 입고 싶어 했던 빛깔 고운 치마저고리가 들어 있었다. 속곳과 버선, 궁초댕기와 머리뒤치개까지.

아버지가 벌떡 일어서려는데 찬모가 인기척을 내고 방 안으로 들어왔다.

"훈장 어른. 딴생각은 마시지요. 집 안팎으로 하인들이 지키고 있다오. 나쁜 일은 없을 거요. 오후에 영감마님의 한양 벗들이 놀러 오시었소. 딸아이가 소리를 잘한다고 하니 술자리에 불러 소리나 시키려고 하는 게요. 제게 명하시어 아이를 다듬어 사랑채로 내보내 귀한 손님들

접대에 소홀함이 없게 하라 당부하시었다오."

아버지가 벌떡 일어서 방을 나가려고 방문 고리를 잡았다. 나는 혹시라도 아버지가 우물에라도 뛰어드는 게 아닐까 걱정되었다. 나는 아버지 등을 향해 낮게 부르짖었다.

"아버지! 나는 노래하고 싶어요. 노래하러 가는 거니까 괜찮아요. 아버지! 나는 괜찮아요! 그러니까 절대 딴생각하지 마세요!"

아버지가 방문 앞에 잠시 멈춰 섰다가 이내 방문을 열고 밖으로 나갔다. 나는 마음속으로 계속 외쳤다. 아버지! 나는 괜찮아요! 나는 괜찮아요! 하고.

한참을 지나 아버지가 다시 방문을 열었다.

"우리 딸이 참으로 장하구나. 아버지가 미안하다!"

아버지가 그 말을 하고 다시 방문을 닫고는 저벅저벅 글방 쪽으로 사라졌다.

찬모가 저고리 고름으로 코를 횡 풀었다.

"내가 네 아버지를 오래 본 것은 아니지만 참 세상에 저런 분이 없다. 양반이라 해도 네 아버지처럼 덕이 있는 사람을 내가 본 적이 없느니라."

찬모가 가마솥에 물을 데워 나를 씻기면서 감탄했다.

"세상에! 참으로 곱구나. 참으로 예쁘구나. 이렇게 예쁜 것을 그동안 남자 옷으로 꼭꼭 감춰두었구나."

어리무던한 찬모가 자꾸만 되뇌었다.

"아버지를 원망하지 말거라. 남의 집 살이를 하려니 너를 곱게 지켜주고 싶으셨던 게지."

찬모가 내 머리를 얼레빗으로 곱게 곱게 빗겨주고 치마저고리로 갈아입혔다. 나는 찬모가 하는 대로 그저 무기력하게 움직였을 뿐이다.

찬모가 계속 나를 어루만지며 탄식했다.

"이렇게 고운 아이였구나! 이렇게 고왔구나!"

나는 찬모의 손에 이끌려 마루로 나섰다.

신발을 신고 마루 끝에 앉았는데 문득 손을 보니 손톱에 들인 봉숭아물이 선명했다. 남복을 입고 지낸 후 몇 년 만에 손톱에 봉숭아물을 들였다. 오직 천에게 보여주기 위해서였다. 사내아이들에게 그걸 들키지 않으려고 글방에서 나는 옷소매 깊숙이 손을 감추느라 무진 애를 먹었다. 첫눈 올 때까지 봉숭아물이 지워지지 않으면 첫사랑이 이루어진다는 말에 나는 봉숭아꽃이 다 시들어 없어질 때까지 몇 번이나 다시 붉은 물을 들였다.

천은 도대체 어디로 사라진 것일까? 혹시 내가 그동안 귀신에라도 홀렸던 것이 아닐까? 천은 고라니가 잠깐 외로운 내 친구가 되어주기 위해 사람으로 변했던 것일까?

가을의 한기가 쌀쌀했다. 봉당에 딱정벌레 떼가 바닷가 바위의 조개처럼 따닥따닥 붙어 있었다. 누군가의 발에 깔려 납작하게 터진 것들도 많았다. 나는 내 자신이 딱정벌레처럼 느껴졌다. 무력하고 가엾은 작은 생명. 나는 터져버릴 것이다. 그들의 발로 살짝 짓누르는 힘만으로도.

사랑채로 가는 도중 일각문 앞에서 범삼과 마주쳤다.

범삼이 회한에 젖은 얼굴로 나를 바라보았다. 평소의 그답지 않은 표정이었다. 나는 고개를 꼿꼿이 들고 범삼을 맹렬한 증오의 시선으로 노려보았다. 나의 어디에 그렇게 지독한 살의가 숨어 있었을까. 만약 내 손에 비수가 들려 있었다면 그대로 범삼을 찔러 죽여버리고만 싶었다.

나의 살기 어린 눈길에 범삼이 주춤 뒤로 물러섰다.

"내 내가 아니야. 내가 죽인 게 아니야. 그 애가 도망치다가 그렇게 된 거야."

악, 나는 다리에 힘이 풀려 그대로 주저앉을 뻔했다. 하늘이 노랗게 보였다. 찬모가 잽싸게 내가 쓰러지지 않도록 내 팔을 붙들었다. 나는 이를 악물고 죽일 듯 범삼을 노려보며 한마디 한마디를 씹어뱉듯 중얼거렸다.

"너는 천벌을 받을 거야. 두고 봐. 새카맣게 불타서 죽은 사람들이 귀신이 되어 평생 너를 따라다닐 거야. 알아듣겠어? 너도 그들처럼 지옥의 불 속에서 까맣게 타 죽게 될 거라고! 너도 그렇게 비참하게 죽을 거라고!"

안골에는 외지에서 흘러들어 온 폐병 환자가 다 쓰러져가는 움막에서 늙은 노모의 간병을 받으며 살고 있었다. 범삼은 관아에 가 고변을 했다. 화전민 두락에 역병 환자가 숨어서 산다고. 궁도령이 그저 겁이 나 아무 생각 없이 저지른 행동이었다. 돌팔매질을 하고 달아나던 천을 추적하다가 천이 발을 헛디뎌 추락사하자 살인 죄인으로 잡혀갈까 두려워 머리를 쥐어짠 끝에 고작 생각해 낸 것이었다. 사실 안골은 점점 더 정체를 알 수 없는 자들이 모여 두락을 형성하고 있어 관아에서도 은근히 골칫거리였다. 한 달만 넘기면 한양으로 이임하는 현감은 자세히 조사도 하지 않고 두락을 불태워버리라 지시했다.

범삼이 뒷걸음치며 음울하게 내뱉었다.

"나를 그렇게 만든 것은 너야. 너 너라고! 사악한 너야! 감히 여자애가 남자 옷을 입고 사람들을 속였으니 네가 죄인이야! 나는 아무 죄가 없어! 죄가 없다고!"

나는 내 안의 모든 독기를 범삼을 향해 내뿜었다.

"바보! 천치! 지옥에나 가버려! 너 같은 바보는 이 세상에 아무 쓸 데가 없어! 이 바보 같은 놈아!"

찬모가 내 손을 잡아끌었다.

사랑채에는 송 진사와 그의 친구들 세 명이 앉아 술잔을 주거니 받거니 하다가 내가 들어가자 일제히 내 쪽으로 시선을 돌렸다. 나는 그들을 두려움 없이 한 사람 한 사람 정시했다. 내가 죽이지 않으면 내가 죽을 수밖에 없는 적들처럼 그렇게 노려보았다. 두 남자는 송 진사와 같은 양반의 신분임을 알 수 있는 도포에 흑갓 차림이고 다만 한 남자만이 창옷에 평량자 갓을 쓰고 있었다.

"어허! 버릇이 없구나. 어서 인사 올리지 않고 뭣 하느냐? 이분들은 나와 진사시 동기로 두류산을 유람하고 상경하는 길에 나를 보러 온 것이니라."

나는 그들을 향해 큰절을 올렸다. 그러고는 온 마음을 다해 목청을 돋워 지극하게 노래했다. 나의 노래는 낯선 사내들에게 들려주는 노래가 아니었다.

오직 천의 가엾은 넋에 바치는 만가(輓歌)였다.

슬픈 노래를 부르는 때는 꼭 울고 싶은 때라오.
먼 곳을 바라볼 때는 고향에 가고 싶을 때라오.
고향 생각에 슬픈 마음 쌓여만 가네.
돌아가고파도 집엔 아무도 없고
건너가고파도 강엔 배가 없네.
내 마음을 어찌 말로 다 할 수 있으리.
타는 가슴에 수레바퀴 굴러가는 듯하네.

아버지와 내가 송 진사의 집을 빠져나온 것은 그 몇 시간 후인 다음 날 새벽 축시(丑時)였다. 아버지는 무력했고 그가 할 수 있는 최대한의 저항은 부안에서 도망쳤듯이 또다시 나를 데리고 도망치는 것이었다. 아버지는 운명을 한사코 거부하려 했다. 그래서 끊임없이 나를 데리고 도망친 것이다. 역학을 공부한 아버지가 어찌 그것을 몰랐을까? 우리는 주어진 운명으로부터 단 한 걸음도 도망칠 수 없다는 것을. 내가 아무리 남장을 해도 서서 오줌을 눌 수 없는 것처럼 결국 나는 기생이 되고 말 운명이었다.

그렇게도 입고 싶어 했던 치마저고리를 벗고 나는 다시 도망치기 좋도록 남복을 입었다.

아버지에게 내가 웃방아기로 팔려 가게 될 것이라고 귀띔해 준 사람은 찬모였다. 음식을 사랑채로 나르다가 우연히 엿들었다고 했다.

아버지의 얼굴이 처음에는 하얗게 질렸다가 곧 파랗게 질리고 이어 창백해졌다.

"이 아이의 노래가 천구성이라고 하면서 송 진사의 한양 친구가 자신의 팔순 아비가 요즘 기력이 쇠해졌다고, 효도 중에 으뜸 효도가 웃방아기라고 한양으로 데려가겠다고 했소."

생각만 해도 소름이 쭉 끼쳤다. 내가 어릴 때 부안에서 아기라고 불리던 할머니가 있었다. 얼굴에 주름이 쪼글쪼글한데도 아기로 불리는 것이 나는 사뭇 이상했다. 나중에야 알게 되었지만 할머니는 겨우 나이 아홉 살에 나이 든 노인에게 팔려 가 기를 다 빼앗겨 스무 살도 되기 전에 얼굴에 주름살이 생기고 머리도 하얗게 세었으며 이도 빠져버렸다는 것이다. 노인이 죽은 후에 집으로 쫓겨 온 할머니는 평생 시집도 못 가고 천덕꾸러기로 갖은 구박을 받으며 살아야 했다. 부안에 있을 때 사람들이 말하기를 생깃골의 한 참봉이 나이가 아흔인데도 얼굴이 피둥패둥하고 살결이 어린아이처럼 보얀 것은 종딸을 번갈아가며 동침한 덕분이라고 했다. 밤이면 종딸의 피를 빨아 먹어 종딸들은 결국 얼굴이 하얗게 되어 죽어간다는 것이다.

공포로 인해 나는 울음을 터뜨리고 말았다. 한번 시작된 울음이 그치지를 않았다. 사실 나는 웃방아기로 팔려 가게 된 것보다 천의 죽음 때문에 우는 것이었다.

아버지는 올방자를 틀고 앉아 고개만 푹 떨구고 있었다. 아버지는 어쩌면 나를 웃방아기로 팔려 가게 하느니 부녀가 함께 우물에 뛰어들어 죽는 것이 낫겠다고 생각하는지도 몰랐다.

보다 못한 찬모가 말했다.

"훈장 어른. 이러시고 있으면 안 되오. 딸아이를 구하셔야 될 것 아니오? 사랑채 후원 뒤의 취병을 빠져나가 쭉 따라가면 협문이 나올 게요. 송 진사가 기생을 불러들일 때 쓰는 문이라오. 오늘 밤 기생들이 그 문으로 들어왔으니 아직 문이 잠겨 있지 않을 게요."

찬모가 주먹밥을 쌌다고 하며 보자기를 밀어놓았다.

"훈장 어른. 그동안 제 아들에게 글을 가르쳐주어 고맙소. 그 은혜는 죽을 때까지라도 절대 잊지 못할 게요. 훈장 어른 덕분에 내년에는 반드시 과거 시험에 붙을 거라고 아들이 호언장담하는구료."

나는 처음 듣는 얘기였다. 그동안 며칠에 한 번 아버지가 집을 비웠다가 다 저녁때 돌아오곤 하더니 찬모의 아들을 가르치기 위해 출타했던가 보다.

"훈장 어른. 사람 살 곳은 골골이 있다고 허시지 않았소. 어서 이 집에서 도망치시오. 그리고 주제넘은 말이지만 내 솔직한 심정을 말하겠소. 여식의 재주가 보통이 아니오. 참으로 명창도 그런 명창이 없소. 어차피 이렇게 된 바에야 여식을 전주 교방으로 데려다 주시오. 그것밖에는 길이 없지 않소?"

찬모가 저고리 고름으로 눈물을 찍어내며 훌쩍거렸다. 양반의 신분임에도 찢어지게 가난한 탓에 송 진사네 집에 드나들며 찬모 노릇이나 하는 설움이 겹쳐 더 슬프게 우는 것 같았다.

사랑채는 송 진사와 남자들이 악공과 기생들을 불러들여 술을 마시느라 장고 소리와 가야금 소리가 요란하고 웃음소리가 왁자했다.

아버지와 나는 찬모가 일러준 대로 취병을 빠져나와 좁다랗게 난 길을 조심조심 발소리가 나지 않게 빠져나갔다. 길 끝에 조그만 협문이

보였다. 찬모의 말대로 문은 잠겨 있지 않았다. 아버지가 먼저 문을 소리 나지 않게 열고 저택의 밖으로 빠져나갔다.

 아버지와 나는 논틀밭틀길을 정신없이 걸었다. 어슴푸레한 달빛이 계속 우리를 쫓아왔다. 얼마쯤 갔는지 모른다. 아버지가 숨을 가쁘게 몰아쉬며 길가의 돌 위에 엉덩이를 걸치고 앉았다. 내가 얼른 향낭에서 환약을 꺼내 아버지에게 주고 호리병을 건넸다. 아버지가 환약을 입에 넣고 우물거리다가 물과 함께 꿀꺽 삼켰다. 아버지는 요 며칠 새 부쩍 기력이 쇠해졌다. 나로 인한 울화가 병을 더욱 악화시킨 것이다.

 아버지가 끄응 소리를 내며 간신히 일어섰다.

 "아버지. 안 되겠어요. 저기 보이는 물레방아에 들어가 잠깐 쉬었다 가요."

 아버지가 헉헉 가쁘게 숨을 몰아쉬며 손을 내저었다.

 "그런 곳에 숨는다는 건 날 잡아갑쇼, 하는 거다. 한 발이라도 어서 가자꾸나."

 아버지는 몇 발짝 못 가 다시 비틀거렸다. 마치 술에 취한 사람 같았다. 소갈증을 앓는 아버지가 며칠간의 충격으로 급격히 시력이 떨어졌다는 것을 당시 나는 알지 못했다. 달빛에 드러난 아버지의 얼굴이 시신처럼 창백했다. 비틀거리던 아버지가 그대로 땅바닥으로 쓰러지듯 철퍼덕 주저앉았다. 그때 내 귀에 아주 먼 곳에서 말발굽 소리가 희미하게 들려왔고 그 소리가 우리가 있는 쪽으로 서서히 움직이고 있는 것이 느껴졌다.

 아버지가 간신히 내 팔에 의지해 일어섰다. 나는 아버지가 이 상태로는 더 이상 걷는 것이 무리임을 알았다. 어디 피할 곳이 없을까 주변을 휘둘러보았다. 저만치 개울에 조그만 복찻다리가 보였다. 나는 우선 그 다리를 건너 숲속으로 들어가 토굴이라도 찾아볼 요량이었다.

"아버지. 조금만 기운을 내세요. 우선 이 길을 벗어나야겠어요. 저기 다리를 건너가서 피할 곳을 찾아볼게요."

내 팔에 의지해 겨우 몇 발자국 걷던 아버지의 다리가 다시 푹 꺾였다.

"아버지!"

아버지의 몸이 땅바닥으로 서서히 쓰러졌다.

"아버지!"

내가 아버지를 다시 잡아 일으키려 안간힘을 썼지만 차디찬 땅바닥에 드러누운 아버지는 미동도 하지 않았다.

"아버지! 아버지! 여기서 쓰러지시면 안 돼요! 아버지! 저기 저 다리만 건너가요! 그럼 숨을 곳이 있을 거예요! 아버지! 어서 일어나세요! 아버지! 아버지!"

아버지가 간신히 팔을 들어 휘휘 내저었다. 내가 그 팔을 잡아서 일으켜 세우려 했지만 축 늘어진 아버지는 요지부동이었다. 나는 포기하고 아버지 옆에 무릎을 꿇고 앉았다.

"아버지!"

"세 계랑아!"

아버지가 손을 치켜들었다.

"계 계랑아! 내 딸아!"

"아버시! 아버지! 저 여기 있어요! 아버지! 저 여기 있어요!"

나는 두 손으로 허공을 휘젓는 아버지의 손을 꼭 움켜잡았다.

"계 계량아! 전 전주……."

"네. 아버지! 저 여기 있으니 어서 말씀하세요!"

"전 전주…… 전주…… 전주 교방……."

"아버지! 전주 교방이 어쨌다고요?"

"계 계량아! 아버지가…… 미안하구나!"

"아버지!"

"전…… 전주 교방…… 거기…… 장 씨…… 장 씨……."

"아버지!"

"네 생모…… 한양에…… 초제…… 초제니…… 이…… 이름난…… 명…… 명…… 명창……."

아버지의 고개가 옆으로 푹 꺾였다.

그리고 아버지는 더 이상 한마디도 말하지 않았다.

나는 그대로 아버지의 가슴으로 엎어졌다.

"아버지! 아버지! 아버지이!"

3부

헤어진 뒤 다시 볼 기약 없나니
그대 있는 곳 꿈에서나 그리워할 뿐
어찌하면 달빛 드는 동쪽 누대에 함께 기대어
취하여 시 짓던 전주 얘기 나눌 수 있을까.
— 유희경

이화우 흩날릴 제 울며 잡고 이별한 님
추풍낙엽에 저도 날 생각는가.
천 리에 외로운 꿈만 오락가락하노매라.
— 매창

꿈속에서나 그릴 뿐

"아버지! 아버지이!"

나는 아버지를 부르며 소스라쳐 잠에서 깨어났다. 도무지 이곳이 부안인지 한양인지 하리망당한데 밖에서 시설궂게 지껄이는 소리에 나는 비로소 정신이 돌아왔다. 유랑민 소녀의 노래에 취한 가마꾼들이 탁주를 연거푸 마신 탓에 더 이상 길을 가는 것이 무리일 듯해 가까운 여각에 짐을 풀고 초짜드막 누워 있겠다고 한 것이 설설 끓는 구들에 몸이 녹으면서 잠이 들고 말았다.

꿈에서 나는 비단옷에 흑갓을 쓴 아버지를 보았다. 살아생전 단 한 번도 호사스런 옷을 입어보지 못한 아버지를 위해 나는 지난번 개암사에서 천도제를 지낼 때 녹화단으로 옷을 한 벌 지어 올렸다. 아버지는 바로 그 옷을 입고 내 꿈에 보인 것이다.

"아씨. 저녁 진지 드십쇼."

똥구디가 국밥과 짠지가 전부인 밥상을 들여놓았다. 입맛이 깔깔해 도무지 생각이 없는 것을 간신히 반 그릇이나마 비워내고 상을 내가게 했다.

아버지는 마지막 순간 무엇 때문에 나를 전주 교방으로 가라고 했을까, 나는 늘 그것이 의문이었다. 찬모의 말대로 내가 송 진사에게 잡혀 웃방아기로 팔려 가느니 차라리 기생이 되는 것이 나을 거라고 생각했던 것일까.

차갑게 굳어가는 아버지의 시신에 엎드려 내가 몸부림치며 울고 있을 때 말 한 마리가 따각따각 말발굽 소리를 내며 다가왔다. 공포로 질려 울음을 멈춘 내 앞에서 말이 멈춰 섰고 건장한 체구의 남자가 훌쩍 뛰어내렸다. 그가 송 진사의 사랑채에서 보았던 평량자 갓 쓴 남자인 것을 알기까지 나는 숨을 쉴 수 없을 정도로 공포에 떨었다. 송 진사의 친구들이 내 노래를 듣고 천구성이다, 명창이다, 집안에 가비를 키우느냐 다떠월 때 그 남자만이 말없이 슬픈 눈빛으로 나를 바라보았다. 그가 나를 아버지의 시신에서 떼어내 말에 태워 전주 교방으로 데려다 주었다. 나는 그와 헤어지는 마지막 순간에야 이름을 물었다.

유희경.

내 평생의 남자가 될 사람을 나는 그렇게 열세 살에 만난 것이다.

김제와 전주를 지나고 논산을 거쳐 한양에 도착한 것은 부안을 떠난 지 열하루 만이었다.

전쟁이 끝났지만 아직 평화 회담이 체결되기 전이라 한양은 어수선하기 짝이 없었다. 거리에는 아직 철수하지 않은 명나라 군인들이 긴 칼을 허리에 차고 거리낄 것 없이 활보하고 다녔고 그들이 지껄이는 낯선 언어는 매우 빠르고 시끄러워 경박하게 들렸다. 그들은 함부로 지나가는 통지기의 머리채를 잡아당기고 가마를 세워 가마 문을 열고 여염집 여자를 희롱했다. 명군 5천 명이 아직 조선에 주둔하고 있었고 명군 한 명을 먹여 살리는 데 조선군 열 명의 비용이 들어간다고 민중의 원성이 자자했다.

명군이 주둔하는 고장에는 소나 돼지, 개와 닭 같은 가축이 씨가 말랐고 함부로 아녀자를 겁탈해 여자들은 명군이 얼찐대기만 하면 다락으로 숨기 바빴다. 그들은 구원병이 아니라 점령군처럼 행세했고 조선군은 그들의 무작스런 행태를 제지할 힘이 없었다. 오죽하면 왜군은 얼레빗, 명군은 참빗이라는 속요까지 생겨났겠는가.

나는 우여곡절 끝에 피맛골 여각에 숙소를 정하고 곧바로 장악원을 찾았다.

장악원에는 각지에서 선발된 선상기들이 삼삼오오 모여 있었다.

현감이 내준 추천서를 탁자에 앉아 서류를 받는 주부에게 제출하고 나자 그제야 내가 선상기로 한양에 왔다는 것이 실감되었다.

서류 점검이 다 끝나자 첨정이 직장을 대동하고 강당으로 들어섰다.

"선상기들은 잘 듣거라. 주상 전하께서 진연을 선포하신 것은 전쟁의 종결을 기념하고 왕실의 무사 건재함을 만방에 드러내어 축수하시려는 것이다. 이처럼 엄숭한 책임이 따르는 진연에 재능이 부족한 여악(女樂)

은 절대 참여할 수 없느니라. 만에 하나 수령에게 뇌물을 바쳐 부당한 방법으로 이 자리에 온 기녀가 있다면 즉시 임지로 돌아가길 바란다. 나중에 부정이 발각되면 크게 곤경을 치를 것이니 그리 알라."

첨정의 말에 잠시 선상기들 사이에 술렁거림이 일었지만 곧 싸늘하게 적막이 감돌았다.

첨정이 크게 헛기침을 두어 번 하고 지시했다.

"연습은 매일 사시(巳時)에서 유시(酉時)까지 진행되며 점심은 장악원에서 지급한다. 연습 시간에 세 번 이상 지각하는 기녀는 그 즉시 퇴출당할 것이니 시간을 엄수하라. 마지막으로 한 번 더 당부한다. 그대들은 막중한 진연에 선발된 선상기들임을 하시라도 잊어서는 안 될 것이니라. 만약 선상기로서의 품위를 해치는 불미스런 일에 연루되는 기녀가 있으면 즉시 자격을 박탈할 것이니 명심하거라."

뒤쪽에 서 있던 아리잠직한 용모의 기생이 손을 들고 질문했다.

"선상기에게 쌀과 면포, 정포와 봉족(奉足)이 배정된다고 들었사옵니다. 다른 것은 몰라도 봉족이 언제 배정되옵니까? 몸종을 데리고 오지 않아 생활하기가 여간 불편한 것이 아니옵니다."

첨정이 몬존한 표정으로 선상기들을 바라보았다. 그의 얼굴에 낭패한 기색이 역력했다. 한참 뜸을 들이던 그가 무겁게 입을 떼었다.

"선상기들은 잘 들거라. 전쟁으로 인해 국고가 고갈돼 조정에서는 이미 경기(京妓)를 폐지한 지 오래되었느니라. 하지만 명나라에서 사신이 오면 연회를 베풀어야 하니 내의원의 의녀와 상의원 공조의 침선비를 여악으로 동원하곤 했느니라. 하지만 진연을 열려고 하니 절대적으로 여악이 부족해 각 도에서 선상기를 뽑아 올린 것이니라."

거기까지 말한 첨정이 입을 다물고 선상기들을 주욱 휘둘러보았다.

선상기들은 초조한 표정으로 그의 입에서 떨어질 다음 말만 기다렸다.

"진연을 열기까지 참으로 우여곡절이 많았느니라. 전쟁으로 인해 장악원의 악기며 도구가 다 불타버리고 악공들도 왜군에게 포로로 잡혀 가거나 죽고 말아 종묘(宗廟)의 제례조차 지내기 힘든 판국에 진연이 가당키나 하냐고 반대가 만만치 않았느니라. 하지만 진연을 열망하는 전하의 성심이 워낙 크신지라 겨우 성사된 것이니라. 상황이 이러하니 선상기들에게 봉족을 배정해 줄 수 없게 되었느니라. 차후로 더 이상 봉족 문제를 거론하지 않도록 하라."

첨정의 각단지는 말에 선상기들 사이에 여기저기서 볼멘소리가 터져나왔다.

나만 해도 한양까지 오는 경비를 절약하기 위해 몸종인 분단이를 데려오지 않았다.

사실 국가는 선상기를 선발해 놓고 한양까지의 여행 경비는 물론이고 한양에서의 숙식도 일체 해결해 주지 않는다. 그 때문에 돈이 없는 일부 선상기들은 궁의 별감이나 액예 등에게 옷과 음식을 의탁할 수밖에 없다. 사정이 이런데도 굳이 뇌물까지 써가며 선상기로 발탁되려는 것은 일단 한양에 올라와 내의원 의녀나 상의원 침선비로 적(籍)을 올리고 명성을 쌓은 후에 돈 많고 지체 높은 귀족의 첩으로 들어가면 평생 부귀영화를 누리고 살기 때문이다.

첨정이 강당을 나가고 난 후에 주부가 앞으로 나섰다.

"그대들은 오직 선상기로 선발된 것을 큰 광영으로 여기시오. 전쟁 후라 국경에서는 민중이 소나무 껍질을 벗겨 먹고 심지어 흙을 파 죽을 끓여 먹는다고들 하오. 두 번 다시 봉족에 대해 언급하는 것은 나라님께 불경죄를 짓는 것이니 그리 알고 오늘은 이만 숙소로 돌아가 푹 쉬고 이틀 후 정시에 장악원으로 모이시오."

돈 생각을 하면 가마비도 아까웠지만 초행이라 길을 잃을 염려도 있어 나는 가마를 타고 여각으로 돌아왔다.

중노미를 찾았으나 보이지 않았다. 나는 여각에 짐을 풀자마자 가장 먼저 간단하게 편지를 써 원동의 상례 전문가인 유희경에게 전해달라고 중노미에게 심부름을 시켰기 때문이다. 마침 새끼줄에 꿰인 고등어자반을 들고 대문을 들어오던 중노미에게 누구 찾아온 사람이 없느냐고 묻자 왼고개를 쳤다.

방으로 들어가 앉으니 을씨년스럽기 한량없었다. 똥구디도 다시 부안으로 내려가고 이 넓은 한양 땅에 나는 혼자 떨어진 것이다. 나는 어머니가 걱정할까 봐 똥구디에게 절대 죽매 이모에 대해서 입도 벙긋하지 말라고 단단히 입막음을 시켰다.

매일 아침 나는 일찍 일어나 다른 기생보다 이른 진시(辰時)에 장악원에 도착했다.

연습은 사시(巳時)에서 유시(酉時)까지 진행되었고 한 사람이라도 어긋나면 술시(戌時)까지 계속되었다.

진연의 총지휘자는 장악원 정(正) 봉치관이지만 직접 현장에서 연습을 총괄하는 사람은 첨정 박흡이고 그 밑에서 전악과 부전악이 세부적인 것을 훈련시켰다.

매일 사시에 시작되는 연습은 한 치의 오차도 없이 진행되었다.

큰북이 세 번 울리고 내문과 외문이 닫히면 왕이 수레를 타고 거동하는 즉시 악공들이 「여민락만」을 연주한다.

왕이 수레에서 내려 착좌하면 위관이 입시하고 그다음 왕세자가 동문을 거쳐 들어와 배위(拜位)에 나가면 2품 이상 종친, 문관, 무관이 동편 문을 거쳐 들어온다.

왕이 자리에 오르는 순간 연주가 시작되는데 이때 전의가 크게 외친다.

"사배하라!"

찬의가 창한다

"국궁 사배 흥 평신!"

왕세자 이하 신하들이 술잔을 올릴 때마다 왕이 잔을 들면 음악을 시작하고 내려놓으면 음악을 멈춘다.

왕이 세자 이하 신하들에게 술이나 차를 내릴 때도 잔을 들면 음악을 시작하고 내려놓으면 음악을 멈춘다.

왕세자와 종친, 문관, 무관이 왕에게 사배한다.

왕세자가 첫 잔을 바치고 대치사관이 어좌 앞에 나아가 꿇어앉아 치사한다.

"왕세자 이혼은 삼가 천천세의 수를 올리나이다!"

세자가 머리가 땅에 닿도록 세 번 크게 절하고 손을 모아 이마에 대고 세 번 외친다.

"천세! 천세! 천천세!"

문무백관이 큰소리로 호응한다.

"천세! 천세! 천천세!"

제1작에서 제9작까지 한 차례의 헌작(獻爵)과 한 차례의 춤과 노래가 따르고 백관이 꽃을 뿌린다.

나는 진연의 맨 첫 순서인 헌선도에서 서왕모의 역할을 맡았다.

춤의 내용은 곤륜산에서 인간의 장생불사를 주관하는 서왕모가 한 무제를 방문해 삼천 년에 한 번 열린다는 불사(不死)의 과일 선도(仙桃)를 하사하며 왕의 장수를 기원하는 것이다.

머리에 화관을 쓰고 황초삼, 홍초상을 입은 서왕모가 은 쟁반에 나무로 깎은 선도 세 개를 곱게 받쳐 들고 협무를 추는 기생 두 명의 호위를 받으며 등장한다.

악공들이 헌현(軒懸)의 편경과 편종을 연주하고 군교(軍校)가 큰소리로 외친다.

"부안기 매창은 주상 전하의 불로장생을 축수하라!"

첨정 박흡이 나를 정시하며 거듭 강조했다.

"군교의 호령이 끝나는 즉시 매창은 노래를 시작하라."

나는 그동안 갈고닦은 최상의 음성을 폭발시켰다.

옥황상제 사는 대궐은 언제나 봄철 누구나 쳐다보며 기뻐하누나.
해마다 한 번 오는 명절이면 녹의홍상 저 아가씨들

춘흥을 못 이겨 모여드나니

꽃가지 꺾어 들고 서로 마주 보고 서서

흥겹게 춤추며 부르는 노랫소리 절묘하도다.

분 바른 얼굴 살짝 가리우고 곁눈으로 살며시 엿보는 그 눈썹이여.

똑같은 일상이 매일 흘러갔다.

나는 부안에서 하던 대로 매일 새벽에 일어나 시를 쓰고 거문고를 기본부터 충실히 훈련한 후에 똑같은 시각에 여각을 나갔다. 처음에는 가마를 이용했지만 길을 익힌 후부터는 장악원까지 빠른 걸음으로 매일 똑같은 길을 지나가곤 했다.

그동안 중노미를 시켜 원동의 유희경에게 세 번이나 더 척독을 보냈지만 그는 일자 소식이 없었다. 나는 어머니의 말을 떠올리며 역시 남자란 그런가 하고 생각하곤 했다. 행여나 오늘은 소식이 올까 내일은 올까 초조히 기대하며 그렇게 이십여 일의 시간이 시나브로 흘러갔다.

오전 연습을 마치고 점심 식사 후에 한과와 차를 마시며 기생들이 삼삼오오 모여 앉아 정담을 나눌 때였다.

선상기들 중 가장 나이 어린 채봉이 하얗게 질려 뛰어 들어왔다.

"큰일 났어요! 진연이 취소되었대요!"

"뭐라꼬? 느기 부신 말이고? 진연이 취소되었다꼬?"

무심코 튀어나온 옥출의 사투리에 누구도 웃는 사람이 없었다.

"어디서 들은 얘기야? 누가 그런 말을 해?"

"촌것이 귀가 얇아 그런 거야. 진연도감에서 반차도까지 완성해 연습을 시키는데 나라에서 하는 일이 손바닥 뒤집는 것처럼 그리 가벼운 줄 알아?"

"하긴 이상해. 다른 때 같으면 벌써 누가 나타나 연습을 시켜도 시켰지. 이런 적이 처음이잖아."

저마다 음성을 높여 한마디씩 하는데 첨정과 주부, 직장을 거느린 장악원 정 봉치관이 나타났다. 정이 연습실에 모습을 드러내는 일은 매우 이례적인 일이라 선상기들이 바짝 긴장해 귀를 세우고 정을 주시했다.

전악이 크게 외쳤다.

"선상기들은 듣거라! 지금부터 주상 전하의 어명을 하달할 것이니라!"

정이 앞으로 나서서 차마 떨어지지 않는다는 듯 무겁게 입을 열었다.

"좋지 않은 소식을 전하게 되어 면목이 없노라. 예조의 경비 고갈로 진연이 취소되었음을 알리는 바다. 모든 선상기들은 임지로 돌아가라는 어명이시다."

의외의 사태에 여기저기서 뜨거운 불에 콩 볶듯 불만의 소리가 마구 발방으로 튀어나왔다.

"소첩은 황해도에서 갖은 고생을 하며 한양까지 올라왔사옵니다. 이제 와서 아무런 대책도 없이 돌아가라는 것은 어불성설도 이런 어불성설이 없을 것이옵니다."

"한양까지 올라오는 경비만 해도 수월찮이 깨졌사옵니다. 무작정 돌아가라고 하면 죽으라는 얘기나 마찬가지이옵니다."

"참으로 이런 법은 없사옵니다."

"흥! 어디 기생 년이 사람 축에나 끼는 줄들로 아나 본데 기생 년은 사람이 아니라 관아의 공물이라고! 가라면 가고 오라면 오는 공물! 아직도 그걸 터득하지 못한 게야?"

사박스럽게 쏘아붙이는 음성에 복닥불을 놓던 선상기들이 다 입을 다물고 방금 말한 기생을 싸늘한 시선으로 노려보았다. 분홍색 화문단을 댄 삼회장 미색 저고리에 짙은 갈맷빛 치마를 입고 치렁치렁 올린 트레머리에 파란 뒤꽂이와 진주 떨잠으로 화려하게 치장한 기생은 양귀비 외딴친다는 미모의 산호주다. 몸종까지 대동하고 가맛바탕도 아닌 사인교를 버젓이 타고 다녀 선상기들 사이에서 질시의 대상이었다. 말하기 좋아하는 일부 선상기들은 산호주가 일패를 자처하지만 필시 고관 집에나 드나드는 은근짜일 거라고 비아냥거리곤 했다.

헌선도에서 협무를 추는 기생 중 한 명인 민애가 눈물을 비 오듯 흘리며 부르짖었다.

"소첩은 빚돈까지 내 간신히 올라왔사옵니다. 고향으로 돌아가면 당장 빚 갚을 돈도 없으니 차라리 장악원에서 죽을지언정 다시 고향으로 돌아갈 수는 없사옵니다."

연습이 끝나면 늘 한쪽 구석에 조용히 앉아 있던 모습에 비하면 아주 당알진 언사였다.

전악이 외쳤다.

"조용히! 조용히 하라! 정께서 하실 말씀이 있으시니라!"

정 봉치관이 피곤한 얼굴로 선상기들을 하나하나 바라보았다.

"정의 권한으로 먼 지방에서 올라온 기녀들의 딱한 사정을 참작해 흰 딜의 기한을 수고 각각 쌀 한 말씩을 지급하겠노라. 하지만 기한이 넘도록 한양에 남아 있는 기생은 엄벌에 처할 것이니 그리 알고 이만 물러가도록 하거라."

옥출이 거세게 항의했다.

"선상기가 되면 쌀과 옷을 주고 봉족을 배정해 준다고 해 소첩 역시 다른 선상기들과 마찬가지로 한 푼이라도 돈을 아끼려고 몸종조차 없이 한양에 올라왔사옵니다. 이제 진연도 폐지된 판국에 무슨 쌀을 나눠주겠사옵니까? 다 눈비음으로 하는 헛된 약조라는 것을 선상기들이 치룽구니가 아닌 다음에야 어찌 믿겠사옵니까?"

주부가 눈을 부릅뜨고 불퉁거렸다.

"일개 기생 년이 감히 어명에 대항하는 것이냐? 당장 끌려가 혼찌검을 나야 정신을 차릴 텐가?"

옥출이 더욱 앙칼진 음성으로 대들었다.

"차라리 감옥에 끌려갈지언정 이대로는 절대 임지로 돌아갈 수 없사옵니다!"

"참으로 무엄한 년이로구나. 여봐라! 게 누구 없느냐? 당장 저년을 배송 내지 못하겠느냐?"

정이 껄때청으로 외치는 주부를 되우 나무랐다.

"시끄러운 일을 만들지 말라. 괜한 문제 일으키지 말고 조용히 해산시키거라."

정이 착잡한 얼굴로 연습실을 빠져나가려 하자 기생들이 아우성을 치며 에워쌌다.

"대감! 이대로 가시면 어떡하옵니까? 대책을 세워주시고 가셔야 하옵니다!"

"제발 고향으로 내려갈 여비라도 마련해 주시옵소서!"

주부와 직장이 호통을 치며 기생들을 밀쳐냈다.

"당장 끌려가 관봉치패를 당해야 정신을 차리겠느냐? 어서 썩 비켜 나거라!"

기생들이 주춤 뒤로 물러서자 그제야 정이 급히 연습실을 빠져나갔다.

나는 세상만사가 다 귀찮고 시들해 장악원 앞에 줄지어 선 가마를 타고 싶었지만 돈 생각에 그만 포기하고 말았다. 한양에 오니 돈 없이는 단 하루도 살아갈 수가 없었다. 향낭에 든 돈이 그야말로 솔래솔래 없어져 도둑이라도 맞는 것 같았다.

혼잡한 거리를 빠져나가려니 인멀미로 속이 울렁거렸다. 저만치 걸어 오던 갓 쓰고 중치막 입은 중늙은이가 손에 차면(遮面)을 든 채로 나를 흘깃거렸다. 중치막에 드리운 허리끈이 흰색인 것을 보면 필시 상중임이 분명하다. 곁의 하인이 오히려 민망해 소매를 잡아당기자 그제야 헛기침을 하고 코앞의 수진상전으로 들어가버렸다.

갑자기 옆 골목에서 툭 튀어나온 덩덕새머리의 사내가 나를 부딪치고는 죄송하다는 표시로 허리를 꾸벅 숙이고 쏜살같이 사라졌다.

앙시바른 툇마루에 앉아 담뱃대를 빨던 여각의 주모가 서리 맞은 호박잎 꼴로 들어서는 나를 보자 지루퉁하게 내뱉었다. 벌써 진연이 폐지되었다는 소문이 장안에 좌악 퍼진 것 같았다.

"아씨. 숙식비를 좀 계산해 주시우. 첫날 지불하신 숙식비가 그제로 끝나셨수."

　방으로 들어와 앉으니 삼청냉돌이었다. 몰강스럽기 짝이 없는 주모가 숙식비가 밀렸다는 구실로 아궁이에 불도 넣지 않은 것 같았다.

　왈칵 설움이 밀려왔다. 어머니가 분단이도 없이 나를 혼자 한양에 올려 보낸 것은 다 믿는 구석이 있기 때문이었다. 어머니와 같이 전주 교방에서 동기 수업을 받은 죽매 이모가 한창 나이 때 늙은 재상의 등글개첩이 되어 한양으로 올라와 살고 있었다. 재상은 자기가 죽은 후에 어린 첩이 여리박빙(如履薄氷)*의 신세가 될 것을 우려해 미리 가옥과 토지를 물려주어 진번질하다고 내 숙식을 죽매 이모에게 맡겼다. 어머니는 언문 편지와 함께 장곽과 김, 말린 백합 등 특별히 선물을 따로 준비해 똥구디의 지게에 얹었다. 하지만 죽매 이모는 재상이 죽은 후 앵속에 찌들어 재산을 탕진하고 허름한 여각 뒷방에서 부러진 빗자루 꼴로 늙어가고 있었다.

　내가 낯선 객지에서 기댈 사람이라고는 유희경밖에 없게 되었지만 그는 선상기로 한양에 올라왔다는 내 편지에 일절 답변이 없었다. 나는 문밖에 바람 소리만 들려도 그가 찾아온 것은 아닐까 해 눈꼽째기창으로 밖을 내다보곤 했지만 빈 마당에 도둑고양이가 지나갈 뿐이었다. 아글타글 속을 끓이면서 내가 어떻게 그 길고 긴 전쟁의 칠 년을 그를 기다릴 수 있었는지 의아하기도 했다. 하지만 그때는 그럴 수밖에 없었다. 불가항력적인 재난이 우리 사이를 가로막고 있었으니까. 나는 오직 인편에 그가 써 보내는 한 편의 시로 그 지옥 같은 시간을 견뎌낸 것이다.

헤어진 뒤 다시 볼 기약 없나니
그대 있는 곳 꿈에서나 그리워할 뿐
어쩌하면 달빛 드는 동쪽 누대에 함께 기대어
취하여 시 짓던 전주 얘기 나눌 수 있을까.

시와 함께 그의 편지를 받으면 나는 기쁘고 행복했다. 그가 살아 있기 때문이었다. 그러면 나는 개암사로 달려가 감사하다고 부처님께 백팔 배를 드렸다. 그에게 정성 들여 답신을 보내고 나는 또 개암사로 가 백팔 배를 드렸다. 그가 살아 있게 해달라고. 그리고 시간이 흐른다. 그에게 소식이 오지 않는 시간들, 그 시간은 지옥이었다. 모든 불행한 상상들이 내 머릿속에서 쥐가 되었다. 쥐가 되어 내 영혼을 갉아먹었다. 전장에서 들려오는 소문은 날이 갈수록 더욱 끔찍하고 잔혹했다. 사람이 사람을 잡아먹고 여자들은 닥치는 대로 왜군에게 윤간을 당하고, 아직 숨 쉬고 있는 산 사람의 내장이 터져 나와 구더기가 우글거리는 간뇌도지(肝腦塗地)**의 참상을 나는 직접 목격하지는 못했지만 수없이 귀로 들어야 했다.

나는 미친 듯 거문고에 매달렸다. 다시는 피가 나지 않을 것같이 단단해진 손가락에 다시 물집이 잡히고 피가 흘렀다. 나는 버드나무를 꺾어다 화톳불에 꽂고 뽀롱뽀롱 올라오는 뜨거운 김에 상처 난 손가락을 쐬었다. 고통이 오히려 나를 잠시나마 구원해 주었다. 그렇게 내 손가락이 더욱 굳어져 갔고 내 사랑은 더 단단해져 갔다. 전쟁의 오랜 고통과 기다림이 내 사랑을 더욱 유일무이한 것으로 만들었다. 그는 내 영혼이 몸 붙이고 살 유일한 나의 땅이었다. 만날 수 없어도 편지가 오갔고 시가 마음속에 꽃으로 피어났다. 그가 보내오는 한 통의 편지로 나는 한 달을 행복하고 두 달을 버티고 석 달을 견뎠다. 그렇게 하다 보면 다음 번 편지가 인편에 도착했다.

여각의 벽에 비스듬히 세워놓은 거문고가 방바닥으로 미끄러졌다. 옆방의 투숙객이 문을 벌컥 여는 바람에 그 진동으로 쓰러진 것이다. 그제야 나는 숙식비를 계산하려고 향낭을 찾았다. 분명 소매춤에 넣어두었던 향낭이 보이지 않는다. 저고리 아래의 허리춤이며 샅샅이 몸을 뒤졌지만 어디에서도 향낭이 나오지 않는다. 얼핏 광통교 부근에서 덩덕새머리의 사내와 세게 부딪친 일이 떠올랐다. 사내가 허리는 숙였지만 고개를 치켜들고 나를 바라보며 "기생 아씨. 무례를 용서하십쇼!" 하고 히죽 웃으며 사라졌다. 그때 소매치기를 당한 것이다.

한양이 어떤 곳인가. 산따다기를 임금님 수랏상에만 올린다는 이천 쌀로 둔갑시키고, 쌀에다 모래니 토끼 똥을 섞고 물에 불려 양을 속여 팔기도 하고, 한 냥 받을 물건 값을 어물쩍 다섯 냥으로 바가지를 씌우는 무서운 곳이라고, 어머니가 주의 또 주의해야 한다고 동진나루에서 내가 배에 오르기 직전까지 논 이기듯 밭 이기듯 한 말을 하고 또 하지 않았던가.

수통스러운 마음에 나는 거문고를 안고 멍청히 앉아 있다가 화들짝 놀라 옷함 깊숙이 따로 보관해 둔 향낭을 꺼냈다. 그 속에 그나마 열흘 정도는 더 버틸 수 있는 돈이 남아 있었다.

주모가 밖에서 인기척을 내고 방으로 들어왔다.

셈평에는 이골이 난 주모가 수정과가 놓인 쟁반을 내 앞으로 밀어놓으며 뜨께질했다.

"아씨. 노여워 말고 들으시우. 저녁에 한 시간씩만 술청에 나와 소리해 주시면 내 숙식비를 감해드리리다. 성인도 시속을 따른다 하시었으니 그렇게 하면 아씨도 좋고 이년도 좋지 않겠수? 어디 한번 잘 생각해 보시우."

무어라 할 말이 없어 멍하니 앉아 있는데 밖에서 중노미가 고했다.

"아씨. 손님이 찾아오셨습니다요."

혹시라도 유희경이 아닌가 해 급히 문을 여니 장악원에서 나온 시동이었다. 시동이 꾸벅 절하고 첨정 박흡의 전갈이라면서 편지 한 통을 전하고 돌아갔다.

나는 거문고를 타네

 태조 이래 사람과 물화가 구름처럼 몰려든다고 해 운종가라고 이름이 붙은 종로 시전은 발 디딜 틈 없이 혼잡했다. 방물장수와 떡장수, 엿장수 등이 호객 행위를 하느라 질러대는 소리가 혼을 빼기 딱 좋았다.
 홀지에 여리꾼이 내 곁으로 찰싹 따라붙었다.
 "아씨. 중국에서 들여온 고급 비단이 있으니 한번 가셔서 구경하십쇼."
 내가 잔뜩 경계하며 잰걸음을 놓는데도 콩기가 난 여리꾼이 걸싸게 따라붙으며 말휘갑을 쳤다.
 "사라능단, 궁초, 생초, 일광단, 월광단 등 없는 게 없지만 아씨의 미모를 빛내기에는 부족합죠. 비단 중에서도 최상급인 쭈왕화사가 있습니다요. 이 비단은 중국에서도 왕족이나 부호가 아니면 입지 못……."

주절주절 잘도 지껄이던 여리꾼이 흐리죽죽이 말을 흐리면서 슬금슬금 뒷걸음질 쳐 옆 골목으로 줄행랑을 놓았다. 무슨 일인가 해 뒤돌아보니 저만치서 까치등거리 입은 포졸들이 육모방망이를 휘두르며 함거를 호송해 오고 있었다.

함거 속의 죄인은 어찌나 심하게 매를 맞았는지 통통 부어터진 얼굴에 핏자국이 말라붙었고 산발이 된 머리에도 검은 피가 엉겨 붙어 도저히 산 사람의 형용으로 보이지 않았다. 신발도 없어 해진 헝겊으로 둘둘 감은 발이 동상으로 시커멓게 썩어 들어가고 있었다.

전방 쪽으로 비켜섰던 나는 함거에 매달린 '역적 장항천'이라고 쓴 팻말을 보고 얼마나 놀랐는지 심장이 쿵 소리를 냈다. 일 년에 두 번 발행되는 풍월향도의 회지를 유희경을 통해 받아 보았기 때문에 나는 장항천의 이름을 알고 있었다. 연산군 대의 어무적처럼 장항천의 시도 거개가 횡포한 관리들에 대한 시였다. 그가 무슨 죄를 지어 역적이라는 오명을 뒤집어쓴 것일까.

나는 도저히 모른 척할 수가 없어 향낭에서 엽전을 꺼내 포졸에게 내밀었다.

"죄인에게 술과 밥을 사 먹이고 너덜을 한 켤레 사 주시면 결코 은혜를 잊지 않으리다."

포졸이 딱하다는 표정으로 왼고개를 쳤다.

"기생 아씨의 인정은 고우나 역적을 두둔하다가 자칫 화를 입을 수 있소."

앞서 가던 포교가 무슨 일인가 해 송곳눈을 뜨고 내 쪽으로 다가

왔다.

"기생 아씨가 저 죄인을 아시오?"

"팻말에 이름이 적혀 있지 않소. 지신수우 영수길소(指薪修祐 永綏吉邵)라 하지 않소. 불쌍한 죄인에게 제발 아량을 베풀어주시오. 포교 나리."

포교가 손에 들고 있던 쇠도리채로 자기 손바닥을 탁탁 치면서 말했다.

"기생 아씨의 국량이 자못 대범하니 내가 책임지고 죄인에게 술과 밥을 사 먹이고 신발도 사 신길 것이니 걱정 마시오."

함거가 보이지 않을 때까지 나는 망연히 그 자리에 서 있었다. 장항천이 저리도 참혹하게 고문을 받고 끌려갈 일이 무엇이 있을까? 혹시 풍월향도 전체에 무슨 일이라도 생긴 것이 아닐까? 그 때문에 유희경이 내 편지에도 아무 기별이 없는 것일까? 짧은 순간 수만 가지 불안과 의혹이 뇌리를 스치고 지나갔다. 골몰히 생각에 잠겨 골목으로 들어서던 나는 불각시에 튀어나온 사내와 몸을 세게 부딪고 말았다. 중심을 잃고 비틀 넘어지려는 것을 사내가 한 팔로 가볍게 끌어안듯 잡았다.

"무례하오!"

앙칼지게 쏘는 말에 사내가 숨찬 소리로 "이, 이것 좀!" 하고는 조그만 보퉁이를 내게 안기고 쏜살같이 사라졌다. 곧 어수선한 발자국 소리와 함께 "저놈 잡아라!" 외치는 소리가 들리고 육모방망이를 든 포졸 서너 명이 우르르 몰려왔다. 나는 담장 쪽으로 찰싹 붙어 서서 옷매무새를 여미는 척하며 보퉁이를 치마로 감싸 안고 골목을 빠져나오는데 등으로 식은땀이 흘렀다.

박흡이 지정한 약속 장소는 철물교 못 미쳐 화피전과 청포전 사이의 골목으로 조금 더 들어간 곳에 자리 잡고 있었다.

술청의 커다란 널문 앞에 화려한 주등(酒燈)이 걸려 있었다.

내가 통자를 넣자 여종이 문틈으로 빼꼼히 내다보고 곧 빗장을 풀었다. 말로만 듣던 안침술집이다. 안침술집은 전쟁 후부터 한양에 유행하기 시작한 고급 술집으로, 일반 가정에 불시에 손님이 들이닥쳐 안주 준비가 곤란하고 그렇다고 술청으로 모시기에도 적당치 않을 때 찾는 곳이다. 주인은 코빼기도 비치지 않고 여종이 술상만 차려주고 가면 손님들끼리 알아서 술을 마신다.

여종이 안내하는 방으로 들어간 나는 그제야 숨을 돌리고 낯선 사내가 안겨준 보퉁이를 끌러보았다. 안에서 나온 것은 뜻밖에도 거친 종이에 조잡한 판각으로 빼꼭히 글씨를 박아 인쇄한 『금오신화』다. 왜군들이 철수할 때 문화재를 다 훔쳐 가고 책이란 책도 싹쓸이해 가져가 사대부들도 구할 수 없는 희귀본이 된 책이다. 내가 지니고 있던 『금오신화』도 정유년 왜군이 부안에 침범했을 때 급히 피난 나갔다 돌아오니 도난당하고 보이지 않았다.

책갈피 사이에서 궁궁이풀이 툭 떨어져 내렸다. 좀이 슬지 말라고 누군가 끼워놓은 풀이다. 바싹 마른 풀을 조심조심 손가락으로 집어 책갈피 사이에 끼우는데 밖에서 인기척이 났다. 나는 황급히 책을 보자기에 둘둘 말아 거문고 갑 속 깊숙이 숨겼다.

박흡이 헛기침을 하며 방으로 들어와 앉자 곧 여종이 술과 안주가 차려진 개다리소반을 툇마루에 두고 갔다. 내가 상을 들여다 놓자 박흡이 갈증이 나는지 입잔에 직접 술을 따라 쭉 들이켰다.

"찾기는 어렵지 않았는가? 내 가마를 내보낼까 하다가 이목이 번다하니 그러지 못했네."

"아니옵니다. 쉽게 찾았사옵니다."

"자네 소리가 아주 좋더군. 남도 소리는 가슴 밑바닥에서 쥐어짜 끌어올리는 비장미가 특기인데 지금까지 내가 소리 잘하는 사람을 무수히 봤지만 자네만 한 소리꾼은 처음이네."

"과분한 칭찬의 말씀 감사하옵니다."

박흡이 내게 입잔을 내밀었다.

"어디 명창이 따라주는 술 한 잔 마셔봄세."

내가 술을 따르자 박흡이 한입에 털어 넣고 안주로 누름적을 집어 입에 넣었다.

"참으로 선상기들에게는 면목이 없으이. 사태가 이리 될 줄 누가 짐작이나 했겠는가?"

"결국 진연은 완전히 폐지되는 것이온지요?"

"아마도 그럴 것 같네. 선상기들에게야 입이 열 개라도 할 말이 없지. 모두 먼 길을 고생하고 왔는데 말이지."

박흡이 담뱃대의 대통에 담뱃잎을 꾹꾹 눌러 채우고 부시를 쳐 수리취에 옮겨 붙여 담배에 불을 붙였다. 한 모금 맛있게 빨아 당긴 담뱃대를 그가 내게 내밀었다.

"어디 한 모금 빨아보게나. 희한한 맛일 테니. 이 맛에 중독되면 헤어나기가 힘들다네."

"소첩은 소리하는 목을 상할까 두려워 담배를 입에 대지 않사옵니다."
"어허! 역시 예인의 태도가 다르구먼."
박흡이 담배 연기를 허공으로 길게 내뿜었다.
"자네 언제 담배 맛이 가장 좋은 줄 아는가? 휘황한 달빛을 맞으며 피우는 맛도 좋고 빗속에서 꽃 속에서 피우는 것도 좋지만 뭐니 뭐니 해도 사모하는 님 앞에서 피우는 맛이라네. 하하하."
넌덕 치며 수작하는 말이 거북해 멀거니 벽을 바라보다가 취객들이 벽에 써놓은 시들 중에서 나는 풍월향도 회원 중 한 명인 박계강의 시를 발견했다.

시구는 입에 뱅뱅
님은 온다면서 끝내 아니 오고
한가한 뜨락에 하루해가 저무는데
포르르 산새 한 마리 이끼 위에 내려앉네.

나는 망설이다가 털어놓았다.
"첨정 나리. 이곳에 오다가 풍월향도 시인이 역모죄로 끌려가는 것을 보았사옵니다."
"장항전 말인가? 그자와 아는 사이인가? 하긴 자네도 시를 쓴다고 했지."
"다만 그의 시를 알 뿐이온데 무슨 죄를 지어 저리 참혹한 몰골이 되었는지 영 궁금해서 그렇사옵니다."

"이 사안은 지금 무어라 단정 지을 수가 없네만 분명한 것은 장악원 뇌물 사건이 터지자마자 난데없이 풍월향도가 노산군 복권 운동의 죄목으로 철퇴를 맞았다는 것이지."

노산군에 대한 복권은 중종 대부터 일부 뜻있는 문사들 사이에 거론되어오던 것이었다. 억울하게 죽은 어린 왕 노산군에게 왕의 묘호를 되찾아주어야 한다는 상소가 계속해서 조정에 올려지고 있었다. 하지만 현 왕조가 세조의 후손이니 민감한 사안이라 유야무야되었다가 현왕 대에 다시 맹렬히 제기되었으나 이 또한 전쟁으로 흐지부지되고 말았다.

"장악원 뇌물 사건이라니요? 그게 무슨 말씀이시옵니까?"

박흡이 빈대머리에 주름을 잔뜩 그었다.

"기왕지사 끝난 일. 숨길 게 무엇이 있겠는가? 하지만 말이 나서 좋을 게 없으니 자네만 알고 있게나."

"명심하겠사옵니다."

"나라에서 진연을 하기 위해서는 많은 물목을 사들여야 한다네. 기생들이 입을 무복과 왕실에 바칠 꽃을 만들 종이며 막차를 만들 무명, 진연 당일 먹을 음식을 준비하기 위한 고기와 채소, 과일 등 물목이 한두 가지가 아니라네. 이 많은 물목을 사들이려면 시전 상인들에게 공고를 내고 정당한 입찰을 거쳐야 하는데 발 빠른 상인 놈 하나가 장악원의 고위층에게 뇌물을 바치고 독점권을 따낸 거라. 그러자 독점권을 따내지 못한 상인 놈이 욱기가 솟아 북인 측에 찌르고 말았지."

일개 기생인 나로서는 알아듣기가 어려운 말이라 그저 묵묵히 듣고 있을 뿐이었다.

"백성이 굶주리고 헐벗는 판국에 진연은 무슨 진연이냐며 한목소리로 반대했던 북인들이 옳다꾸나 하고 달려들어 뇌물 사건을 철저히 파헤치려 들었지. 그러자 주상 전하의 총애를 회복할 요량으로 적극 진연을 추진했던 서인들이 사태의 불리함을 깨닫고 진연을 취소하자는 북인의 뜻을 받아들인 것이라네. 뇌물을 꿀꺽한 자들이 다 서인들이었으니 그럴 수밖에 없었지."

"그런데 풍월향도가 무슨 상관이옵니까?"

"어디 죄가 있어서 죄인이 되는가? 풍월향도가 북인과 함께 의병으로 출정해 공을 세웠으니 북인을 제압하기 위해서 가장 만만한 풍월향도를 걸고넘어지는 것이지. 조정에서 금서로 지정한 『금오신화』를 풍월향도 회원들이 돌려가며 읽었다는군. 그 책의 저자가 누구인가? 세조 대왕을 거부하고 끝내 방랑객으로 지내며 노산군을 그리워한 김시습이 아닌가?"

나는 가슴이 뜨끔했다. 혹시라도 박흡이 거문고 갑을 열어보지 않을까 조마조마한 마음이었다.

"사실 『금오신화』는 사대부들도 다 즐겨 읽지 않았사옵니까? 그 책을 읽었다고 역적이라고 할 수는 없지 않사옵니까?"

"자네 말이 타당하지만 세상 이치가 어디 그런가? 사실 죽은 노산군에게 왕의 묘호를 찾아주자는 운동만 해도 민중의 곪고 곪은 화농이 터진 아우성 같은 것인데 애꿎은 풍월향도가 벼락을 맞은 셈이지. 비천한 것이 죄지 뭐가 죄겠는가!"

나는 유희경의 신변에 반드시 탈이 났을 거라는 생각에 몹시 초조해졌다.

박흡이 그런 내 속도 모르고 간잔지런한 눈길로 나를 바라보며 은근히 물었다.

"그래, 자네는 이제 어떻게 할 텐가?"

"예? 아, 예."

"무슨 대답이 그러한가? 이대로 부안으로 내려갈 작정인가?"

나는 어떻게도 대답할 수가 없었다. 당장 부안으로 내려갈 경비도 없을뿐더러 그렇다고 언제까지 한양에 있을 수만도 없지 않은가.

박흡이 불식간에 내 곁으로 바투 다가앉더니 어깨 위로 한 손을 올려놓았다.

"내가 요즘 자네 때문에 마음이 허공에 붕 떠 있다네. 자네의 노랫소리가 꿈속에까지 따라온다네. 곧 장악원에 대대적으로 인사이동이 있을 것이야. 정이 뇌물 사건의 책임을 지고 물러나면 내가 그 자리에 앉게 될 걸세. 자네 하나쯤 옥당기생으로 만드는 것은 일도 아니라네."

박흡의 말에 나는 생게망게해 그를 멍한 얼굴로 바라보았다.

옥당기생.

듣기만 해도 얼마나 가슴 뛰는 말인가. 동진나루에서 작별하며 어머니가 마지막으로 했던 말도 바로 옥당기생이었다.

지방의 향기(鄕妓)가 선상기로 뽑혀 한양에 올라오면 명목상 내의원의 의녀나 상의원 공조의 침선비로 적(籍)을 올리고 활동해야 한다. 의녀는 기생 중에서도 최고의 지위인 옥당기생의 지위에 오를 수 있는 자리다. 벼슬 중 가장 좋은 벼슬로 홍문관 벼슬을 치는데 홍문관을 다른 말로 옥당이라 부르는 데서 유래한 말이다.

의녀는 약방기생, 침선비는 상방기생으로 이 두 기생은 양방기생의 지위에 올라 재상도 부럽지 않다고 해 기생재상으로 불리며 부귀와 영화를 누릴 수 있다.

문밖의 삭풍이 문풍지를 세차게 뒤흔들고 지나갔다.

"자네가 원하기만 하면 내 당장 내일이라도 내의원의 의녀로 적을 만들어줌세."

박흡이 내 어깨에 올려놓은 손에 힘을 주어 나를 자기 품으로 바짝 끌어당겨 안았다. 남자의 거칠게 내뿜는 숨이 귓가에 훅 끼쳤다. 그가 우럭우럭 술이 오른 얼굴로 나를 바라보는 눈빛이 당장이라도 저고리 고름을 잡아당길 기세다.

순간 방 한구석에 세워놓은 갑 속의 거문고 줄이 슬기덩 소리를 내며 울었다.

나는 등줄기로 찬물이 훑어 내리는 것 같은 전율에 소스라치게 놀라 박흡의 팔에서 몸을 빼냈다.

나는 앉은자리에서 벌떡 일어나 거문고를 안고 말했다.

"나리. 소첩이 거문고를 안고 온 것은 혹여 성음을 시험해 보시려는 것으로 알았기 때문이옵니다. 이 자리가 이런 사적인 자리인 줄로 알았다면 절대 오지 않았을 것이옵니다. 송구하오나 이만 물러가겠사오니 용서해 주소서."

박흡의 해반수그레한 얼굴이 보기 흉하게 일그러졌다.

나는 금세라도 박흡이 뒷고대를 잡아챌 것 같아 방문을 여는데 손이 덜덜 떨렸다.

나는 신발도 제대로 신지 못하고 귀둥대둥 안침술집을 빠져나왔다.

뒤에서 누가 쫓아오는 것 같아 정신없이 걷다 보니 대광통교가 나타났다. 그제야 나는 걸음을 멈추고 숨을 거칠게 토해내고는 거문고를 내려다보았다. 스승 옥호빙이 유언으로 내게 물려준 거문고다. 정말 거문고가 울었던 것일까? 아니면 거문고에 깃든 스승의 영혼이 울었던 것일까?

바로 코앞에서 자진모리로 넘어가는 각설이타령이 들려왔다.

누덕누덕 기운 장삼에 반은 찢겨져 나간 벙거지를 쓴 각설이가 입으로는 품바타령을 하고 손으로 입장구를 갱갱 치면서 훙타령을 노는데 그 옆에 선 각설이가 살만 남은 헌 부채로 손바닥을 탁탁 치고 어깨춤을 덩실덩실 추면서 군중 앞을 한 바퀴 펄쩍펄쩍 돌았다.

"어얼씨구씨구 들어간다아! 저얼씨구씨구 들어간다아! 작년에 왔던 각설이! 죽지도 않고 또 왔네! 여름 바지는 솜바지! 겨울 바지는 홑바지! 당신 본께로 반갑소!"

자진모리장단으로 당겼다 늘였다 늘어뜨렸다가 다시 뽑아 올리고 발림도 넣고 힘 있는 드렁주에서 살며시 빠져나오는 품바타령이 구수하기 짝이 없다. 걸직걸직한 소리로 넘어가다가 어느 부분에 오면 가슴 절절이 한이 맺힌 소리로 시원하게 내뿜으니 듣는 사람의 애간장이 다 녹는다.

덩덩하니 굿만 여긴다고 장터 안의 사람들이 다 모여들었다.

목 휘항에 팔 토시를 끼고 제사상에 올릴 북어쾌를 안은 사람, 짚신과 미투리·둥그니를 지게에 주렁주렁 매단 사람, 바소쿠리 지게에 곡식이 담긴 먹서리를 산더미처럼 얹은 사람, 대광주리에 곶감 꿰미를 인 아낙, 멍덕 쓴 중, 소금에 절인 자반을 함지박에 인 생선장수 아낙, 독과 소래기를 지게에 얹은 사람, 육날미투리를 한 꾸러미 사 들고 곰방대를 입에 문 노인, 함지박에 수수떡을 이고 나온 떡장수 할미, 장곽을 광주리에 인 아낙, 대소쿠리를 새끼로 엮어 지게에 얹은 사람, 너구리털 배자에 패랭이를 쓰고 괴나리봇짐을 멘 사람, 소반장수·청포장수·새우젓장수·물장수·엿장수에, 두룽다리 쓴 맥장꾼, 밤새 봉놋방에서 투전판을 벌이고 낮 동안 늘어지게 잔 설레꾼, 물 방구리 얹은 통지기, 나무막대에 색색의 댕기를 줄줄이 걸어 어깨에 걸친 댕기장수까지 모여들어 북새통을 놓았다.

벙거지 쓴 각설이가 억적박적 내 앞으로 오더니 횃대에 동저고리 넘어가듯 흥타령을 늘어놓았다.

"우리 부모 날 나아 곱게 곱게 길러 큰사람 되라고 빌었는디! 어찌하다 그만 타령 황제가 되고 말았네그려어!"

군중 속의 누군가가 실없이 광대덕담을 늘어놓았다.

"그놈이 아리따운 기생 아씨를 보더니 흥타령이 도저해지는구먼!"

내가 소매춤의 향낭에서 샐닢을 꺼내 바가지 안에 넣자 더욱 신이 난 각설이가 군중 앞을 우산걸음으로 펄쩍펄쩍 한 바퀴 돌고 다시 내 앞으로 나쯔아 더욱 흥겹게 노래했다.

"두리둥실 아가씨 가슴 각설이 마음을 설레네! 나는 언제 장가가보려나! 어얼씨구씨구 들어간다아! 저얼씨구씨구 들어간다아!"

벙거지 각설이가 펄쩍 뒤돌아서다가 헌 부채 든 각설이와 세게 부딪치며 땅바닥에 엉덩방아를 쿵 하고 찧었다.

"흐흐흐. 그놈이 기생 아씨 자태에 밑이 끌려 다리에 힘이 풀렸구먼."

"소증 나면 병아리만 좇아도 낫는다 했으니 이참에 기생 아씨 맘껏 보고 육허기나 면하거라."

"그걸 눈 흘레한다고 하는 벱이구먼. 흐흐흐."

사내들이 거탈수작하며 내뱉는 음담에 장단이라도 맞추듯 면상에 먹물을 잔뜩 찍어 곰보 흉내를 낸 각설이가 걸쭉하게 희담을 늘어놓았다.

"이 무슨 모기 좆에 당나귀 좆 박는 소리여? 아, 포도군관, 별감, 청지기만 외렵장인 줄 아나벼? 우리 모가비가 팔도를 매주 밟듯 주무르고 팔도에 솥 건 왈짜란 말이시!"

군중이 "얼쑤!" 하고 추임새를 넣자 곰보 각설이가 사설이 늘어진다.

"여보시오, 벗님네들! 오입질로 말하면 첫째가 입담치레, 둘째가 체면치레, 셋째가 양물치레라! 우리 두목으로 말할 것 같으면 입담 하나는 팔도에서 둘째가라믄 서러울 것이고, 양물로 치면 하, 이거야 원. 내 입으로는 말 못 하겠으나 꼭 듣고 싶으시다면, 신라시대 지증왕이라네! 우하하하."

군중이 와르르 포복절도했다.

"모가비가 차붓소처럼 땅땅하게 생겼으니 한번 농탕질 치면 지집이 혼절하겠구먼!"

"기생 아씨 자태 보니 오뉴월 고추에 가을 피조개일세그려!"

신명이 난 곰보 각설이가 내 앞으로 구를 듯 나쪼아 꾸벅 절하며 야비다리를 쳤다.

"아씨! 우리 모가비가 명의 중 명의라! 가죽침을 한 번만 맞으믄 아씨 얼굴에 드리운 수심이 운산무소(雲散霧逍)*할 것이우!"

설레꾼과 소반장수가 사가품을 팅기며 능갈챘다.

"아, 가죽침이 당최 뭐여? 내가 투전판에서 먹은 호박떡이 언쳐 속이 보께는디 가죽침 한 번 맞으믄 쑥 내려가는가?"

"에끼! 이 사람. 가죽침은 여자만 맞는 거여."

"아, 그러니까 가죽침이 뭐란 말이여?"

"호호호. 가죽침이란 말이시. 비단 주머니여. 양반님네들 유식한 말로 하면 금낭이지. 호호호. 금낭."

뒤틈바리들이 늘어놓는 음담에 안 그래도 붉어진 내 얼굴이 더욱 달아올랐다. 선약을 금낭 속 깊이 감추어두었다가 사랑하는 여인에게 준다고 한 유희경의 시가 떠올랐기 때문이다. 사대부라면 절대로 쓸 수 없는 연애시를 그는 거리낌 없이 써 내게 주었다. 엄혹한 그의 이면에 숨은 이런 해학적인 면에 나는 그가 좋았다. 아니, 나는 그가 어떻게 했어도 그를 좋아했을 것이다. 그건 그냥 그가 그이기 때문이었다.

"어라? 갈수록 태산이네? 가죽침도 모르는데 금낭은 또 뭐여? 금이 잔뜩 든 주머니여? 어디 그런 게 있으믄 나도 구경 좀 해보세나."

"대끼! 금은 무슨 금? 금낭이란 불알이여! 불알!"

"오라? 가죽침이 불알이란 말이여? 그러니까 불알이 금낭이란 말이지. 호호호. 그건 무슨 불알이길래 금으로 싼 것이여?"

"이 사람아. 자네나 나같이 천한 상놈은 불알이고 높으신 양반님네들은 금낭인 것이여. 으흐흐흐."

"그려? 양반님네 바지 속에 깊이 감춘 금낭이 터지면 그 안에서 오묘한 선약이 쏟아져 나온다 이거여? 그게 황금이라도 되는 것이여?"

군중이 겨끔내기로 늘어놓는 추임새에 곰보 각설이가 더욱 목청을 돋워 신명을 놀았다.

"그 무슨 개 풀 뜯어먹는 소리! 우리 모가비 금낭이야말로 한무제가 서왕모에게서 하사받은 선도가 들었구먼! 그 맛이 아주 달콤하고 기가 막히니 기생 아씨 오늘 밤 한 번 촛불놀이 해봅시오!"

군중이 구를 듯 배를 잡고 웃었다. 졸지에 구경가마리가 되어 나는 빠져나오고 싶어도 군중이 겹겹으로 에워싼 터라 몸을 뺄 수도 없었다.

코푸렁이 하나가 나를 옆눈으로 흘깃거리며 헛장을 쳤다.

"왜놈에게 총 맞아 죽고 역모로 맞아 죽고 영웅호걸 다 죽었으니 선녀와 유걸(流乞)이 얼려 천하의 명장군 한 명 탄생시키세!"

갓옷 입고 삼산건 쓴 소반장수가 눈알을 굴리며 불퉁거렸다.

"이 사람이? 지금 시절이 하 수상한데 함부로 막말을 하다가 쥐도 새도 모르게 의금부로 끌려가 죽고 싶어 아주 환장을 했구먼. 아까 풍월향도 회원이 처참한 몰골로 끌려가는 것을 보지도 못했는가?"

"아, 시절이 수상한 것은 되놈들이 철수하지 않기 때문이여. 왜놈들이 다 물러갔는데 되놈들이 왜 조선 땅에 남아 있는 거여? 이게 다 저 흉악한 서인 놈들하고 명나라가 짜고 조선을 집어삼키려는 것이여. 우리 덕령이 장군이 살아 계시다면 아주 되놈들을 싹 쓸어버릴 텐데 말이여."

"덕령이 장군은 죽었지만 이순신 장군이 살아 계시니 되놈들도 곧 퇴치하실 것이구먼."

불쑥 튀어나온 한마디에 군중의 시선이 방금 말을 뱉은 항아장수에게로 쏠렸다.

"내가 아랫녘에서 올라오는 길인데 말이여. 그쪽 사람들은 노량해전에서 이순신 장군이 전사했다는 것을 믿지 않는단 말이시. 덕령이 장군처럼 감옥에 끌려가 매 맞아 죽을 것이 뻔하니 해전에서 전사한 것처럼 꾸며 섬으로 숨어 도를 닦으신다는 거여. 곡기도 안 드시고 솔잎만 먹으니 바다 위를 땅처럼 걷고 이 산 저 산을 훌쩍 날아다니신다는 거여."

"그건 곽재우 장군이 아니여?"

"아, 아니라니께. 분명 이순신 장군이……"

저만치서 포졸 서너 명이 육모방망이를 휘두르며 이쪽을 향해 다가오는 모습이 보였다. 오구탕을 치던 군중이 일시에 입을 닫고 뻣뻣이 굳은 얼굴로 포졸들을 흘금거렸다.

벙거지 각설이가 포졸들을 날카롭게 주시하며 한 손으로 너덜거리는 벙거지를 고쳐 쓰고는 내 쪽으로 다가와 수럭수럭한 음성으로 사죄했다.

"아씨. 무식한 상것들이라 결례를 범했수다. 너그럽게 용서하시우. 그리고 이 천한 놈이 감히 부탁드리다. 거문고를 안고 계시니 지금 이 자리에서 성음을 보여주시면 각골난망하겠수다."

나는 뜻밖의 부탁에 당황했다.

교방에서 배울 때 오불탄(五不奏)이라 해 거문고 연주를 해서는 안 되는 다섯 가지 금기에 혼잡한 시장통에서 연주하지 말라는 수칙이 있기 때문이다.

포졸들이 으르딱딱거리며 다가오자 지레 겁먹은 군중이 주춤주춤 물러나 길을 터주었다.

이순신 장군이 생존해 있다고 시설굿게 내뱉었던 항아장수가 포졸들의 눈치를 살피면서 흘금흘금 엉너리를 쳤다.

"나라에 음악이 없으면 화기가 돌지 않는다 했으니 기생 아씨 연주로 우리 임금님 만수무강 축수함세! 우리 임금님 축수함세!"

털수새가 시키면 포졸 한 놈이 육모방망이를 꼬나 쥐고 으르댔다.

"이 자리에 요언을 퍼뜨리는 놈이 숨어 있는 것으로 안다. 누구냐? 이순신 장군이 생존해 있다고 저잣거리에 요언을 퍼뜨리는 역적 놈이?"

제 풀에 놀란 항아장수가 슬금슬금 꽁무니를 빼 도망치려다가 그만 포졸의 눈에 띄고 말았다.

"네놈이냐?"

포졸이 다짜고짜 항아장수의 어깨를 육모방망이로 세차게 내리쳤다. 비명을 지르며 땅바닥으로 고꾸라졌던 항아장수가 엉금엉금 기어가 포졸의 바짓가랑이를 붙잡고 늘어졌다.

"나리! 소인 놈은 아무런 잘못도 없사옵니다! 제발 봐주십시오! 하루 벌어 하루 먹고 사는 벌레같이 천한 존재이온데 소인 놈이 잘못되면 우리 열 식구가 다 굶어 죽습니다요! 제발 봐주십쇼!"

"이런 오사리잡놈 같으니라고! 네놈이 무슨 잘못을 했는지 알아야 봐줄 것이 아니냐? 네놈이냐? 저잣거리에 요언을 퍼뜨리고 다니는 놈이?"

포졸이 다시 육모방망이를 치켜들어 항아장수의 다른 쪽 어깨를 사정없이 후려쳤다. 헉 소리를 지르며 땅바닥에 나동그라진 항아장수의 허구리를 포졸의 오른발이 옹글게 후려치고 후림불에 왼발로 급소를 가격했다. 육장벙거지 꼴로 나가떨어진 항아장수의 등판 위에 한 발을 올러놓은 포졸이 껄때청으로 외쳤다.

"이놈이냐? 감히 이순신 장군이 생존해 계신다고 요언을 퍼뜨리는 놈이? 바른대로 말하지 않으면 네놈들 모두 포도청으로 끌고 가 물보낌을 당할 것이니 그리 알라!"

이대로 있다가는 필시 몇몇 사람이 죄도 없이 끌려가 참혹한 고문을 당하고 죽어 나올 수도 있었다. 나는 가만히 있을 수가 없어 어떻게든 사태를 무마해 보려고 군중의 앞으로 나섰다.

"여러분에게 거문고를 들려드리겠소. 다만 누구도 연주에 방해가 되는 행동을 해서는 아니 되오."

눈치 빠른 돗자리장수가 재빨리 지의(地衣)를 꺼내 땅바닥에 깔았다. 내가 돗자리 위에 거문고를 안고 앉자 포졸들이 슬그머니 육모방망이를 떨구고 제일 좋은 자리를 잡고 앉았다.

벙거지 각설이가 짐짓 큰소리로 물었다.

"연주에 방해가 되는 행동이 무엇인지 아가씨께서 구체적으로 말씀해 주시우."

"연주할 때 소리 지르고 휘파람 불고 크게 웃는 것이오."

"여러분. 잘 들으셨수? 갓 쓴 양반님네만 도덕과 교양이 있는 것이 아니라 우리네 같은 무시렁이도 뱀뱀이가 있다는 것을 보여줍시다!"

나는 거문고를 발 위에 얹고 문현의 음을 유현 5괘의 음에 맞춰 산조의 줄로 해현경장(解弦更張)**한 후 문현과 무현의 줄을 만져 농현을 했다.

거문고산조는 핍박받는 남도의 슬픈 민중이 내지르는 함성이다. 무당이 굿판에서 한이 절절이 밴 음성으로 부르던 육자배기 토리를 누군가 즉흥적으로 거문고 줄에 얹어 한 서린 슬픔을 노래한 것이다. 그래서 산조는 악보가 없다. 연주자가 그때그때 즉흥적으로 분위기에 맞춰 연주하는 음악이기 때문이다.

처음 시작은 소점으로 줄을 뜯어 물결이 살랑이고 미풍이 불듯 부드러운 소리를 내 불화한 사람들의 마음을 살며시 어루만져주었다. 줄을 흔들고 밀었다가 퇴하고 다시 흔들어 파르르 농현을 해 마음을 한껏 설레게 하다가 어느 순간 대점으로 줄을 찍어 웅장한 소리로 점차 옮겨갔다. 오른손의 술대로 줄을 내려치고 밀어 올리고 현침을 타앙타앙 내리쳐 소낙비가 퍼붓고 세찬 비바람 소리를 내 정신이 번쩍 들게 했다. 술대로 줄을 올려 뜯고 왼손으로 줄을 퉁기거나 뜯으며 자출성을 내고 시김새를 넣어 화려한 장식음을 구사하며 마지막으로 괘상청과 괘하청과 무현 세 줄을 한꺼번에 훑어 슬렁청 흥청이는 소리를 내니, 경직되었던 군중이 얼굴을 풀며 흥에 겨워 까딱까딱 곤댓짓을 하고 발짓을 하며 어깨춤을 추기 시작했다.

나는 현란하게 유현과 대현을 뜯어 평조, 우조, 계면조, 중고조로 넘나들고 오관청으로 바닥청으로 끊임없이 변화하는 소리를 내며 굴려주고 떨고 흘러내리며 부침새에 겹가락을 구사했다. 느린 장단인 진양조에서 빠른 장단인 중중모리와 자진모리로 넘어가는 남도 특유의 슬픈

가락에 군중이 요란하게 박수를 쳤다.

"흥! 진연을 못 하게 되었다고 해서 아무 곳에서나 음악을 팔다니!"

느닷없이 튀어나온 여자의 싸늘한 음성에 군중의 시선이 일시에 쏠렸다.

화문단의 진달래빛 장의를 날씬하게 입고 먹색 너울을 드리운 기생이 도도한 자태로 나를 내려다보고 서 있었다.

나는 침착하게 거문고를 갑 속에 집어넣었다.

군중의 시선을 의식한 듯 하얀 손을 들어 함소함태(含笑含態)한 자태로 먹색 너울을 천천히 들어 올리는 기생은 뜻밖에도 장악원에서 만났던 산호주다.

"이봐요. 부안기. 괜히 선상기의 품위를 훼손하지 말고 당장 임지로 돌아가는 것이 나을 것 같소."

산호주는 장악원 정 봉치관의 적극적인 비호를 받았지만 마지막 경합에서 내게 서왕모의 역할을 빼앗겼다. 춤 실력은 산호주가 월등했지만 노래 실력에서 내게 밀린 것이다. 그 분풀이를 이제야 마음 놓고 하는 것인지도 모른다.

내가 아무리 촌생장이라지만 엄연히 기방의 법도가 있는 법이다. 나보다 몇 살이나 어린 산호주에게 절대 만만하게 보이기는 싫었다. 나는 거문고를 안고 일어나 대차게 쏘아주었다.

"산호주. 나는 교방에서 회초리 맞아가며 기예를 익힌 채 맞은 생짜일세. 어찌 오불탄을 내가 모르겠는가? 혼잡한 시장통에서 거문고를 연주해서는 안 된다. 하지만 시금 이 자리를 보게나. 여기가 지금 물건을 사고파는 시장통인가? 누구도 이곳에서 돈거래를 하지 않았다네. 내가 몸을 판 것도 아니고 음악을 듣고 싶어 하는 대중에게 연주를 들려주었을 뿐이니 할경할 일은 아니지. 그렇지 않은가?"

군중의 몇 사람이 요란하게 박수를 쳐 나를 응원한다는 표시를 했다. 산호주가 그 소리를 의식한 듯 군중 쪽으로 시선을 돌려 하얀 이를 드러내며 상글거렸다.

한 사내가 휘파람을 휘익, 하고 불었다.

"채 맞은 생짜? 그 말은 이 산호주가 외모만 믿고 나온 나무기생이라는 말로 들리는구료. 호호호. 그런데 교방에서 백악지장(百樂之丈)인 거문고로 천악을 연주하라고 배우지는 않았을 터. 그렇지 않소?"

"천악(賤樂)이라고?"

산조는 말하자면 사대부 계층에서는 절대 연주하지 않는 허튼소리다. 그 때문에 교방에서는 기생들에게 천악인 산조를 가르치지 않고 정악만을 전수한다.

내 음성에 날이 서자 산호주 뒤에 멀찍이 떨어져 서 있던 선드러진 자태의 선비가 앞으로 나섰다.

"산호주. 오늘따라 왜 이리도 속 좁게 구는가? 참으로 듣기에 거북하군. 저 기생이 길가에서 잡가(雜歌)를 부른 것도 아니거늘 지나치지 않은가?"

잡가는 저급 기생이라 할 수 있는 삼패의 전유물이다. 일패 기생은 수준 높은 시조나 가사 외에 저급한 잡가나 판소리를 부르지 않는다. 만약 일패로서 잡가나 판소리를 부른다면 파멸을 자초하는 것이다.

선비가 내 역성을 들자 산호주가 야실거렸다.

"호호호. 나리께서도 부안기의 거문고산조에 반했사오니까?"

"자네는 귀가 없는 사람처럼 말하는군. 산조가 이리도 가슴을 뛰게 하는 음악인 줄을 내 오늘 처음 안 것 같네. 김안로가 『용천담적기』에서 악사인 이마지의 거문고 연주를 '한 가락 타면 바람이 일고 물이 소용돌이치듯 하며, 하늘은 찬데 귀신의 휘파람 소리와도 같아 듣는 자로 하여금 머리카락이 쭈뼛 서게' 한다고 묘사했는데 내가 오늘에서야 그 뜻을 깨닫하겠네. 과연 한양의 명기라 하는 산호주의 국량이 이토록 좁은가? 어찌 예인을 몰라보는가?"

"호호호. 소첩은 다만 지방의 향기가 한양의 물정을 몰라 봉변을 당하지나 않을까 염려해 충고했을 뿐이오니다."

산호주가 깔쭉깔쭉 교태를 부리는 모습에 남자들이 다 침을 질질 흘리는 형국으로 넋을 빼고 바라보았다.

산호주가 살짝 허리를 배틀고 사분사분 뇌까렸다.

"오늘만 해도 운종가가 떠들썩하게 풍월향도 한 명이 귀양지로 끌려갔지 않사오니까? 듣자 하니 풍기문란죄라 하더이다. 이러할 때 일개 천한 기생 년이 각설이패 공연장에서 사대부의 악기인 거문고로 천악을 연주했다가 자칫 곤욕을 치를까 걱정되어 그랬을 뿐이오니다. 호호호."

"일체유심소(一切唯心造)라는 말도 못 들어보았는가? 세상사 모든 일은 마음먹기에 달려 있다는 뜻이네. 음악에 어찌 귀천(貴賤)이 있겠는가? 오히려 악보가 없이 연주자가 그때그때 감흥에 취해 즉흥적으로 타는 산조이밀로 서문고가 손이 아니라 마음으로 타는 음악임을 드러내주는 것이 아니겠는가?"

나는 연두색 도포 위에 화문릉의 누비 전복을 맨드리 있게 걸친 선비를 유심히 바라보았다. 마치 그가 좀 전의 안침술집에서 있었던 일을 알고 하는 말처럼 들렸다. 거문고가 손이 아니라 마음으로 타는 것이라는 말. 그 때문에 아까 안침술집에서 내가 유혹에 흔들릴 때 슬기덩 하고 거문고가 울었던 것일까?

선비와 나의 시선이 순간 마주쳤다.

그가 바로 이 년 후인 신축년에 해운판관이라는 직책으로 부안에 와 나와 평생의 인연을 쌓게 될 남자라는 것을 그 당시에 내가 어찌 알았겠는가. 유연천리래상회 무연대면불상봉(有緣千里來相會 無緣對面不相逢)***라 하더니 참으로 사람의 운명이란 알 수가 없는 것이다.

산호주가 돌연 태도를 바꿔 내게 말했다.

"이봐요. 부안기. 내 집은 경복궁 서쪽의 누하동에 있다오. 도자전 앞에서 산호주 집이 어디냐고 물으면 세 살짜리 어린애라도 가르쳐줄 것이니 꼭 한번 오시우. 선비님께 오늘 탄 거문고 연주를 다시 한 번 들려주구료."

산호주가 먹색 너울을 드리우고 선비에게 귀엣말로 무어라 속삭이며 함께 사라졌다.

안부는 묻지도 못하고

마음이 들썽해 밤새도록 잠을 설치던 나는 새벽녘 중노미가 식은 아궁이에 장작을 다시 넣어 이불 속이 따뜻해지는 바람에 개잠이 들었다가 문밖의 어수선한 소리에 퍼뜩 잠이 깼다.

바라지로 훤히 햇살이 들이비치는 걸 보니 동이 튼 지 오래다.

밖에서 주모가 부지런히 부엌과 장독대를 오가고 절구질하는 소리가 요란했다.

나는 일른 일어나 소세하고 옷매무새를 단정하게 한 후에 벽에 세워둔 거문고를 무릎에 안았다. 평소 훈련하던 시간에서 이미 한 시간이나 훌쩍 지나 있었다. 매일 새벽의 거문고 훈련은 전주 교방 시절 이후부터 내 몸에 붙은 습관이었다.

때로 김제나 전주의 연회에 초대되어 가 하루나 이틀을 묵을 때가 있다. 그러면 같은 숙소의 기녀들이 간혹 묻는다. 어떻게 그렇게 매일 규칙적인 생활을 하느냐고. 평상시의 몸에 밴 습관이라고 말할 때도 있지만, 이제 막 화초머리를 올리고 자기 파멸의 함정에 빠지거나 정체성에 대한 의문으로 괴로워하는 후배 기생에게만은 솔직한 마음을 털어놓는다.

"규칙을 지키는 것은 아프지 않기 위해서지. 아니 그만큼 아프기 때문이 아니겠는가? 규칙이 아픔을 없애주지는 못하지만 조금이라도 감해주지."

알아듣는 기녀도 있었지만 대부분은 내 말속의 진의를 파악하지 못했다.

내가 이렇게 생활에 규칙적인 습관이 배인 것은 아주 어려서 한때 절 생활을 한 적이 있기 때문이다. 엄마가 집을 나가고 혼자 남겨진 내가 안쓰러웠던지 아버지는 나를 데리고 자주 개암사에 가곤 했다. 예불이 끝나고 주지 스님과 차를 마시면서 아버지는 내가 잘 놀라고 밤에 자다가도 가위에 눌리는 일이 많아 걱정이라고 했다. 주지 스님이 내 머리를 쓰다듬으며 "아가야. 밤에 자다가 무서운 꿈을 꾸면 지장보살 지장보살 하고 외거라. 무섭다는 한 생각을 끊어버리거라. 알겠느냐?" 하고 일렀다. 어린 탓에 절의 중이 부처님인 줄 알았던 나는 주지 스님의 친절에 감동해 가슴이 동동 뛰었다.

그날 밤 집에 와 자는데 기이한 꿈을 꾸었다. 방 안에 앉은 내 옆으로 벌레 한 마리가 꿈틀꿈틀 기어가고 있었다. 사실 그 벌레는 송충이보다도 징그럽지 않았다. 쌀벌레처럼 생겼는데 내 손가락 한 마디 정도의 길이에 굵기라고 해봐야 젓가락보다 더 가는 잔약한 벌레였다. 그런데도 나는 죽어라 비명을 질렀다. 어디선가 생전 처음 보는 해끔한 남자가 나타나 장도로 벌레를 마디마디 똑똑 끊어서 죽였다.

아침에 일어나 아버지에게 그 얘기를 했더니 "관음보살이 우리 딸 병을 고쳐주셨구나! 관음보살이 우리 딸 고질병을 끊어주셨어!" 하며 어찌나 좋아하시는지 나도 덩달아 기분이 좋았다. 그 때문인지 아버지는 다음 해의 동자승 단기 출가 때 사내아이들 네 명과 같이 한 달을 내가 개암사에서 사월 초파일까지 생활하도록 했다. 동자승들은 새벽에 일어나는 것이 힘들어 징징거리거나 예불 시간에 꾸벅꾸벅 졸기 일쑤였지만, 나만은 스님이 두드리는 도량석 소리에 부시시 일어나 옷을 입고는 법당으로 조르르 달려가곤 했다.

내게 거문고를 전수해 준 스승 옥호빙은 늘 강조했다. 정신적, 육체적인 균형을 이루지 못하면 절대 예기(藝妓)로 살아갈 수 없다고.

옥호빙은 탁영 김일손을 정신적 스승으로 삼고 그의 흉내를 내 자신의 거문고에 "만물은 외롭지 않으니 마땅히 짝을 만날진저 아아, 이 오동은 나를 저버리지 않았으니 서로 기다린 게 아니라면 누구를 위해 나왔으리오"라고 새겨 넣었다. 그리고 스스로를 거문고와 결혼했다고 공언하기를 주지하지 않았나.

옥호빙이 머리 올 하나 흩뜨리지 않은 모습으로 단정하게 앉아 끊임없이 왼손으로 현을 뜯어 농현음을 내면 봄바람이 마음의 어딘가를 간질이는 심정이 되어 누구라도 마음이 잔잔하게 달뜨고, 오른손의 술대로 현침을 비류직하로 쾅쾅 내려치고 줄을 올려 뜯고 찍으며 혼신의 힘을 다해 성음을 희롱하면 머릿속이 텅 비고 멍해 아무 생각도 나지 않았다.

어느 날 신임 목사(牧使)가 부임연에서 옥호빙의 연주를 듣고 "그대의 음악을 들으니 정신이 혼미한 것이 앵속을 피운 듯하고 기쁜 것 같기도 하고 슬픈 것 같기도 하니 이 무슨 조홧속이냐? 당장이라도 너를 품에 안지 않으면 내 가슴에 붙은 불로 곧 타죽을 것만 같이 괴롭구나" 하고 수청 들 것을 명령했다.

옥병 안의 얼음처럼 맑고 깨끗하다고 해 옥호빙이라는 기명을 얻은 그녀가 끝내 불응하자 팽패롭기로 소문난 목사가 분기가 치솟아 그 자리에서 곤장을 치게 했다.

형리들이 옥호빙을 장판(杖板)에 붙들어 매고 요동치지 못하도록 손목과 발목에 가죽 끈을 묶고 매를 치는데 목사의 눈치를 보아가며 눈비음으로 살살 내려치다가 들키고 말았다. 대노한 목사가 집장사령을 옥에 가두고 감영에서 가장 흉악한 형리를 불러내 매를 치게 하니 옥호빙의 고운 살이 짓이겨지고 피가 흘러 동헌 마당을 적셨다. 교방의 동기들과 전주 관아의 기생들이 다 숨죽여 울었지만 정작 매를 맞는 당사자는 신음 소리 하나 내지 않았다. 나중에야 알았지만 얼마나 이를 악물고 고통을 참았던지 옥호빙은 이빨이 다 으스러져 하나도 성한 것이 없었다.

수청을 들겠다고 하면 풀어주겠다는 목사의 말에 옥호빙이 싸늘하게 내뱉었다.

"소첩이 겨우 동가식서가숙이나 하자고 기생이 된 줄 아시옵니까? 소첩이 이 자리에서 요행으로 매를 맞아 죽는다면 절개의 기생으로 세세대대에 이름을 떨칠 것이오니 그보다 더한 광영이 어디 있겠사옵니까?"

허리뼈가 부러지고 하반신 마비가 된 옥호빙은 누워서만 지내야 했다. 내가 똥오줌과 고름을 받아내며 지극정성으로 구듭치기를 했지만 등과 엉덩이에 욕창까지 생겨 옥호빙은 단 한순간도 고통에서 벗어날 수가 없었다. 어느 날 내가 잠시 자리를 비운 사이 옥호빙은 죽을힘을 다해 몸을 뒤집어 베개에 얼굴을 파묻고 스스로 목숨을 끊었다.

스승이 내게 남긴 유언은 단 두 가지였다. 자신의 무덤에서 곡(哭)하지 말라는 것과 거문고를 내게 물려준다는 것이었다. 곡하지 말라는 것은 노래하는 내 목이 상할 것을 염려한 스승의 마지막 배려였다. 그 후로 나는 스승이 물려준 거문고를 내 곁에서 단 한시도 떠나게 한 적이 없다.

내가 절에 사는 불승(佛僧)처럼 늘 같은 시간에 일어나 매일 거문고를 훈련하는 것은 스승이 말한 균형을 지키려는 것으로 수행과 같은 것이다. 수행이란 자신의 한계를 인식하고 그것을 극복해 나가는 과정이 아닌가.

삶은 기쁜 날보다는 슬픈 날이 더 많은 법이다. 예인(藝人)을 자처하지만 기생으로 살아갈 수밖에 없는 나는 자긍심을 상실하고 매 순간 치욕과 수치를 견뎌야 하는 날들이 하루 이틀이 아니다. 이런 지옥을 내가 어떻게 견디겠는가? 규칙이다. 매일의 규칙적인 거문고 훈련이 내게 조화를 가져다준다. 어쩌나 연회가 밤늦게까지 이어져 새벽에 일어나 거문고 훈련을 하지 못하면 나는 그날 하루 종일 기분이 우울했다.

규칙은 나의 균형 감각을 유지하게 하는 추와도 같은 것이다. 매일 일정한 시간에 거문고를 훈련하고 매일 시를 쓰는 것. 그리고 산책을 하고 때로 격렬하게 말을 타고 활터에 가 활을 쏘기도 한다. 나는 그렇게 고독에 탐닉하는 것으로 스승이 말한 균형을 유지하기 위해 최선을 다한다.

아침을 먹고 나서 나는 며칠 만에 장악원에 가보았다.

지루한 표정으로 문을 지키던 수문장이 나를 보자 반갑게 웃으며 삼지창을 내려 안으로 들어가게 해주었다.

색색의 옷으로 단장한 기녀들이 방글방글 웃으며 춤추고 노래하던 곳이 언제 그랬냐 싶게 썰렁하기 그지없었다.

나는 눈을 감고 지극히 화려한 진연의 장면을 상상해 보았다.

죽난간 47칸을 두르고 차일 80칸을 설치한 월대에 어탑, 진화탁, 진치사탁을 배설하고 문무백관의 자리를 마련한다.

임금은 대청 안쪽 중앙의 남향으로 설치된 어좌에 앉고 그 오른쪽에 왕세자가 앉는다.

전국 팔도에서 뽑혀 선상기로 올라온 기생들이 진한 향분내를 풍기며 헌선도, 포구락, 연화대, 무고, 아박, 처용무, 학무, 몽금척, 향발무, 검무, 사자무, 선유락의 차례로 춤과 노래를 펼친다.

나는 오색한삼을 손에 떨치고 선도반에 하늘과 땅과 인간을 상징하는 세 개의 선도를 받쳐 들고 무대로 나아간다.

나는 상상 속에서 노래한다.

나의 노래.

내 어린 날 숲으로 도망쳐 나무들과 새와 풀과 구름과 연못과 하늘에 불러주었던 노래를.

> 돌아와 천자를 뵈오니, 천자는 명당에 앉으시어
> 공훈을 열두 급으로 기록하고, 백천 포대기의 상을 내리시네.
> 소망이 무어냐 하기에, 목란은 상서랑의 벼슬도 싫소.
> 원컨대 천리마를 빌려 주어 나를 고향으로 보내주세요.

나는 불현듯 부안이 너무나도 절실히 그리워진다.
내 고향 부안.
산과 들, 바다가 어우러진 부안의 변산반도는 예로부터 어염시초(魚鹽柴草)가 풍부해 시인 묵객과 선비들의 발길이 끊이지 않았다. 외변산은 바다와 맞닿아 적벽강, 채석강 등 뛰어난 절경을 자랑하고 내변산은 원효대사가 머무른 원효방과 진표대사가 수행한 불사의방장 등 고승(高僧)의 자취가 고스란히 남아 있다. 그리고 개암사, 내소사, 월명암 등 뛰어난 절이 있어 전국의 시 쓰는 문사들과 처사들이 찾아와 유람하며 시를 읊었다.

내가 화초머리를 올리고 아기 기생에서 정식 기생이 되어 전주성 남문 밖에 술청을 열어 독립한 것이 무자년(1588년)이다. 그다음 해인 기축년에 호남 지역에 피바람이 불고 무죄한 호남 인사들이 정여립의 옥사에 연루되어 잔혹하게 죽었다.

나와 함께 교방에서 예기 수업을 받은 무심이도 대동계원인 한 선비와 편지를 주고받은 것이 발각 나 끌려가서 시체가 되어 나왔다. 살이 다 짓뭉개진 피투성이 시신이 거적때기에 덮여 나왔을 때 나는 더 이상 이 세상이 살아갈 만한 가치가 없는 곳이라고 생각했다.

천, 아버지, 스승 옥호빙에 이어 내가 사랑했던 또 한 사람의 죽음 앞에서 나는 살 희망을 놓았다. 매일 밤 꿈에 피투성이가 된 무심이 보였다. 아프다고 너무 아프다고 하면서 피눈물을 철철 흘렸다.

어릴 때 부안을 떠나 남복을 입고 자란 나는 친구가 단 한 명도 없었다. 무심은 그런 나의 유일한 친구였다. 교방에서 경패가 내게 행티를 놓고 조련질을 시킬 때마다 늘 내 편이 되어주었던 든든한 친구였다. 그 아이가 사라진 세상은 내게 지옥이었다. 어릴 때는 그러지 않는가. 부모 팔아 친구 산다고. 더구나 나는 부모조차 없는 고아였다. 내게 아버지처럼 친절하던 장 씨도 어느 날 교방을 떠나 다시는 돌아오지 않았고 무심과 옥호빙만이 내가 정붙일 수 있는 유일한 사람이었다.

왜 삶이 내가 사랑하는 사람들을 앗아 가는지 나는 이해할 수가 없었다. 그래서 아버지가 박복한 내 운명을 미리 알고 내게 마음을 가르쳐주기 위해 그 높고 험한 원효방에 나를 데려갔던 것일까? 오로지 내 자신의 마음만을 믿고 의지하고 살아가라는 뜻에서. 하지만 마음이 있으면 무엇하는가? 나는 살아 있는 천을, 살아 있는 아버지를, 살아서 내게 '이 부분에서 박자가 불안하다', '잘 맞지 않는 부분에서는 이렇게 하라'고 조언을 하며 직접 거문고를 뜯어 시범을 보여주는 스승을, 한밤중에 빛이 새 나가지 않도록 이불로 방문을 꼭꼭 가리고 등잔불 앞에 함께 엎드려 연애소설을 읽으며 밤새 킥킥거리고 눈물을 쿨쩍거릴 수 있는 살아 있는 무심의 육신을 만나고 싶은데……. 나는 말을 잃었고 잠을 자지 못했으며 죽지 않을 만큼씩만 먹었다.

실의에 빠져 모든 것을 포기하고 누워 있던 나를 소생시킨 사람이 기생 어미 복개다. 소식을 듣고 부안에서 득달같이 달려온 복개는 나를 끌어안고 한바탕 눈물 바람을 했다.

"어이구! 어이구! 그래, 기생 년 집에서 각좆이 나왔기로서니 그게 뭐 그리 대단하다고, 그 후로는 너를 두 번 다시 내 집에 발을 끊고 왕래를 못 하게 하더니, 어느 날 말도 없이 부안을 떠나서는 그 지경이 되어가지고…… 어이구! 어이구! 내가 억울해서…… 이제부터 너는 내 딸이다. 여기서 아프지 말고 부안으로 가자. 나와 함께 살자."

그렇게 해서 나는 고향 부안으로 다시 돌아오게 된 것이다.

기생이 되어서.

그때부터 나는 기생 섬초가 아닌 기생 계량으로 살아오게 되었다.

부안으로 돌아오자 나를 기억하고 있던 모든 사람들이 예전처럼 나를 계랑으로 불렀다. 아버지가 언제나 나를 부르던 정다운 이름, 계랑. 계랑. 우리 딸 계랑…….

유희경이 내게 준 시에 남도의 계랑이라고 쓴 것도 내가 시를 쓰고 늘 계랑이라고 수결했기 때문이다.

나는 장악원의 텅 빈 마당 앞에 홀로 서서 부안으로 돌아가기로 결심했다. 마음먹기가 어렵지 돈 문제야 어떻게든 해결할 수 있으리라. 산호주에게 주선을 부탁해 부호들의 회갑연이나 돌잔치에 가 노래와 거문고 연수를 들려준다면 부안까지 내려가는 경비 정도야 마련하지 못하겠는가.

나는 실로 오랜만에 홀가분한 마음으로 노량으로 천천히 걸어 여각으로 돌아왔다.

부엌에서 일하던 주모가 주릿대치마를 추켜올리며 흘긋 내다보더니 도로 들어갔다.

방 안으로 들어와 앉으니 윗목의 옷함 위에 어젯밤 자기 전에 내가 쓴 시 종이가 보인다.

> 못 잊어 그리워도 안부를 묻지도 못하고
> 하룻밤의 슬픔으로 귀밑머리가 반이나 빠졌어요.
> 저의 타는 괴로움 알고 싶으시다면
> 손가락의 줄어든 금반지를 보세요.

내가 쓴 시지만 문득 염오의 감정이 일어 나는 시 종이를 접어 함 속으로 넣어버렸다. 밖에서 주모가 "아씨, 계시옵니까?" 하고 인기척을 내더니 나무 쟁반에 수정과를 받쳐가지고 들어왔다. 나는 숙박비 대신 술청에 나와 잡가나 부르라고 할까 봐 바짝 긴장했는데 주모의 말투가 다른 때와 달리 사근사근했다.

"아씨. 어디 몸이 안 좋으시우? 아까 들어오실 때 보니 안색이 영 안 좋습디다. 수정과가 아주 시원하니 좀 드셔보시우."

아랫목에 깔린 이불 속을 만져본 주모가 화들짝 방문을 열고 고함을 질렀다.

"두대야! 이놈! 뭐하고 처자빠졌냐? 아씨 방이 냉골이니라. 얼른 광에서 바싹 마른 참나무 좀 갖다가 넉넉히 넣거라. 어서!"

주모가 방문을 닫고는 쟁반을 내 앞으로 당겨놓았다.

"고맙소. 주모. 숙식비도 밀렸는데 이리 신경을 써주니."

"하이고. 아씨. 무슨 그런 말씀을 하시우? 한 달 치를 선불로 내셨구먼요."

"주모. 그게 무슨 말이오? 누가 한 달 치 숙식비를 선불로 냈다는 것이오?"

"아이고, 아이고. 요년 입을 봉해야 쓰겠구먼. 산호주 아씨께서 당분간 알리지 말라고 하셨는데……"

산호주가 왜 내 숙식비를 지불했는지 의아했지만 당장 내 처지로서는 고마울 따름이었다.

"아씨. 쉔네가 하도 바쁘다 보니 그동안 대접에 좀 소홀함이 있었구먼요. 앞으로 각별히 신경 써서 잘 모실 테니 하시라도 불편한 점이 있으시면 말씀하시우."

주모가 방 안을 휘둘러보다가 윗목에 개켜놓은 이불을 보더니 다시 방문을 열고 호들갑을 떨었다.

"두대야! 두대야! 얼른 다락에 가 깨끗한 비단 이불 한 채 가져다 아씨 방에 들여놓거라!"

곧 중노미가 풀을 빳빳하게 먹인 새 이불을 들여놓고 땟국이 흐르는 이불을 가지고 나갔다.

"아씨. 조금만 있으면 방이 펄펄 끓을 것이우. 오늘 저녁에는 쉔네가 방짜에 쇠고기국을 올리리다."

주모가 보비위하며 유기 푼주에 한과를 가득 담아 내오고, 또 중노미를 시켜 질화로에 벌겋게 단 숯불을 담아 방에 들여놓게 했다. 시골 구석에서 올라와 든든한 벗바리 하나 없는 촌기생이라고 홀대하던 대접이 하루 새 싹 달라진 것이다. 매를 맞아도 은가락지 낀 손에 맞으라고 하더니 이 모든 것이 산호주가 여각에 다녀간 때문이었다.

산호주가 마포 야연의 초대장을 가지고 여각으로 나를 찾아온 것이 바로 어제였다. 어떻게 거처를 알았느냐고 하자 장악원에 주소를 남겨놓지 않았느냐고 오히려 반문했다. 산호주의 화려한 차림새를 본 주모가 관디목지르는 형국으로 절하고 점심상을 차려 내오는데, 평소 내게 들이밀던 앙가발이 소반이 아닌 나주반에 은수저를 놓았고 쇠고기를 몇 시간째 푹 고아 만든 장국밥과 들기름을 윤기 나게 발라 숯불에 구운 김에 갈치속젓과 백김치를 올리고 상을 물린 후에는 수정과까지 가져다주었다.

"호호호. 재인은 재인을 알아본다고 하더니 그날 각설이패 공연장에서 언니의 거문고산조에 반한 선비님이 누구신 줄 알기나 허우? 바로 여류 시인 난설헌의 남동생이라오."

산호주가 깔깔거리며 내게 푸른 빛깔의 봉투를 내밀었다.

"언니를 반드시 야연에 초대하고 싶다고 내게 전해오셨수. 호호호."

푸른 빛깔의 봉투를 열고 연회 초대장을 들여다보던 나는 도무지 믿기지 않아 수십 번도 더 손가락으로 짚어가며 확인하고 또 확인했다.

마포 야연(夜宴).

시사우(詩社友)들이 모여 겨울밤의 정취를 즐기자고 써 있었다. 모이는 시각은 해가 넘어가기 직전. 참석자의 이름 중에 그, 유희경의 이름이 또렷이 적혀 있었다.

"그런데 계속 여각에 머물 생각이우? 그러지 말고 우리 집에 와서 지내면 어떻수? 몸종도 없이 어떻게 이곳에서 지낸단 말이우? 내가 춤에는 자신 있는데 가야금이 영 손방이라 하루에 한 시간씩만 지도해 주고 교습비로 숙식비를 대신하면 되잖수?"

나는 산호주의 말이 도무지 귀에 들어오지 않았다.

산호주가 돌아가고 난 후 거울 앞에 앉은 나는 자신이 더 이상 꽃다운 나이가 아니라는 것을 어느 때보다 절감했다.

전주에서 유희경을 만났을 때 그때가 나는 가장 예뻤을 때다. 열일곱 열여덟 살 기생들에게 비하면 스무 살인 나는 기생으로서 늦은 나이기는 했지만 그때가 나는 재능을 가장 꽃피웠을 때였다.

하지만 나의 절정기는 전쟁을 통해 사라져버렸다.

나는 그 잔혹한 전쟁의 칠 년 동안 유희경을 그리워하며 그의 시들을 필사했고 그가 내게 들려준 말들을 기억해 종이에 적었다.

전주 교방에서 그를 만났던 운명적인 그날에 대해서, 그날의 바람, 그날 정원에 피었던 꽃들의 이름과 내가 입었던 옷과 그가 입었던 옷, 그런 세세한 것들과 아주 사소하고 하찮은 것들도 기록해 두었다. 그가 좋아하는 두보의 시도 필사했고 변산을 유람하면서 그가 내 앞에서 읊은 율창도 적었다. 그렇게 모아진 글이 한 권 분량이 되면 나는 파손을 방지하기 위해 종이에 들기름을 먹여 제본하고 파지를 모아 두껍게 만든 표지에 벌레가 슬지 않도록 치자물을 입혀 책으로 만들었다.

그렇게 나는 그와의 사랑을 소가 되새김질하듯 복기하며 칠 년의 긴 시간을 보냈다. 그것은 부재의 사랑이었을까? 부재하기 때문에 환(幻) 속에서 나는 완벽한 사랑을 빚어낼 수 있었던 것일까?

어찌되었든 이렇게 메부수수한 꼴로 그를 만날 수는 없었다. 한양에 오니 가장 차이 나는 것이 복색이었다. 한양 기생들은 전쟁 후 새롭게 시작된 유행에 맞춰 옷을 지어 입었다. 치마폭도 좁아지고 저고리의 품이며 소매의 품이 다 몸에 밀착되게 입었고 저고리 깃도 널찍한 목판깃에서 날렵한 당코깃으로 바뀌었다. 그렇다고 내가 한양 기생들의 격식에 맞춰 새로 옷을 지어 입기에는 돈도 없고 시간도 촉박했다. 산호주가 옷을 빌려주겠다고 했지만 나는 그러고 싶지는 않았다. 궁리 끝에 옷을 고쳐 입기로 작정하고 주모에게 인근에 바느질 잘하는 아낙이 있으면 불러달라고 했다.

중키에 도리암직하게 생긴 아낙이 중노미의 안내로 와 내가 꺼내놓은 치마저고리를 보고 너울가지 있게 설명했다.

"사실 유행이란 것도 다 실용에 의해 만들어지는 것이옵지요. 전쟁으로 인해 물자가 부족하다 보니 옷감을 최소화하려고 저고리 길이도 짧아지고 폭도 좁아진 것이옵니다. 그러다 보니 전혀 상관도 없는 저고리 깃이 목판깃에서 당코깃으로 바뀌고 그러는 것이옵지요. 호호호. 재미난 것은 기생들이 몸에 착 달라붙게 입어 풍속을 해친다고 비난하던 사대부가의 높으신 부인네들이 바느질감을 가지고 와서는 은밀히 산호주가 입는 옷하고 똑같이 해달라고 거듭 당부하는 것이옵지요. 호호호."

아낙이 내 몸의 치수를 재 일일이 종이에 적고는 보자기에 옷을 싸 들고 갔다.

나는 아낙에게 내일모레 꼭 입어야 한다고 몇 번이나 신신당부했다.

님의 마음까지 찢어질까

강기슭에서 안쪽으로 들어간 곳에 자리 잡은 누각은 주변에 아름드리 소나무가 빽빽해 차일을 둘러친 듯 아늑했다.

민무늬 지의가 깔려 있는 누각에 남바위와 풍뎅이를 쓴 남자 셋이 시뻘건 숯불이 활활 타오르는 청동화로를 중심으로 털방석을 깔고 앉아 있고, 앙바틈한 용모의 기생이 화로 위에 얹힌 벙거짓골에 쇠고기를 굽고 있다.

나는 몇 번이나 휘둘러보았지만 유희경은 어디에도 보이지 않았다. 한껏 기대를 품고 왔던 나는 실망감에 맥이 탁 풀렸다.

"그동안 잘 지냈소?"

유희경에 대한 생각만으로 가득 차 있어 나는 허균을 보고도 멍해 있다가 뒤늦게야 예를 차렸다.

"부안기 매창이옵니다. 이렇게 초대해 주셔서 감사하옵니다."

"하하하. 무슨 말씀을. 팔도에 짜한 여류 시인을 모셨으니 오히려 소인의 영광입지요."

허균과 사마시 동기라는 정협이 왼새끼를 꼬았다.

"어딜 가나 여자들에게는 교산이 인기 최고일세그려."

홍철주도 한마디 보탰다.

"이 사람 한천이 지방에서만 근무하다 보니 깜깜무소식이로군. 어딜 가나 술집 벽에 교산의 시로 아주 도배되어 있다네."

"그거야 교산이 워낙 알아주는 바람둥이라서 그런 게 아닌가?"

"허어 이거야 원. 이 사람들이 아주 초면인 아가씨 앞에서 작정하고 나를 우세시키는군. 누가 바람둥이라는 건지. 그리고 술집 벽에 적힌 그 시는 내가 아니라 박엽이라는 글퉁이가 쓴 것일세. 제발 시 좀 제대로 살펴 읽게나. 아무렴 내가 그따위 엉터리 시를 쓰겠는가?"

"호호호. 그 박엽이란 자가 교산의 숭배자를 자처하며 가는 술집마다 교산의 필체며 문체를 흉내 내 시를 써놓는 바람에 교산의 이름이 더욱 기방에 드날리고 있지. '꽃 같은 여인이 허시중*을 가리키며 미소 지으리!' 호호호. 참으로 낯이 다 간지럽군."

"으하하하. 그 시가 어디 교산을 모방했다고 할 수 있겠는가? 오히려 난설헌을 모방한 것 같군그래."

"실없는 작자 때문에 내가 가는 곳마다 설화를 감당하기 어렵다네."

"하하하. 그거야 워낙 교산이 유명해서 그런 게 아닌가? 차라리 나는 누구라도 내 시 한 수라도 흉내 내는 숭배자가 있으면 소원이 없겠구먼."

홍철주의 말에 정협이 응짜를 놓았다.

"그게 어디 아무나 되는 일인가? 연평의 글재주로는 언감생심 꿈도 꾸지 말게. 교산이 발가락으로 써도 자네 시보다는 나을 걸세. 으하하하."

홍철주의 설만한 얼굴에 불쾌한 표정이 어리더니 이내 너털웃음을 터트렸다.

"푸하하하. 한천. 자네나 나나 글 실력으로야 어금지금하지 않겠는가? 교산이 아니라 그 박엽이란 자가 발가락으로 써도 한천 자네 글재주보다는 나을 걸세. 푸하하하 푸하하하."

기가 막히다는 듯 정협과 홍철주의 얼굴을 번갈아 보던 허균이 철판 위에서 지글지글 익어가는 고기를 한 점 집어 입에 넣고 설레발을 쳤다.

"한겨울에는 뭐니 뭐니 해도 난란회가 최고일세! 아암!"

난란회는 한겨울의 야연에 절대 빠질 수 없는 음식이다. 종잇장처럼 얇게 썬 쇠고기를 간장, 꿀, 참기름을 배합한 유장(油醬)에 적셔 새빨갛게 달군 철판에 구워내면 살짝 탄 맛이 가미되어 그 맛이 일품이다. 눈이라도 내리면 고기 향이 더욱 짙고, 고기를 구우면서 흘러내린 육즙과 어우러진 도라지, 무, 미나리, 파 등을 건져 먹으면 아삭하게 씹히는 맛이 혀에 착착 감긴다.

"아무려나 옥부향의 손맛이 아니라면 이 맛이 나오겠는가?"

정협의 치하에 홍철주가 고기를 우적우적 씹으며 까짜올렸다.

"자고로 얼굴 예쁜 여자는 소박맞아도 음식 잘하는 여자는 소박맞지 않는다는 옛말도 있지 않은가?"

옥부향이 숯불에 익어 벌거이드르르한 얼굴을 들어 홍철주를 바라보는데 손티가 나 살짝 얽은 곰보다.

"나리. 지금 그 말씀이 진정으로 하시는 말씀이온지요? 오뉴월 긴긴 날에 님 없이는 살아도 동지섣달 긴긴밤에 님 없이는 잠들 수 없다 했으니 오늘 밤 쇤네와 얼음 위에 댓잎 자리라도 까시련지요? 오호호호."

"에끼! 이 사람. 덕담 좀 했기로서니 내가 놀라서 경풍이 다 들겠구먼."

"호호호. 나리께서 경풍 들어 자리보전하옵시면 쇤네가 모셔다 자라탕, 뱀탕, 잉어탕, 용봉탕으로 보신시켜드립지요. 오호호호."

홍철주가 취기가 올라 우럭우럭한 얼굴로 옥부향을 바라보더니 엇뜨거라 하는 표정으로 고개를 설레설레 흔들었다.

"어이구! 그 깍짓동 같은 몸에 지레 깔려 죽고 싶지는 않네."

"그런 말씀 마시옵소서. 깔려 죽어도 소첩이 먼저 깔려 죽지 않겠사옵니까? 오호호호."

홍철주의 몸이 워낙 비대한 것을 두고 게정대는 말에 좌중이 다 포복절도했다.

웃고 떠들며 술을 마시고 고기를 구워 먹느라 눈이 사각사각 내리는 것도 몰랐다.

갈맷빛 소나무 위로 어느새 하얀 눈꽃이 가득 달렸다.

나는 이제나저제나 유희경이 올까 온 신경이 누각의 계단 쪽으로만 가 있었다.

"그나저나 이 사람들이 왜 코빼기도 비치질 않나? 원. 기다리다 목 빠지겠구먼."

"교산. 사마시 동기끼리 오랜만에 회포를 풀자고 하더니 누가 또 오는가?"

"자네가 초대장을 건성으로 보았군그래. 풍월향도 시인 두 사람을 더 초대했다네."

홍철주의 밤볼 진 볼이 씰룩하고 미간이 눈에 띄게 찌푸려졌다.

"교산은 참 그게 병통이야."

"병통이라니? 그게 무슨 말인가?"

"교산. 제발 좀 제대로 된 사람들하고 어울리게나. 어디서 꼭 서얼 놈들 아니면 중놈이나 천한 상놈들하고 어울리지 말고. 서얼 놈 이재영 때문에 황해도사에서 파직당하고도 아직 정신을 못 차렸는가?"

허균이 가선 진 눈으로 홍철주를 바라보았다.

"언평. 사헌부 놈들이 재영이 때문에 나를 파직했다고 생각하는가?"

"그럼 아니란 말인가? 서얼 놈 주제에 과거를 치르다니 있을 수 없는 일이지. 그놈이 재주 하나만 믿고 날뛰니 언젠가 큰일 낼 걸세. 자네도 재영이 그놈을 너무 싸고돌지 말게."

홍철주의 말에 정협이 글컹댔다.

"그건 사헌부 놈들이 교산을 파직하기 위해 끌어다 붙인 구실에 불과하다는 것을 왜 모르나? 관리가 지방에 부임하면서 기생을 데려가거나 친구를 데려간다고 탄핵당한다면 조선 천지에 탄핵당하지 않을 자가 어디 있겠나? 이재영이 과거에 붙었음에도 서얼이라는 신분 때문에 합격이 취소되니 욱하는 성미에 무슨 일이라도 저지를까 걱정돼 교산이 데려간 것이지. 그게 친구 간의 도리가 아니겠는가? 언평도 이제 좀 편협

한 생각에서 벗어나게. 신분이 미천하다고 핟경하는 태도야말로 서인들의 큰 병통이야. 그게 우리 조선의 발전을 가로막는 고질병이지."

"뭐라고? 한천! 참으로 신둥부러지지 않는가? 입에서 나오는 대로 그렇게 함부로 내뱉는 게 아니지. 서인의 병통? 뭐? 조선의 발전을 가로막아?"

"내가 어디 틀린 말 했는가? 서인들이 기축옥사를 일으켜 무고한 동인을 대량으로 학살해 죽이지 않았다면 임란 때 그렇게 속수무책으로 무너졌겠냐 이 말이야? 아니 한 나라의 수도가 보름 만에 뻥 뚫리다니 그게 말이 되는가? 이게 다 서인들 때문이 아니고 누구 때문이란 말인가?"

"그럼 동인들은 뭘 잘했다는 게야? 도대체 누구한테 전쟁의 책임을 지우는 겐가?"

허균이 손바닥으로 소반을 탁탁 쳤다.

"이보게들! 내가 이 자리를 서인입네 동인입네 당파 싸움이나 하자고 불렀는가? 제발 좀 당색을 초월해 술 좀 마실 수 없겠는가? 곧 풍월향도의 맹주인 유생이 올 테니 이제 그만들 두게나. 이 자리에서 서인이네 동인이네 떠든다 한들 정국이 달라질 일은 없지 않겠는가?"

뚝벌씨 홍철주가 소반 위에 술잔을 쾅 소리가 나게 세차게 내려놓았다.

"누가 온다고? 그 상갓집 개라고 불리는 업동이 놈이 온다는 게야?"

"어허! 참. 언평. 제발 그 말버슴새 좀 고치게. 그리고 유생은 업동이가 아닐세."

"아비가 업동이니 그놈도 업동이나 마찬가지인 셈이지."

"언평. 유생은 곧 면천되어 양반 직첩이 내려질 것이네. 내가 재영이나 유생을 보면 참으로 하늘이 인재를 낼 때 귀천을 가리지 않는구나 하고 생각하게 된다네. 이제 유생이 양반으로 신분이 상승하니 내 가슴이 다 후련하다네."

허균의 입에서 떨어진 말이 강한 쇠망치가 되어 내 뒤통수를 세차게 내리쳤다. 유희경이 면천되어 양반이 되다니 금시초문이었다. 나는 앉은자리에서 그대로 나락으로 뚝 떨어지는 느낌이었다. 내가 몇 번이나 한양에 왔다고 통기를 했음에도 그가 아무 연락도 하지 않는 이유를 나는 비로소 깨닫게 되었다. 이제 그와 나 사이는 운니지차(雲泥之差)**의 사이로 벌어진 것이다.

홍철주가 단숨에 술을 벌컥 들이켰다.

"전쟁 때 식량이 부족하고 인력이 부족해 납미허통(納米許通)***이니 서얼허통(庶孼許通)이니 하고 상놈들이고 서얼 놈들이고 양반으로 신분을 상승시킨 것이 조정의 큰 실책이야. 돈만 바치면 백정 놈들도 양반이 되겠다고 설치니 이 나라 조선의 기강이 땅에 떨어졌지."

홍철주의 말이라면 사사건건 왼새끼를 꼬는 정협이 가만히 있을 리가 없었다.

"기강이 떨어진 것은 전쟁이 일어나자마자 의주까지 피난 간 서인들 때문이 아닌가? 북인은 전쟁에 참가해 간뇌도지의 참상을 겪으면서 싸웠는데, 서인이 한 일이란 명나라 군대를 불러들여 국고를 고갈하게 하고도 부족해 민중은 먹을 것이 없어 흙을 파먹는데 흥청망청 진연이나 계획하고. 그러니 백성들이 이순신 장군이 생존해 계신다는 요언에 혹하는 것이 아닌가?"

홍철주가 눈에 쌍심지를 켜고 대거리했다.

"국가의 기강을 세우기 위해서라도 진연은 반드시 열렸어야 해. 선상기까지 선발해 놓고 진연을 폐지한 것은 크게 잘못된 것이지. 지금은 주상께서 어쩔 수 없이 북인을 등용하시지만 언젠가는 북인 놈들이 큰 코다치게 될 날이 올 것이야."

"그런가? 그래서 풍월향도 회원들을 잡아다 개 패듯 패 역적으로 몰아 죽이고 귀양까지 보내는가?"

"시끄럽네! 그거야 나라에서 금서로 정한 책을 읽고 또 노산군 복권 운동이니 뭐니 하고 설치니 그 꼴을 당하는 것이지."

"그런 정여립을 또 한 명 만들어 기축옥사 때처럼 북인을 잡으려고 작정한 것은 아니고?"

"에이! 교산. 나는 더 이상은 못 앉아 있겠네. 앞으로 한천이 올 때는 절대 나를 부르지 말게."

사태의 미묘한 분위기를 눈치챈 산호주가 얼싸절싸한 태도로 홍철주의 어깨에 달라붙어 젓가락으로 고기를 집어 입에 넣어주며 착착 부닐었다. 홍철주가 워낙 호색한인지라 개구리 낯짝에 물 붓기로 화를 풀고는 산호주를 잡아당겨 껴안고 쩍 소리가 나게 입을 맞췄다. 남자 다루는 데는 미립난 산호수가 불쾌한 내색을 하지 않고 홍철주의 품에 폭삭 안겨 달게 굴었다.

"나리님들. 이제 그 골치 아픈 정치 얘기는 그만두시와요. 부안기가 죄 불안석이지 않사오니까?"

허균이 어쑛한 태도로 내게 술잔을 내밀었다.

"하하하. 미안하오. 소인이 아가씨에게 술 한 잔 올리리다. 너그럽게 용서하시고 시창(詩唱) 한 곡 들려주시지요."

멍하니 앉아 있던 나는 아무 생각 없이 손바닥을 두드려 박자를 맞춘 후에 시창을 했다.

  술에 취해 산수유꽃 꽂고
  나 혼자 즐기다가
  산에 가득 밝은 달빛 물들자
  빈 술병 베고 누웠네.
  길 가던 사람들아 무엇하던 놈인가
  묻지를 마소.
  속진 세상에서 희어진 머리
  나는야 전함사의 종놈이라오.

백대붕의 시 중 내가 가장 좋아하는 시다. 유희경과 함께 풍월향도를 조직한 유와 백의 호협한 백대붕은 임란 때 상주 전투에서 분사했다. 이제 그가 죽고 유희경까지 면천되어 양반이 되면 풍월향도의 존재는 이 땅에서 소멸되고 말 것이다.

나는 착잡한 마음에 유희경이 오기 전에 이 자리에서 벗어나고 싶은 마음조차 들었다.

정자 아래쪽이 소란스러워지면서 남자 둘이 누각 위로 올라왔다.

추위에 얼굴이 상기되어 누각을 올라온 두 남자 중의 한 사람은 틀림없이 유희경이었다. 나는 가슴이 얼어붙는 것만 같았고 갑자기 술기운이 올라 얼굴이 화끈 달아올랐다.

허균이 크게 반기며 옆자리를 비웠다.

"유생이 여복 하나는 타고났구료. 여기 누가 와 있는지 보시오. 한양의 내로라하는 미인 산호주와 팔도에 짜한 부안의 여류 시인이 와 있소."

유희경과 내가 아무도 모르게 허공에서 찰나에 시선이 얽혔다. 그의 눈이 점점 크게 떠지더니 곧 얼굴이 딱딱하게 경직되었다. 임진년 봄에 헤어지고 처음 보는 것이니 칠 년 만의 만남이다. 살쩍머리가 하얗게 세고 날카롭던 눈매가 조금 더 부드러워진 것을 빼면 등산과 무예로 단련된 그는 여전히 강건한 모습이었다. 꼿꼿한 등과 햇볕에 알맞게 그은 구릿빛 피부와 세 갈래로 드리운 삼각수가 풍모가 있어 유약해 뵈는 문사들 사이에서 단연 돋보였다.

유희경이 내게 가볍게 목례했다. 나도 그에게 목례했다. 마치 모르는 사람처럼. 생전 처음 보는 사람처럼 인사했다. 그가 내 눈앞에, 바로 내 면전에, 내가 손을 뻗으면 만질 수 있는 곳에 있다는 사실이 나는 믿기지가 않았다. 내 눈앞에서 그 이외의 모든 것이 사라졌다. 오직 나의 왕, 나의 스승, 나의 남자인 그만이 존재할 뿐이었다.

칠 년이란 시간이 우리에게 흘러갔다니. 칠 년을 나는 그를 기다려온 것이다. 단 한 번 얼굴도 보지 못하고. 칠 년은 내게 칠 일보다 더 짧고 7천 년보다 더 길었다. 그 잠혹한 질 년의 전쟁 기간 동안 나는 그가 보내오는 한 편의 시에 의존해 내 삶을 지탱해 왔다. 그가 살아 있기에 내 삶도 유지되었다. 오직 그를 다시 만나겠다는 일념으로 나는 어떤 오욕의 순간도 극복하고 살아남아야만 했다. 나는 그 사점(死點)을 넘어온 것이다.

옥부향이 고기가 눌어붙은 벙거짓골을 화로에서 내려놓고 다리쇠를 걸치고 뚝배기 냄비를 올려놓았다. 된장 끓는 냄새가 구수하게 퍼졌다.

산호주가 유희경의 술잔에 술을 찰찰 넘치게 따랐다.

"나리. 산호주 인사드리오니다. 그동안 풍월향도의 명성은 들었사오나 이렇게 직접 만나뵈오니 참으로 기쁘오니다. 소첩의 술 한 잔 받으소서."

허균이 유희경을 바라보며 웃었다.

"유생의 인기가 이처럼 높은 줄은 미처 몰랐소. 하하하."

"호호호. 교산 나리. 그게 모두 촌은 나리의 연애시 때문이오니다."

"연애시라고? 하하하. 아니 유생이 언제 연애시를 다 썼단 말이오?"

한 사람씩 돌아가며 시창을 하기로 했기 때문에 산호주가 한 곡조 뽑았다.

> 내게 하늘나라의 선약 한 알 있으니
> 고운 얼굴의 찡그린 수심 고칠 수가 있지
> 금낭 속에 고이 간직했다가
> 오직 사랑하는 여인에게만 주고 싶어라.

"으하하하. 이럴 수가! 참으로 뜻밖이구료. 유생이 예학에만 밝은 줄 알았더니 이렇게 진한 연애시를 다 쓰다니. 하하하. 참."

"교산. 연애를 제대로 알아야 예학도 바로 서는 법이네. 남녀의 정욕은 하늘이 주신 본성이요, 윤리는 성인의 가르침이니 차라리 성인을 어길지언정 하늘이 내려주신 본성을 따르겠다고 말한 사람이 누군가? 바로 자네 아닌가? 으하하하."

정협의 넌덕 치는 말에 이번에는 홍철주가 왼새끼를 꼬았다.

"예학은 무슨 예학. 기껏 초상집에 가서 글줄이나 몇 줄 읽는 것이 예학이란 말인가?"

유희경의 미간에 주름이 두어 개 그어졌지만 말없이 술잔을 비워냈다.

산호주가 유희경의 옆에 다가앉아 술잔에 찰찰 술을 따르며 다부닐자 홍철주가 갑자기 불뚝성을 냈다.

"산호주 네 이년! 아무리 기생 년이라 하지만 어찌 이리도 지조 없이 구는 게냐? 그새 저자에게 눈정이라도 느꼈단 말이냐? 어서 썩 이리 다가앉지 못하겠느냐?"

"호호호. 언평 나리. 지금 하신 그 말씀 참으로 지당하오이다. 천한 기생 년이 무슨 지조가 있겠사오니까? 하지만 기생 년도 눈이 있고 마음이 있어 인물에 귀천이 있고 없음은 알아보나이다. 오호호호."

홍 철주가 우멍하게 생긴 벽장코를 벌렁거리며 울골질했다.

"자고로 하늘 아래 풀벌레도 이슬 먹는 종자가 따로 있고 오물 먹는 종자가 따로 있느니라. 네가 저자의 근본을 알고나 하는 소리냐? 남의 집 대문간에 비려졌던 업동이 놈 아들인 것을. 양반 직첩을 받는다고 해서 그 천한 뿌리가 하루아침에 달라지겠느냐?"

허균이 벌컥 성을 냈다.

"언평! 지금 무슨 말을 하는 게야? 제정신으로 하는 소리인가? 당장 입 닥치고 유생에게 사과하게나! 어서!"

"크하하하. 교산. 자네야말로 제정신인가? 감히 누가 누구에게 사과하라는 게야? 서얼허통? 납미허통? 허! 개가 콩엿을 사 먹고 버드나무에 올라가겠군. 천한 상놈들이 돈만 바치면 양반이 되다니. 이는 삼강오륜의 근간을 뒤흔드는 것이다. 그동안 저자가 상갓집 개로, 등산 길잡이로 뺀질나게 사대부들 똥구멍을 빨아주며 붙접하더니 그게 다 셈평이 있었던 게야."

유희경의 눈썹이 꿈틀 위로 치켜 올라갔다. 술잔의 남은 술을 조용히 비워낸 유희경이 홍철주를 향해 기어코 한마디 했다.

"나리. 소인 놈이 양반이 되는 것이 그리도 눈꼴이 시린 것이오?"

"잘 들어라. 이 태조를 도와 조선을 창건한 정도전이 무어라 했는 줄 아느냐? 공경대부는 백성을 다스림으로써 먹고 백성은 노동함으로써 먹는다 했느니라. 이 말은 곧 백성은 죽어라 일해 양반층을 먹여 살리라는 말이다. 감히 양반에게 봉사해야 하는 천한 상놈들이 양반이 되다니. 이는 조선의 기틀을 뿌리부터 뒤흔드는 일. 절대 용납할 수 없다."

"그래서 서인들은 삼강오륜의 논리를 대외 정책에까지 적용해 이소사대(以小事大)를 주장하며 명나라를 섬기는 것이오? 잘 들으시오. 이 나라는 양반의 나라도 아니고 서인의 나라도 아니오. 다만 백성의 나라요."

"크하하하. 백성의 나라라! 거 듣기 좋은 말이로군. 그래서 감히 그대가 풍월향도를 조직했는가? 양반들만이 시를 쓰는 것이 아니라 천한 상놈들도 시를 쓴다는 것을 보여주기 위해서? 양반과 천민이 평등하다고 지금 주장하는 것인가?"

홍철주의 말에 유희경이 더 이상 대꾸하지 않고 입을 다물었다.

나뭇가지에 무겁게 쌓인 눈이 제 무게를 이기지 못하고 툭 소리를 내며 떨어졌다. 산호주가 짐짓 놀라는 시늉으로 어맛! 소리를 지르며 유희경의 어깨에 닿을 듯 기대 빈 술잔에 안다미로 술을 따르고 함함한 음성으로 부탁했다.

"나리. 시창을 잘하신다고 들었사오니 한 곡조 들려주시와요."

허균이 손을 들어 크게 손뼉을 쳤다.

"좋소. 유생이 시창 한번 읊어주시오."

정협도 허균을 따라 손뼉을 치며 동의했다. 홍철주가 눈을 부릅뜨고 젓가락으로 벙거짓골에서 지글지글 익어가는 고기를 집어 입에 넣고 우적우적 씹었다.

유희경이 저편 강 건너의 먼 하늘을 바라보며 시창을 했다.

전생에 이 몸은 스님이었기에
세상의 명리를 바람 앞의 등불처럼 보았노라.
마음속에 사랑하는 건 오직 맑은 술이니
어느 날인들 잊었으리 나의 벗 백대붕
한 말 술을 고을과 바꾸는 건 정말 못난 짓
석 잔 술로 도를 통하는 게 바로 진리라네.

북망산의 무덤들, 그대는 아는가.
　　뼈가 부서지고 이끼 덮이면 술 마실 벗도 없다네.
　　술잔 들고 백대붕을 부르노라.

　시창을 하고 난 유희경이 술잔을 높이 들고 울울한 음성으로 말했다.
　"상주 전투에서 분사한 백대붕에게 바치는 정치의 시라오. 백대붕을 생각하면 전쟁에서 살아남은 것이 참으로 부끄럽게만 여겨진다오."
　나는 유희경의 눈가에 물기가 반짝하는 것을 보았다.
　"백대붕은 경인년(1590년) 내 큰형님을 배행해 왜국에 다녀오지 않았소? 그 때문에 내 집에도 가끔 온 적이 있었다오. 참 그렇게 호방한 사람도 없었지. 그리고 보니 여기 이 부안 아가씨가 방금 전 백대붕의 시를 읊었는데 유생이 또 정치의 시로 백대붕을 추모하니 두 사람이 미리 입이라도 맞춘 것 아니오?"
　허균의 말에 나는 아무도 모르게 얼굴이 화끈 달아올랐다.
　홍철주가 옹송망송한 얼굴로 뇌까렸다.
　"어허! 술자리에서 읊을 시가 따로 있지. 이거야 원 술맛이 다 달아나겠구먼! 시란 다른 게 아니야. 그저 계집과 희롱하는 게 시지. 어디 내가 한 수 읊어볼까나."

　　춘정 찾는 호탕 선비 그 연장 높이 세워
　　비취 비단 이불 속에 좋은 인연 맺는구나.
　　두 팔은 버티면서 두 다리는 높이 세워

둥그런 양쪽 언덕 잘 헤치고 굴을 뚫네.
처음 볼 때 눈이 삼삼 안개 낀 듯 몽롱하고
다시 보니 먼 하늘이 엽전만큼 작아 뵌다.
그 재미 특별한 맛 구태여 말한다면
하룻밤 값 따져보니 일천 냥에 해당하네.

허균과 정협이 포복절도하고 옥부향과 산호주도 까르륵 숨이 넘어가게 웃었다. 오직 유희경과 나만이 지독한 슬픔을 억누르고 어색한 웃음을 지을 뿐이었다.

곤드레만드레 취한 홍철주가 갑자기 손을 뻗어 내 어깨를 끌어당겼다. 내가 한사코 빠져나오려 하는데도 깍짓동 같은 팔로 꽉 끌어안고 엉너리를 쳤다.

"매창이라고 했으렷다. 매화나무를 남편으로 삼았다는 뜻이더냐? 일개 기생 년이 임포의 흉내를 냈더란 말이지. 으하하하. 참으로 그 기상이 가상하지 않느냐. 선상기로 뽑혀 한양에 올라왔다고 했으렷다. 내가 사흘 후에 예조참판을 만나기로 했으니 같이 가봄이 어떠한가? 내가 내의원에 적을 올릴 수 있게 적극 힘을 써줌세. 으하하하. 내가 시중의 음탕한 풍류장시만 알고 있는 것이 아니라네. 자네의 수준 높은 시도 외고 있지."

홍철주가 나를 껴안은 팔을 풀지 않은 채로 목청을 길게 늘여 한 곡조 뽑았다.

취한 손께서 명주 저고리를 잡아당기니
명주 저고리 손길 따라 찢어졌어라.
저고리 한 벌쯤이야 아까울 게 없지만
님의 사랑하는 마음까지 찢어질까 그것이 두려워라.

"저고리 한 벌은 아까울 게 없지만 님의 마음이 찢어질까 그것이 두렵다니. 이 얼마나 운치 있는 시인가? 내 그대 같은 가인이라면 하룻밤 값이 일천 냥이 아니라 일만 냥이라도 아깝지 않겠네. 으하하하."

홍철주가 미처 피할 새도 없이 나를 잡아당겨 쩍 소리가 나게 입을 맞췄다. 수치심과 모멸감에 휩싸인 나는 가슴팍을 세게 떠민다는 것이 얼결에 그의 뺨을 철썩 치고 말았다. 노여움과 두려움으로 나는 심장이 덜덜 떨렸다. 홍철주의 눈에 순간 노한 빛이 스쳤지만 곧 내게 맞은 뺨을 한 손으로 써억 문지르고 호탕하게 웃었다.

"으하하하. 절개의 기생이라 이름이 높더니 역시 성깔이 대단하군. 기생 년이 술자리에서 양반의 뺨을 치다니. 하지만 교산이 특별히 초대한 가인이니 내 너그럽게 용서해 주지."

갑자기 홍철주가 두툼한 양손으로 내 얼굴을 잡아당겨 강제로 입술을 비벼대면서 문뱃내 나는 혀를 입속으로 디밀었다. 내가 있는 힘을 다해 벗어나려 하자 꼼짝 못하게 품에 가두고는 한 손을 저고리 품 사이로 쑥 집어넣었다. 그 바람에 저고리 고름이 풀어지고 살품이 다 드러났다. 순간 유희경이 앉은자리에서 벌떡 일어났다. 그의 눈에 불꽃이 번쩍 튀었다. 미처 누가 말릴 새도 없이 유희경이 홍철주의 멱살을 오둠지진상으로 잡아 누각의 구석자리로 메다꽂았다.

"아무리 뜨물 마신 개라고 하지만 이 무슨 무례한 태도요?"

엉거주춤 일어난 홍철주가 유희경을 무섭게 노려보더니 허리춤을 뒤져 단검을 꺼내 들었다.

놀란 여자들이 한쪽으로 피하고 허균과 정협이 달려들었다.

"이 사람이 아주 미쳤군! 어서 그 칼을 내려놓지 못하겠는가?"

"교산! 아랫것들을 부르게. 이거야 원. 얼음 구덩이에 집어넣어 정신을 차리게 하게. 언평의 주사는 여전하군."

홍철주가 껄껄껄 크게 웃으며 단검을 도로 품에 넣고 일갈했다.

"크하하핫! 상놈 중에서도 가장 천한 상놈이 이 나라의 양반이 되다니. 네놈이 얼마나 비천한 신분인지는 도성 안 사람들이 다 알고 있다. 하기야 네 어미가 용모가 고와 주인집 영감이고 아들놈이고 삼촌이고 할 것 없이 돌아가며 맛을 보았을 테니 반쪽짜리 양반일 수도 있지. 그렇지 않은가?"

유희경의 움켜쥔 주먹이 부들부들 떨렸다. 그의 목에서 분노를 참느라 그르렁거리는 소리가 올라왔다.

허균이 달려들어 소매를 끌어당기는데도 홍철주는 사가품을 튕겨내며 끝까지 껄때청으로 외쳤다.

"잘 들어라. 상놈은 비단옷도 안 되고 집을 지을 때도 솟을대문에 거북등도 못 올리느니라. 단 한 가지 상놈이 사대부와 똑같이 할 수 있는 게 있다면 수염이지. 이는 사대부의 천려일실(千慮一失)****이니라. 애시당초 상놈은 수염을 길러서는 안 된다고 『경국대전』에 못을 박았어야

해. 호호호. 정중부가 왜 무인의 난을 일으켰는지 아느냐? 수염을 석 자나 길렀다가 문신들에게 끌려가 수염 화형식을 당하고 그 울분을 참지 못해 칼을 뽑아 든 것이지. 언젠가 네놈의 삼각수도 화형식을 당할 날이 있을 것이니 조심하거라."

유희경이 허균을 향해 고개를 숙였다.

"교산. 소인은 이만 가는 것이 좋을 듯하오. 초대는 감사했소이다."

삼산건을 쓴 젊은 치가 따라나서려고 하자 유희경이 손을 들어 제지했다.

허균이 이대로 가면 안 된다고 만류하며 누각을 따라 내려갔지만 잠시 후 낭패한 얼굴로 올라왔다.

홍철주는 그새 화로 앞에 앉아 고개를 떨군 채 코까지 드르렁 골며 곤드라졌다.

나는 불머리가 나 잠시 바람을 쐬고 오겠다며 양해를 구하고 누각을 내려왔다. 시중을 들기 위해 따라온 하인들이 누각 아래쪽에서 모닥불을 쬐고 있었다.

나는 치마를 양손으로 걷어들고 눈길을 종종걸음을 쳐 달려갔다.

저만치 유희경이 눈이 점점 쌓이는 길을 휘적휘적 걸어가고 있었다.

"나리!"

유희경이 걸음을 멈추고 나를 뒤돌아보았다.

"나리!"

그가 나를 한참이나 바라보더니 겨우 한마디를 했다.

"오랜만이구료."

이런 건 아니었다. 칠 년만의 만남이 이렇게 될 줄은 몰랐다.

나는 억색한 마음에 그간 수차례나 보낸 내 편지를 받지 못했느냐고 물을 염도 못 냈다.

그와 나는 그저 눈이 퍼붓는 길 위에 우두망찰 서 있을 뿐이었다.

"나리. 언제…… 언제 뵈올 수 있을는지……."

도저히 믿을 수 없는 말이 그의 입에서 냉랭하게 흘러나왔다.

"쓸데없이 학랑(謔浪)의 시간을 보내지 말고 부안으로 내려가시오."

나는 순간 비틀했다. 머리가 휭하고 눈물이 쏟아져 내릴 것 같았다.

나는 겨우 감정을 수습하고 말했다.

"나리! 내일 미시(未時)에…… 혜정교 뒤의 안침술집, 배롱나무가 있는 집이옵니다. 그곳에서 기다리고 있겠사옵니다."

그가 아무 대답도 하지 않고 뒤돌아서더니 성큼성큼 걸어 눈발 속으로 사라졌다.

눈발이 점점 거세져 사정없이 내 얼굴을 때렸다.

오늘처럼 쓸쓸할 줄 몰랐어라

　유희경의 집은 찾기에 그리 어렵지 않았다.
　창덕궁 앞에서 돌담을 따라가다 보면 빨래터가 나타나는데 거기서 조금만 더 올라가면 요금문 밖 시냇가에 큰 바위가 있고 아름드리 전나무가 있는 집. 그가 부안에 왔을 때 내게 말해 주었던 그대로다. 산 아래쪽에 풍기(風氣)가 모이고 앞과 뒤가 안온한 명당에 자리 잡은 깨끗한 처녑집. 울바자 안으로 두어 칸짜리 안채와 대문 쪽으로 잿간과 변소에 이어 사랑채가 보인다. 집은 새로 손질을 했는지 흙벽이 붉고 이엉이 깨끗하다. 비질이 잘된 마당에 닭들이 구구거리며 모이를 쪼고 팽팽하게 옭아맨 빨랫줄에 하얗게 삶아 빤 옷들이 겨울 햇살에 마르고 있다. 나는 백 보 정도 떨어진 곳의 아름드리 느티나무 뒤에 숨어 그의 집을 엿

보고 있다. 마치 도둑고양이처럼.

　그는 약속한 장소에 오지 않았다. 오시(午時)부터 신시(申時)까지 물 한 모금 먹지 않고 기다렸지만 오지 않았다. 나는 모든 것이 박살 나버린 것을 느꼈다. 그가 나를 떠났음을 나는 알았다. 내가 과연 그의 사랑 없이 살아갈 수 있을까? 사랑하지 않는 생이 무슨 의미가 있을까? 나는 마지막으로 그의 입을 통해 사랑이 끝난 것을 확인해야만 했다. 그래서 구차스럽게도 원동 그의 집을 길을 물어가며 찾아간 것이다.

　그는 스승인 남언경의 집과 자신의 집을 책지게에 책을 짊어지고 오가며 공부했노라고 했다. 햇볕이 좋은 날에는 병든 어머니의 오물이 묻은 옷과 이불을 개울에서 빨아 널고 빨래가 마를 때까지 바위에 앉아 책을 읽었다는 것이다. 나는 눈이 하얗게 쌓인 편편한 너럭바위를 그리운 마음으로 바라보았다. 어린 날의 그가 그곳에 엎드려 책을 읽고 있기라도 한 것처럼.

　나는 왜 그렇게도 그가 좋았던가. 아마도 그가 나와 비슷한 사람이라고 느꼈기 때문이리라. 그도 나처럼 비천하고 억울하게 아버지를 잃었고 나처럼 외롭고 슬픈 사람이라고. 그와 내가 한 살매에 묶인 쌍거리처럼 꼭 닮은 운명이라고 여겼기에 나는 그를 위해 매창(梅窓)이라고 나 자신을 새롭게 규정하지 않았는가.

　고려의 문인인 이인형은 「매창월가」에서 자신의 풍류를 임포, 도연명, 이백 등에 견주고 자기가 사는 집 창은 도연명이 풍류 생활을 즐기던 취옹정의 창이요, 자기 방의 매창에 비치는 달은 이백이 채석강에서 뱃놀이할 때 보던 달이라 하며 이상향을 꿈꾸었다. 이인형이 시에서 언급한 중국 시인 임포는 세상을 등지고 은둔하며 자기 방 창가에 매화나무를 심고 이 매화나무가 내 아내다 하고, 또 매화나무에 날아오는 학을 내 아들이다 하고 살았다. 내가 매창이라고 아호를 지은 것은 오직 매화나무를 남편으로 삼아 절개를 지키겠다는 의지였다. 그리고 그가 바로 나의 매화나무였다.

얼마나 떨고 기다렸을까. 귀가하던 그가 나를 발견하고 우뚝 멈추어 섰다. 그가 무서운 얼굴로 나를 한참이나 뚫어질 듯 바라보더니 음울하게 내뱉었다.

"이목이 번다하니 잠시 따라오시오."

그가 뒤돌아서 오던 길을 다시 걷기 시작했다. 나는 그의 뒤에서 조금 떨어져 따라 걸었다. 인적이 드문 성황당 앞에서 그가 발을 멈췄다. 성황당 앞에는 오가는 사람들이 하나 둘 돌을 쌓아 세운 돌무더기가 내 키의 반나마 되었다. 나는 그의 입에서 무슨 말인가 나오기를 기다렸다. 왜 약속한 장소에 오지 못했는지, 무슨 이유로 내 편지를 전달받지 못했는지 속 시원히 해명이라도 듣고 싶었다. 더 솔직히 말한다면 그가 손이라도 잡아주기를 나는 진심으로 바랐다.

하지만 그는 한마디도 하지 않았다.

나는 그 침묵이 버거웠다. 허리를 구부려 땅바닥에 굴러다니는 잔돌 하나를 집어 들었다. 아무 생각 없이 돌을 올려놓는다는 것이 그만 돌무더기의 한쪽 귀퉁이를 와르르 무너뜨리고 말았다. 나는 울음이 터질 것만 같아 입술을 잘근 깨물었다. 내가 허둥대며 돌들을 한 개씩 집어 원래의 모습대로 쌓으려 하자 그가 무겁게 입을 열어 만류했다.

"그대로 두시오. 무너졌다 다시 쌓고 또 쌓았다 무너지고 그렇게 돌탑이 만들어지는 것이오."

나는 손에 돌 한 개를 든 채로 망연히 그를 바라볼 뿐이었다.

그가 나를 쳐다보지 않고 저만치 먼 허공을 바라보며 말했다.

"미안하오. 여기서 그만 돌아가시오. 그리고 다시는 나를 찾아오지 마시오."

나는 내 귀를 의심했다. 꿈을 꾸고 있는 것이 아닌가 싶어 그를 멍하니 바라보았다. 그의 얼굴은 아무 표정이 없다. 그가 정말 그일까? 내게 그토록 다정했던 그 사람일까? 혹시 그의 탈을 쓴 다른 사람은 아닐까? 그의 냉담함에 나는 그의 지옥을, 나의 지옥을 보았다. 사랑이 지옥으로 변하는 것이 단 한순간이라는 것을 나는 생생하게 깨달았다. 무어라고 말하려고 입을 떼었으나 내 입에서는 아무 말도 나오지 않았다. 눈물조차 흐르지 않았다. 나는 슬프다는 느낌도 들지 않았다. 그저 아주 둔탁한 쇠망치로 머리를 된통 맞은 듯 멍할 뿐이었다.

나는 끓어오르는 감정을 간신히 억제하고 겨우 말했다.

"다시는 찾아오지 않겠어요. 그러니 걱정하지 마세요. 다시는 찾아오는 일이 없을 거예요. 죽어도 그런 일은 없을 거예요."

내 목소리는 내 속에서 나오는 것이 아니었다. 그것은 저 먼, 어느 북쪽의 어둠 속에서 온 낯선 음성이었다.

"저는 다만 알고 싶었을 뿐이에요. 저는 다만 알고 싶었던 거예요."

더 이상 말을 할 수가 없었다. 나는 뒤돌아서 걷기 시작했다. 행여 그가 뒤쫓아와 잡아주거나 하는 것을 기대하지도 않았다. 얼마나 걸었을까. 아니 나는 걷지 못했다. 다리가 후들거려서. 나는 그저 둥둥 떠 흘러왔을 뿐이다. 그 거리가 얼마나 되었는지 나는 모른다. 어떻게 꼬불꼬불한 고샅을 빠져나오고 돈화문로를 지나 운종가까지 왔는지도 모르게 나는 그렇게 길들을 지나왔다. 그저 반 혼이 쑥 빠져 복잡한 시장통을 하염없이 방황했을 뿐이다.

초물전과 철상전을 지나 철물교 양쪽으로 복마상전, 시저전, 염상전, 이전, 은국전, 청포전, 화피전 등이 계속해서 나타났다. 두 겹 세 겹, 심지어 네 겹까지 이어진 종루의 육의전은 어디가 어딘지 도대체 분간이 가지 않았다. 수많은 골목길이 가로세로로 교차하고 복잡하게 얽혀 있어 거기가 거기 같고 지나왔던 길이 새로운 길로 다시 나타났다. 다람쥐 쳇바퀴 돌 듯 계속해서 같은 장소를 마냥 맴돌고 있다는 것도 모르고 나는 미로같이 엉켜 있는 길을 돌고 또 돌았다.

드디어 내가 길을 잃고 헤매고 있다는 것을 깨닫는 순간 맹렬한 증오가 저 가슴 밑바닥에서부터 끓어올랐다. 도대체 나는 무엇을 알고 싶어 자존심도 다 버리고 그곳까지 간 것일까. 도대체 그는 누구인가? 그가 내게 무엇인가? 그에게 나는 무엇인가? 우리는 돌아서면 타인에 불과한 남이었는가?

우리가 함께했던 어느 해 봄의 꽃 세상, 꽃길, 꽃동산, 꽃비……, 우리가 함께 보았던 바다와 달, 함께 올랐던 산들과 원효방과 부사의방장, 그 까마득한 고승들의 하늘에 이르는 사닥다리…… 정신의 세계를, 그 영혼의 세계를 우리가 함께 올랐다고 나는 믿고 있었다. 이 불모의 황폐한 땅에서 우리의 사랑만이 우리를 지탱하게 해주는 힘이라고 나는 철석같이 믿고 있었다. 그가 거기에 있다고 생각하면 나는 아무리 힘든 길도 쉽게 걸어갈 수 있었다. 아무리 높은 산도 그가 나를 기다린다고 생각하면 나는 험한 바위산이라도 가볍게 오를 수 있었다. 당신이 있다고 생각하면…… 나는 어디든 갈 수 있었다. 아니었나? 아니었나? 당신은 아니었나? 당신은 나를 기다리지 않았나? 나를 잊고 살았나? 그건 꿈이었나? 무지개였나? 구름이었나? 거짓이었나?

모든 것이 끝나가고 있었다. 내 세상이. 그의 세상이. 그를 사랑했던 나의 생이 끝나고 있었다. 다시 나는 혼자가 된 것인가? 내 눈에서 소리 없이 눈물이 흘러내렸다. 나는 이제 세상 어디에도 없었다. 그가 사라진 세상은 곧 내가 없는 세상이었다. 나는 먼지보다 작고 벌레보다 비천했다. 나는 내가 아니었다. 다만 조각조각 부서진 내 마음만이 존재했다. 조각들이 내 안에서 칼이 되어 나를 찔렀다. 나는 아파서 죽을 것만 같았다.

길나들이에 목로주점이 나타났다.

안쪽으로 노란 초립 쓴 별감과 까치등거리 입은 나장 등이 술판을 벌이고 있고 주릿대치마 입은 주모가 푼주에 술을 담아 화덕 위의 펄펄 끓는 쟁개비 속에 넣어 토렴을 해내는 중이다. 목판에 마른안주와 김치보시기가 보이고 마당 한쪽에서 중노미가 숯불 위의 석쇠에 전어를 굽고 있다. 나는 맹렬한 허기를 느꼈다. 아침만 먹고 하루 종일 군입조차 다시지 않은 것이다. 입안에 도리깨침이 가득 고이고 배에서 쪼르륵 소리가 났다.

붉은 옷 입은 별감이 우연히 시선을 돌리다가 나와 눈이 마주쳤다.

눈이 휘둥그레진 작자가 울타리 안에서 언죽번죽 수작을 늘어놓았다.

"어이. 거 예쁘장한 아가씨. 어째 들어오지 않고 게서 눈치만 보는 게요? 여기 아가씨의 정인이라도 있소? 누군가? 저 참한 아가씨의 정인이?"

한 사내가 "오, 이런 곳에 어떻게 저런 꽃이 피었을까나!" 하고 소동파의 시구를 읊조리며 희롱하자 왁자하게 웃음이 터졌다.

중노미가 대뜸 밖으로 달려 나왔다.

"아씨. 손님들이 걸판지게 한턱내신다고 안으로 모시라는 분부입니다요."

나는 얼른 이 자리를 벗어나는 것이 상책이다 싶어 한마디로 거절하고 뒤돌아섰다.

"볼일 없으니 들어가 그렇게 여쭙거라."

엽전 냥이라도 받았는지 중노미 놈이 한사코 길을 가로막고 보내주지 않았다.

"무례하구나. 저리 비키지 못하겠느냐?"

기다리다 못해 뛰쳐나온 별감이 내 앞을 막고 기롱하는 언사가 자못 외람되었다.

"자고로 코 아래 진상이라고 했네. 내 푸지게 한턱낼 테니 완월장취(玩月長醉)*해 보세나."

내가 못 들은 척하고 걸음을 떼어놓자 별감이 쫓아와 한 팔로 내 어깨를 감으며 지싯거렸다.

"보아하니 촌생장 같은데 들어가지그래. 나로 말하면 한양의 기생들이 서로 모셔 가지 못해 안달하는 세자전 별감이고, 저기 모인 사람들도 내로라하는 한량들이니 아가씨의 광영일 것이네."

"무례하오! 세자전 별감이라면 웃전을 모시는 분이 이 무슨 행티요? 어서 비켜주시오!"

내가 팔을 뿌리치고 아당지게 쏘아붙이는데도 여자 다루는 데는 미립난 별감이 콧방귀도 안 끼고 넌덕을 쳤다.

"호호호. 날것으로 먹어도 비린내 하나 안 나겠구먼. 아무리 꽃 꺾기라 한들 어디 쉬이 잡혀서야 재미가 나겠는가?"

"얼쑤! 잘한다. 역시 임 별감이 계집 다루는 데는 이골이 났구먼."

"초저녁에 품방아하고도 아직 힘이 남아도는가?"

"계집 맛에 미친 놈이 하루 열 번은 못 하겠는가? 기운 딸리면 감투거리로 즐기면 되지."

우르르 몰려나온 일행이 거탈수작하는 꼴에 온몸의 피가 거꾸로 역류했지만 나는 강잉히 묵새길 수밖에 없었다. 절옥투향(竊玉偸香)**의 무리들과 시비가 붙어봐야 좋을 것이 없기 때문이다.

별감이 허리를 굽혀 내 코앞에 문뱃내 나는 얼굴을 바짝 디밀었다.

"꽤 반반한 얼굴이로구먼."

나는 너무도 지친 탓에 대거리할 힘도 남아 있지 않았지만 간신히 기운을 짜내 사정했다.

"제발 이제 그만 길을 비켜주시오!"

무작스런 별감이 느정느정 내 손을 강제로 잡으며 듣기 거북한 음담을 늘어놓았다.

"보드랍고 고운 쇠용통이 빨아먹은 연감 되고 백옥같이 흰 얼굴이

유자 껍질 되기 전에 우리 즐겨보자고."

"참으로 무례하구료! 이 무슨 패악이오? 어서 이 손 놓지 못하겠소?"

"ㅎㅎㅎ. 기생 아씨 몸은 이놈도 타고 저놈도 타는 가마가 아니던가? 이놈이 한 번 더 탄다고 해서 닳을 것도 아니니 우리 어디 가서 장국밥도 먹고 절절 끓는 구들을 베고 누워 질펀하게 놀아보자고. 으ㅎㅎㅎ."

주점 안의 늙다리 주모와 중노미는 이런 일쯤은 예사인지 내다보지도 않았다. 나는 이 순간 너무나도 절실히 유희경을 기다렸다. 그가 나타나 나를 구해주기를 바랐다. 하지만 그것은 죽은 아버지가 살아 돌아오기를 바라는 것만큼이나 헛된 희망이리라.

"이노옴! 당장 그 손 치우지 못하겠느냐?"

난데없는 호령 소리에 별감이 움켜잡았던 내 손을 풀고 더덜뭇이 뒤로 물러났다. 동패들도 이게 웬 놈인가 하는 표정으로 뒤돌아보았다.

틀거지로 보아 남자는 보통 신분으로는 보이지 않았다. 허리까지 길게 늘어뜨린 밀화갓끈 마미립을 쓰고 소매가 넓은 비단 도포에 허리에는 금실이 섞인 붉은 술대를 두른 것으로 보아 당상관 이상의 높은 지체라는 것을 단번에 알 수 있었다.

대취한 별감이 남자를 꼬나보며 반은 혀 꼬부라진 말로 뇌까렸다.

"다 된 밥에 코 빠트리는 놈이 어느 놈이냐? 감히 내가 누구인지 모른단 말이냐?"

"이놈! 아무리 도깨비 뜨물에 취해 술 먹은 개라 해도 어찌 지나가는 여인에게 행악질인 게냐?"

"ㅎㅎㅎ. 이보시오! 나리! 기생 년은 말이오. 젊은 영웅호걸이 욕정이 동해 남의 양반 부녀자를 희롱하다가 싸움이 나 잘못되면 인력의 손실이라고 나라에서 만든 것이오. 기생은 공물이오! 공물! 이놈이 나라의 녹을 먹는 별감으로서 공물에 손을 좀 댔기로서니 무슨 큰 잘못이오? 괜한 참견 말고 어서 가던 길이나 가시지요. 으흐흐흐."

"이노옴! 코 아래 구멍이 제일 무섭다고 한 말도 들어보지 못했느냐? 터진 입이라고 쇠양배양 지껄이는 말을 듣고 있으려니 욕지기가 치미는구나."

별감의 눈빛에 독기가 서리더니 이내 왼쪽 겨드랑이에 찬 칼집에서 환도를 뽑아 들었다.

"내가 누군지 아느냐? 하늘의 나는 새도 떨어트린다는 세자전 별감이다. 어디 오늘 내 손에 죽어보거라. 쥐도 새도 모르게 죽여 산속에 갖다 묶어놓으면 문둥이 놈들이 이게 웬 떡이냐 하고 달려들어 배를 썩 갈라 간을 꺼내 먹을 것이니라. 크흐흐흐."

남자가 앙천대소했다.

"으하하하. 네놈이 바로 장안에 뜨르르하다는 세자전 별감이란 말이지. 명민하신 세자 저하께서 어찌 너 같은 놈을 거두고 있단 말인가? 이노옴! 당장 내일이라도 입궐해 네놈 목을 자를 것이니 그리 알거라."

남자가 위축되기는커녕 입궐해 목을 자른다는 말에 별감이 움찔했다.

"네놈들이 모두 동패인가? 참으로 한심하구나. 오라! 저만치서 딱다기 소리가 들리는구나. 네놈들을 당장 얽어매 포도청으로 끌어가게 하리라."

나장이 화들짝 놀라 관디목지르는 시늉으로 고패를 떨어트렸다.

"아 아이고, 대 대감."

"네놈이 누구더냐?"

"소 소인 나 나장 봉 봉수입니다요."

"봉수라고? 어허! 이놈! 이 무슨 패악질이더냐?"

"그 그것이 수 술기운에 그 그만…… 이 아가씨가 혼자서 주막집을 기웃거리는 바람에 노는계집인 줄 알고……."

"이런 오사리잡놈 같으니라고! 늦은 시각에 혼자 다니는 여자는 제 멋대로 희롱해도 된다는 말이냐? 얼마 전 운종가에서 명군이 아녀자를 겁탈하려다 죽인 사건을 네놈도 익히 알렷다. 이런 판국에 나라의 녹을 먹는 자들이 여자를 보호하기는커녕 희롱한다고 하면 나라의 기강이 어찌 되겠느냐?"

"대 대감. 주 죽을죄를 지 지었사옵니다. 하 한 번만 요 용서해 주십시오."

덴겁한 나장이 별감의 어깨를 잡아 눌러 땅바닥에 무릎을 꿇게 했다. 정신이 번쩍 든 별감이 환도를 거두고 땅바닥에 코를 박을 듯 납죽 엎드렸다.

남자가 나를 향해 각단지듯 말했다.

"아가씨는 내가 모셔다 드릴 테니 따라오시오."

그가 나를 여각까지 바래다주었다.

여각의 쇠코뚜레가 달린 낡은 대문과 희미한 등불, 허술한 담장 등을 그가 유심히 보았다. 그가 무언가 말하려는 듯 입을 달싹이다가 그만두고는 내게 피곤할 테니 얼른 들어가 쉬라고 말했다. 나는 그에게 가볍게 목례하고 방으로 들어와 아랫목의 벽에 가 기대앉았다. 하루 종일 내가 겪은 일이 구도하(九渡河)를 겪은 듯 온몸이 물초가 되어 축 늘어졌다.
 주모가 밖에서 문고리를 흔들었다.
 "아씨. 아씨. 방에 계시우?"
 나는 손가락도 움직일 기력이 없어 그대로 앉아 있을 뿐이었다. 주모가 문을 빠끔히 열고 방을 들여다보다가 내가 등불도 밝히지 않고 벽에 기대 멍해 있는 것을 보고는 깜짝 놀라 들어와 부시를 쳐 등잔 심지에 불을 밝혔다.
 "아씨. 어디 아프시우?"
 나는 머리를 흔들며 겨우 한마디 했다.
 "그저 머리가 아파서 그래요."
 주모가 혀를 끌끌 찼다.
 "아씨. 저녁은 드셨수?"
 내가 가만히 있자 주모가 나가더니 곧 소반에 숭늉과 백김치를 들여다 내 앞에 놓았다.
 "아씨. 숭늉이 구수하니 좀 뜨시우. 이러다 큰일 나시겠수. 객지에서 병이 나면 누가 보살펴준단 말이우?"
 주모가 다가앉아 내 손에 숟가락을 억지로 쥐어주었다.
 "아씨. 내가 야박하게 군 것이 어찌 내 본심이겠수. 아씨도 보아서 알다시피 남편이란 작자는 있으나마나 매일 술타령에 때리지나 않으면 다행이지. 다 키워놓은 아들놈은 임진년에 군에 끌려가 왜놈에게 죽었으니 내가 화증이 생겨서 그리 한 것이우. 에이휴! 기생 아씨는 그저 맨날

향분이나 바르고 거문고만 둥기 당기 뜯으면 되는 줄로 알았더니 아씨 팔자나 내 팔자나 신산하기는 매한가지구료."

빈속에 뜨거운 숭늉 국물이 들어가자 속이 좀 풀리는 것 같았다. 반 그릇이나마 비우고 수저를 내려놓으려 하자 주모가 되우 핀잔을 먹였다.

"아씨. 마저 드시우. 세상살이가 이제 끝이구나 싶어도 그게 아니라우. 아씨나 나나 매냐니로 이 세상 살아가기는 마찬가지인데 몸이라도 건강해야지 않겠수? 그래도 몸이 걀강걀강한 거에 비하면 거문고 소리는 참 기운찹디다. 자, 어서 마저 드시고 기운 내시우."

하는 수 없이 나는 다시 수저를 들고 억지로 숭늉을 한 그릇 다 비워 냈다.

주모가 중노미를 불러 상을 내가게 하고 담배쌈지를 끌렀다. 나는 그저 혼자 있고 싶었지만 야박하게 나가라고 할 수도 없어 가만히 있었더니 주모가 한 푸념을 늘어놓았다.

"그 우라질 놈의 왜놈들이 가져다준 좋은 것은 이 담배밖에 없다우."

주모가 잘게 썬 담뱃잎을 대통에 엄지손가락으로 꾹꾹 눌러 채우고는 부시를 쳐 수리취에 불을 댕겨 담배에 불을 붙였다. 그러고는 몇 번 빨아 당긴 후에 내게 건넸다.

"아씨는 담배를 피우지 않으시는 것 같은데 어디 한 번 피워보시겠수?"

나는 얼결에 주모가 건네는 담뱃대를 받아 들었다.

"내가 이 담배마저 없었다면 어떻게 살아왔을지 모르겠수. 그저 꽉 막힌 속을 시원하게 뚫어주니 슬프고 우울한 마음이 눈 녹듯 다 녹아

내린다우. 내가 술과 밥은 안 먹어도 살 수 있지만 담배 없이는 하루도 못 산다우. 호호호."

주모가 다시 쌈지에서 골통대를 꺼내 담뱃잎을 채우고 불을 붙여 입에 물었다. 나는 주모가 하는 대로 입술을 오므리고 한 번은 숨을 내쉬고 한 번은 들이쉬며 빠끔빠끔 담뱃대의 물부리를 빨았다.

"두고 보시우. 아씨. 곧 조선 팔도에 이 담배가 천세나게 될 것이우. 마음을 다스리는 데 이보다 더 좋은 것이 없으니 정인도 이런 정인이 없다우."

나는 담배 연기를 폐부 깊숙이 빨아들였다. 뱃속이 뜨거워지고 머리가 어질어질한 것이 묘하게 쾌감을 주었다. 나는 기침을 콜록거리면서도 주모를 따라 계속해 담뱃대를 빨았다. 방 안에 흐릿하게 담배 연기가 자욱이 퍼졌다. 얼마나 지났을까. 갑자기 속이 아리면서 아랫배가 사르르 아파오더니 억장이 콱 막히는 것 같은 심한 통증이 왔다. 내가 컥컥거리자 주모가 놀라서 요강을 들여다 내 앞에 놓아주었다. 나는 더 이상 나올 것이 없어 노란 물이 올라올 때까지 먹은 것을 다 토해냈다. 눈앞이 희미하고 별이 명멸했다. 주모가 요강을 내가고 비상약이라고 하면서 우황청심환을 한 알 가져다주었다. 나는 그 약을 먹고 아랫목에 누웠다가 옷을 입은 채로 잠들고 말았다.

꿈길이 수만 리였다. 넘고 또 넘어도 꿈길이었다. 나는 머리에 종이꽃 화관을 쓰고는 오색한삼에 꽃이 수놓인 초록혜를 신고 궁궐의 널찍한 뜰을 빙글빙글 돌며 춤추고 있었다. 군교가 부안기 매창은 주상 전하의 불로장생을 축수하라고 내지르는 외침에 노래하려고 입을 벌렸지만 내 입에서는 아무 소리도 나오지 않았다. 수백 번도 더 연습한「수룡음만」의 가사가 까맣게 생각나지 않았다. 목에 핏대를 세우면서 안간힘을 썼지만 내 목청은 끝내 터지지 않았다. 악공들이 미친 듯 편경과 편종을 두드려대고 군교가 시퍼렇게 날 선 칼을 나를 향해 뽑아 드는 순간 나는 비명을 지르며 잠에서 깨어났다.

어섯눈을 뜨니 벽에 걸린 족자의 호랑이가 금세라도 튀어나올 듯 생생했다. 나는 일어나려 했지만 온몸이 두드려 맞은 것처럼 아파 꼼짝도 할 수가 없었다. 너무 아파서 나는 이대로 가뭇없이 죽어버렸으면 좋겠다는 생각만 들었다. 내 마음은 계속해서 울부짖고 있었다. 왜요? 왜 제게 이러세요? 제가 무엇을 잘못했나요? 이럴 거면 처음부터 모른 척 버려둘 것이지 왜 제 손을 잡아주셨나요? 왜 아는 척을 했나요? 무수한 마음이 조각조각 칼이 되어 나를 찔렀다. 내 심장은 철철 피를 흘리고 있었다.

내가 물 한 모금도 삼키지 못하고 앓자 주모가 걱정도 되고 겁이 나 산호주에게 연락해 가마가 와 나를 데려갔다. 산호주는 나를 자기 집 별채에 머무르게 하고 탕원미를 끓여주며 지극정성으로 고수련했다.

관격을 다스리고 나자 이번에는 내 혀끝에서 피가 치솟아 올랐다. 구내염이라고 생각한 산호주가 인진쑥을 달여 입을 가시게 하고 편자환을 물에 개 혀끝에 바르게 하고 먹도록 했지만 피가 계속 솟아 음식을 전혀 삼킬 수가 없었다.

산호주가 한양에서 유명하다는 의원을 데려와 나를 진맥하게 했다.

"마음의 슬픔이 너무 큰 탓에 생긴 병이오. 자고로 피는 심장에 속해 있으니 화증이 생겨 열을 받으며 펄펄 끓어오르는 법이오. 아씨께서 극도로 마음을 쓰니 뜨거운 피가 위로 솟구쳐 혀뿌리의 핏줄을 터뜨린 것이라오. 이처럼 피가 뜨거워져 심장을 허하게 만들면 생명이 위태로운 지경에 이를 수도 있소. 아씨의 손마디에 굳은살이 박인 것을 보면 거문고 연주자가 틀림없소. 거문고는 손힘이 강하고 체력이 튼튼하지 않으면 연주할 수 없는 악기요. 하지만 아씨께서 일체의 기를 놓고 있으니 선천적으로 타고난 건강도 소용없소. 마음을 도스려 우울함에서 해방되어야만 다시 건강을 찾을 수 있소."

의원은 일체의 기병(氣病)과 기로 생긴 통증을 치료하는 용뇌소합환을 처방하고 돌아갔다. 생강 달인 물에 한 번에 두세 알씩 약을 풀어 사흘을 마시자 드디어 혀끝에서 샘처럼 솟구치던 피가 멈췄다.

외로운 난새의 노래

 몇 번이나 거절한 산호주의 초대를 내가 받아들인 것은 그녀의 도움을 받아서라도 한양에 남기로 결심을 굳힌 때문이다. 사실 여각의 숙식비를 한 달 치나 지불해 주고 지난번 병이 났을 때 비접해 준 것을 생각하면 내가 먼저 찾아가 인사치레하는 것이 도리겠지만 그동안은 내 마음이 영 허락하지 않았다.
 소문의 진의를 파악할 수는 없었지만 산호주가 외면상 일패를 내세우면서 장안의 한다하는 부호와 권력가들에게 웃음을 파는 은근짜라고 선상기들 사이에 소문이 퍼져 있었다. 장악원에서 그런 말을 들었을 때 나는 선상기들이 산호주의 미모를 질투해 함험하는 것이라고만 한 귀로 흘려들었다.

하지만 며칠 머무르면서 보니 산호주는 부엌에서 일하는 찬모와 동자치 말고도 요강담살이며 화장 담당 하녀까지 두고 있었다. 물도 도가(都家)를 정해놓고 한양 부호들이 장 담그는 데 쓰는 삼청동 뒷산의 청룡수, 약 달이는 데 쓰는 인왕산 줄기의 백호수, 머리 감는 데 쓰는 남산의 주작수, 이 세 가지 물을 단골로 받아 물독대의 큰 드므에 저장해 두고 썼다. 천은 요강에 순금 타기(唾器)를 사용하며 극도의 사치스런 생활을 했다. 그뿐이랴. 사대부가의 아녀자에게만 허락된 것으로 기생은 절대 입어서는 안 되는 삼회장저고리와 털토시의 복색에 가마도 대가의 마님들만 탈 수 있는 사인교를 버젓이 타고 다녔다. 누군가 뒤를 보아주지 않는다면 연회에 가 받아 오는 전두만으로는 절대 누릴 수 없는 호사스런 생활이었다.

국가는 다만 교방에서 예기를 키워낼 뿐 일단 관기가 되면 녹봉을 따로 지급하지 않는다. 먹는 음식이며 의복 등 일상생활에 필요한 모든 것을 기생 스스로의 힘으로 해결하지 않으면 안 된다. 재예(才藝)가 뛰어난 일패를 뺀 은근짜라고 불리는 이패와 탑앙모리로 불리는 삼패는 자신의 육체를 담보로 살아갈 수밖에 없다. 하지만 일패라고 해서 생존의 문제에서 결코 초탈할 수는 없는 법이다. 일패의 주된 임무는 왕 앞이나 외국 사신이 왔을 때 연회에 나가 춤추고 노래하는 것이지만 평상시에는 이패나 마찬가지로 고관들의 잔치에 불려 가 예능을 보여주고 받아 오는 대가로 살아갈 수밖에 없다.

산호주가 한 남자도 아닌 여러 남자의 후원을 받는다고 선상기들이 쉬쉬하며 하던 말들이 나는 사실일 거라고 짐작했다. 그 때문에 나는 산호주의 초대가 내키지 않았던 것이다.

하지만 여각의 숙식비를 산호주가 내주었을 때부터 오늘 같은 일이 일어나리라고 내가 짐작하지 않았다면 그것은 거짓이다. 그동안 나는 끊임없이 갈등했다. 부안으로 돌아갈 것인가, 한양에 남을 것인가 하고. 나는 수서양단(首鼠兩端)*으로 아침에 먹은 마음이 다르고 저녁에 먹은 마음이 달라졌다. 유희경의 말대로 부안으로 내려가는 것이 옳다고 생각하면서도 한양에 남아 옥당기생이 되고 싶다는 욕망이 나를 놓아주지 않았다. 그것은 시커먼 아가미를 벌리고 갖은 감언이설로 나를 유혹했다.

지금까지 너의 삶은 너의 것이 아니었어. 그의 것이었지. 너는 오직 그를 위해 절개를 지키고 그만을 위해 시를 쓰고 그를 기다려왔어. 하지만 진실을 잘 봐. 원래 처음부터 너의 삶은 너의 것이 아니었어. 너는 나라에 바쳐진 성적 제물에 불과해. 세종 대에 사대부들 사이에 기생 폐지 논의가 있었지. 당시 도학자로 소문난 허조가 무어라고 했는지 설마 모르는 것은 아닐 테지?

"전하! 남녀 관계는 인간의 큰 욕망으로 금할 수 없는 것이옵니다. 고을의 창기는 관청의 물건이니 취하여도 무방합니다. 만일 법으로 금한다면 지방에 부임한 젊은 지방관들이 사삿집의 아녀자를 범해 영웅호걸이 죄에 빠지게 될 것이므로 폐지하는 것은 옳지 않사옵니다."

이에 세종은 기생 제도를 그대로 유지하라고 명했고 기생이 수청을 거부하는 것은 관명(官命)을 거역하는 것이 되어 매를 맞아 죽어도 호소할 데가 없었지. 너는 하찮고 하찮은 벌레보다 못한 기생 년이야. 네 육체는 너의 것이 아니지. 양반들의 공유물일 뿐이야. 옥호빙이 어떻게 죽었지? 수청을 들라는 명을 거역해 매 맞아 죽지 않았나. 살이 다 짓이겨지고 뼈가 부러져 비참하게 생을 마쳤어. 정조라는 것이 목숨과 바꿀 만큼 그렇게 큰 가치가 있는 것인가? 너 역시 그런 고비를 숱하게 넘겨 왔지. 자고로 기생에게 사랑은 사치야. 기생 년이 사랑은 무슨 사랑. 그냥 부박한 남자들의 이빨이나 모으는 것이 어때? 크하하하. 크하하하.

어쩌면 이제서야 나는 현실과 정면으로 마주 선 것인지도 모른다. 내가 기생이라는 것, 내게 성적 자기 결정권이 없다는 것. 바로 이 세계가 기생의 세계인 것이다. 향락과 퇴폐와 방종을 그 속에 깊이 감춘 성리학의 견고한 껍데기를 쓴 위선의 나라에서 나는 제물(祭物)에 불과하다. 유교 국가가 원하는 정절은 사대부가의 아녀자에게만 국한된 것이다. 기생의 정절이란 얼마나 어리석은가? 한 기생을 두고 대낮 길거리에서 고관들이 갓이 비뚤어지게 싸우고 한 기생을 아비와 아들이 공유한다. 기생인 내게 순정한 사랑은 허영이다.

나는 생이 절대 허락하지 않은 것을 내 것으로 하려 했다. 내 생은 태어날 때부터 제한되어 있었다. 나는 예기가 되면 내게 자유가 주어질 줄로 알았다. 나같이 어리석은 여자의 말로는 뻔하다. 사랑이 이루어질 것이라고 믿은 내가 한심하다. 내게 절개의 기생이라고 이름을 붙인 것도 모두 남자들이 지어낸 거짓 수사다. 그들은 마음껏 향락에 빠지면서 팔도에 이름이 난 나, 매창에게 절개라는 이름을 붙여 뭇 여성들의 모범으로 삼으려는 것이다. 여자란 한 남자를 위해 몸을 지켜야 한다는 족쇄를 정당화하는 것이다. 항아가 남편을 버리고 달로 도망쳐 흉측한 두꺼비로 변했다는 전설처럼 나를 박제하려는 것이다.

내면의 갈등이 극에 달하니 입천장이 까지고 혓바늘이 돋았다. 이 상태로는 머지않아 다시 혀에 피가 솟구칠 것이다. 이제 열흘만 있으면 선상기로서 한양에 머물 수 있는 한 달의 기한이 찬다. 그때까지 내의원이든 상의원이든 적을 올리지 못하면 나는 부안으로 내려갈 수밖에 없다.

밤잠을 못 이루며 고민하던 내게 무슨 수를 써서라도 한양에 남아야겠다고 결심하게 한 것은 부안에서 똥구디가 가져온 어머니의 편지였다.

어머니는 언문으로 한 자 한 자 정성 들여 쓴 편지에, 만약에 나한테 무슨 일이 있어 죽고 나면 계랑이 네가 누굴 의지하겠냐면서 사직동에 생모 초제가 살고 있으니 반드시 찾아보라고 썼다. 초제. 아버지가 죽기 전 유언으로 남긴 이름이다. 하지만 어머니는 지금까지 단 한 번도 내게 생모에 대해 말하지 않았다. 분명 무슨 일이 있구나 싶어 똥구디에게 추궁하자 사실을 털어놓았다.

나를 선상기로 올려 보낼 때 돈이 부족해 어머니가 선운리의 이 첨지에게 빚돈을 냈다는 것이다. 어머니는 한양 기생들에게 기죽으면 안 된다고 한사코 말리는데도 내 의복 일습을 새로 맞추고, 특히 위장이 약해 잘 체하는 내가 객지에서 음식이 입에 맞지 않아 탈이 날까 걱정된다고 미숫가루며 육포, 조갯살 말린 것과 미역, 김 등을 빠짐없이 챙겼다. 거기에다 한양까지 오는 동안의 여각 숙식비와 가마세며 또 한양에서의 내 용돈 등이 다 어머니의 주머니에서 나왔을 거라고 생각했더니 나는 내 어리석음을 후회하며 뒤늦게 가슴을 쳤다.

처음 돈을 빌려줄 때야 어머니에게 음욕을 품은 늙은 영감이 선뜻 돈을 내주고 또 꿀과 준치 등을 선물로 보내며 구슬렸지만 어머니가 끝내 말을 듣지 않자 하루도 안 빼고 청지기를 내보내 돈을 갚으라 족대겼다고 한다. 애초에 쓰지도 않은 차용증서까지 필집을 시켜 작성하게 하고 길미를 5할로 책정해 기한 내에 갚지 않으면 관에 고발한다고 떠세하니, 어머니가 그 성깔에 돈 갚을 길은 구처무로(區處無路)**라 그만 관격이 들어 앓는데 열흘 동안 먹기만 하면 설사를 해대니 아주 초상 치르는 줄 알았다는 것이다.

나는 똥구디 앞인데도 설움을 참지 못하고 눈물을 콸콸 쏟았다. 생모가 사직동에 살고 있다는 사실 때문이 아니라 어머니 때문에 마음이 아파 흘리는 눈물이었다.

어머니는 비록 기생 어미지만 내게 생모 이상의 존재다.

어머니가 나를 한양에 올려 보내기 위해 쓴 돈이 어떤 돈인지 나는 너무나도 잘 알고 있다. 가난한 어촌에서 열 남매의 맏이로 태어난 어머니는 관아의 수급비로 팔려 왔다가 우연히 현감의 눈에 띄어 방지기 노릇부터 시작해 관기가 되었다. 그 때문인지 절약이 몸에 밴 어머니는 여느 기생들이 승새 고운 상목으로 옷을 지어 입고 호사를 부릴 때 안타깨비나 북덕명주로 싸구려 옷을 지어 입으며 악착같이 돈을 모았다. 담배가 유행하기 시작해 네남없이 종성연을 피울 때도 어머니만은 굴참나무 잎을 썩힌 것이나 잇꽃의 노란 꽃으로 가짜 담배를 만들어 피우며 돈을 모았다. 그렇게 바자위며 모은 사천(私錢)을 어머니는 나를 위해 아낌없이 내준 것이다. 내가 지금까지 시 쓰고 거문고 연주하며 여류 시인이니 예인이니 하고 한양에까지 명성을 날릴 수 있었던 것은 순전히 어머니의 구듭치기 덕분이었다. 내가 이대로 부안으로 돌아가는 것은 하면목견지(何面目見地)***가 되리라. 어머니의 평생소원은 한양 구경 한 번 해보고 죽는 것이 아닌가.

나는 산호주가 여각 앞에 보내온 가마를 기꺼이 탔다. 이제부터 나는 완전히 다른 새 삶을 살 것이라고 가마 안에서 굳게 마음을 먹었다.

몸종의 안내로 일각문을 들어서자 방 안에서 남자가 지껄이는 소리에 이어 까르르 터지는 산호주의 웃음소리가 새어 나왔다. 인기척이 나자 산호주가 반색을 하고 방문을 열고 달려 나왔다.

방에는 귀골풍의 잘생긴 남자가 아랫목 보료 위에 앉아 있었다.

"언니가 관격이 들어 아플 때 대감께서 한양에서 유명짜한 의원을 보내주셨다오. 호호호. 누구신지 알아보겠수?"

나는 박쥐 문양의 흑립에 연분홍색 도포를 입은 술명한 자태의 남자를 바라보았다. 그가 나를 보고 선선히 미소 지었다. 그제야 나는 그를 알아보았다. 원동 유희경의 집을 찾아갔던 날 별감 패에게 봉변을 당하던 나를 구해준 남자라는 것을.

"호호호. 대감께서 언니를 여각까지 바래다주고는 득달같이 내게 시동을 보내왔습디다. 피맛골 여각에 머무는 기녀가 누구인지 알고 싶다고. 한번 만나게 해달라고 말이우."

동자치가 문밖에서 생선장수가 왔다고 고하자 산호주가 마루로 나가 회를 뜨고 남은 생선뼈로 바특하게 매운탕을 끓이고 팥물밥을 지으라

명했다.
　남자가 다관 속의 차를 잔에 따라 내 앞으로 놓아주었다.
　불그레한 차에서 오래된 나무의 묵은 냄새가 났다.
　은은한 차향이 내 마음을 숙부드럽게 풀어주었다.
　"숲의 냄새가 나옵니다."
　"하하하. 숲의 냄새라. 시를 쓴다고 하더니 표현이 참 좋구료. 이 차는 연전에 명나라에 갔을 때 황족에게서 선물 받은 것이라오."
　산호주가 방으로 들어오다가 이상허의 말에 토를 달았다.
　"호호호. 귀족들은 차가 절간의 천한 중놈들이나 마시는 것이라고 입에도 대지 않으니 대감께서 나를 가져다주셨다오."
　"중국에서는 황족이나 천민이나 다 차를 즐기는데 조선에서는 차를 즐기지 않으니. 고려의 유습이라고 불교를 박해하듯 차 문화도 점차 시들어버렸지."
　"호호호. 중놈들이 꿈에만 보여도 재수 없다고 하는데 하물며 절간에서 즐기는 차를 양반님네들이 마시겠어요? 그저 천민들이나 마시는 것이 차가 아니오니까?"
　산호주가 부엌에 나가 직접 음식의 간을 보고 점심상을 들여왔다.
　상 위에는 옴파리에 팥물밥을 맛배기로 담고 숭어회를 담은 접시와 찌개 조치가 놓였다. 특별히 이상허의 밥그릇은 방짜로 내오고 찬은 곰삭은 총각김치와 파김치, 명란젓이다.
　이상허와 셋이서 술을 곁들여 점심을 먹은 후 동자치가 들여온 수정과를 마시고 나자 산호주가 맹장지를 열고 쌍륙판을 내왔다. 내가 못한다고 뒤로 물러앉자 산호주가 상글거리며 자신은 집주인이므로 손님들이 두는 걸 구경하는 것이 예의라고 손사래를 저었다.

나는 기녀들이 여기(餘技)로 즐기는 승경도 놀이니 투호니 쌍륙 같은 것을 잘하지 못한다. 매일 거문고를 훈련하고 노래 연습에 시 쓰기까지 하려니 늘 시간이 부족해 산책 시간과 책 읽는 시간도 내기 힘들었기 때문이다.

산호주가 기어코 우겨대는 바람에 쌍륙판을 사이에 두고 이상허와 내가 마주 앉았다.

이상허가 내게 말을 택하라고 해 내가 흑말을 가지고 그가 백말을 가졌다.

"그냥 두면 재미없으니 내기를 거시옵소서."

산호주의 말에 이상허가 웃었다.

"무엇으로 내기를 걸고 싶은가?"

"저한테 묻지 마시고 매창 언니에게 물어보소서."

이상허가 나를 바라보았다.

"아가씨께서 말씀해 보시오."

나는 얼굴을 붉히고 그저 웃기만 했다.

산호주가 이상허의 소매 끝을 살짝 잡았다 놓았다.

"대감께서 지시면 매창 언니의 소원을 한 가지 들어주셔야 하오니다."

"그러니까 그게 무언지 말해 보라 하지 않소?"

이상허의 재우침에 나는 문득 유희경을 떠올렸다. 지금 내가 가장 하고 싶은 일은 유희경을 만나는 것뿐이었다. 왕족인 이상허의 권력이라면 유희경을 내 앞에 데려다 줄 수 있을 것이다. 나는 퍼뜩 내가 자신을 기만하고 있음을 깨달았다. 내가 산호주의 초대에 응한 것이 결코 어머니 때문이 아니라는 것을. 나는 유희경의 배신에 상처 입고 그 반발심으로 여기 온 것이다. 산호주가 분명 나를 고위층에 연비할 것을 알면서도 말이다. 나는 어떻게든 유희경이 있는 한양에 남고 싶은 것이다. 그를 미워하고 증오하면서도 여전히 나는 그를 그리워하고 있는 것이다.

내가 가만히 있자 산호주가 말했다.

"대감. 매창 언니는 선상기로 한양에 왔사오니다. 그런데 진연이 폐지되어 다시 부안으로 돌아가야만 하오니다."

이상허가 상아로 만든 백말을 쌍륙판에 질서 정연하게 배치하면서 "그런가" 하고 심상하게 대꾸했다. 나는 산호주가 그 얘기를 하는 진의를 알고 얼굴이 확 붉어졌다. 지금까지 내가 기생으로 살아오면서 권력가나 부호의 도움으로 어떤 이익을 도모한 적이 단 한 번도 없었기 때문이다.

"지방기가 한양에서 살기 위해서는 내의원이든 상의원이든 적을 올려야만 하오니다."

백말 열다섯 개를 쌍륙판에 다 배치한 이상허가 고개를 들어 산호주를 바라보았다.

"내기를 산호주가 하는가?"

산호주가 깔깔깔 웃었다.

"내기에 지는 쪽은 반드시 이긴 사람의 소원을 들어주어야 하오니다."

"좋다. 아가씨의 소원이 무엇이든 들어주지. 발가벗고 시장통에서 춤을 추라고 해도 출 것이네. 매창이라고 했는가? 가만히 있지 말고 말해 보시게."

나는 아무 생각 없이 되는대로 지껄였다.

"지금 말씀하신 대로 하시옵소서."

이상허가 나를 물끄러미 바라보더니 웃음을 터뜨렸다.

"하하하. 좋다. 그대로 하지. 만약 내가 이기면 아가씨는 내게 무엇을 해주겠는가?"

"무엇을 해드릴까요?"

내 말에 그가 대답했다.

"노래를 들려주시게. 노래 솜씨가 일품이라고 산호주가 입에 침이 마르게 칭찬하니 꼭 듣고 싶네. 1점에 노래 한 곡이네."

차례를 정하기 위해 각각 주사위를 던져 이상허가 3, 내가 5의 숫자가 나왔다.

내가 먼저 죽통에 주사위 두 개를 넣고 흔들어 쌍륙판 위로 굴렸다. 1과 3의 숫자가 나왔다. 나는 두 개의 숫자를 합쳐 흑말 바깥육에 있던 내 흑말을 네 칸 전진시켜 안육 가까운 곳으로 옮겨놓았다.

이번에는 이상허가 죽통을 흔들어 던지자 주사위 두 개가 다 5의 숫자가 나왔다. 운 좋게도 같은 숫자, 즉 쌍륙이다. 주사위의 숫자가 쌍으로 나오면 두 개의 말을 한꺼번에 전진시킬 수 있고 상대편의 말을 잡을 수도 있다. 이상허가 미소 지으며 주저 없이 백말 두 개를 한꺼번에 움직여 다섯 칸 전진시켰다. 처음부터 나의 진영은 위태롭게 보이고 그의 진영은 튼튼해 보인다. 나는 마음을 가다듬고 다시 주사위를 굴렸다. 이번에는 6과 4의 숫자가 나온다. 나는 따로따로 흑말을 전진시켜 안육에 가깝게 배치했다.

처음 시작할 때는 주저하고 신중하게 움직이던 백말과 흑말이 종내에는 숨 가쁘게 전장을 누빈다. 내 흑말은 반 정도가 나의 진영인 안육에 모였을 뿐이지만 이상허의 백말은 두 개를 빼놓고 거의 다 자신의 안육에 모였다.

그가 다시 죽통에 주사위를 넣고 힘 있게 흔들어 던졌다. 이번에도 주사위 두 개가 동시에 6이 나왔다. 바깥육에 아슬아슬하게 남아 있던 나의 흑말 두 개가 안타깝게도 그의 백말에게 잡혀 원래의 시작점으로 돌아갔다. 내게 승부에 대한 강렬한 의욕이 샘솟았다. 나는 이제 방관자가 아니라 나의 흑말을 타고 전장을 누비는 용사가 되었다.

산호주가 수로(手爐)에 담뱃불을 붙여 빠끔빠끔 피우며 노래를 흥얼거렸다.

싱숭생숭 아가씨들아

남자 좋다고 빠지지 마오.

남자가 어쩌다 빠지는 것은

그것은 어쩌면 모르지만

아가씨가 함부로 빠지는 것은

그것은 안 될 말 있을 수 없어.****

산호주의 노래가 내 마음을 혼란스럽게 했다. 집을 나간 엄마가 내 머리를 빗기거나 부엌 아궁이에 불을 때며 즐겨 부르던 노래다. 엄마가 집을 나가고부터 나는 한 번도 내 입으로 그 노래를 불러본 적이 없다. 그 노래만 들으면 심장이 뛰고 빠개질 듯 아프기 때문이다. 나는 사직동에 살고 있다는 생모를 생각했다. 아버지가 죽기 직전 말했던 이름, 초제. 명창이라고 했다. 초제라는 이름이 부안 관기로 있을 때부터의 이름인지, 한양으로 옮겨 앉으면서 새로 지은 이름인지 나는 알 수가 없다.

내가 잠깐 방심한 사이 이상허의 백말이 외롭게 떨어져 있던 내 흑말 한 개를 잡았다. 나는 다시 시작점으로 돌아가 힘겹게 시작해야 한다. 이미 그의 백말 열다섯 개는 자신의 진영에 완전히 집결해 의기양양하게 승리의 나팔 소리를 울리고 있다.

안육에 말이 다 모이면 이때부터는 주사위를 굴려 나오는 숫자만큼 말 빼기를 해야 한다. 이상허는 전장을 종횡무진으로 누빈 끝에 서서히 진영을 정비해 고향으로 귀환하기 위해 서두른다. 나의 흑말 두 개가 한 발 한 발 무겁게 아군의 진영을 향해 가는 동안 그의 백말들은 기쁨에 차 포상을 기다린다. 결국 그가 승리를 거머쥔다. 내 흑말 여섯 개는 무기력하게 적의 전장에서 방황하며 영원히 고향으로 돌아오지 못한다.

한 무릎을 세우고 앉아 고혹적인 자태로 담배 연기를 뿜어내던 산호주가 깔깔 웃었다.

"호호호. 대감의 쌍륙 실력은 누구라도 이길 수 없을 것이오니다."

나는 약속대로 이상허에게 노래 여섯 곡을 들려주어야 한다. 그것도 그가 원하는 장소에서. 산호주가 놀렸다. 혹시 내가 일부러 져준 것이 아니냐고.

이상허는 단 한 번도 내게 예의에 어긋나는 행동을 하지 않았다. 마치 내가 기녀가 아니라 여염집의 여자인 것처럼 정중하게 대했다. 어느 곳에서는 내게 노래를 들려달라 했고 어느 곳에서는 노래를 시키지 않았다. 마치 노래 여섯 곡을 다 부르면 내가 떠나기라도 할 것처럼 노래를 아꼈다.

이상허는 내게 한양의 경치 좋다는 곳은 모두 구경시켜주었다.

창덕궁 서쪽 훈국 북영 안 몽답정에 가 약수를 마셨고 창의문 밖 탕춘대의 수석을 구경했다. 남산의 천우각을 보았고 필운대 북둔 천연정을 구경했다.

말구종이 이상허가 탄 부루말의 고삐를 잡고 나는 토끼털 달린 아얌에 추위를 막기 위해 얼굴에 볼끼까지 두르고 가맛바탕을 탔다. 이상허가 내게 사인교를 권했지만 나는 경치를 구경하고 싶다고 굳이 가맛바탕을 고집했다.

하인이 지게에 화로와 곱돌솥, 돗자리를 얹고 따르고 여종이 쌀과 찬거리가 든 동고리를 들고 뒤따랐다. 악공 네 명까지 동반한 호사스런 유람이었다.

읍청루에 갔던 날이었다. 나는 누각에 올라가서야 비로소 이곳이 지난번 유희경과 대면한 야연의 장소라는 것을 알았다. 읍청루는 훈국에 소속된 별영의 창고 누각으로 마포와 용산의 강상 풍경은 물론이고 멀리 행주 방면까지도 시야에 들어오는 한강 변의 명소였다. 돈 많은 부호거나 지체 높은 고관이 아니면 절대 빌릴 수 없는 곳이었다.

야연 때 꽝꽝 얼었던 강은 날씨가 풀리면서 조금씩 녹아가고 있었다.

바로 이곳에서 유희경을 만났다는 것이 나는 도무지 꿈처럼 기억되었다. 그를 생각하자 바늘로 심장을 콕콕 찌르는 것처럼 다시 통증이 왔다. 도대체 나는 자궁을 버리면서까지 왜 그를 찾아갔던 것일까? 무엇을 확인하기 위해서 그에게 갔던 것일까? 이제 그와 진짜 이별을 해야 할 때가 온 것이라고 나는 문득 생각했다.

주위가 고자누룩해졌다.

생각에 골몰해 악공들이 연주하던 「후정화」를 멈춘 것도 나는 몰랐다.

내 표정을 본 이상허가 불현듯 뇌었다.

"그대도 나처럼 날개를 잃었다고 생각하는가? 아닐세. 애초에 우리에게는 날개가 없었어. 날개를 잃어버린 것으로 알고 그 날개를 찾으려 한 것이 잘못이었지. 처음부터 우리에게 날개가 없었던 것을."

이상허가 악공과 시중드는 하인들을 모두 누각 아래로 내려보냈다.

"오늘은 나 혼자 그대의 노래를 듣고 싶소."

나는 자리에서 일어나 누각의 난간으로 갔다.

저 멀리 강에 휘양 쓴 남자가 홀로 앉아 얼음 구멍을 깨고 낚시를 즐기고 있었다.

나는 손에 든 부채로 박자를 맞추고는 지극히 노래했다.

> 그대를 만나기도 어려웠지만 이별은 더욱 어려워
> 시들어 지는 꽃을 봄바람인들 어이하리.
> 누에는 죽어서야 실뽑기를 그치고

촛불은 재 되어야 눈물이 마르리.
아침 거울에 구름 같던 머리 희어짐을 슬퍼하고
밤에 잠들지 못하고 시를 읊으니 달빛만이 차갑네.
그대 있는 봉래산은 예서 멀지 않으니
파랑새야***** 나를 위해 살며시 소식을 전해주렴.

당 시인 이상은의 시에 옥호빙이 직접 곡을 붙여 만든 노래다. 결국 그녀의 죽음을 자초하게 한 곡. 나는 거문고 병창으로 이 노래를 부르던 옥호빙의 마지막 모습을 절대 잊지 못한다. 눈보다 더 희고 고운 백저포 깨끼적삼에 남방사 쪽빛 치마를 떨쳐입고 죽절비녀로 장식한 자태가 연못가에 핀 한 송이 꽃창포보다 더 수련했다.

이상허가 내 곁으로 다가와 두 손으로 내 손을 잡았다. 손을 빼려 했지만 그는 내 눈을 똑바로 들여다보며 더욱 억센 힘으로 내 손을 잡고 풀어주지 않았다.

"내 곁에 항상 머물며 노래를 들려주시오. 그렇게 할 수 있소?"

나는 아무 대답도 하지 않았다. 노래, 노래, 노래…… 내가 그렇게도 부르고 싶어 하는 노래. 노래를 들려달라고 하는데 나는 왜 대답하지 못하는 것일까?

이상허가 멀리 강 위로 하늘에 둥둥 떠가는 구름을 바라보며 말했다.

"『서경』에 말하기를 시란 마음의 감동을 풀어낸 것이고 노래란 그것을 길게 읊은 것이라 했소. 오늘 그대의 노래를 들으니 새삼 그 말이 무슨 의미인지 알 것 같구료."

해가 넘어가기 직전의 하늘이 보랏빛과 남빛이 섞인 붉은빛으로 찬연히 빛을 뿜어내고 있었다. 구름들이 수레가 되어 오묘하게 움직이는 하늘을 태우고 어디론가 부단히 흘러간다. 삶도 그렇게 우주 만물과 함께 흘러가지 않겠는가. 자연이 내는 모든 만뢰(萬籟)의 소리를 하늘의 퉁소 소리로 들을 수 있을 때 비로소 삶을 긍정하게 되고 자유로울 수 있다고, 장자는 제물론에서 남곽자기와 안성자유의 문답을 통해 말했다. 하지만 결코 나는 죽기 전까지는 자유로울 수 없으리라. 그것이 여자인 나의 삶이다. 나는 마음속으로 결심했다. 이상허에게 노래 여섯 곡을 다 들려줄 때까지 유희경에게서 아무 연락이 없다면 그를 잊어버리겠다고.

다음 날 이상허가 여각으로 두패지르기 가마를 보내왔다.

가마가 당도한 곳은 누정동에 위치한 어루화초담의 아담한 가옥 앞이었다.

이상허가 대문 앞의 나무에 말을 묶어두고 기다리고 있었다.

그의 안내로 대문을 들어서니 방 세 칸짜리 안채와 방 두 칸의 사랑채, 작은 연못에 정자까지 딸린 운치 있는 기역자집이었다.

대가 안방마님의 방 못지않게 꾸며진 방 안에는 나비 삼층장, 오동나무 이층농, 물푸레나무 머릿장과 오동나무 삼층 탁자와 문갑이 규모 있게 배치되고 화각 빗접과 먹감나무 연상이 아랫목에 놓여 있었다. 반닫이 책장 옆의 책갑에는 조선과 중국의 도서가 갖춰져 있고 유명한 학자가 읽던 수택본까지 보였다.

벽에는 미인도가 족자로 만들어져 걸려 있는데 화제(畵題)가 「거문고의 여자」다. 소색 치마저고리를 입은 여인이 거문고를 배 삼아 타고 바다를 건너가는 그림이다.

거문고가 잔잔히 물살을 가르는데 미지의 세계를 향한 여인의 얼굴이 발그레 상기되어 있고 곧 하늘로 날아갈 듯 여인의 저고리 소매가 날개처럼 너울너울 허공에 길게 펼쳐져 있다. 그 모습이 전설 속의 난새와 흡사하다. 세필에 검은 묵을 찍어 그려낸 그림이 묵색창윤(墨色蒼潤)해 보는 사람의 마음을 시원하게 한다. 이상허가 취미로 그림을 그린다는 것은 알았지만 이렇게 솜씨가 뛰어날 줄은 미처 몰랐다. 내 마음의 추가 이상허에게로 기울어지는 첫 순간이었다.

"흉유성죽(胸有成竹)이라 하지 않소. 대나무를 그리려면 먼저 마음속에 대나무를 완성해야 한다고. 그대의 시 「외로운 난새의 노래」에 영감을 얻어 이 그림을 그렸다오."

몇 해 동안이니 비바람 소리를 내었던가.
여지껏 지녀온 작은 거문고
외로운 난새의 노랠랑 뜯지를 말자더니
끝내 백두음****** 가락을 스스로 지어서 타네.

유희경의 마음이 변했음을 알고 쓴 시다. 입궐했다가 돌아가는 길이라면서 이상허가 여각에 들렀다가 우연히 내가 써놓은 시 종이를 본 것이다.

집을 지키고 있던 여종이 저녁곁두리로 조촐한 주안상을 들여다 놓았다.

"그대가 여각에 머무는 것이 영 마음이 편치 않소. 이 집은 그대를 위해 장만한 것이오. 그대의 집이오."

내가 아무 말도 하지 않자 그가 각단지듯 말했다.

"노래 여섯 곡을 다 부르면 이곳으로 이사하도록 하오."

나는 무어라 할 말이 없어 망연히 연상 서랍을 열었다. 서랍 안에 중국 부채가 들어 있어 나는 아무 생각 없이 부채를 꺼내 들었다. 부채를 펼쳐보았지만 아무 그림도 없는 흰 부채다. 다시 부채를 접으려 하자 서서히 숨은 그림이 드러났다. 두 남녀가 꽃무늬가 화려한 상의만을 걸친 채 아랫도리는 발가벗고 야합(野合)하는 그림이다.

내 얼굴이 빨개진 것을 보고 이상허가 웃으며 내 손에서 부채를 뺏어 들었다.

"명나라 사신이 가져와 선물한 것이라오."

이상허가 접었던 부채를 다시 펼쳤다. 아무것도 보이지 않는다. 시간은 정지하고 세상은 하얀 백지다. 다시 부채를 접자 육체의 환락에 도취되어 서로의 입술을 빨아들이면서 여자의 젖무덤을 억센 힘으로 움켜쥔 남자의 손과 완전히 밀착된 남녀의 아랫도리가 드러난다. 두 남녀에게 그들 밖의 세상은 존재하지 않는다. 존재는 오직 극도의 쾌락을 위해서만 움직인다. 황홀감에 도취되어 붉은 얼굴과 초점을 잃은 눈, 상대의 몸을 끊임없이 탐닉하려는 안타까운 몸짓만이 이 세상의 덧없는 사랑을 실체로 만든다.

여종이 들어와 방 안의 끈적끈적한 적요를 깨트리고 상을 내갔다.

이상허가 내게 오른팔을 내밀었다.

"소매를 좀 떼어주시오."

내가 더딜뭇이 곁으로 다가앉자 이상허가 게정을 냈다.

"그래서야 어디 소매를 떼어내겠소? 좀 바투 다가앉으시오."

나는 하는 수 없이 그의 곁으로 바짝 다가앉았다. 그가 뜨겁게 내뿜는 숨이 이마에 와 닿았다. 나는 조마조마한 마음으로 아청색 철릭의 탈착형 소매에 달린 단추를 한 개씩 풀었다. 새 옷이라 뻑뻑해 자꾸만 단추가 내 손에서 미끄러졌다.

등잔의 산초 기름이 자글자글 끓어오르고 심지 타 들어가는 소리가 문밖의 바람 소리보다 더 크게 들렸다. 남자의 눈빛이 끓어오르는 산초 기름보다 더 뜨겁게 나를 응시하고 있다.

마지막 아홉 개째 단추를 풀어 철릭의 오른쪽 소매를 떼어내 문갑 위에 올려놓는데 내 등으로 식은땀 한 줄기가 흘러내렸다.

이상허가 홀가분해진 오른팔로 연적의 물을 벼루에 따르고 먹을 갈기 시작했다.

묵향이 방 안에 부드럽게 퍼졌다. 향 때문인가. 긴장이 탁 풀리면서 나는 욕망에 순응하고 싶은 강렬한 유혹을 느꼈다. 나 자신을 그대로 저 부채 속 그림의 남녀처럼 환락의 도가니에 던져 넣고 싶은 충동이 격렬하게 끓어올랐다.

"이 먹은 송연묵 중에서도 최고급 제품일세. 중국의 안휘성 황산에서 나는 소나무로 만든 것이지."

이상허는 호사 취미가 있어 무어든 최고급만을 원했다. 굳이 두패지르기 가마를 여각으로 보내는 것도 호사벌로 그러는 것이다. 어쩌면 그에게 여자란 것도 자신의 권태와 허무를 잊게 해주는 앵속 같은 것인지도 모른다. 그는 나를 욕망하지만 나는 그의 욕망을 욕망할 뿐이다. 나는 생각, 이성, 의지를 모두 던져버리고 오직 그의 욕망에 굴복하고 싶은 강한 충동에 찌르르한 전율을 느꼈다. 나는 나를 배반하고 싶은 것이다. 그것은 견딜 수 없는 자기 파괴의 유혹이었다.

> 술을 마주하여서는 마땅히 노래할 일
> 인생이 대체 얼마나 길며
> 비유하면 아침 이슬과 같아
> 흘려보낸 날이 너무도 많도다.
> 슬퍼하여 마땅히 북받쳐야 하리.
> 근심스런 생각은 잊기 어려워라.
> 무엇으로 근심을 해소하랴.
> 오로지 두강주가 있을 뿐
> 푸릇푸릇한 그대의 옷깃이여
> 아득한 나의 마음이여
> 다만 그대 때문에
> 오래도록 깊이 생각해 지금에 이르렀도다.

조조의 시 「단가행」이다.
"나는 시를 짓지 못하네. 억지로 시상을 짜내 못난 시를 짓기보다는 이렇게 선인의 좋은 시를 베껴 쓴다네. 하하하."

그가 내게 붓을 건넸다.

"자네의 노래를 들었으니 시 쓰는 모습도 한번 보고 싶으이."

나는 그가 그린 그림을 새삼스럽게 바라보았다.

난새는 어느 곳을 향해 날아가는 것일까? 난새가 원래 있던 곳은 어디였을까? 북쪽 바다의 차디찬 물속에서 작은 알 곤(鯤)으로 침잠해 있었던 것일까?

나는 천천히 시 한 수를 썼다.

　　살아 있는 듯 그린 솜씨 신비로워라.
　　날아가는 새 달아나는 짐승 붓끝에서 튀어나오네.
　　그대가 나를 위해 그려준 푸른 난새
　　밝은 거울 들여다보듯 오래되어도 싫증나지 않아라.

이상허가 다섯 번째 노래는 송도에서 듣자고 말했다.

이화우 흩날릴 제 이별한 님

송도로 떠나는 날 아침은 햇살이 포근했다.

나는 새벽 일찌감치 여각 앞에 대기한 가마를 타고 약속 장소인 서대문으로 갔다.

이상허는 내가 감기에 걸릴 것을 우려해 사인교 안에 호랑이 가죽 담요까지 넣어 보냈다.

나는 곁마기 깃 고름을 자줏빛으로 배색하고 소매 어깨 끝동에 오색동을 대 화려함을 더한 짙은 모란색의 화문단 삼회장저고리에 같은 화문단의 흑빛 치마를 입고, 누비 장옷에 털배자와 아얌을 쓰고 털토시까지 단단히 차려입었다.

이상허가 황해도에서만 난다는 엽실한 토산마를 타고 갓옷에 만선두리를 쓰고 나를 기다리고 있었다.

가마멀미가 나 잠깐 바깥바람을 쐬겠다고 가마에서 내렸던 나는 이상허의 곁에 서 있는 남자를 보고 얼마나 놀랐는지 정신이 멍할 지경이었다.

이상허가 그에게 나를 소개했다.

"자네가 시 쓰는 사람이니 부안의 유명한 여류 시인 매창의 이름은 들어보았으렷다."

내 주변의 공기가 무겁게 가라앉는 것을 나는 느꼈다. 나는 바윗덩어리처럼 무거운 공기 방울에 깔려 질식해 죽을 것만 같았다. 그 짧은 찰나의 시간이 내게는 그를 오매불망 기다리던 칠 년보다 더 길게 느껴졌다. 그의 눈이 커다랗게 확대되어 나를 바라보았다. 그의 목울대가 꿈틀 하고 움직였다. 원동 그의 집 앞에서 만난 후 얼마 만에 보는 것인가. 보름인가, 한 달인가. 그와의 그 오랜 헤어짐의 시간인 칠 년보다 더 긴 세월이 우리 사이를 지나가고 있었다.

그의 확대된 동공이 정지된 채 숨 막힐 듯 나를 쏘아보았다. 나는 그의 눈빛이 미세하게 흔들리는 것을 감지할 수 있었다. 내 마음속에 악마적인 쾌감이 샘솟았다. 나는 속이 후련해지는 것을 느꼈지만 이내 마음이 아파왔다. 나는 고통과 쾌감 사이를 어지럽게 오가며 그네를 타고 높이 올라가는 것처럼 머릿속이 휑했다. 그가 내게 고개를 숙였다. 양반 직첩은 언제 내려지는가. 그는 여전히 천민의 복색인 창옷에 평량자 갓 차림이었다. 다만 추위를 가리기 위해 갓옷을 입고 머리에 만선두리를 썼을 뿐이다.

"이 사람은 시 쓰는 풍월향도의 맹주인 유희경이라네. 내가 특별히 그대를 위해 유람의 길잡이로 부른 것이라네."

이상허의 말에 나는 억지웃음을 짓고 가마를 탔다.

내가 가마에 올라타자 곧 행렬이 시작되었다.

남녀 노비들이 유둔과 화로, 곱돌솥과 쌀, 강정, 약과, 유과 등의 먹거리와 식재료를 싼 보퉁이를 지게에 지고 머리에 얹고 뒤따르고 유희경은 말구종이나 되듯 이상허의 곁을 따르고 있다.

흔들리는 가마 안에서 나는 도무지 내 앞에 닥친 사태에 생게망게해 아무것도 생각할 수가 없었다. 마치 이상허가 내 마음을 눈치채고 유희경을 내 앞에 데려온 것만 같았다. 그와 처음으로 쌍륙을 둘 때 내가 마음속으로 외친 첫 번째 소원이 유희경을 만나는 것이 아니던가. 나는 가마 문을 조금 열어 밖을 내다보았다. 이상허는 말 위에서 희희낙락 즐거운 표정이었고 유희경은 무거운 얼굴로 묵묵히 걷고 있을 뿐이었다.

중화가 되어 제법 커다란 주막에 당도했다.

화려한 행렬에 놀란 중노미가 관디목지르는 형국으로 뛰어나와 안으로 안내했다.

방은 이미 사람이 다 차 앉을 데가 없고 평상 한쪽에 찌그러진 갓을 쓴 샌님이 거멀못 친 봉충다리 소반을 놓고 탁주를 마시고 있었다. 중노미가 구시렁거리는 샌님을 비키게 하고 이상허와 나를 평상에 앉히고는 엉덩이에 불이 나게 부엌으로 달려가 새빨간 숯불이 활활 타오르는 무쇠 화로를 가져다 놓았다.

곧 주모가 펄펄 끓는 국밥과 깍두기가 놓인 개다리소반을 평상에 가져다 놓으며 중노미에게 뒤란에 가서 동치미를 새로 퍼 오라 시켰다.

유희경은 하인들과 같이 마당에 깐 멍석에 앉아 말없이 국밥을 퍼 넣고 있다.

이상허가 중노미를 불러 따뜻하게 데운 모주를 한 잔씩 돌리라고 명했다. 나는 이상허가 따라주는 모주를 두 잔이나 연거푸 마셨다. 한속에 들어간 모주가 전신에 알싸하게 퍼지며 기분이 조금은 나아지는 듯도 했다.

중화를 먹고 나서 나는 의외의 제안을 했다. 나 자신도 전혀 예측하지 못한 돌발적인 행동이었다. 지금도 나는 그때 왜 내가 그런 행동을 했는지 이해할 수가 없다. 다만 변명이라면 인간은 누구나 그럴 때가 있지 않을까. 자기 자신조차도 자신의 행동에 대해 무어라 설명할 수 없는 것. 어쩌면 나는 너무도 의외의 상황에 당황해 그런 해괴망측한 짓을 했는지도 모른다.

한과와 차, 곶감까지 먹고 나서 출발하기 직전 나는 이상허에게 제안했다.

"대감. 늘 자유롭고 싶다 하시지 않았사옵니까? 오늘 한번 저기 길잡이와 처지를 바꿔보시는 것이 어떻겠사옵니까?"

이상허가 파안대소하며 즉시 자신의 흑갓을 벗어 유희경의 평량자 갓과 바꿔 쓰고는 그를 말 위에 타게 하고 말구종이라도 되는 듯 한 손으로 말고삐를 잡았다.

유희경이 노한 눈빛으로 흘긋 나를 일별했다. 하지만 곧 본래의 표정으로 돌아가 말 위로 훌쩍 올라탔다.

나는 가마 문을 조금 열어두고 털빛에 붉은 기가 감도는 엽실한 토산마 위에 올라앉은 유희경을 내내 바라보았다.

그와 이상허는 태어날 때부터 이미 천양지차의 신분이었다. 한 사람은 왕족으로, 또 한 사람은 남의 집 노비인 업동이의 아들로. 자랄 때도 한 사람은 애지중지 길러지고 비단옷에 쌀밥과 쇠고기국을 먹으며 자랐을 테고, 또 한 사람은 구박과 천대 속에서 깡보리밥에 강된장이나마 먹으면 다행이고 하루라도 양반에게 매를 맞지 않으면 그날은 운수 대통인 그러한 날들을 보냈을 것이다.

이상허가 "어! 걸으려니 땀이 흐르네!" 하면서 너털웃음을 터뜨렸지만 말 위의 유희경은 웃지 않았다.

나는 너무도 마음이 아파왔다.

어디서부터 시작된 것일까? 우리의 운명은. 우리는 왜 만나진 것일까? 도대체 무엇이, 어떤 힘이 우리를 만나게 하고 헤어지게 하는 것일까? 이제 그를 위해 나의 모든 것을 축적했던 날들은 흘러갔다. 나는 그를 버렸다. 더 이상 그를 사랑하지 않을 것이다. 그것이 나의 복수다. 내 뱃속에서 유산되어 시궁창의 더러운 물속에 섞여 흘러간 태아의 존재를 그가 알기나 할까? 그의 운명을 위해 내가 개암사에서 무릎이 삭도록 기도했던 그 시간을 그가 알기나 할까? 그의 생사를 알 수 없어 불면의 밤에 시달리며 앉지도 눕지도 못하고 쪼그려 앉아 밤을 꼬박 새며 불안과 초조에 떨던 그 시간을 그가 알고 있을까?

아!

그를 사랑한다고 생각했을 때 나는 그도 나처럼 나에 대해 모든 것을 안다고 생각했다. 내가 그를 알고 있는 것처럼 그도 나를 알고 나를 위해 아파하고, 나를 생각할 때면 그저 가슴이 벅차고 따스해지고 내가 보고 싶어지는 줄로 알았다. 아니었다. 그는 나처럼 나를 생각하지 않았다. 나처럼 아프지 않았다. 나처럼 가슴 벅차게 좋아하지 않았다. 나를 그리워하지도 않았다. 아랫배가 찌르듯 아파왔다. 마음이 칼이 되어 무수히 나를 찔렀다. 창자를 마디마디 끊어내는 것 같은 통증으로 배가 뒤틀리고 도저히 견딜 수가 없었다. 내 비명 소리에 놀란 가마꾼들이 가마를 세웠다.

평량자 갓을 쓴 이상허가 얼굴이 파랗게 질려가지고 내게로 달려왔다.
"무슨 일이오? 얼굴이 왜 그렇소?"
나는 배를 움켜잡고 아무 말도 하지 못했다. 하늘이 노랗게 보이고 이상허의 얼굴이 부옇게 흐려졌다. 유희경이 말에 탄 채로 가마 옆으로 달려왔다. 그의 눈빛이 마구 흔들리고 있었다. 하마터면 나는 큰소리로 그를 부를 뻔했다. 그가 얼른 내게서 시선을 돌렸다.
이상허가 그를 향해 다급히 외쳤다.
"자네는 의학을 공부하지 않았는가? 무슨 방편을 취해보게. 어서!"
"급체이신 듯하옵니다."
그가 주변을 살피더니 가까운 곳의 정자로 나를 옮기게 했다. 이상허가 하인을 시켜 정자 바닥에 지의를 펼치고 호랑이 가죽 담요를 깔게 했다. 나는 계집종 둘의 부축을 받고 간신히 정자 위로 올라가 담요 위에 누웠다. 이상허가 내 몸에 담요 한 장을 더 덮어주었지만 나는 배를 쥐어뜯는 듯한 복통으로 가만히 누워 있을 수가 없었다. 배를 움켜잡고 일어나려 하니 유희경이 가만히 누워 있으라고 제지했다. 나는 누운 채로 허리를 비틀며 신음 소리를 내지 않으려고 이를 악물었다.

유희경의 음성이 아득하게 들려왔다.

"대감. 소인이 아가씨의 몸에 손을 대도 괜찮겠사옵니까?"

"지금 그런 것을 따질 경황이 어디 있는가? 아무러한 임시 조치를 취하게. 자칫하면 저승길 가겠네."

"대감. 외람되오나 모두 물러나게 하시옵소서. 환자가 안정을 취하는 것이 가장 중요하옵니다. 대감께서도 물러가소서."

이상허가 숯불이 담긴 화로를 내 곁에 가져다 두게 하고 하인들과 누각을 내려갔다.

유희경이 내 치맛말기를 풀어 숨을 자유롭게 한 후 내 손을 잡았다. 그것만으로도 나는 통증이 한결 가라앉는 듯했다. 그가 한 손으로 내 손을 잡고 쓰다듬었다. 그러고는 양손 엄지손톱 안쪽의 소상(小商)을 침으로 찔렀다. 곧 검붉은 피가 치솟았다. 그가 내 엄지손가락을 부드럽게 쓰다듬어 피를 짜냈다.

유희경이 내게로 몸을 기울여 음성을 한껏 낮춘 채 말했다.

"계랑. 제발 부안으로 돌아가시오. 이곳은 그대가 있을 곳이 아니오."

나는 아픔도 아랑곳없이 그에게 쏘아붙였다.

"나리께서 제 일에 무슨 상관이시옵니까?"

그가 내 등으로 손을 넣어 나를 일으켜 앉게 했다. 그러고는 커다란 손으로 내 등을 쓸어내리며 몇 군데의 경락을 엄지손가락으로 강하게 꾹꾹 눌렀다. 어찌나 지독하게 아픈지 나는 쥐어짜는 소리를 냈다. 한

참을 그가 경락을 지압하자 막힌 속이 뚫리고 명치 쪽에서 끅 하고 트림이 올라왔다.

"계랑. 내 말을 명심하시오. 대감 곁에 계속 있다가는 그대도 결국 망가질 것이오."

이상허가 정자를 올라오는 발자국 소리가 들렸다.

나는 그에게 바짝 몸을 기대며 다급히 말했다.

"내일 유시(酉時)에 혜정교 뒤 안침술집에서…… 내일 유시……"

나는 얼른 치맛말기를 조이고 옷매무새를 고쳤다.

유희경이 줌치 속에 침을 집어넣는 순간 이상허가 누각 위로 올라왔다.

유희경이 침착한 어조로 이상허에게 아뢰었다.

"아가씨께서 환경의 영향으로 심리적, 육체적으로 피로가 많이 누적되어 있사옵니다. 그 바람에 기가 다 소진되어 사려상비(思慮傷脾)로 기가 울체되고 경락이 소통이 안 돼 일시적으로 일어난 증상이옵니다. 소인이 우선 합곡(合谷), 태충(太衝)의 사관을 떠 기혈을 뚫었으나 이는 어디까지나 임시방편이올 뿐입니다. 절대 휴식을 취하고 몸을 보하지 않으면 큰 병이 닥칠 수 있사오니 즉시 유람을 멈추고 귀비온감탕으로 몸을 보하셔야만 하옵니다."

유람은 중단되었다. 내가 괜찮다고 해도 소용없었다. 송도 유람을 계속하겠다는 내 마음은 진정이었다. 나는 그렇게 해서라도 유희경과 있는 시간을 조금이라도 더 연장하고 싶었던 것이다. 만약 그런 내 마음을 이상허가 거니챘더라면 유희경도 나도 결코 무사하지는 못했으리라.

"그대의 몸이 더 중하오. 그깟 송도 유람은 언제든 마음만 먹으면 할 수 있지 않소."

이상허가 줄곧 내 가마 옆에서 천천히 말을 움직였다.

서대문을 들어서자 유희경이 이상허에게 공손히 읍했다.

"대감. 소인은 이만 물러가겠사옵니다."

"이런. 안 되네. 우리 집에 가서 한잔하고 가세. 그동안 밀린 얘기도 좀 해야지 않겠는가?"

"송구하옵니다. 오늘은 이만 물러가고 다음 기회에 찾아뵙도록 합지요."

유희경이 곧 내 시야에서 사라졌다. 나는 그의 뒷모습을 보면서 다시 복통을 느꼈다. 이번에는 참을 만한 통증이었다. 나는 진심으로 가마에서 내려 그를 쫓아가고 싶었다. 그리고 깨달았다. 내가 여전히 그를 사랑하고 있음을. 그를 미치도록 그리워하고 있음을.

이상허는 내 몸이 아프다는 핑계로 굳이 누정동으로 갔다. 집을 지키고 있던 하인이 군불을 때 아랫목이 따끈따끈했다. 곧 계집종이 다담상을 들여놓고 뒷걸음질로 방을 물러났다.

"유생이 아니었으면 큰일 날 뻔하지 않았소? 이게 다 아가씨께서 고집을 피우고 여각 생활을 하기 때문이오. 잠자리도 편치 않고 먹는 음식도 그렇고 도무지 내가 불안해서 못 살겠으니 지금 당장이라도 하인 놈을 시켜 여각의 짐을 이리 옮겨 오도록 합시다."

나는 이상허의 그 말에 대답하지 않고 어떻게 유희경을 아느냐고 물었다. 그의 침술이 뛰어나다고 칭찬하면서.

"유생이야 워낙 장안에서 유명 인사라오. 하늘이 사람을 낼 때 귀천을 가려 재능을 주지 않는다고 하는 말이 유생에게 딱 맞는 말이라오. 비천한 신분으로 그처럼 고귀한 사람을 처음 보았다오."

유희경이 얼마나 대단한 사람인가에 대해 이상허는 매우 진지한 어조로 내게 들려주었다.

"몰지각한 양반들이 유생을 상갓집 개라고 놀리지만 이는 오히려 유생을 더 높여주는 격이라오. 공자께서 이 나라 저 나라를 떠돌 때 정나라 사람이 제자인 자공에게 말하기를 공자가 꼭 상갓집 개 같다고 표현했거든. 하하하. 상갓집 개라. 인재가 아니고서 어찌 그런 말을 들으리."

"대감께서는 어찌 그 사람에 대해 그리도 소상히 아시옵니까?"

이상허가 나를 유심히 바라보았다.

"아가씨는 유생 얘기가 나오니까 눈빛이 반짝반짝하고 생기가 도는구료."

나도 모르게 얼굴이 화끈 붉어졌다.

"허허허. 정말 이상하구료. 혹 유생이 손을 따면서 딴소리라도 지껄인 것이오? 시 쓰는 사람끼리라 그사이 마음이라도 통했나 보구료."

나는 가슴이 뜨끔했다. 지레 놀라 나도 모르게 발칵 성을 냈다.

"말씀이 지나치시옵니다. 아무리 촌생장이라 해도 예는 아는 법이옵니다. 그리 놀리지 마시옵소서."

"농이오, 농. 그런데 아가씨는 팩하고 성깔을 부려도 참으로 귀엽기 그지없소. 하하하."

"대감!"

"알았소. 하하하. 하하하."

계집종이 문밖에서 인기척을 내고 "저녁을 어떻게 할까요?" 하고 물어왔다. 이상허가 문을 열고 아가씨가 속이 좋지 않으니 전복죽을 끓이라 명했다.

"내가 유생을 안 것은 아주 오래전 일이라오. 그때 나는 피가 펄펄 끓는 청춘이었지만 할 일이란 게 아무것도 없었소. 지존이 되지 못한 왕족이란 바로 그런 존재요. 과거 공부도 필요 없고 벼슬길로 나아갈 수도 없소. 그저 먹고 노는 것이 할 일이지. 여자를 닥치는 대로 섭렵했다오. 그것밖에 울분과 좌절을 풀 길이 없었지. 그런데 손댄 기생 중에 권신(權臣)의 정인이 있었소. 그 얘기가 지밀 내시를 통해 주상의 귀에까지 들어갔던 거요. 주상은 조정 중신들이 나를 탄핵할 것을 우려해 미리 손을 써 여자를 멀리 국경 지방의 관비로 쫓아 보냈소. 그런데도 나는 정신을 못 차리고 국경으로 그 기생을 찾아갔지 뭐요."

"그렇게도 사랑하셨사옵니까?"

이상허가 공허하게 웃었다.

"하하하. 사랑이라…… 사랑이라……."

이상허가 담뱃대의 은제 대통에 종성연을 채우고 수로에 불을 붙여 담배를 피워 물었다.

"금지되면 더 하고 싶지 않은가? 여자를 내게서 강제로 떼어내니 더욱더 보고 싶었던 게요. 청춘이 아니었소? 무언가에 나도 목숨을 걸고 싶었던 거요. 미치고 싶었던 거요. 현애철수 장부아(縣崖撒手 丈夫兒). 벼랑 끝을 잡고 있던 손을 탁 놓아버릴 수 있어야 진짜 사나이라 하지 않소. 나는 여자에게 내 목숨을 걸었던 거요. 여자를 사랑해서라기보다는 내게도 결락(缺落)이 있다는 것을 세상에 말하고 싶었던 거요. 그때 여자를 찾아가면서 길잡이로 유생을 데려갔소. 유생이 나를 여각에 머물게 하고는 먼저 여자가 살고 있는 곳으로 찾아갔소. 나중에 생각해보니 유생은 그 여자에 대해 나보다 더 소상히 알고 있었던 거요. 여자는 말하자면 한 남자에게 지조를 지키는 그런 여자가 아니었소. 벌써 관아의 젊은 장교 놈과 눈이 맞아 그의 여자가 되어 있었소. 나는 눈에서 불이 나 두 연놈을 단칼에 죽이려고 뛰어갔소. 그때 유생이 아니었다면 나는 살인자가 되었을지도 모르오. 유생이 나를 강제로 말에 묶어 한양으로 데려왔다오. 그림을 그리라고 나를 도화원에 넣어주었소. 한동안 내 신분을 속이고 도화원에서 그림을 배웠다오."

"……"

"유생에게 곧 양반의 직첩이 내려질 것이오. 참으로 기쁜 일이오."

"대감께서 힘을 쓰셨사옵니까?"

"꼭 그렇다고 볼 수는 없소. 그가 당연히 받을 보상을 받는 것이지. 도성 안의 소문 중에 이런 소문이 있다오. 어의 양예수는 뒷문으로 나가고 경사 유희경은 앞문으로 들어간다는. 사람이 죽었으니 뒷문으로 나오는 것이 당연하고 상을 치르기 위해 앞문으로 들어가는 것이지만 꼭 그런 뜻으로만 사람들이 말하는 것이 아니라오. 그만큼 유생이 어의 양예수와 비교해서 조금도 꿀릴 것이 없다는 말이라오. 그는 진정한 양반이오. 양반이 진정한 인간이라면 말이오."

나는 이제 유희경이 양반이 된다는 사실에 그처럼 마음이 아프지 않왔다. 오히려 축복해 주고 있었다.

"그토록이나 그림을 그리고 싶어 했으면서도 막상 그림을 그리려 하니 그게 또 내 뜻대로 안 되어 죽을 맛이었지. 한 달이 지나도록 새 한 마리를 완성할 수 없었다오. 조금 그리다가 그림이 마음에 안 들면 종이를 찢어버리고 또 찢어버리고 단 한 장도 끝까지 그리지를 못했지. 내가 왜 이 고생을 하는가 싶어 한 달 만에 도화원을 뛰쳐나와 유생을 불러 경치 좋은 곳으로 놀러 가자고 했다오. 가는 길에 갑자기 비가 쏟아졌어. 그런데도 자치기 놀이를 하던 아이들이 집으로 가지 않고 뛰어노는데 그렇게 신명나게 놀 수가 없는 거요. 내가 가다 말고 그 모습을 하도 재미있게 보니까 유생이 말하기를 '그림도 저와 같아야 하옵니다. 그림은 무법(無法)입니다. 못 그렸다고 종이를 찢어버리고 그림이 마음에 안 든다고 중간에 포기하는 것은 안 됩니다. 못 그려도 끝까지 그리셔야 하옵니다. 잘 그린 그림과 잘된 그림이란 인간의 판단일 뿐이옵니다. 아이들이 비를 맞으면서도 놀듯이 그렇게 신이 나서 그림을 그리셔야 하옵니다' 하는 것이오."

유희경이 내게도 해준 얘기였다. 너무 고통스럽게 너무 힘들게 시를 쓰지 말라고. 거문고 연주도 마찬가지라고. 즐기듯이 하라고 했다.

그를 생각하는 것만으로도 가슴에 찌르는 듯한 통증이 왔다.

"하지만 양반들이란 또 얼마나 구역질 나는 인간들인지. 유생이 양반 되는 꼴을 못 보는 자들이 하인들을 시켜 측간의 똥을 퍼다 집 담벼락이며 대문간에 처발랐다는군. 참으로 그런 몰상식한 인간들이 양반이라니……."

나는 온몸의 털이란 털이 다 곤두서며 소름이 쭉 끼쳤다. 내 뇌리에 함거에 실려 끌려가던 장항천의 처참한 모습이 생생하게 떠올랐다. 어쩌면 그들이 장항천에게 한 것처럼 유희경도 끌어가 갖은 고문을 하다 죽일지도 모른다는 공포로 인해 나는 심장이 덜덜 떨렸다. 그가 이 야비한 생존의 들판에서 살아남기 위해 안간힘을 쓰고 있다고 생각되자 오늘 내가 그에게 한 짓이 후회되면서 눈물이 왈칵 솟구쳤다. 나는 울음을 참으려고 주먹으로 치마를 구겨 쥐었다. 내 얼굴이 하얗게 질리는 것을 본 이상허가 당황했다.

"아직도 아프오? 아무래도 의원을 부르는 것이 좋겠소."

"아 아니옵니다. 괜찮사옵니다."

"참, 자네 고집도 알아주어야겠군."

"하던 얘기나 마저 하소서. 양반들이 왜 그리도 그에게 가혹한 것이옵니까?"

"기득권을 잃고 싶지 않은 것이지. 유생의 덕과 학문은 과거에 합격해 조정에 출사한 자들을 능가하오. 그런 유생이 면천되어 양반이 되면 조선의 신분제도가 무너질 것이 두려운 것이오. 더구나 유생은 풍월향도의 맹주로 팔도에 이름이 높으니 그 주위로 인재들이 몰려들어 딴마음을 먹지 않을까 걱정되는 것이지."

이상허가 허무한 음성으로 뇌까렸다.

"허구한 날 계집과 쌍륙이나 두고 술로 세월을 보내는 내가 오히려 천민이고 그가 귀족이라 할 수 있지. 하하하. 이제 아가씨의 궁금증이 다 해소되었소?"

저녁으로 전복죽을 먹고 나서 나는 이상허에게 여각으로 돌아가겠다고 말했다.

이상허가 한참을 나를 바라보더니 알았다고 하며 벌떡 일어섰다. 나는 평계 댈 것이 없어 거문고를 방 안에 두고 와 도난 맞을 것이 염려되어 돌아가야 한다고 말했다. 이상허는 더 이상 아무 말도 하지 않고 나를 여각 앞까지 바래다주고 돌아갔다.

다음 날 나는 주모가 들여놓은 아침밥을 겨우 몇 숟가락 데시기고는 유희경을 만나기 위해 운종가로 향했다.

종종걸음으로 걷던 나는 문득 도자전 앞에서 발을 멈췄다.

전방 주인이 날씨가 찬데도 불구하고 문을 열어놓고 퇴청에 앉아 꼬박꼬박 졸고 있었다. 부부합 금장도니 나비 떨잠, 옥지환, 파란 뒤꽂이 등 여인들의 갖가지 장식품 사이에서 나는 어렵지 않게 아기 노리개인 말조롱을 찾아낼 수 있었다. 나무로 깎은 앙증스런 말 모양에 알록달록 색칠을 하고 엽전을 매달아 만든 것으로, 돌잡이 아기에게 일 년 내내 달아주었다가 다음 해 정월 대보름날 슬쩨 떼어내 밥을 얻으러 온 거지에게 내주는 액막이용 노리개다. 말과 함께 아기의 액운을 멀리 내다 버리라는 주술이 깃들어 있다.

나는 망설이다가 전방 안으로 들어가 내게는 아무 필요도 없는 말조롱을 한 개 사 향낭에 넣고 가던 길을 재촉했다.

내가 유희경에게 기다리고 있겠다고 한 안침술집은 도자전에서 그리 멀지 않았다. 나는 여종에게 될 수 있으면 조용한 방으로 달라고 하고 안으로 들어가 기다렸다.

술집 벽에 취객들이 빼곡히 써놓은 수많은 시 속에 내 시가 세필로 적혀 있었다.

이화우 흩날릴 제 울며 잡고 이별한 님
추풍낙엽에 저도 날 생각는가.
천 리에 외로운 꿈만 오락가락하노매라.

내 속에서 뜨거운 덩어리가 울컥 치밀어 올라왔다. 그 시는 내가 살아오면서 가장 아프고 고통스러운 순간에 쓴 시다. 그때 나는 차라리 죽고만 싶었다. 하지만 결국 나는 살아났고 그 시를 쓴 것이다.

임진년 내가 잉태의 기미를 느낀 것은 그가 떠난 지 한 달이 지나고 두 달이 거의 되어갈 때였다. 자꾸 속이 메슥거리고 밥 냄새만 맡아도 토할 것 같고 무엇보다 다달이 비치던 달거리가 뚝 끊겼다. 나는 소문이 날까 두려워 여염집 아낙의 차림으로 멀리 고부까지 가서 허름한 한의원을 찾아 임신임을 알아냈다. 유희경이 권율 장군의 휘하에서 종군한다는 첫 번째 편지를 보내왔을 때였다. 풍문에 들려오는 소식은 하나같이 무섭고 끔찍했지만 나는 충만했다. 세상에 태어난 이래로 내게 그토록 행복한 시간이 또 있었을까? 보이는 모든 것이 새로웠고 신비로웠다. 이 세상 모든 것을 다 가진 것 같았다.

나는 세책집에서 아무도 모르게 정몽주의 모친 이 씨가 쓴 『태중훈문』을 구해 와 틈틈이 읽으며, 먼 곳의 연회에는 가지 않았고 술은 단 한 모금도 입에 대지 않았으며 모양이 이지러진 과일은 먹지 않았고 하다못해 길가의 개미라도 밟지 않으려 조심조심 걸었다. 어머니 모르게 말조롱과 타래버선을 사 모았고 수복귀(壽福貴) 수(繡)가 새겨진 복주머니도 샀다. 유희경의 무사귀환을 기도한다고 개암사로 가 실은 부처님께 백팔 배를 드리며 아들을 낳게 해달라고 빌었다. 기생의 딸은 기생이 될 수밖에 없으니 그와 똑같이 닮은 늠늠하고 거쿨진 아들을 낳고 싶었다. 기생의 아들이라 과거를 볼 수 없다고 하면 중국어를 가르쳐 배를 타고 중국과 조선을 오가는 무역상으로 키울 작정이었다.

하루는 정원을 산책하는데 꽃나무 밑에 산제비나비 한 마리가 파드득거리며 용을 쓰고 있었다. 항상 붙어 다니던 한 마리는 보이지 않았다. 가만히 들여다보니 산제비나비는 온 힘을 다해 꽃나무 아래로 무언가를 치익 뿜어내고 있었다. 숨을 죽이고 지켜보니 다시 또 온 힘을 다해 꼬리 부분에서 하얀 거품을 치이익 풀 위로 연거푸 쏟아냈다. 그렇게 하기를 무려 열 번 정도. 산제비나비는 탈진해 한쪽 날개를 풀밭에 축 늘어트리고 더 이상 움직이지 못했다. 그제야 나는 산제비나비가 풀 위에 알을 낳느라 그리도 지독하게 산통(産痛)을 했다는 것을 알았다.

저녁 무렵 꽃나무 밑을 다시 들여다보았더니 산제비나비는 아까 그 자리에 고요한 자세로 죽어 있었다. 나는 산제비나비의 알을 고양이나 쥐가 먹을까 봐 걱정돼 똥구디에게 시켜 주변에 높게 울타리를 쳐주라고 일렀다.

바로 그날 새벽이었다. 나는 스산한 한기에 온몸이 으스스 떨려와 잠을 깼다. 어섯눈을 뜨니 머리맡에 시커먼 그림자가 나를 내려다보고 있었다. 나는 소스라치듯 놀라 벌떡 일어났다. 불길한 예감에 심장부터 내려앉았다. 순간 아래가 퍽 젖어오며 나는 이불 위에 하혈을 쏟고 말았다. 그렇게 나는 내 생애에서 유일하게 배태되었던 생명과 이별했다.

문밖에 발자국 소리가 간혹 났지만 유희경은 오지 않았다. 예감했던 일이었다. 나는 그가 오지 않을 것을 알고 있었다. 그런데도 나는 왜 헛된 약속을 하고 그를 기다렸던 것일까? 그렇게라도 나는 몸부림을 쳐보고 싶었던 것이리라. 그를 기다리는 그 시간만큼은 어찌되었든 나는 그의 여자로 있을 수 있었으니까.

기다리고 기다리다 지친 나는 아마도 벽에 기댄 채로 잠이 들었던가 보다. 꿈속에서 나는 한 마리 요요한 산제비나비로 날아다녔다. 내 뒤로 검푸른 빛의 아름다운 날개를 단 수컷 산제비나비가 나를 따라 끊임없이 다부닐었다. 우리는 화사한 봄의 꽃들 사이로 애타게 사랑놀음을 즐겼다. 아, 꿈에서 나는 행복했다. 나는 그를 사랑하고 그도 나를 사랑했다. 나는 꿈속에서 나비가 되어서도 생각했다. 여자의 일생은 사랑이라고. 사랑이 없다면 여자의 삶은 쭉정이와도 같다고. 부귀영화도 다 뜬구름일 뿐이라고. 흑, 하고 흐느끼며 잠에서 깨었을 때 눈물이 한 방울 내 눈가에 매달려 있었다.

나는 어느 취객이 써놓은 내 시를 새삼스러운 마음으로 읽어보았다. 과연 그 시가 내가 진실로 쓴 것인지 나는 콩켸팥켸해 슬픈 마음으로 바라보았다. 이화우 흩날릴 제 울며 잡고 이별한 님, 추풍낙엽에 저도 날 생각는가, 천 리에 외로운 꿈만 오락가락하노매라. 눈물이 흘러내려 글자들이 조각조각 깨지고 부옇게 흩어졌다.

한때 나는 얼마나 소박한 꿈을 꾸었던가. 변산 자락에 나무와 억새,

칡덩굴과 띠로 초라하나마 누옥을 짓고 푸서리 땅에 도라지와 생지황, 끼무릇을 심고 아욱과 승검초, 푸르대콩을 가꾼다. 나는 막치마에 무명 저고리를 입고 흙 속을 맨발로 뛰어다니고 심심하면 밭둑에서 거문고를 연주하고 그는 생황을 불고…… 밤이면 둘이서 599점의 나무패로 시 짓기 내기를 하다가 목이 마르면 항아리의 술을 퍼다 뜰에 키운 오이를 안주로 삼아 밤새도록 술을 마시며 노래하고 춤을 춘다고.

이룰 수 없어 더욱 황홀한 꿈이었다.

한 조각 무지갯빛 꿈

가마가 멈춰 선 곳은 보통 집보다 두 배는 높은 담장으로 둘러싸인 팔작지붕의 으리으리한 저택이었다. 계단을 올라가 대문을 들어서자 정원에 오동나무, 향나무, 동백나무 등 수목이 즐비하고 얼음이 풀려가는 연못 가운데 그림 같은 누각이 들어 있다.

기다리고 있던 듯 계집종이 나를 안내해 정원 한쪽에 조성된 활터로 데려갔다.

짙은 남색의 액주름을 입은 이상허가 두 발을 탄탄히 벌린 자세로 터 과녁을 향해 활시위를 겨누었다. 삼지로 쥔 이상허의 깍짓손이 시위를 힘껏 벌려 화살이 세차게 나가도록 탁 소리가 나게 놓았다. 화살이 과녁의 정중앙에 꽂혔다는 신호로 하인이 붉은 기를 번쩍 쳐들고 "10점이오!" 하고 크게 외쳤다.

비단 치마 끌리는 소리에 이상허가 활을 든 채로 몸을 돌렸다.

모본단의 싯붉은 치마에 흰 거들지 달린 수박색 저고리로 한껏 멋을 부린 나를 이상허가 부신 눈으로 바라보았다.

"아름답구료! 몰라보겠구료!"

나는 오늘의 연회를 위해 평소보다 훨씬 진한 분대화장을 했다. 하얗게 분을 발라 티끌 하나 없이 창백한 피부에, 평자 기름에 갠 유연(油煙)으로 눈썹을 까맣게 초생미로 그리고, 입술은 비에 젖은 앵두처럼 더할 수 없이 새빨갛고 촉촉하게 발랐다. 동백기름을 발라 윤기 나는 머리에 서리서리 트레머리를 올려 진주나비 떨잠과 파란 뒤치개로 화려하게 장식하고 귀밑머리는 되매기 참빗으로 꼭꼭 빗어 귀 뒤로 넘겨 머리카락 한 올 흐트러지지 않게 했다.

정성 들여 화장을 하고 나서 나는 이상허가 침선비를 내보내 새로 지은 옷을 차례로 갖춰 입었다. 아침에 옷을 가져온 침선비는 이상허의 명에 따라 속곳이며 대슘치마와 무지기까지 다 새로 지었다고 공손히 아뢰었다. 극도로 몸에 꽉 끼는 짧은 저고리가 소매품도 팔을 움직일 수조차 없게 좁았다. 내가 불편하다고 미간을 찌푸리자 침선비가 상체는 최대한 작고 가늘게 만들고 하체는 항아리처럼 부풀려 상박하후(上薄下厚)의 모습으로 만드는 것이 전쟁 후 시작된 새 유행이라며 웃었다.

숲에서 딱따구리가 끊임없이 나무를 두드려댔다.

고라니 한 마리가 과녁 뒤 빗나간 화살을 막으려고 야트막하게 조성된 토성(土城) 위로 불쑥 나타났다. 이상허가 순식간에 활을 팽팽하게 당겨 세차게 화살을 내보내 정확하게 고라니 등에 명중시켰다. 고라니가 애처로운 비명을 내지르며 쓰러졌다. 하인 둘이 즉시 달려가 피를 뿜어내며 쓰러진 고라니를 나눠 들고 저쪽으로 사라졌다.

이상허가 득의만만한 표정으로 나를 바라보았다.

"그대도 한번 쏘아보겠소?"

이상허가 나를 설자리에 세우고 허리에 찬 두루주머니에서 팔찌와 각지를 꺼내 내 손에 끼워주고는 전통에서 유엽전을 꺼내주었다.

나는 만개궁체(滿開弓體)의 기본자세로 활을 들고 두 발을 정(丁) 자도 아니고 팔(八) 자도 아닌 비정비팔(非丁非八)의 자세로 벌려 섰다.

"허허허. 자세를 보니 신사(新射)가 아니로군. 참 알 수 없는 여인이오. 그대는."

나는 줌손을 이마와 같은 높이로 치켜들고 눈으로 과녁을 겨누면서 각짓손을 높이 끌어 한껏 당기었다가 맹렬하게 놓았다.

화살이 과녁 중앙의 빨간 부분에 가 꽂혔다.

하인이 붉은 기를 들어 올리며 "7점이요!" 하고 크게 외쳤다. 다시 두 번 더 쏘아 8점과 9점이 나왔다. 나는 10점이 나올 때까지 쏘려 했으나 이상허가 제지했다. 나는 여섯 대의 화살을 소비하고 활을 내려놓았다.

이상허가 하인이 건네주는 비단 수건으로 얼굴의 땀을 닦으며 내게 말했다.

"추운데 먼저 들어가 계시오. 잠시 후 들어가리다."

계집종의 안내로 일각문을 들어서니 ㅁ 자형의 전면 다섯 칸, 측면 두 칸인 아담한 별채가 나타났다. 대청마루는 기름을 먹인 듯 윤기가 반들반들하고 기둥에 고시(古詩)가 낙죽(烙竹)되어 있었다.

계집종이 열어주는 방 안으로 들어서자 두껍집 속에서 갑창을 끌어내 닫고 미닫이문, 덧문을 차례로 닫아 방 안은 완전히 외부와 차단된 밀실이 되었다.

윤기가 자르르하게 각장장판을 한 방 안은 아랫목에 십장생 수병풍이 쳐 있고 고가의 가구와 중국제 골동품, 값비싼 서화들로 화려하게 장식되어 있었다.

심의에 정자관을 쓴 이상허가 만면 가득 미소를 띠고 방 안으로 들어왔다.

이상허가 벽장을 열고 쌍륙판을 내 앞에 가져다 놓았다.

"다시 한 번 겨루어보겠소? 어디 손님들이 올 때까지만 해봅시다."

"이번에도 또 내기를 하는 것이옵니까?"

"이번에는 무엇을 걸고 싶소?"

나는 서슴없이 말했다.

"제가 이기면 내의원에 의녀로 적을 만들어주소서."

"하하하. 그것 말고 다른 것은 없소? 아가씨가 내기에 져도 당연히 그렇게 해드리리다. 이미 장악원 정에게 말해 두었으니 아무 걱정 마시오."

이상허의 말에 순간 나는 쌍륙을 그만두고 싶었다. 내 손에 든 것은 결국은 지는 패라는 생각이 들어서다. 내게는 평생을 바라야 간신히 이루어지는 일이 그의 단 몇 마디 말로 해결될 수 있다는 것에 나는 지독한 무력감을 느꼈다. 내가 건성으로 흑말을 쌍륙판에 배열하는 것을 본 이상허가 손에 든 자신의 백말을 내려놓고 내 손을 잡았다.

"왜 화가 난 거요? 왜 그러오? 제발 이제 그만 내 속을 태우시오. 정녕 아가씨가 원하는 것이 무엇이오? 내 아가씨의 소원대로 다 하리다."

나는 대답 없이 아직 진영을 이루지 못한 나의 흑말들을 꼼꼼하게 배치했다. 그가 나를 바라보던 시선을 거두고 자신의 백말들을 안육과 바깥육에 위풍당당하게 배열했다. 그와 내가 동시에 주사위를 굴렸다. 똑같이 4가 나온다. 다시 던진다. 이번에도 똑같이 3이 나온다. 그가 웃는다. 삼 세 번을 던져서 비로소 차례가 정해졌다.

6의 숫자가 나온 그가 먼저 시작했다. 그가 죽통에 주사위 두 개를 넣고 힘차게 흔들어 쌍륙판 위로 굴렸다. 그는 승리를 거두기 위해 최선을 다한다. 그의 백말들은 전투 초기부터 전장을 종횡무진으로 휩쓴다. 내 흑말 두 개가 그의 백말에게 포획된다.

성에 도달하기 직전인 내 흑말 두 개는 다시 출발점으로 돌아가야 한다. 한번 적에게 잡혔던 말이 출발점으로 되돌아가 움직이기 전에는 나머지 말들은 자신의 진영에서 꼼짝도 할 수가 없다. 내게 맹렬한 전의가 솟아오른다. 내 주사위가 연거푸 두 번을 거듭해 쌍륙이 나온다. 나는 숨 가쁘게 전장을 누비고 나의 군사들을 독려하는 장수다. 나의 군사인 흑말들이 의기양양하게 성에 입성한다. 그는 잠시 적세를 염탐하기 위해 숨을 죽이고 관망한다.

우리의 군사는 오직 열다섯 마리의 흑말과 백말뿐이다. 말들이 우리를 태우고 먼지를 흩날리며 적을 공격하고 방심한 적을 포획한다. 우리는 앞으로 전진할 뿐 후퇴할 수는 없다. 나의 군사는 아직도 일곱 마리 흑말이 남아 있다. 성에 집결하기 위해 최선을 다한다. 그의 백말들은 한 마리도 아직 자기 진영에 입성조차 못했다. 나는 이번만은 절대로 그에게 승리를 양보할 수 없다. 내 군사가 그의 한 군사를 잡으려 무섭게 질주한다. 주사위를 굴리는 내 손에 땀이 밴다.

"그대는 고요한 내면 속에 폭풍을 감추었구료."

그의 말에 앵무새가 대답한다.

"쫀쯔얏 쫀쯔얏."

앵무새는 그가 중국에 사신을 따라 다녀올 때 황실에서 선물 받은 것이라고 했다.

앵무새는 아직도 중국에 있는 줄 알고 중국말밖에 하지 못한다고 한다.

"쫀쯔얏 쫀쯔얏."

'님은 즐거워라'는 뜻이다. 내가 유희경 앞에서 불렀던 노래의 제목이다. 내 군사가 주춤하는 사이 그의 백말이 내 흑말을 집어삼킨다.

"그대를 내 곁에 두고 싶소. 그대를 속량해 주겠소. 부안 관아에는 대신 계집종을 내려보내 관기로 채워 넣으면 되오."

그가 하는 말을 나는 한마디 한마디 되새김질한다. 내가 얼마나 원하던 것인가. 속량되어 기생의 신분에서 벗어나는 것. 내가 내가 아니게 되는 것.

"내가 이기면 누정동 집으로 이사하시오. 그대가 이기고 내가 지면 그대를 속량해 주겠소. 어떻소? 마음에 드오?"

나는 그가 하는 말들을 곰곰이 따져본다. 내가 지면 누정동 집으로 이사하고 내가 이기면 그가 나를 속량해 준다. 이래도 저래도 결국 나는 그의 여자가 되는 것이다. 그것이 여자인 나의 운명이다. 나는 운명에 순응할 것이다. 부귀와 영화를 누릴 것이다. 이상허의 곁에서 왕족과 같은 삶을 누릴 것이다.

어느 순간 내 흑말을 포획한 그의 백말이 자신의 안육에 입성한다.

우리는 각자의 진영에 집결해 상대편을 바라본다. 팽팽한 적요와 침묵이 양 진영 사이에 날카롭게 예각을 만든다. 나는 문득 포사요환(布射僚丸)을 떠올린다. 여포는 화살을 쏘고 웅의료는 공을 놀렸다는 일화에서 생겨난 고사다. 웅의료는 뛰어난 공놀이 실력으로 나라를 구했고 여포는 백발백중의 활쏘기 실력으로 유비를 구했다. 아버지가 내게 남복을 사 입히면서 해준 말이다. 하지만 나는 나의 재능으로 자신조차 구할 수 없었다. 포사요환을 말해 주면서 내게 남복을 입혔던 아버지는 마지막에 내게 생모를 찾으라고 했다. 부안에서 보내온 어머니의 간곡한 편지에도 생모를 찾지 않겠다고 모질게 다짐했던 나는 아버지의 유언을 따르기로 결심했다.

밖에서 계집종이 아뢰었다.

"대감마님. 장 화원께서 오셨사옵니다."

허름한 갓옷에 턱수염이 무성한 잘생긴 남자가 방 안으로 들어왔다.

"어서 오게나."

이상허가 쌍륙판에서 눈을 떼지 않고 남자를 맞이했다.

남자가 쌍륙판 옆으로 대뜸 다가앉더니 내게 훈수를 두었다.

"아가씨. 지금 그 말을 움직이면 잡힐 염려가 있소. 그러지 말고 여기 이 자리에 있는 흑말을 안육으로 들이는 것이 어떻겠소?"

"어허! 이 사람이 볼기라도 맞아야 정신을 차릴 텐가? 장기판에서 훈수 두다가 살인났다는 말도 못 들어보았는가?"

"하하하. 대감. 쌍륙판에서 훈수 두다가 볼기 맞았다는 얘기는 아직 못 들어보았사옵니다. 하하하. 하하하."

곧 계집종 둘이 갖가지 음식이 차려진 커다란 자개상을 들여다 놓아 쌍륙 놀이는 중지되었다. 이상허가 계집종을 시켜 쌍륙판을 말이 배치된 그대로 잘 보관해 두라고 시켰다.

상 위에는 설하멱적에 향설고, 석탄병, 계강과, 토란병, 홍어와 오골계 등 산해진미에 술은 연엽주와 이강고(梨薑膏)가 올랐다.

악공 세 명이 각각 젓대와 해금, 거문고를 안고 방으로 들어와 방 한쪽에 자리 잡고 앉았다. 악공을 집으로 부르는 것은 원칙적으로 사대부에게 기방 출입이 제한되었기 때문이다. 기방은 무관과 중간 계층, 악소배들이나 드나드는 곳으로 사대부가 음악을 즐기고 싶으면 집으로 악공을 불러야 한다. 기녀 두 명과 악공 세 명이 한 조를 이루는데 이들을 부르려면 상당한 돈이 들어가 보통 양반들은 꿈도 꿀 수 없고, 돈 많고 지체 높은 고위층이나 종친들만이 그 비용을 감당할 수 있다. 이런 이유로 일부 고관들은 나라에서 법으로 금한 가비와 악노(樂奴)를 집 안에서 양성해 음악을 즐기는 풍조가 은밀히 성행했다.

이상허가 나를 시켜 남자에게 술을 올리게 했다.

"장 화원. 인사하게. 여기 이 아가씨는 부안기 매창일세."

"아아…… 이 아가씨가 바로 그……"

장 화원이 반색한 얼굴로 무언가를 말하려다가 이상허의 시선을 느끼고 주춤 입을 다물었다. 하지만 곧 내가 따라준 술을 단숨에 벌컥 들이켜고 호방하게 말했다.

"아가씨의 명성은 익히 들었소이다. 술집 벽에 아가씨의 시가 어디든 써 있지 않은 곳이 없으니 말이오. 인사드리오. 이놈은 보잘것없는 환쟁이라오."

이상허가 다소 비아냥거리는 어조로 말했다.

"장 화원이 언제부터 시를 읽었는가? 전혀 몰랐네그려. 그래, 매창의 어느 시를 좋아하는가?"

"대감. 무엇이 그리 급하시옵니까? 소인 먼 길 오느라 시장하옵니다."

"그렇군. 내 술 한 잔 받으이."

장 화원이 이상허가 따라주는 술을 이번에도 단숨에 벌컥벌컥 들이켰다.

"대감 덕분에 죽지 않고 살아왔습니다."

이상허가 의미심장한 눈으로 장 화원을 바라보았다.

"산호주 때문은 아니고?"

이상허가 무심코 내뱉는 말에 나는 이 남자가 바로 산호주 방에 걸려 있는 초상화를 그린 화가라는 것을 거니챘다. 화가는 폐월수화(閉月羞花)*가 무색하다는 산호주의 매혹적인 자태를 어쩌면 그리도 잘 표현했는지 그림 속 여자는 꼭 살아서 튀어나올 것처럼 생생했다. 나는 그림을 그린 화가가 산호주를 지극히 사랑하지 않고서는 절대 나올 수 없는 그림이라 생각했었다.

"장 화원. 여기 이 아가씨의 초상화 한 장 그려주게나. 이 아가씨가 어디 녹록해야 말이지. 가까이 두고 보고 싶으나 영 말을 안 듣네. 자네를 부른 것은 그 때문일세. 그림이라도 걸어놓고 매일 아침저녁으로 보려고 말이지. 허허허."

"대감께서 새 연애에 푹 빠지셨군요."

"이 사람이 지금 무슨 허튼소리인가? 내가 언제 변변한 연애 한번 해 보았다고?"

"술은 초물에 취하고 사람은 훗물에 취한다더니…… 하하하. 대감께서 아가씨에게 완전히 매혹되셨군요. 으하하하."

술이 몇 잔 들어가 얼굴이 불그레해진 장 화원이 이상허를 지그시 쏘아보았다.

"대감. 계빈왕이 결국 난새를 죽게 했음을 아시고 계실 테지요?"

난새는 전설 속의 신비한 새 봉황으로 용과 학이 교미해 낳은 새다. 신비한 울음소리를 낸다고 해 계빈왕이 잡아다 새장 속에 가두었으나 삼 년이 지나도록 울지 않았다. 제 짝을 보면 운다는 말에 계빈왕이 새장 속에 거울을 달아주자 난새는 거울 속의 제 모습을 향해 무수히 달려들다가 거울에 머리를 짓찧어 피를 흘리며 죽고 말았다. 내 시 「외로운 난새의 노래」란 바로 이러한 난새의 슬픈 운명을 읊은 것이다. 순간 나는 불현듯 깨달았다. 누정동 가옥에 걸린 이상허가 그렸다는 「거문고의 여자」를 그린 사람이 장 화원이라는 것을. 붓의 터치와 맑고 순수한 색감이 산호주 방에 걸린 초상화와 거의 똑같지 않았던가.

이상허의 좁은 미간에 주름이 몇 개 그어지고 눈꼬리가 위로 치켜 올라갔다.

"지금 무슨 엉뚱한 말인가?"

"대감. 저나 여기 이 아가씨 같은 예인은 절대 한곳에 갇혀서 살 수 없사옵니다. 아예 눈을 멀게 해 청맹과니로 만든다면 몰라도."

"장 화원. 벌써 취했는가? 어째 쇠양배양 허튼소리를 지껄이는 것인가?"

"하하하. 대감. 노여워 마십시오. 아가씨가 보기에 고요하지만 내면에 용광로가 들끓고 있사옵니다. 대감께서 알아두시라고 드리는 말씀이옵니다. 으하하하."

"매창은 산호주와는 다르네. 괜히 산호주에게 받은 상처를 엉뚱한 데서 설욕하려들지 말게. 자네가 좋아할 만한 아이를 불렀으니 지난날은 다 잊어버리게나."

기다리고 있기나 한 것처럼 문이 드르륵 열리고 미추룸한 기생이 방 안으로 들어와 나부시 절했다.

"평양기 민애 승안하오니다."

나는 깜짝 놀랐다. 끝동과 곁마기 깃 고름을 모란빛으로 배색한 먹색 생고사 저고리에 박명주 분홍 치마를 입고 방으로 들어서는 여자는 선상기 민애. 새하얗게 분칠한 얼굴에 눈썹을 꾀꼬리처럼 아미(蛾眉)로 그리고 입술을 새빨갛게 발라 분단장한 모습이 장악원에서 보던 것과는 팔팔결 다른 자태다.

이상허가 장 화원 곁을 가리키자 민애가 새치름한 표정으로 가 앉았다.

"잘 뫼시거라. 장안 최고의 화가시니라."

민애가 장 화원이 내민 술잔에 찰찰 넘치게 술을 따랐다.

"장 화원의 명성은 익히 들었사오니다. 언제 소첩의 초상화도 그려주시옵소서."

기생이 시인과 불가분의 관계인 것처럼 환쟁이와도 뗄 수 없는 관계다. 평양의 유명한 기생 옥하선이 삼당(三唐) 시인인 이달을 문전박대했다가 봉변당한 이야기는 기방에 소문이 나 있었다. 가난한 탓에 우세당한 이달이 "곱게 단장한 머리는 빗자루처럼 희끗하고 암말 않고 앉은 꼴이 귀신 같구나"라고 옥하선을 빗대어 시를 지어 퍼뜨리는 바람에 찾는 남자들이 없어 옥하선의 기방은 거미줄을 치게 되었다. 이처럼 시인이 한 기생에 대해 아름다운 시를 쓰면 네 말이 끄는 수레가 그 기생의 집 앞에 장사진을 치고 시인의 시가 기생을 비난하면 찾는 선비들이 없다. 내가 부안에 묻혀 살면서도 팔도에 이름을 날리게 된 것은 모두 부안을 다녀간 시인들 때문이었다. 이렇게 시 하나로 기생의 몸값이 오르락내리락하듯 유명한 환쟁이에게 초상화를 얻는 것도 기생의 주가를 한층 높이는 것이다.

민애의 아양에도 장 화원이 아무 대답도 않자 이상허가 웃으며 말했다.

"장 화원은 마음에 드는 여자는 얼굴부터 그리지 않느니라. 하하하."

"그럼 어디부터 먼저 그리시오니까?"

"여자의 몸에서 가장 은밀한 곳부터 먼저 그리지. 하하하."

민애가 할기시 장 화원을 바라보았다.

"장 화원. 그게 정말이오?"

말없이 술만 들이켜던 장 화원이 갑자기 벌떡 일어나더니 민애를 거칠게 잡아 일으켜 악공들이 연주하는 「후정화」 가락에 맞춰 대무(對舞)를 추기 시작했다.

장 화원이 간잔지런한 눈빛으로 마주 선 민애를 깊이 쏘아보며 소매를 훨훨 떨쳤다.

민애가 산드러진 미소를 지으며 손바닥을 살랑살랑 뒤집고 버선코를 들어 올리며 느실난실 장 화원의 몸에 가까워졌다 멀어지고 등을 돌린 자세로 어깨와 엉덩이가 닿을 듯 말 듯 춤추다가 다시 돌아서서 얼굴을 마주 보고 소매를 너울너울 떨치고 손바닥을 앞뒤로 뒤집으며 흥겹게 놀았다.

한껏 흥이 오른 장 화원이 소매를 길게 펼치면서 앞으로 나가면 민애가 낭창낭창 뒤쪽으로 도망가고 장 화원이 손을 뒤집으며 뒤로 물러나면 민애가 배시시 웃으며 쫓아간다. 민애가 돌고 또 돌면서 손을 앙증맞게 뒤집고 곤댓짓을 하면서 버선코를 살짝살짝 내민다. 등을 맞대고 너울너울 춤추던 민애가 다시 몸을 돌리는 순간 장 화원이 억센 힘으로 잡아당겨 품에 가두고 입을 맞췄다.

앵돌아진 민애가 두 손으로 장 화원의 가슴팍을 떼밀고 자리로 와 초름하게 돌아앉았다. 장 화원이 호탕하게 웃으며 민애 곁으로 바짝 다가앉아 한 손으로 민애의 어깨를 끌어안았다. 깔쭉깔쭉 돌아앉았던 민애가 할기족족 장 화원을 흘겨보는데 눈에 색기가 철철 넘쳤다. 장 화원이 끄응 신음 소리를 내며 민애를 답삭 무릎 위로 올려놓았다. 민애가 까르륵 숨이 넘어가게 웃으며 젓가락으로 홍어회를 집어 장 화원의 입에 넣어주며 귓가에 무어라고 으밀아밀 속삭이자 장 화원이 참지 못

하고 너털웃음을 터뜨렸다.

"대감. 『본초강목』에서 홍어를 무어라 부르는지 아시옵니까? 해음어(海淫漁), 즉 바다의 음탕한 물고기라는 뜻이옵니다. 하하하."

"음탕한 물고기라. 하하하. 거 재미있는 말이로군."

"홍어 수컷의 생식기는 꼬리지느러미처럼 밖으로 돌출해 있는데 두 개나 되는 생식기에 가시가 달려 있어 암컷과 교미할 때 절대 빠지지 않도록 가시를 꽉 박고 교미를 한다고 하옵니다."

"역시 장 화원이 와야 재미난 얘기도 듣게 되는군."

장 화원이 한 손으로 술잔을 기울이면서 다른 한 손으로 민애의 치마 속을 헤집었다.

"소인이 바다 생물을 그리려고 동해안으로 유람을 떠났을 때 본 것입지요. 홍어 암컷이 어부가 던진 미끼를 덥석 무는데 수컷은 그것도 모르고 암컷의 몸에 생식기를 박고는 절대 떨어지지 않으니 어부는 한 번 미끼에 두 마리를 낚아 올리는 것입지요. 어부들이 말하기를 암컷은 미끼 때문에 죽고 수컷은 음탕함 때문에 죽는다 하더이다. 으하하하"

"홍어란 놈이 음탕함을 탐하는 자의 본보기가 능히 되겠군. 장 화원도 조심하게나. 여색을 너무 밝히다 신세 망치지 말고."

"그 무슨 말씀을. 소인 놈이 아니라 대감께서 조심하셔야 하지 않겠사옵니까?"

이상허가 검쓴 표정으로 장 화원을 노려보더니 문갑을 열고 책 한 권을 꺼내 툭 던졌다.

"지금 이 춘화첩이 시중에 불타나게 유통되고 있지. 선금을 주고도 보름은 기다려야 살 수 있다고 하더군."

장 화원이 이마에 주름을 몇 개 그으며 무릎에 올려놓았던 민애를 내려놓았다.

장 화원이 능화판 문양의 겉표지를 열자 맨 첫 장에 쥐면 부서질 듯 허리가 한 줌밖에 안 되는 미인이 요염한 자태로 허리를 살짝 배틀고 선 그림이 나온다.

나는 깜짝 놀랐다. 그 그림은 산호주 방에 걸려 있는 초상화와 똑같은 그림이 아닌가. 쪽물 들인 회청색 치마가 초롱꽃처럼 부풀었는데 몸에 착 감긴 저고리 아래로 졸라맨 치맛단이 허리를 더욱 잘록하게 보이게 하고, 극도로 짧은 저고리 아래로 희디흰 젖가슴이 반나마 드러나는데 곤두선 젖꼭지가 터질 듯 탱탱하다. 화제(畵題)는 「해어화」다.

다음 장은 고쟁이만 입은 채로 거울 앞에 앉아 화장하는 여인의 모습이다. 속살이 훤히 비치는 세모시 고쟁이만 걸친 자태가 자못 색정적이다. 화제도 「세모시 고쟁이에 눈멀고 마음 멀어서」다. 그다음 장부터는 도저히 눈 뜨고 볼 수 없는 노골적인 남녀의 성행위를 그린 춘화들이다. 그림마다 성 유희를 암시하는 천박한 제목들이 붙어 있다. 「열고 닫고(開合)」, 「빠르게 느리게(緩急)」, 「잡았다 놓았다(縱擒)」. 그리고 춘화의 각 장미다 용궁에서 솟아오른 보석 같은 미인이라고 은근히 산호주임을 암시하고 있다.

춘화첩은 임란 전까지 시중에 유통되는 일이 없었다. 조선은 철저히 성리학을 신봉하는 유교의 나라라 춘화첩을 소지하고 있는 것만으로도 형벌감이었다. 간혹 명나라에 사신으로 가는 관료를 수행한 하리들이 은밀히 들여와 숨겨놓고 보는 정도였다. 그러다가 임진년 전쟁이 터지고 명군이 구원병으로 진군하면서 가져와 퍼뜨린 것이 기방에서부터 유행하기 시작해 사대부가의 아녀자들도 춘화첩을 구하지 못해 끝탕을 치는 판국이었다.

춘화첩을 마지막까지 다 훑은 장 화원이 이상허를 향해 시르죽은 음성으로 고했다.

"맨 처음의 그림은 분명 소인이 그린 것이 맞사옵니다. 하지만 잘 보시옵소서. 앞의 그림에는 콧잔등 왼쪽에 점이 찍혀 있사오나 다음 그림부터는 점이 콧잔등 오른쪽에 찍혀 있사옵니다. 어설픈 환쟁이 놈이 산호주를 직접 보고 그린 게 아니라 제 그림을 모방해 그리다가 그만 착각한 것이옵지요."

"지금 그게 변명이 된다고 생각하는가? 그깟 콧등의 점이야 유행에 따라 기생 년들이 여기도 찍었다가 저기도 찍는 것이 아니던가?"

"대감. 소인 말을 믿어주시옵……."

봉당 밑에서 싸개통 치는 소리에 장 화원이 말을 멈췄다. 곧 쿵쾅거리고 마루를 올라오는 소리와 함께 문이 우당탕퉁탕 부서질 듯 열리고 독기가 파랗게 오른 산호주가 상성한 얼굴로 방 안을 노려보았다. 하인들과 얼마나 드잡이질을 했는지 머리채가 다 헝클어지고 옷고름도 풀어져 몰골이 가관도 아니었다.

문지방을 성큼 넘은 산호주가 다짜고짜 장 화원 곁에 앉은 민애의 머리채를 홱 낚아챘다.

"앙큼한 년! 네년이 나를 언걸 입히려고 아주 작정을 했구나! 이 나쁜 년!"

"아이고! 대감! 대감!"

민애가 비명을 지르며 덤벼들었지만 워낙 가냘가냘한 몸매라 풍염한 산호주의 상대가 되지 못했다.

"네년이 솔개 까치 집 빼앗듯 내 자리를 가리단죽하려고 작정하고 내 집에 드나들었지? 이년! 내가 끝까지 모를 줄 알았더냐? 어디 오늘 내 손에 죽어봐라!"

산호주가 민애의 머리채를 뽑을 듯이 잡아당겨 앞뒤로 거세게 흔들었다.

"아이고! 대감! 대감! 이년이 사람 죽이네!"

두 여자가 드잡이하는 꼴에 장 화원이 옹송망송한 얼굴로 미친 듯 웃어댔다.

"우하하하 우하하하. 우하하하하."

산호주가 민애를 방구석으로 팽개치듯 밀어내고 매무새를 가다듬은 후에 이상허 앞에 한 무릎을 세우고 앉았다.

"대감. 소첩을 조련질하시는 이유가 무엇이옵니까?"

이상허가 춘화첩을 산호주 얼굴로 소리 나게 집어던졌다.

"똥 싼 주제에 매화 타령이라더니 하는 짓이 가관도 아니구나. 이 미인도는 내가 너를 위해 특별히 장 화원에게 부탁해 그린 것이 아니더냐? 도대체 이 그림이 어떻게 시중에 유통되고 있는 게냐? 네년 방에 걸린 초상화는 무엇이고 이 그림은 무엇이냐? 사실대로 말하거라."

춘화첩을 본 산호주의 안색이 파랗게 질렸다.

"대 대감. 주 죽을 죄를 지었사옵니다. 사 사실은……."

장 화원이 낮게 부르짖었다.

"산호주! 입 닥쳐!"

이상허의 눈썹이 꿈틀 위로 치켜 올라갔다.

"당장 두 연놈을 끌어내 관봉치패를 당하게 하기 전에 사실대로 말하라. 어서!"

산호주가 고개를 떨어뜨리고 실토했다.

"장 화원이 그때 똑같은 그림을…… 똑같은 그림을 두 장 그렸사옵니다."

이상허의 수염이 부들부들 떨렸다.

"그래서?"

"하 한 장은 제 제가 가지고 또 한 장은…… 장 장 화원이……."

"장 화원! 사실인가?"

장 화원이 이상허의 눈길을 피해 고개를 떨어뜨리고 대답했다.

"그렇사옵니다."

"그 그림이 어떻게 시중에 유통된단 말이냐?"

"팔았사옵니다."

"팔았다고? 그림을 팔았더란 말이냐?"

"돈이 궁해 팔았사옵니다! 소인 놈이 그린 것을 마음대로 팔지도 못하옵니까?"

"이런 인숭무레기 같은 인사를 보았는가. 지난번에 집에 아이가 아프다고 가져간 돈은 어디에 썼더란 말이냐? 돈이 궁해 이런 추잡한 그림까지 그렸더란 말이냐? 그러고도 네놈이 도화원에 붙어 있을 줄로 아느냐?"

"대감. 절대 아니옵니다. 소인 놈이 아무리 돈이 궁하기로서니 어찌 이런 춘화들을 그렸겠사옵니까? 절대 아니옵니다. 제발 믿어주소서."

"시끄럽다! 네놈 재능이 아까워 그동안 기생 년하고 염문이 터질 때마다 방장부절(方長不折)**이라 뒷갈망을 해주었건만 이 지경에 이르렀으니 도저히 더 이상은 두고 볼 수가 없느니. 당장 내 앞에서 썩 꺼지거라. 두 연놈들 다 꼴 보기도 싫다. 다시는 내 앞에 나타나지도 말거라!"

산호주가 이상허 앞에 무릎을 꿇었다.

"대감! 대감! 아니옵니다! 춘화 속의 여자는 소첩이 아니옵니다! 제발 살펴주소서! 대감!"

"두 말도 더 듣기 싫다. 도대체 얼마나 많은 사내놈들과 얼렀기에 이런 민망한 그림들이 시중에 나돈다는 말이냐? 이러고도 네가 한양에서 행세할 줄 알았더냐? 어디 외곽으로 나가 들병이로 연명한다면 몰라도. 여봐라! 게 누구 없느냐?"

벽력같은 호통에 부사리 같은 종놈이 댓바람에 뛰어 들어왔다.

"네 이놈! 문지기를 어찌 서는 것이냐? 내 이년을 두 번 다시 보고 싶지 않다 했거늘. 당장 이년을 배송 내고, 다시는 문간에 얼씬도 못 하게 하거라. 두 번 다시 이년이 내 눈에 띄었다가는 네놈부터 죽일 것이니 그리 알라!"

"당장 분부 거행하겠사옵니다."

다가오려는 종놈을 향해 산호주가 독기를 잔뜩 품고 야멸치게 내뱉었다.

"네 이놈! 감히 뉘 몸에 손을 대려는 것이냐?"

산호주의 위세에 놀란 종놈이 주춤 멈춰 섰다.

이상허가 버럭 고함을 질렀다.

"무엇하고 있느냐? 당장 계집을 배송 내라는데도!"

추상같은 명에 주춤거리며 다가간 종놈이 소매를 잡는 순간 산호주가 홱 몸을 돌려 불식간에 저고리 고름을 풀어헤쳤다. 비단결같이 부드러운 살품이 드러나자 종놈이 놀라 흠칫 뒤로 물러섰다.

산호주가 종놈을 향해 배시시 웃었다.

"내가 여기 올 때마다 네놈이 저 문구멍으로 엿보았으렷다. 어디 이 참에 실컷 보겠느냐?"

산호주가 순식간에 저고리를 벗어 방바닥으로 팽개치고 치맛말기를 끌렀다. 꽉 졸라맸던 치마가 풀리면서 억눌린 젖무덤이 드러났다. 산호주가 무지기와 대슘치마를 훌훌 벗어던지자 풍만한 유방이 몸을 움직일 때마다 출렁거리고 조약돌처럼 딴딴한 젖꼭지가 도발적으로 튀어올랐다.

"이 이년! 미 미쳤구나! 무엇하느냐? 당장 저년을 끌어내지 못하겠느냐?"

이미 반 혼이 나간 종놈이 그 자리에서 꼼짝도 하지 못했다.

복다구니를 치는 상황에서 뒤늦게 정신을 차린 내가 방바닥에 떨어진 치마를 집어 들고 다가가려 하자 산호주가 앙칼지게 외쳤다.

"내버려둬! 제발 나를 건드리지 마! 안 그러면 죽어버릴 거야."

나는 치마를 손에 들고 앉지도 서지도 못하고 엉거주춤 방 한구석에 서 있었다.

송도 오이장수 꼴로 훌쩍훌쩍 짜는 민애를 끌고 장 화원은 일찌감치 방을 나가고 악공들도 벌써 전에 방을 나가 이상허와 산호주, 그리고 나와 종놈밖에는 남아 있지 않았다.

이상허가 종놈을 향해 호통을 쳤다.

"이놈! 당장 저년을 끌어내지 않으면 네놈부터 처단할 것이니라!"

산호주가 입꼬리를 올리며 기묘하게 웃었다.

"네 이놈! 감히 천한 네놈이 내 몸 한 군데라도 손을 대면 쥐도 새도 모르게 죽여 없앨 것이니라! 이름만 대면 알 만한 고위 관료들이 다 이 산호주의 치마폭에 있느니라! 네깟 놈 하나 거덜 내는 건 식은 죽 먹기보다 더 쉬운 일이니라. 오호호호."

너른바지, 단속곳, 고쟁이, 속속곳을 훌훌 벗어던진 산호주의 몸에 남은 것은 음부를 겨우 가린 다리속곳뿐이다. 종놈이 침을 꿀꺽 삼키며 비틀거리는 걸음으로 벽 쪽으로 가 몸을 기대섰다. 산호주가 미친 듯 깔깔거리며 머리에서 파란 뒤꽂이와 빗치개, 나비 떨잠 등 장식품을 하나하나 빼 상 위로 던졌다. 감태같은 머리가 어깨 위로 흩어져 내리며 엉덩이를 덮었다.

산호주가 허리를 곧게 펴고 이상허를 향해 정면으로 돌아섰다.

쭉 뻗은 두 다리와 그 사이의 검은 숲으로 가려진 곡문, 풍만한 엉덩이와 잘록한 허리, 만지면 디질 듯 부드러운 유방과 탱탱하게 곤두선 젖꼭지가 숨 막히도록 뇌쇄적이었다.

"대감. 잘 보셨사옵니까? 기생 년은 사람이 아니라 판매되는 물품이오니 아직도 쓸 만하옵니까? 처음 보던 그대로이옵니까? 말씀만 하소서. 언제라도 다 드리리다."

"이년! 미쳐도 단단히 미쳤구나!"

"호호호. 소첩이 미친 게 아니라 대감께서 미친 것이지요. 장 화원에게서 소첩을 빼앗아 오실 때 얼마나 돈을 쥐어주셨사옵니까? 민애도 곧 이년처럼 너덜너덜한 누더기가 될 것이옵니다. 호호호. 매창 언니가 나타나니 이제 민애도 싫증 나 장 화원에게 선심 쓰듯 물려주시는 것이옵니까?"

내 등으로 얼음처럼 차디찬 물줄기가 지나갔다.

"이녀언!"

이상허가 손에 들고 있던 좌장을 짚고 벌떡 일어나 순식간에 산호주의 알몸을 향해 휘둘렀다. 새하얀 살결에 뱀이 기어가듯 구불거리는 상처가 나고 피가 배었다.

내가 산호주에게로 다가가려 하자 이상허가 손을 뻗어 제지했다.

"상관하지 말고 가만히 있거라!"

산호주는 이미 제정신이 아니었다.

"대감! 새겨들으소서! 대감 같은 분은 평생 가도 매창 언니의 마음 한 귀퉁이도 차지할 수 없다는 것을. 소첩이나 민애 같은 년들이야 백 명도 더 아람치로 하실 수 있을지 모르오나 매창 언니만은 절대 아니 되실 것이옵니다. 호호호. 호호호."

"네 이년! 이 무슨 패악이냐? 정녕 이러고도 네가 살기를 바라느냐?"

"대감! 소첩이 무슨 패악을 저질렀사옵니까? 무슨 죄를 저질렀사옵니까? 죄라면 기생이 된 죄밖에 더 있사옵니까? 이러시려고 저를 장 화원에게서 강탈해 오셨사옵니까?"

이상허가 부들부들 떨며 벽에 걸린 장검을 빼어 들었다.

"이년! 죽여버릴 테다! 가난한 환쟁이라고 버릴 때는 언제고 이제 와서 딴소리냐?"

내가 덴겁해 이상허의 앞을 가로막고 애원했다.

"나리! 고정하소서! 나리! 제발!"

산호주의 눈에서 파랗게 독기가 뿜어져 나왔다.

"언니. 속지 마. 결국 내 꼴이 될 테니까. 대감이 예의를 지키신다고? 호호호. 호호호. 언니 노래에 취한 그날 밤 바로 민애를 침소로 들이셨다는 거 알아? 오호호호 오호호호."

이상허가 하인을 향해 무섭게 고함을 질렀다.

"당장 저년을 끌어내거라! 어서! 내가 죽이기 전에 어서 끌어내거라! 어서!"

종놈이 반쯤 얼빠진 얼굴로 바닥에 떨어진 치마를 주워 발버둥 치는 산호주를 감싸 안았다.

"다시 한 번 이 계집이 내 눈에 뜨이면 그때는 네놈부터 죽일 것이니 그리 알라!"

종놈이 발버둥 치며 울부짖는 산호주를 번쩍 들어 밖으로 끌고 나갔다.

방 안에는 이상허와 나만이 남았다.

나는 이상하게도 마음이 찹찹해졌다. 광풍이 한바탕 휩쓸고 간 바다처럼 잔잔해지며 그동안 들끓던 마음이 고요히 간정되었다.

내가 돌아가겠다고 하자 이상허가 내 손을 잡았다.

"제발…… 제발…… 매창! 가지 말게. 제발 오늘만은 내 곁에 있어주게."

그는 이미 폐인이었다. 겉모습만 멀쩡했을 뿐이다. 유희경이 내게 대감 곁에 있으면 나도 망가질 것이라고 한 말의 진의를 알 것 같았다. 이상허는 육체를 초월하지 못했다. 그의 궁극적인 목표는 여자가 아니라 허무를 잊게 해줄 강렬한 자극일 뿐이었다.

"대감. 오늘은 이만 돌아가고 밝은 날에 찾아뵙겠사옵니다. 그렇게 해주소서. 오늘은 아무 생각 말고 푹 쉬소서. 소첩도 돌아가 쉬고 싶사옵니다."

"나는 괴물이 아니네. 그대가 생각하는 것처럼 나는 괴물이 아니야. 제발 그대만은 내 곁을 떠나지 마."

그의 애원이 내 가슴에 깊은 교감을 만들었다. 나의 상처에 그의 상처가 골짜기를 만들고 거기서 이제까지 없던 울림이 탄생한다. 인간은 비록 모든 것을 다 가진 왕족이라 할지라도 이 세상에 던져진 고아일 뿐이다. 그도 나처럼 고독한 숲속의 한 마리 고라니일 뿐이라는 공감이 내게 그를 향한 연민을 불러일으켰다.

"그대가 원하는 대로 하겠소. 앵속도 끊고 여자도 버리겠소. 그대가 농사를 지으라고 하면 이 손으로 호미를 들겠소."

그가 내게 희디흰, 여자 손보다 더 고운 손을 들어 보여주었다. 그는 자신이 하는 말이 어떤 의미인지도 모르고 지껄였다. 그는 흙이 어떤 것인지를 모른다. 땅이 어떤 것인지를 모른다. 호미가 무엇인지를 모른다. 그는 이 세상에 태어나서 단 한 번도 논의 거머리에게 살을 뜯겨본 적이 없을 것이다. 아니 거머리가 무엇인지, 거머리를 본 적도 없을 것이다.

내가 할 말이 아무것도 없어 가만히 있자 이상허가 한참 만에 본래의 얼굴을 되찾고 말했다.

"자네에게 노래를 들려주고 싶은 명창이 있네. 눈이 멀었던 소경도 눈이 확 떠진다는 명창일세. 자네를 위해 내가 특별히 초대했다네. 제발 노래라도 듣고 가게나. 그렇게 해주게나."

계집종 둘이 들어와 분주히 방을 치운 후에 흐트러진 상을 내가고 새 술상을 들여왔다.

이상허가 술잔을 내게로 내밀었다. 나는 말없이 그의 술잔에 술을 따랐다. 나는 이상허의 내면에 숨어 있는 컴컴한 동굴을 들여다본 것 같아 마음이 쓰라렸다. 모든 것을 다 가졌으나 아무것도 없는 남자. 어쩌면 그는 천민으로 태어나 갖은 구박과 설움으로 자란 유희경보다 나을 것이 없었다. 유희경은 끝내 성취하고 이룰 것이 있었으나 그는 아무것도 성취할 것이 없었기 때문이다.

어느 순간 그의 눈빛이 먹물처럼 컴컴해졌다. 내 가슴에 어떤 파문이 인다. 내가 그를 떠나면 그가 완전히 황폐해질 것이라는 생각이 나를 머뭇거리게 한다. 그가 나의 균열을 예리하게 감지한다. 교활한 그는 자신이 빨았던 담배물부리를 내 입에 갖다 대준다. 나는 그의 눈을 똑바로 바라보며 천천히 담배물부리를 깊이 아주 깊이 빨아들였다. 그의 컴컴한 눈빛에 순간 빛이 출렁인다. 그 간절히 보내오는 신호에 내 가슴의 어느 한쪽이 무너져 내린다. 나는 그가 선택한 것이 쾌락이 아니라 고통으로 서서히 자신을 살해하고 있음을 깨닫는다. 나는 그 자해의 의식에 동참하고 싶은 맹렬한 충동을 느낀다. 그가 내 입에서 담뱃대를 빼 상 위로 팽개치듯 밀치고 불처럼 뜨거운 입술을 내 입술에 포갠다. 정신이 아찔해진다. 이대로 무너져 그와 함께 육신의 한 조각까지 다 소진하고 싶다.

순간 밖에서 인기척이 났다. 나는 정신이 번쩍 들어 그에게서 몸을 빼 뒤로 물러앉았다.

계집종 둘이 맹인 여자를 부축해 방으로 들어왔다. 여자와 함께 북을 든 고수가 뒤따라 들어와 앉았다. 여자가 손에 부채를 들고 고수의 북장단에 맞춰 청아한 음성으로 노래하기 시작했다.

가을 되어 찬 서리 내리기 전에야
뽕나무라 그 이파리 싱싱하지만
구구구구 비둘기 떼야
오디를 맛있다고 따 먹지 마라.
싱숭생숭 아가씨들아
남자에게 빠지지 마오.
남자가 즐기는 것은
오히려 할 말이 있다지만
여자가 빠지는 건

안 될 말이라네.

그 옛날 엄마가 늘 부르던 노래다. 『시경』의 「한 남자」라는 노래. 내 기억 속에서 엄마는 그 노래밖에 모르는 여자 같았다. 매일 그 노래만 불렀다. 남자는 사랑에 빠져 즐겨도 되지만 여자가 사랑에 빠져 즐기는 것은 안 된다는 노래. 남자의 욕망은 인정하지만 여자의 욕망은 인정되지 않는다는 것은 고래나 지금이나 불변의 법칙인 듯하다.

여자의 맑고 고운 음성이 고즈넉한 방 안에 울려 퍼졌다. 타고난 명창의 소리인 천구성이다. 절절하고 슬펐다. 가슴속 서리서리 맺힌 한이 없다면 나올 수 없는 음색이다. 아름다운 노랫소리가 방금 전 이 방 안에서 벌어졌던 일들을 깨끗이 정화했다.

나는 이상허의 얼굴을 바라봤다. 그의 얼굴은 평소처럼 온화하고 드레졌다.

"장안 최고의 명창이지. 초제라고 혹시 자네도 이름을 듣지 않았는가? 소리가 자네와 아주 흡사해 내가 작정하고 불렀다네."

명창 초제? 이런가? 이것이 기생의 세계인가? 기생 년 이름이야 동명이인이 수두룩하다고 하지만 명창 초제는 단 한 사람뿐일 것이다. 하지만 내 엄마는 눈이 멀지 않았다. 내 기억 속에서 엄마는 생생하게 눈을 뜬 미인이었다.

노래 세 곡을 부른 여자가 계집종의 부축을 받고 나갔다. 여자가 잠깐 문 앞에서 내 쪽을 바라보았다. 나는 그녀가 내 엄마가 맞을 거라고 확신했다. 여자가 방을 나가고 나서 나는 불현듯 일어나 소피를 보러 간다고 핑계를 대고는 밖으로 나왔다. 계집종에게 방금 노래 부른 장님 여자가 어디 있느냐고 물으니 벌써 가마를 타고 돌아갔다고 했다. 허둥지둥 뛰어 대문 밖으로 나갔지만 가마는 어디에도 보이지 않았다. 나는 그대로 배자도 입지 않고 아얌도 쓰지 않은 채로 뛰듯이 걷다가 눈에 띄는 가마를 불러 타고 여각으로 돌아왔다.

외로운 학

혼몽 속에서 나는 거문고 줄이 슬기덩 울리는 소리를 생생하게 들었다. 하지만 아무리 잠을 깨려 해도 몸을 일으킬 수가 없었다. 내 몸은 꿈속에 있고 마음은 꿈밖을 헤맸다. 갖은 용을 쓰다 일어나니 옷이 흠뻑 젖어 있었다. 몸살이 난 것 같았다. 부시를 쳐 등잔 심지에 불을 밝히고 거문고를 갑 속에서 꺼내보니 무현의 줄이 끊어져 있었다. 연주를 하다가 거문고 줄이 끊어진 적은 있지만 가만히 있는 줄이 끊어지기는 처음이었다.

불현듯 어릴 때의 일이 아프게 떠오른다. 아버지가 거문고 연주를 하다가 줄이 끊어졌을 때 풀각시를 갖고 놀던 내가 그 소리만으로도 몇 번째 줄이 끊어졌다고 알아맞혔던 일. 그때 나는 네 살이었고 엄마가 집을 나가기 전이었다. 그때가 우리 가족이 가장 행복했던 때였다.

느꺼움에 나는 거문고를 안고 한참을 울었다.

아침밥을 먹고 나서 나는 거울 앞에 앉아 가볍게 화장하고 여각을 나섰다.

대광통교에 이르렀을 때다.

다리 위에 그림가게에서 내건 그림들이 보기 좋게 진열되어 있는데 평소에 보이던 화조도와 백동자도, 부벽화 등은 찾아볼 수 없고 『삼강행실도』 「열녀편」의 외간 남자에게 잡힌 손목을 도끼로 잘라내는 열부(烈婦)의 그림만이 잔뜩 걸려 있다.

그림가게의 시동이 지나가는 행인들을 향해 큰소리로 호객 행위를 했다.

"『삼강행실도』 그림을 오늘만은 특별히 반값에 팝니다요! 다 팔리기 전에 어서들 사십쇼! 딸년들, 마누라, 첩들 방에 한 점씩 걸어놓고 부덕의 경계로 하십쇼! 어서들 사십쇼!"

행인들이 그림을 옆 눈으로 보면서 모두 한곳을 향해 부지런히 가고 있었다.

나는 무엇에 홀린 듯 무작정 그들을 따라 대로로 향했다.

넓은 공터 한가운데에 참혹한 몰골의 여자가 기둥에 묶여 있었다. 머리는 다 헝클어져 산발이고 옷이 군데군데 찢겨 나가 허연 맨살이 보기 흉하게 드러났다.

꾀죄죄한 쥐대기 옷을 걸친 거지 아이가 땅바닥에서 돌을 한 개 집어 여자를 향해 던졌다.

"야이! 화냥년아!"

돌이 여자의 머리를 정통으로 맞혔다. 여자의 입에서 강파른 비명이 터지고 머리에서 피가 흘러내렸다.

"맞아 죽어도 싼 년이여!"

"허리가 잘록하고 엉덩이가 실팍한 걸 보니 사내놈들깨나 홀렸겠군!"

"저년은 왜놈과 붙어먹은 더러운 년이여!"

군중이 여자에게 침을 뱉고 돌을 던졌다. 개중 한 거지 놈이 기다란 나무 꼬챙이로 여자의 쇠용통을 쿡쿡 찌르고 사추리께를 내리쓸고 치쓸며 행악질을 했다. 여자가 얼핏 고개를 들어 한쪽 뺨에 자자(刺字)가 새겨진 거지 놈 얼굴에 칵 소리가 나게 침을 뱉었다.

"하아! 고년이 아직도 앙짜가 남았구먼!"

거지 놈이 넌덕을 치며 군중 앞을 펄쩍펄쩍 한 바퀴 돌더니 다시 여자에게로 다가가 치마를 벌렁 뒤집고 그 속으로 머리를 디밀었다. 여자가 몸부림을 치며 비명을 지르자 흥분한 군중이 환호성을 올렸다.

"어! 그놈이 보살행 하는구먼!"

"더러운 년의 죄업을 다 빨아주는 거여! 으흐흐흐."

아이를 대동했던 아낙들이 얼굴이 시뻘게져 서둘러 제 아이의 눈을 가리고 허둥지둥 그곳을 빠져나갔다. 꼬박꼬박 졸던 포졸이 입이 찢어지게 하품을 하며 의자에서 일어나 손에 든 육모방망이로 거지 놈의 엉덩짝을 세차게 내리쳤다. 거지 놈이 어구구 비명을 내지르며 저만치 나가떨어졌다.

군중이 포졸에게 야유를 퍼부었다.

"이보시오! 포졸 나리! 어차피 왜놈에게 몸 버린 흉악한 년인데 거지 놈이 한 번 더 먹는다고 한들 무슨 상관이우?"

"맞소! 거지 놈이 육허기가 들어 지나가는 양가 처녀라도 덮치는 날에는 도성 풍속이 어찌 되겠수? 아예 거적때기라도 깔아주고 인심 한 번 쓰시우!"

군중의 야유에 용기를 얻은 거지 놈이 발딱 일어나 갖은 인상으로 언구럭을 떨며 손에 든 바가지를 치켜들고 한 바퀴 신나게 돌았다. 여기저기서 던진 엽전이 바가지 안에 찰랑찰랑 소리를 내며 수북이 쌓였다.

이번에는 빙충맞게 생긴 사내놈이 포졸의 눈치를 슬슬 보아가며 여자에게 다가가 두툼한 손으로 쇠용통을 쥐었다 놓았다. 포졸이 육모방망이를 꼬나 쥐고 으르딱딱거리지만 위협이라기보다는 부추기는 것처럼 자세가 불량했다.

나는 그제야 여자가 묶인 기둥 꼭대기에 '간음녀 금개동'이라고 매달린 팻말을 보았다.

아까부터 나를 흘금거리던, 머리에 함지박을 인 떡장수 아낙이 목소리를 낮춰 말했다.

"양반가의 까막과부인데 임진년에 피난을 가지 못해 그동안 왜놈에게 잡혀서 살았다 허우. 왜놈들이 철수할 때 버리고 가 지금까지 산속 굴에 숨어 쥐까지 잡아먹으며 연명하다가 민가에 내려와 밥을 구걸하다가 저 꼴이 되었다지 뭐유."

떡장수 아낙 옆에 선 얼굴이 초강초강한 아낙이 모진 소리로 게두덜거렸다.

"흥! 애시당초 남편이 죽었을 때 따라 죽었으면 더러운 꼴을 안 당하지. 순절도 못 한 년이 왜놈과 붙어먹었으니 죽어도 싸지. 더러운 아랫도리에 말뚝이라도 박아 죽여야 해."

떡장수 아낙이 방금 말한 아낙의 머리채를 휘어잡을 기세로 포달을 떨었다.

"야! 이년아! 누군들 남편 죽었을 때 따라 죽고 싶지 않겠느냐? 하지만 시부모가 눈이 시퍼렇게 살아 있고 어린것이 젖 달라 우는데 무슨 표창장 받겠다고 순절을 해! 네년은 내일이라도 남편 죽으면 퍼떡 따라 죽겠느냐? 응?"

"아니 이년이? 왜 멀쩡한 사람한테 행티를 놓는 거여? 과부가 무슨 큰 자랑거리라고 떠벌리고 지랄이여? 그럼 저년이 왜놈하고 붙어먹은 게 잘한 짓이라 이거여?"

떡장수 아낙이 하소연할 곳 없던 과부 설움을 이참에 마구발방으로 토해냈다.

"이년아! 내가 논일 밭일에 손톱 발톱이 다 빠지고 삼실 끓느라 앞니가 시커멓게 되어 내 나이 서른여덟에 벌써 환갑 노파가 되었느니라! 그런데도 남편 잡아먹은 년이라고 시엄니가 하루도 날 때리지 않은 날이 없다! 그런데 네깟 년까지 나를 과부라고 우세시키느냐? 차라리 내가 남편 죽은 그때 따라 죽어 순절했더라면 우리 큰아들도 왜놈에게 잡혀가 죽지 않았을 게다! 이년아! 어디 한번 해볼 테냐?"

자주색 옷고름을 맨 아낙이 그만 얼굴이 벌게져 슬그머니 달아났.
떡장수 아낙이 누구에게랄 것도 없이 푸념을 늘어놓았다.

"남편이 죽었을 때 따라 죽어 순절하면 나라에서 정려문 내리지, 열녀 난 가문이라고 세금 면제해 주고 군역에서도 빼주고 노역에서도 제외시키니 우리 시부모는 은근히 내가 자결하기를 바랬을 것이우. 하지만 불쌍한 내 새끼들 에미 없는 설움을 어찌 감당하라고 내가 죽는단 말이우! 어이구! 문살이 녹아 흐르는 이 설움을 뉘가 알아주겠수!"

떡장수 아낙이 저고리에 자주색 옷고름은 없지만 소매 끝에 남색 끝동을 단 것으로 보아 죽은 큰아들 말고도 다른 아들이 있다는 것을 알 수 있었다. 자주색 고름은 남편이 있다는 표시고 소맷부리 끝동의 남색은 아들을 낳은 여자들만 달 수 있는 것이다.

떡장수 아낙이 한 손으로 코를 휑 풀어 치마에 닦았다.

"저 여자도 참 팔자가 더럽수. 혼례를 올리기만 했지 첫날밤도 못 치르고 과부가 된 게 아니우. 병든 시모를 모시며 십 년을 수절하고 살다가 왜놈에게 붙잡혀 갖은 고욕을 다 치르다가 버림받고는 저 꼴이니. 에이휴! 여자 팔자는 그저 뒤웅박 팔자라더니……."

아마 여자는 삼 일간 저잣거리의 기둥에 묶인 채로 방치되었다가 끔찍한 참형을 당할 것이다. 군중이 범람하는 혼잡한 시장통에서 죄인을 벌하는 것은 대중과 함께 그를 버린다는 의미다. 만인의 경계로 삼아 범죄의 재발을 방지하려는 목적이다.

평생을 남편도 없이 고독 속에서 산 여자는 마지막 삼 일 동안 가장 잔혹한 지옥을 겪고 목이 잘려 죽을 것이다. 그것이 여자의 죄일까? 여자가 갑자기 고개를 빳빳이 치켜들었다. 나는 여자의 얼굴이 그토록 아름다운 것에 놀랐다. 침을 뱉고 욕하던 군중이 숨을 죽였다. 순간 나는 헉, 소리가 나는 입을 두 손으로 틀어막았다. 극도의 흥분으로 인해 온 몸이 덜덜 떨렸다. 나는 허겁지겁 그곳을 빠져나와 눈에 띄는 가마에 무조건 올라탔다. 눈에서 걷잡을 수 없이 눈물이 흘러내렸다. 오랜 세월 동안 내 무의식 깊숙이 갇혀 있던 어느 한 장면이 불쑥 튀어나오고 내 눈앞에서 생생히 재현되었다.

내가 다섯 살인가 여섯 살 때였을 것이다. 밖에서 놀다가 돌부리에 걸려 넘어져 치마가 찢어지고 무르팍이 깨졌다. 동네 아이들이 모두 굿을 보러 간다고 몰려가는데 나만은 엉엉 울며 집으로 갔다. 집은 괴괴했고 한여름인데도 방문이 꼭꼭 닫혀 있었다. 나는 엄마를 부르며 방문을 열었다. 방 안에 엄마와 어떤 남자가 몸에 실오라기 하나 걸치지 않고 얼크러져 있다가 기겁해 이불로 몸을 가렸다. 두 사람 다 술에 취한 듯 얼굴이 싯붉었다.

그날 밤 나는 자다가 오줌을 쌌다. 그다음 날도 나는 요에 오줌을 지렸다. 며칠 만에 전주 출장에서 돌아온 아버지가 내 머리에 키를 씌우고 학수네 집에 가 소금을 얻어 오라고 시켰다. 그 얼마 후 엄마가 집을 나갔고 생전 입에 대지 않던 술을 아버지가 마시기 시작했다. 나는 엄마가 집을 나간 것도 아버지가 술로 인해 소갈증이 생긴 것도 모두 나 때문이라는 죄의식에 시달렸다. 그 후로 나는 살아오면서 고통을 겪을 때마다 내가 지은 죄로 벌을 받는 것이라고 생각하곤 했다. 나는 영원히 구원받을 수 없을 것이라고 믿었다. 아버지가 내게 남복을 입혔을 때 강하게 저항하지 못한 속내에는 나를 방탕의 죄에서 보호하기 위한 것이라고 생각했기 때문이었다.

여름밤이면 우리 집으로 모여들던 동네 사람들에게 해주던 아버지의 옛날 얘기 중에 이런 얘기가 있었다. 천한 노비집 딸이 무척 예뻤는데 가난한 선비가 보고 반했다. 노비는 집도 있고 토지도 있는 부자라 가난한 선비와 딸을 정혼시킬 생각이었지만 선비네 집에서는 아무리 가난해도 노비의 딸과 혼인시킬 수 없다며 반대했다. 선비가 상사병으로 죽자 노비의 딸은 평생 다른 남자와 혼인하지 않고 스스로 비녀를 꽂고 소복을 입어 선비를 기리며 살았다고 한다. 여자의 절개란 이와 같다고 아버지가 사람들에게 말했다. 마음을 허락하면 이미 다 준 것이라고.

어쩌면 내가 절개의 기생이니 지조의 기생이니 하는 허명(虛名)에 목숨을 건 것도 엄마에 대한 강박증이었는지도 모른다. 나도 엄마처럼 음탕한 여자가 될 거라는 두려움과 그로 인해 누군가의 삶을 고난 속에 빠트릴 것이라는 부채감으로 인해.

생모는 내가 찾아올 것을 기다리고나 있던 듯 담담한 표정으로 맞이했다.

나는 아랫목에 둘러쳐진 백동자도를 물끄러미 바라보았다. 열 폭의 병풍에 다만 한 칸만이 수가 놓여 있을 뿐이다. 사내아이들 수십 명이 암행어사 놀이를 하는 장면이다.

먼저 침묵을 깬 것은 생모다.

"네가 시집가면 주려고 한 땀 한 땀 수를 놓았는데 겨우 한 칸을 완성했구나."

나는 생모의 말에 반발심이 일어 항변하고 싶은 것을 꾹 눌러 참고 물었다.

"아버지와 저를 버리고 행복하셨나요?"

"……"

"왜 대답을 못 하세요? 아버지와 저를 버리고 행복하셨냐고요?"

"어떻게 행복할 수가 있었겠니?"

"저는 아버지 머리가 원래 그렇게 하얗게 센 줄 알았어요. 어느 날 우물가에서 동네 여자들이 말하는 것을 우연히 듣게 되었죠. 계랑이 에미가 바람이 나 집을 나가버리는 바람에 하룻밤 새 계랑이 아버지 머리가 그렇게 하얗게 센 것이라고."

생모가 고개를 떨구었다.

"저는 다만 진실을 알고 싶을 뿐이에요. 왜 아버지와 저를 떠나신 거예요? 왜요?"

재우치는 내 말에 생모가 한숨을 깊이 내쉬며 담뱃대 걸이에서 옥물부리 담뱃대를 꺼내 들었다. 그러고는 백문 설합을 열어 잘게 썬 담뱃잎을 대통에 엄지손가락으로 꼭꼭 눌러 채우고 부싯돌에 부시를 탁탁 쳐 수리취에 불을 댕겨 담뱃불을 붙여 뻐끔뻐끔 피웠다. 앞이 안 보이는 사람 특유의 모든 동작 하나하나를 생모는 매우 세심하고 절도 있게 했다. 그 모습을 보고 있노라니 내 마음에 잠시 파란이 일었다.

"마음에 둔 정인이 있었나요? 아버지 말고 좋아하는 사람이 있었나요?"

생모가 슬픈 표정으로 나를 바라보았다. 초점 없는 눈이 티 하나 없이 맑게 빛났다. 아름다운 눈이었다. 허공을 향해 연거푸 담배 연기를 토해내던 생모가 도저히 믿을 수 없는 말을 털어놓았다.

"네 생부가 따로 있다."

나는 내 귀를 의심했다.

"지금 그게 무슨 말이에요? 제 생부가 따로 있다니?"

방금 생모의 입에서 나온 무서운 말이 나를 허공으로 붕 떠오르게 했다가 이내 땅바닥으로 떨어뜨려 산산조각 나게 했다.

"그, 그런 말도 안 되는. 도대체 왜 이러시는 거예요? 저를 버린 것만으로 부족한가요? 네? 저한테 왜 이러냐고요?"

나는 벌떡 일어섰다.

"지금 그 말은 듣지 않은 것으로 하겠어요. 앞으로는 두 번 다시 누구에게도 그런 헛말은 하지 마세요. 다시는…… 다시는 찾아오지 않겠어요."

생모가 비틀거리며 일어나 내 소매를 잡았다.

"내가 죄 많은 년이다. 내가 잘못했다. 내가 잘못했어. 제발…… 제발…… 가지 말……."

얼결에 따라 일어선 생모의 다리가 푹 꺾이더니 방바닥에 쓰러지듯 주저앉았다. 안색이 창백하고 입술이 새파랬다. 아무 말도 못 하고 종주먹으로 가슴을 쥐어뜯기만 했다. 손으로 가리키는 문갑을 열어 급히 약을 꺼내주자 생모가 덜덜 떨며 입에 넣고 물을 꿀꺽 마셨다. 숨을 헐떡이던 생모가 한참 후에야 진정이 되는지 옷매무새를 가다듬었다.

"왜 그래요? 어디가 안 좋은 거예요?"

"아니다. 괜찮아. 아무것도 아니야."

"아무것도 아닌데 곧 숨이 넘어가요? 무슨 병이에요?"

"마음을 졸이고 사니 심병이 생긴 것이지. 다 업보니라."

나는 생모의 손을 잡아당겼다. 마다하는 것을 끌어다 잡고 열 손가락을 정성으로 꼭꼭 눌러 지압했다. 생모의 가녀린 손가락을 만지면서 다시 내 마음에 파란이 일었다.

창백하던 생모의 낯빛에 서서히 핏기가 돌았다.

"너는 천상 그 양반 딸이로구나. 그 양반이 그랬지. 내가 연회에서 가야금을 하루 종일 연주하고 와 손가락이 아프다고 하면 이렇게…… 내 손을 이렇게……"

생모가 감정이 격앙되어 더 이상 말하지 못하고 입을 다물었다.

저고리 위로 굵은 눈물방울이 툭 굴러 내렸다.

"이런 날이 오리라고는 단 한 번도 생각해 본 적이 없구나. 너한테 이렇게 내 손을 맡기고 대화하는 날이…… 그래. 이제 와서 숨기면 뭐하겠니. 다 털어놓으마."

생모가 떠돌이 고수와 사랑에 빠진 것이 열여덟 살 때다. 첫사랑이었다. 그를 위해 죽어도 좋다고 생각할 만큼 사랑했지만 소리 잘하고 장고에 능한 남자는 역마살이 있어 어느 날 온다 간다 말없이 종적을 감췄다. 남자가 떠나고 나서야 달거리가 끊긴 것을 알고 죽을 생각으로 동진강으로 가 시퍼런 물에 뛰어들었다. 인연이 되려고 그랬는지 김제에 출장 다녀오던 아전 이탕종의 눈에 띄어 구사일생으로 목숨을 구했다. 그날부터 이탕종이 온 정성을 기울여 보살펴주었다. 그 마음에 감동되어 냉수 한 그릇을 떠놓고 혼례를 올렸지만 차마 다른 남자의 씨를 잉태했다고 자백할 수가 없었다. 다시 혼자가 될 것이 무서웠기 때문이다.

어떻게든 태아를 떼내려고 별의별 짓을 다 했다. 산비탈을 구르기도 하고 독에서 짠 간장을 바가지로 퍼마셨다. 종내에는 한약방에서 흰봉숭아 꽃씨를 구해 하얗게 가루 내 냉수에 타 몇 바가지를 마시고 사흘간 설사를 해 탈진했다. 놀란 아버지가 들쳐 업고 한의원으로 가 진맥하는 바람에 잉태한 것이 발각 났다.

"자네 뱃속의 아이가 내 씨가 아니라면 누구 씨란 말인가? 자네가 혼례 이후에도 다른 남자를 받았다면 모를까 태아는 내 아이가 분명하니 다시 또 딴맘을 먹었다가는 아주 갈라설 것이니 그리 알게."

그날부터 아버지는 산모에게 좋다는 음식이며 약초를 구해 오고 매일 밤 뱃속의 태아에게 거문고 연주를 들려주었다. 아버지의 마음가짐이 산모 못지않게 중요하다며 각별히 태교에 힘을 썼다. 산이나 들의 꽃이며 식물을 꺾지 않고 땔감을 마련할 때도 낫이나 도끼를 대지 않고 폭우에 부러진 나무나 솔잎만을 모아 지고 왔으며 술을 삼가고 어려운 사람을 돕는 데 힘을 썼다. 글이라고는 언문이나 읽을 뿐 한문은 단 한 줄도 읽지 못하는 생모를 위해 『태중훈문』을 구해 와 읽어주었다.

"산달이 오자 네 아버지가 부등가리살림에도 창호지를 새로 바르고 방에도 도배를 새로 했단다. 포대기며 기저귀, 배냇저고리 따위를 하나씩 마련했지. 아기가 태어난 뒤에 마련하면 부정을 타니 미리 준비해야 한다고. 내가 값을 깎으려 하니 말리더구나. 태어날 아기의 복을 깎는다고."

"그런데 왜 떠난 거예요?"

생모가 한숨을 내쉬었다.

"네가 나를 따르지 않았지. 밤에 잘 때도 꼭 아버지 옆에서만 자려 했어. 길을 가다 넘어지거나 무서운 개를 만나도 다른 애들처럼 엄마를 찾는 게 아니라 아버지 하고 울어서 사람들이 참 저렇게 아버지를 받치는 애도 드물다고 했지. 잘 모르는 사람들은 내가 계모라고 생각하기도 했어. 뱃속에 들었을 때 없애려 한 것을 네가 다 알고 그러는 것 같아 나는 너를 볼 때마다 죄책감으로 괴로웠단다."

어렴풋이 그런 기억은 난다. 어딜 가나 아버지 뒤만 졸졸 따라다니려 했고, 아버지가 출장 가서 밤에 돌아오지 않으면 나는 잠을 자지 않고 기다렸다. 그 기억이 생모가 집을 나간 후의 일인 줄로 나는 여태까지 기억하고 있었다.

"어느 날 전주의 연회에 갔다가 네 생부를 만났어. 다른 기생과 살림을 차렸더구나. 어찌나 분하고 억울한지 배를 타고 부안으로 돌아오는데 강물에 뛰어들어 죽고만 싶었지. 하지만 네가 눈에 밟혀 차마 그럴 수가 없었어. 그 사람을 잊으려고 노력했지만 소용없었단다. 아주 안 본다면 모를까 전주에서 연회가 있을 때마다 가면 보게 되니 참으로 환장할 노릇이더구나. 질투로 미칠 듯 괴로운데도 나는 그 사람 얼굴이라도 보려고 전주로 가곤 했지. 네가 떨어지지 않으려 우는데도 치맛자락에서 떼어놓고 전주로 달려간 적도 많았어."

나는 허탈한 마음으로 벽에 걸린 초상화를 바라보았다. 생모가 눈이 멀기 전의 모습이다. 손바닥처럼 자그마한 얼굴에 기름한 콧날과 도화꽃처럼 붉은 뺨, 도톰한 입술이 살쩍 벌어져 있는데 호박씨처럼 끝이 올라간 눈이 사랑스러운 미소를 머금고 있다. 한창 때 모습일 것이다. 아마도 화공을 불러 그렸으리라. 가슴을 쥐어뜯으며 괴로워하던 모습에 잠시 일었던 연민이 씻은 듯 사라지고 생모에 대한 증오감에 나는 숯불 화로를 뒤집어쓴 듯 온몸의 피가 거꾸로 역류했다.

밤이면 엄마를 찾아내라고 얼마나 머리악을 쓰며 울었던가. 열이 펄펄 끓고 축 처진 나를 들쳐 업고 맨발로 미친 듯 밤길을 달려 생깃골의 용하다는 의원을 찾아갔을 때 아버지의 발은 피투성이였다. 나중에 아버지는 그때 일을 떠올릴 때마다 바늘로 찔리는 듯한 통증도 느끼지 못했다고 말하며 웃었다. 다른 집들은 명절이면 엄마가 색동옷을 지어주고 복주머니도 만들어주는데 그런 것도 없이 나는 아버지와 단둘이 외로운 명절을 맞이하곤 했다. 아버지와 내가 그렇게 척척하게 지낼 때 생모는 화공까지 들여 초상화를 그리며 살았구나, 하는 생각에 격하게 분노가 끓어올랐다.

"같이 다니는 고수가 제 생부인가요?"

생모가 덴겁해 손사래를 쳤다.

"아니다. 아니야. 오해하지 말거라. 그 남자와 나는 아무 사이도 아니니라."

생모가 멀거니 허공을 바라보는데 순간 내 머리를 강하게 치며 떠오르는 사람이 있었다. 아! 나는 다시 한 번 아주 둔탁한 망치가 내 뒤통수를 후려치는 것 같았다. 아버지가 죽기 직전 전주 교방이라고 했던 말의 진의를 나는 이토록 오랜 세월이 지난 후에야 깨닫게 된 것이다.

내 목소리가 나도 모르게 떨려 나왔다.

"장 씨…… 장 씨 아저씨인가요? 네? 그래요?"

생모가 아무 대꾸도 하지 못했다.

"왜 대답을 못 해요? 장 씨 아저씨예요? 그래요?"

장 씨는 자세가 위품(威品)이 있고 추임새의 효과가 좋아 도내에서 소문난 고수였다. 고수의 역할은 악기 연주자나 소리하는 옆에서 장단을 짚어주며 결정적인 고비에 좋다, 좋지, 으이, 얼쑤, 홍 등의 추임새를 넣어 연주가 살아나게 해주는 것이다.

취체에게 등잔불 기름이 닳는다고 꾸중을 들은 후부터 나는 불도 켜지 않고 캄캄한 연습실에서 거문고를 훈련하곤 했다. 어느 날 술에 취해 밤늦게 들어오다가 그것을 목격한 장 씨가 내 옆에 앉아 반주를 해주었다. 여간해서 동기들 연습에 참견 않던 장 씨라 금세 동기들 사이에 쑥덕거리고 말질이 퍼졌다. 장 씨와 내가 그렇고 그런 사이라고.

"어느 날 장 씨가 나를 찾아왔더구나. 전주에서 본 이후로 처음 보는 것이었지. 내게 딱 한 가지만 묻겠다고 하면서 딸이 있느냐고, 그 딸이 자기 아이냐고 하더구나. 왜 이제 와서 그게 궁금하냐고 따지자 전주 교방에 부안에서 온 여자애가 있는데 나와 똑 빼닮아서 그런다고 하더구나. 나는 역정이 치솟아 그 애는 당신 딸이 아니라고, 내 딸이라고 소리 질렀지. 그랬더니 고개를 끄덕이며 "하긴 그 애는 계유년에 낳았다고 계생이라고 이름을 지었다는군" 하고 몇 번이나 쓸쓸히 되뇌더구나. 하지만 나는 장 씨가 괜한 말을 하고 있다는 것을 알았지."

"괜한 말이라고요?"

"그래. 장 씨가 전주에서 딴 기생과 살림을 차렸을 때 질투심에 반 정신이 나간 내가 찾아가 살림살이를 다 부수며 딸이 있다고, 당신 딸이 보고 싶지도 않냐고 패악을 부린 적이 있었거든."

방 안에 담배 연기가 자욱했다.

벽에 걸린 백접도의 호랑나비와 노랑나비가 희미한 연기 사이로 나른나른 날아올랐다.

나는 이제야 장 씨가 내게 했던 행동들이 하나씩 이해가 되었다.

어느 날 장 씨가 꽤 오랫동안 교방을 비웠다가 돌아오면서 아사노쓰유라는 고가의 왜국 화장수를 사다 주었다. 그 후로도 백자연지합이니 당초문향유병 같은 화장품을 사다 주고 거문고 훈련으로 상한 손에 바르라고 돼지기름 굳힌 것을 구해다 주고 꽃신이니 향낭이니 하고 선물을 하곤 했다.

한번은 내가 명창이 된 사람들이 똥물을 먹고 목청을 틔웠다는 말에 면주머니를 만들어 요강에 넣고 매일 변을 받아 풀밭에 묻고는 액이 고이기를 기다렸다. 보름을 그렇게 해 소금 먹은 소 굴우물 들여다보듯 기다려 노란 즙이 고인 것을 죽기 살기로 꿀꺽 마셨다. 오직 명창이 되겠다는 일념 때문이었다. 몇 번을 그렇게 했더니 어느 날부터 음식이 보기도 싫고 입에 대기도 싫었다. 낯빛이 누렇게 뜨고 꼴이 아니게 되더니 하루는 밤에 열이 펄펄 끓고 오한이 나 밤새도록 끙끙 앓았다. 동기들이 다 일어나 세수하고 연습실로 가는데 나는 도무지 몸이 일어나지가 않았다. 취체에게 회초리로 맞고 징벌방에 갇힐 것이 두려워 간신히 일어나 엉금엉금 기다시피 연습실로 간 나는 문을 열자마자 그대로 쾅 소리를 내며 쓰러졌다.

장 씨가 명태 한 축을 구해 와 무와 함께 가마솥에 넣고 푹 달여 뽀얗게 우러난 국물을 마시게 했다. 며칠을 그렇게 장 씨가 명태 곤 국물을 마시게 해주니 채독이 빠지면서 몸이 회복되었다.

장 씨가 교방에서 완전히 종적을 감춘 것은 그 직후였다. 나중에 밝혀진 일이지만 장 씨가 특히 나를 귀애하는 것에 강새암이 난 경패가 작정하고 퍼뜨린 헛소문 때문이었다. 장 씨가 내 애인이라는. 교방의 규율은 무척 엄격해 만약 동기가 남자와 연애하거나 나쁜 소문이 나면 그 길로 보따리를 싸 고향으로 돌려보낸다. 장 씨는 혹시 자신으로 인해 내게 해가 돌아갈까 봐 교방을 떠났던 것이다.

장 씨가 떠나가고 난 후 나는 한동안 마음을 잡지 못하고 방황했다. 왜 내가 사랑하는 모든 사람들이 내 곁을 떠나는지 나는 이해할 수가 없었다. 그럴 때마다 이 모든 불행이 나는 내 탓이라고 자책하며 괴로워하곤 했다. 어린 시절 엄마와의 별리가 가져다준 상처 때문이었다.

"내가 보고 싶지도 않았나요?"

"어찌 에미로서 어린 네가 눈에 밟히지 않았겠니? 밤이면 네가 너무 보고 싶어 베갯잇을 적시며 울었지. 견디다 견디다 못해 부안으로 찾아갔어. 네 아버지 몰래 한양으로 데려올 마음으로 갔지."

"그럼 그때, 나한테 떡을 사 주고 꽃신을 사 준 그 아짐……."

"기억하고 있었구나……."

그게 엄마였다니…… 가슴이 꽉 메는 것 같았다. 부안에 살 때와는 너무도 달라진 화려한 모습에 나는 거의 일 년여를 떨어졌던 엄마를 알아보지 못했다.

"너한테 꽃신을 사 주고 떡을 사 먹이는데 네 아버지가 숨이 턱에 차

와서는 너를 낚아채 저만치 가게 하고 애원하더구나. '기왕지사 우리 인연이 여기까지라면 다시는 부안에 오지 말거라. 계랑이에게 에미가 기생이라는 걸 알려서 뭐가 좋겠느냐? 계랑이는 그저 좋은 남자 만나 평범하게 살게 해주고 싶구나. 그러니 다시는 부안에 오지 말거라. 그게 자네가 우리 계랑이한테 해줄 수 있는 가장 큰 것이네'라고. 단 하루도 너를 잊은 적이 없단다. 태내에서 너를 지우려고 한 게 죄밑이 돼 집 안에 아무도 모르게 불상을 모시고 매일같이 기도했느니라. 오직 너 잘되라고 부처님 전에 빌고 또 빌었지."

생모가 재떨이에 담뱃대를 탁탁 소리가 나게 털었다.

"북촌 대감 댁에 다녀와 네가 찾아올 줄 알고 있었느니라. 가마를 인도한 청지기가 부안의 여류 시인이 와 있다고 해 긴가민가했는데 네 목소리를 듣고 단박에 너인 줄 알았지."

내 마음속에서 무엇인가가 가열하게 끓어올랐다.

"내가 첫딸이 아니었나요?"

"네 아버지에게 전처가 있었단다. 딸 둘을 내리 낳았는데 다 호환마마로 잃었다고 하더구나. 나는 네 아버지의 후처였지. 네 할머니가 기생 년이라고 절대 며느리로 받아들일 수 없다고 하시는데 네 아버지가 이미 자기 애를 뱄다고 강하게 밀어붙이니 어쩔 수 없이 받아들이셨지. 혹시 아들이라도 낳을까 해 두고 보다가 딸을 낳았다는 소식에 득달같이 오시어 갖은 패악을 다 부리시더구나."

"쓸모없는 계집애가 사주가 강해 남동생이 죽었다고 할머니가 나를 많이 미워했나요?"

"하지만 네 아버지가 너를 끔찍이도 사랑했지. 그 때문에 네가 이렇게 잘 자라지 않았느냐."

생모가 문갑에서 패물이 든 향낭을 꺼냈다.

"북두칠성이 굽어보시어 이렇게 너를 만나게 해주시는구나. 이걸 받아라. 언젠가 너를 만나면 주려고 모아두었느니라."

생모가 억지로 내 손에 향낭을 쥐어주었다.

"내가 하는 말 잘 들거라. 북촌 대감이 심성은 참 좋지만 그 마음속이 공허니라. 한양에 계속 있게 되면 결국은 대감의 새장 속에 갇혀지고 말 게다. 그는 왕족이 아니냐? 지존의 자리에 오르는 것 빼고는 무어든 가능하지 않겠느냐. 이걸 가지고 부안으로 내려가거라. 나는 이제 너를 만났으니 여한이 없구나."

언제부터 눈이 멀었느냐는 내 말에 생모는 끝내 대답하지 않고 "사나운 팔자는 불에도 타지 않는다는구나" 하고 말끝을 흐릴 뿐이었다.

그날 밤 나는 생모와 한 이불을 깔고 나란히 누웠다. 생모가 가늘게 코를 골며 잠든 후에도 나는 잠들지 못했다. 소리 나지 않게 일어나 불상을 모신 방으로 가 향을 피우고 삼배(三拜)한 후에 좌복에 앉았다.

비라지로 비춰드는 달빛에 질박한 부처상의 미소가 아버지처럼 푸근하게 느껴졌다.

"계랑아. 잘 들어봐라이. 아부지가 이 두 손으로 너를 받았어야. 그날 말이여. 보름달이 으찌나 밝은지 등불이 읎어도 환했제. 막 잘라고 누웠는디 니 에미가 배가 아프다믄서 온 방울 설설 기지 않것냐. 쌩허니 달려가 니 할무니를 찾았는디 구진 마을에 놀러 가고 안 계시지 뭐냐. 그러니 워쩌것어? 부리나케 집에 와 아궁이에 장작을 넣고 가마솥에 물을 끓이는디 으앙, 하고 울음소리가 터지지 않컷냐. 니가 고로코롬 순허니 이 세상에 왔제. 내가 탯줄을 입으로 끊고 잘 묶었다. 가시내가 배꼽이 감자배꼽이 되믄 보기 흉하니께 아주 공을 들여 묶었제. 무명 수건에 미리 끓여놓았던 감초탕을 적셔 니 입 안의 오물을 아부지가 깨끗이 씻어냈다. 뱃속부터 가지고 나온 오물을 닦아내 해독시키지 않으믄 애기가 병에 걸려 죽을 수도 있으니께 말이여. 탯줄도 정성껏 씻어 바가지에 담아서는 기름종이로 덮고 색실로 묶어 성황산 아래 제일 좋은 자리에 파묻었다."

아무리 듣고 또 들어도 질리지 않던 행복한 동화였다. 나는 이제야 아버지가 왜 그토록 당신 손으로 나를 직접 받았다는 얘기를 논 이기듯 밭 이기듯 했는지 알 것 같았다.

아버지는 내가 한 살씩 더 먹을 때마다 동화를 신화(神話)로 만들었다. 아버지는 장차 태어날 아기를 위해 삼으로 왼새끼를 꼬아 삼신(三神) 끈을 만들어 주력(呪力)이 생기도록 동네에서 가장 힘센 부사리의 오줌을 받아 적셔두었다. 아기가 태어날 때 산모가 잡고 힘을 쓰게 하기 위해서다. 돌팍거리의 웃장터에서 끼끗하게 바랜 무명으로 지은 배냇저고리를 장만하며 아버지는 미소 짓는다. 아버지는 그 옷을 내가 자란 후에도 반닫이 깊숙이 간직했다. 부안을 떠날 때도 그것만은 잊지 않고 짐 속에 넣었다. 그걸 왜 보관하느냐고 하면 아버지는 "야중에 우리 딸래미 신랑이 과거 보러 갈 때 괴나리봇짐에 넣어줄 꺼구먼. 그래야 과거 시험에 덜컥 붙을 것이 아니여" 하고 미소 지었다.

나의 첫 생일인 돌날, 아버지는 내게 색동저고리, 붉은 치마를 입히고 알록달록한 액막이용 말조롱을 저고리 아래 달아주었다. 내가 돌상에서 잡은 것은 여자들이 바느질할 때 필요한 자와 가위, 요리할 때 쓰는 칼이 아니라 먹과 종이였다. 돌떡으로 백설기와 수수경단을 만들어 이웃과 친지들에게 돌리고 떡을 받은 집에서 아기의 명과 복을 비는 의미로 무명실과 적은 액수지만 돈을 그릇에 담아 보내온다.

내가 오랫동안 긴가민가 품었던 의혹이 드디어 풀렸다. 아마도 나는 계유년에 태어나지 않았을 것이다. 나는 자라면서 늘 나이에 비해 올되다는 얘기를 들었다. 그때마다 아버지는 뱃속에 있을 때부터 책을 읽어주고 거문고 연주를 들려주어 딸년이 조숙하다고 변명 아닌 변명을 했다.

생모가 아버지와 정한수를 떠놓고 혼례를 올린 것이 신미년(1571년)이라고 했다. 내 추측이 맞다면 나는 바로 그해에 태어났을 것이다. 하지만 아버지는 이 년을 더 기다려 계유년(1573년)에 나를 호적에 올렸다. 단지 유아의 사망률이 높아서 그랬다고 보기에는 석연찮은 구석이 있다. 아버지는 장 씨의 존재를 알고 있었고 생모가 여전히 그를 잊지 못한다는 것을 거니채고 있었던 것이다. 만에 하나 장 씨가 나타나 나를 빼앗아 갈지도 모른다는 두려움에 아버지는 내가 신미년 생이 아닌 계유년 생이라는 확실한 증거로 호적만 한 것이 없다고 생각했을 것이다. 만약 계유년에 태어났다고 해 계생이라고 내 이름을 지었다면 후에 시주가의 말을 듣고 내 이름의 계(癸) 자를 계(桂) 자로 바꾸었을 리 만무하다.

눈물이 멈추지 않고 흘러내렸다.

내가 내 아버지의 딸이 아니라니…….

나는 과연 누구인 것일까?

이계생. 이계랑. 이향금. 이천향. 섬초. 매창.

그들 중 누가 진정한 나일까?

북쪽 깊은 바다에 물고기가 한 마리 살았다. 그 이름을 곤이라 하고 그 크기가 몇 천 리인지 알 수가 없다. 곤이가 변해 새가 되었는데 그 이름을 붕이라 한다. 붕새는 한 번에 9만 리를 날아오르는데 날개가 온 하늘을 뒤덮고 한 번 날갯짓에 파도가 일면 3천 리까지 바람을 일으킨다.

곤이 변해 붕이 되었다.

곤과 붕은 결코 다르지 않다.

나는 곧 나일 뿐이다.

이제 와서 아버지가 누구인가는 내게 중요하지 않다. 내가 누구를 아버지로 기억하고 있느냐가 중요할 뿐이다. 내게 모례의 집에 매화꽃을 가장 먼저 피어나게 한 위대한 손에 대해 가르쳐준 그 사람이 바로 나의 아버지다. 유곤독운 능마강소의 진정한 의미를 내게 깨우쳐주고 섭수절복(攝受折伏)*으로 내 생을 열어준 그분이 바로 나의 아버지다.

내게 아버지는 오직 한 사람뿐이다.

내가 아버지의 위패를 개암사에 모시고 스님이 영가(靈駕)를 부를 때 위패를 잡은 내 손이 뜨거워졌다. 위패가 뜨겁게 내 손에 반응하고 있었다. 그분이 바로 나의 유일한 아버지다.

결(結)

몇 해 동안이나 비바람 소리를 내었던가.
여지껏 지녀온 작은 거문고
외로운 난새의 노래랑 듣지를 말자더니
끝내 백두음 가락을 스스로 지어서 타네.
—매창

그녀, 매창의 얘기는 한양에서 생모 초제를 만난 그 부분에서 끝나고 있다. 그녀는 부안으로 내려간 이후의 일은 기록하지 않았다. 나와 헤어진 이후의 일은 의도적으로 기록하지 않았거나, 아니면 그 부분을 따로 떼어놓고 묶었는지도 모른다. 그도 아니라면 나와의 사랑이 끝난 그 순간부터 자신의 삶이 끝났다고 생각해 더 이상 기록의 의미가 없다고 생각했는지도 모른다.

나는 능화판 문양의 표지를 새겨 정성스레 제본한 한 권의 책을 덮었다.

가슴이 더할 수 없이 먹먹했다.

창밖으로 겨울비가 내려 나뭇가지에 얼음꽃이 매달렸다. 내 마음속에도 그렇게 시리고 아프고 단단한 한 송이의 꽃이 결빙으로 맺혔다.

송 진사 집에서 열세 살의 그녀를 처음 보았을 때 나는 너무도 놀랐다. 죽은 누이가 환생한 것이 아닌가 착각할 정도로 그녀는 누이와 흡사했다. 나중에 자세히 보니 누이는 눈도 코도 시원시원하게 생겼고 그녀는 오목조목 예쁜 얼굴이라 전혀 닮은 구석이 없었다. 그런데도 내가 그렇게 느낀 것은 그녀가 그날 입었던 숙고사의 진달래빛 치마와 살구색 저고리 때문이었을 것이다. 웃방아기로 팔려 가던 날 주인집에서도 누이에게 그 비슷한 빛깔의 옷을 입혔던 것이다.

그날 열세 살의 소녀가 부르는 노래에 우리 네 사람은 귀신에 홀린 듯 반 넋이 나갔다. 그토록 청아하고 아름다운 소리는 처음이었다. 한양에도 소리 잘하는 기생들이 더러 있었지만 어린 소녀가 그토록 처절하고 한이 절절히 맺힌 소리를 내기란 쉽지 않았다. 그녀의 눈빛은 열세 살 소녀의 눈빛이 아니었다. 체념과 독(毒)이 혼재된 눈빛이 더할 수 없이 신비한 섬광을 뿜어내고 있었다.

나는 직감으로 그녀가 결코 평범한 여자의 삶을 살 수 없을 것이라고 예감했다. 천민 여자의 아름다움과 재능은 차라리 죄악이었다. 사람들이 쓸모 있는 나무를 보면 벨 생각부터 하고 진주를 품은 조개를 보면 빼앗으려 하지 않는가. 내 예감이 적중해 참판 백숙건이 송 진사에게 그녀를 자신의 팔순 부친에게 웃방아기로 선물하고 싶으니 한양으로 데려가겠다고 말했다. 내심 그녀를 가비로 키울 작정이던 송 진사는 백숙건이 한양의 한다하는 벌열이라 거절하지 못하고 마지못해 고개를 끄덕였다.

송 진사가 사랑채로 기녀와 악공을 불러들였을 때 나는 헐숙청으로 물러났다. 그들은 두어 번 건성으로 같이 술을 마시자고 하다가 이 내 곁에 앉은 기생을 끌어안으며 희롱하기에 바빴다. 오히려 양반들의 기생 놀음에 상놈인 내가 적당히 자리를 피해주니 반기는 눈치가 역력했다.

헐숙청의 툇마루에 앉아 달빛을 안주로 삼아 탁주를 기울이노라니 집 안이 어수선해지고 고함 소리와 함께 장정들이 관솔불을 밝히고 우르르 몰려 나갔다. 술이 떨어진 척하고 계집종을 불렀으나 자러 갔는지 보이지 않고 찬모가 누름적을 쟁반에 얹어가지고 나왔다.

"무슨 일이 있는가?"

찬모가 씁쓰레한 얼굴로 나지막이 내뱉었다.

"훈장의 여식을 웃방아기로 데려간다니 기가 막힐 노릇이 아니오?"

나는 찬모가 사랑채에 음식을 나르면서 백숙건과 송 진사가 하는 얘기를 엿들었음을 알았다.

"그래서 무슨 일이라도 났소?"

"아무리 종놈 딸 들이기는 누운 소 등에 올라타기라 하지만. 에이휴! 어찌 딸년이 웃방아기로 팔려 가는 걸 두고 보겠소? 부녀가 야반도주했다오."

나는 찬모가 나간 후 즉시 이불 속에 베개를 두둑하게 묻어 자는 척 꾸미고는 샛길로 말을 달렸다. 나는 머릿속으로 부녀가 갔음직한 길을 추측해 보았다. 만약 나라면 어디로 도망쳤을까? 어린 시절부터 양반들의 산행에 길잡이로 따라나선 덕에 나는 조선 팔도 천지의 실핏줄 같은 길도 훤히 꿰고 있었다. 송 진사의 집을 나서 고샅을 벗어나 논틀밭틀을 지나 왼편 길로 접어들면 범바위가 나타나고 오른쪽 대로로 가면 아홉살이 고개가 나온다. 어린 딸을 데리고 험로인 아홉살이 고개 쪽으로 갔을 리 만무하지만 그도 모르는 일이다. 추쇄하는 하인들을 따돌리기 위해 굳이 험한 길을 택했을 수도 있다. 나는 찬모의 말을 새삼 상기했다. 웃방아기로 팔려 가느니 차라리 기생이 되는 것이 낫지 않겠느냐던 말을. 나는 그들 부녀가 전주로 향했을 것이라고 추측했다. 범바위를 지나거나 아홉살이 고개를 넘거나 두 길이 다 전주 쪽으로 향하는 큰 다리에서 만난다는 것을 나는 생각했다. 저만치 아득하게 두 무리의 관솔불이 하나는 왼쪽 길로, 또 하나는 오른쪽 길로 분주히 움직이고 있었다. 장정들의 걸음걸이라 머지않아 부녀를 따라잡을 것이다. 나는 궁리 끝에 지름길로 해 일단 강을 건넌 후에 다시 다리를 되짚어 와 부녀를 장맞이하기로 마음먹었다.

다행히 강의 물살이 빠르지 않았다. 나는 말이 놀라지 않도록 잔등을 살살 만져주며 어렵사리 강을 건넜다. 부리나케 말을 달려 길을 되짚어 얼마나 달렸을까. 저만치 희부윰한 달빛에 부녀의 모습이 보였다. 하지만 내가 급히 말을 달려갔을 때 그녀의 아버지는 이미 명줄이 끊어진 후였다. 그녀는 아버지 시신을 부여잡고 떨어지려 하지 않았다. 내가 강제로 떼어내려 하자 기절할 듯 울며 시신을 꽉 잡고 매달리는 바람에 옷자락에서 옷고름이 투두둑 소리를 내며 뜯어졌다.

그때 내 가슴에서 매우 아픈 덩어리가 울컥 치밀어 올라왔다. 생전 처음 입어보는 화려한 치마저고리에 신이 났던 누이는 막상 가마에 태우려 하자 모친에게 매달려 가지 않겠다고 머리악을 쓰며 울었다. 모친의 치마꼬리를 잡고 몸부림치며 우는 누이를 힘센 하인 놈 둘이 달려

들어 강제로 떼냈다. 그 바람에 모친의 치마가 홀러덩 벗겨지면서 누이가 치마를 뒤집어쓴 채로 땅바닥을 굴렀다. 하인 놈 둘이 잽싸게 치마와 함께 누이를 안고 뛰었고 발버둥 치며 울던 누이의 울음소리가 어느 순간 시르죽었다. 두 놈이 누이의 입을 틀어막는다고 치마를 너무 조인 탓에 숨통이 끊어진 것이다. 부친은 눈이 뒤집혀 두 놈을 죽인다고 광에서 장작개비를 들고 나갔다가 젊은 서방님의 노여움을 사 매를 맞아 죽었다. 내 누이를 웃방아기로 팔아 유흥비로 탕진한 빚을 갚으려던 서방님은 남편을 살려달라고 비는 모친까지 때려 허리를 부러뜨리고 말았다. 이 모든 비극이 영감마님이 개성으로 유람을 떠났을 때 벌어진 일이었다.

나는 죽은 아버지의 옷고름을 손에 움켜쥐고 덜덜 떨며 우는 그녀를 달랬다. 우선 위기를 벗어나고 나중에 와 시신을 매장하자고. 그건 기약할 수 없는 말이었다. 송 진사네 노비들이 시신을 끌어다 시궁창에 버릴 수도 있고 야밤에 들짐승의 먹이가 될 수도 있는 일이었다. 저만치 바람에 일렁거리는 관솔불이 점점 우리 쪽으로 가까이 다가오고 있었다. 나는 눈물로 범벅이 된 그녀를 말 위의 내 앞에 태우고 미친 듯 달려 전주 교방으로 갔다. 그곳에 그녀를 내려놓고 나는 아무 일도 없는 것처럼 송 진사네 헛숙청으로 돌아왔다. 송 진사와 그 친구들은 새벽까지 기생 치마폭에서 흥청대다가 해가 중천에 오른 다음에야 일어나 나를 찾았다.

한양에 돌아와서도 한동안 나는 그녀를 잊지 못했다. 꿈에 계속해서 누이가 보였다. 나는 몇 번이나 전주로 가 그녀를 한양으로 데려와야 한다고 생각했지만 일단 데려온다고 해도 그 후에 어찌하겠는가 생각하니 답이 없었다. 차츰 누이도 더 이상 꿈에 보이지 않았다. 그렇게 나는 노래 잘하는 소녀를 잊어갔다.

어느 날 부안의 시인 이계랑이 한양의 시인들 사이에 회자되었어도 나는 송 진사네 집에서 만났던 그 소녀일 줄은 상상조차 하지 못했다. 이광의 전주 관찰사 부임연에서 노래를 듣고서야 비로소 나는 그녀를 알아보았다. 청아하고 맑은 음색, 저 가슴 밑바닥에서 올라오는 슬픔과 한이 없다면 절대 나올 수 없는 천구성의 음성이 단박에 그녀임을 알아보게 했다.

전주 감영의 객사에서 만난 그녀는 물기 어린 눈으로 나를 빤히 응시하며 물었다. 당신은 누구인가요? 유인가요? 백인가요? 하고. 그녀는 알고 있으면서도 내가 자기를 기억하고 있는지 아닌지를 시험하는 것 같았다. 내심 나는 당황했다. 그녀는 젊고 생명력이 넘쳤으며 예기로서의 자부와 오만이 그녀를 더욱 매혹적으로 보이게 했다. 나는 흥분과 죄의식을 동시에 느꼈다. 그녀는 내게 누이와 같은 존재였기 때문이다. 여자라는 존재가 내 삶을, 내 정신을 송두리째 흔들어댄 것은 그때가 처음이었다. 그녀를 만나기 전까지 나는 철저하게 금욕주의적 자세를 견지하며 살아왔다. 여자는 내게 금기였고 나는 스스로 여색에 초연함으로써 내 삶의 길을 수행자의 그것으로 만들려 노력했다. 특히 나의 스승 중 한 분이신 수암 박지화가 가르쳐준 자세였다.

수암이 금강산 마하연에서 도를 닦을 때 내가 찾아간 적이 있었다.

스승이 청청한 눈빛으로 내게 물었다.

"희경아. 네가 하늘이 부는 퉁소 소리를 들어본 적이 있느냐?"

하늘의 퉁소 소리, 즉 천뢰(天籟)란 무아(無我)의 상태에서 들려오는 천연의 소리로 장자의 제물론 전체를 관통하는 상징적인 비유다. 장자는 그의 제물론에서 자연의 소리를 인뢰(人籟), 지뢰(地籟), 천뢰(天籟)로 구분했다. 인뢰란 사람이 퉁소를 불 때 내는 소리며, 지뢰란 대지가 뿜어내는 숨결인 바람이 불 때 나는 모든 자연음을 일컫고, 천뢰란 인뢰와 지뢰의 근본이 되는 우주의 소리로 하늘의 퉁소 소리를 말한다.

장자는 천뢰야말로 최고의 아름다운 소리, 천악(天樂)으로서 일체의 존재를 있는 그대로 긍정하고 일체와 하나가 된 망아지경(忘我之境)의 경지에서만 들을 수 있는 소리라고 역설했다.

장자는 인간이란 존재는 끊임없이 자기 주장의 절규와 자기 상실의 아픈 신음 소리를 듣는데 이 모든 것에서 비롯되는 인간의 만뢰(萬籟)가 어디서 무엇 때문에 생겨나는지 알 수 없다고 했다. 또한 백 개의 뼈와 아홉 개의 구멍, 여섯 개의 내장으로 이루어진 인간의 육체 역시 그것을 지배하는 절대자를 알 수 없으니, 이 모든 것을 주재하는 자연을 긍정하고 받아들일 때 인간은 참된 자신이 되고 인간적인 모든 굴레로부터 벗어나 자연 세계의 만뢰를 천뢰로 들을 수 있게 된다고 강조했다.

나는 고민 끝에 예기로 성장한 기생 섬초를 만나기 위해 부안으로 갔다. 열흘만 시를 가르쳐달라는 그녀의 간절한 청 때문이 아니었다. 그보다 더 큰 운명적인 어떤 끌림이 나를 그녀에게로 이끌었다. 나의 이성이 최초로 감정에 굴복한 순간이었다. 하지만 우리의 만남은 전쟁으로 인해 길지 못했고 전쟁이 끝나는 대로 부안으로 가겠다고 한 나의 약속은 지켜지지 못했다.

임진년 전쟁이 발발하자마자 광해군에게 분조를 이끌게 하고 의주까지 피난 갔던 임금은 한양 수복 후 돌아왔지만 심기가 불편했다. 장성한 아들 광해군이 의병을 일으킨 북인과 함께 위기에 처한 정국을 성공적으로 이끌었기 때문이다. 이러한 임금의 불안한 심기를 파악한 영의정 이산해가 조정에 갓 정승이 되면 새로운 제도를 제안하는 관례를 이용해 음모를 꾸몄다. 기축옥사로 동인들을 대거 학살한 좌의정 정철을 골탕 먹이기 위해서였다.

우의정 유성룡과 함께 삼정승이 광해군의 세자 책봉을 건의하기로 한 날, 이산해는 몸이 아프다는 핑계로 입궐하지 않았고 임금에게 광해군을 세자로 책봉해야 한다고 강하게 주청하는 정철 곁에서 유성룡은 입을 꾹 다물고만 있었다. 그 유명한 건저의(建儲議)* 사건이다. 사실 임금이 생존한 상태에서 세자 책봉 문제는 신하가 함부로 거론할 수 있는 문제가 아니었다. 내심 총애하는 인빈 김 씨의 소생인 신성군을 세자로 삼고 싶어 했던 임금은 정철의 주청에 매우 화가 났다. 임금은 신성군 모자를 죽이려 한다는 이산해의 모함에 대노해 기축옥사로 인재를 많이 죽였다는 죄를 물어 정철을 귀양 보내고 서인에게 패전의 책임을 물어 실각시켰다.

이로써 서인의 운신 폭은 제한되고 정국의 주도권은 다시 동인 편으로 넘어갔다. 동인은 정철을 사형해야 한다는 강경파인 북인과 유배형이면 족하다는 온건파인 남인으로 갈라지고 임진년 의병으로 출정해 공을 세운 북인이 조정의 전면에 등장하게 되었다.

나는 신분이 신분이니만큼 어느 당에 가입돼 있었던 것은 아니지만 북인들과 친분이 있는 탓에 임진년 그들과 함께 의병으로 출정했다. 나는 권율 장군 휘하에서 싸웠고 정유재란 때는 황해도 수안에서 위장소 서원으로 복무하며 의인왕후를 모셨다.

전쟁이 종결되었을 때 조정은 내가 의병으로 국가에 공을 세웠다고 나의 신분을 면천해 양반으로 승격시켰다. 하지만 이 일이 결코 순탄했던 것만은 아니다. 서인 측에서 나의 면천을 강력히 반대하고 나섰기 때문이다. 내가 정여립과 친분이 있던 남언경의 제자인 것과 천민들의 시회인 풍월향도의 맹주라는 것, 그리고 그들의 원수인 북인과 가깝다는 것이 결정적인 요인이었지만 가장 큰 이유는 기득권의 문제였다.

조선의 치국 이념을 세운 정도전은 "공경대부는 백성을 다스림으로써 먹고 백성은 노동함으로써 먹으며 선비는 효제(孝悌)하고 후대 학자를 가르침으로써 먹는다"고 했다. 이는 조선이 백성의 나라가 아닌 사대부의 나라임을 여실히 드러내는 말이다.

서인들은 내가 풍월향도를 조직한 것이 정여립의 대동사상에 영향을 받았다고 함험했으며 이에 대한 증거로 김시습의 『금오신화』를 각설이 냉익을 통해 팔도의 민중에게 전파하려 한다고 누명을 씌웠다.

매창이 선상기로 뽑혀 한양에 올라왔을 때가 내가 이러한 누란지위(累卵之危)의 가파른 벼랑으로 내몰린 때였다. 나는 어쩔 수 없이 그녀에게 냉정할 수밖에 없었다. 만약 그녀와의 염문이 밝혀지기라도 한다면 나뿐만 아니라 그녀도 위험해질 수 있었기 때문이었다. 면천되느냐, 면천되지 않느냐의 문제보다 더 중요한 생존의 기로에 나는 서 있었다. 나한 사람의 생존이 아닌 가족, 나아가 일가와 풍월향도 전체의 목숨이 내게 달려 있었다.

조정은 상주 전투에서 분사한 백대붕의 무덤에 순절비조차 세워주지 않았다. 같은 전투에서 사망한 양반들에게 포상을 내린 것과 비교하면 눈에 띄는 차별 대우였다. 조정 대신들이 얼마나 풍월향도를 아니꼽게 생각했는지 알 수 있는 대목이다. 만약 내가 사대부인 차천로니 이수광이니 하는 당대의 문사들과 친분이 없었다면 나 역시 맹억이나 장항천처럼 끌려가 고문을 받다 죽거나 귀양으로 생을 마감했을 것이다.

이 모든 흉악한 음모의 뒤에 우리 집안의 원수인 최중귀가 있다는 것을 안 것은 오랜 시간이 지난 후의 일이었다. 최중귀. 그자는 바로 내 누이를 웃방아기로 팔아먹으려다가 죽게 하고 내 아버지 유업동을 죽이고 어머니까지 병들게 한 악독한 자다.

최중귀는 우리 가족을 감싸는 자신의 부친 최항이 타계하자마자 나를 죽이기 위해 가장 먼저 풍월향도 회원인 각설이 맹억을 체포했다. 최중귀는 맹억을 잡아다 광에 가두고 며칠 동안 물 한 모금 먹이지 않고 굶긴 후에 난장질과 주뢰질로 고문해 기를 완전히 꺾은 다음 『금오신화』를 내밀었다.

"유희경이 너를 시켜 팔도를 돌며 『금오신화』를 민중에게 보급하라고 지시했다. 조선이 양반의 나라가 아니라 백성의 나라라고 민중을 선동하라고 지시했다. 그렇지 않느냐?"

그들이 문제 삼은 것은 책 속의 다음 구절이었고 특히 어떤 구절에는 붉은 주묵으로 밑줄이 그어져 있었다.

요즘 인간 세상에는 간악한 신하들이 개떼처럼 설치고 날뛰며 큰 난리가 계속 일어나는데도 윗자리에 앉은 자들은 협박과 힘으로 제 딴에는 착한 일을 하는 듯이 가장하여 부질없는 명예만 탐내고 있습니다. 허나 그들이 어찌 그대로 견뎌낼 수 있겠습니까? <u>세상은 반드시 뒤엎어지고 말 것입니다.</u>

맹억은 지독한 고문으로 정신이 오락가락하는 상황에서 풍월향도가 정여립의 잔당이라는 거짓 자백을 하고 갑오년(1594년) 송유진의 난, 병신년(1596년) 이몽학의 난 등에 풍월향도가 개입되었다는 서류에 손도장을 찍었다. 등을 인두로 지지는 참혹한 고문 중에 맹억은 숨이 끊어졌고, 사십이 넘은 나이에 글을 깨쳐 『금오신화』 읽는 재미에 푹 빠져 여기저기 나발을 불고 다니던 장항천은 잡혀가 죽도록 맞고 귀양길에 올랐다.
벼랑 끝의 나를 구해준 것은 의인왕후였다.
자신의 소생을 낳지 못해 일국의 왕비 자리에 있으면서도 평생 불우하고 고독했던 의인왕후는 그 때문인지 덕이 깊었다. 정유년 왕후를 모시기 이전부터 나는 왕비의 은혜를 받고 있었다. 왕비의 부친인 국구 박응순이 타계했을 때 내가 상례를 집전했기 때문이다. 장례가 끝난 후 왕비는 원동의 내 집으로 면포와 쌀을 답례로 보내고 명절에도 꿀과 준치를 선물로 내보냈다.
이상허가 명을 받고 입궐해 왕비를 배알한 후 나를 북촌으로 불러 풍월향도가 불손한 단체라고 말들이 많은데 어찌된 연유냐고 물었다.

"대감. 소인에게 당시(唐詩)를 가르쳐주신 사암 박순께서 이르시기를 학당(學唐)의 진정한 의미란 얼마나 정교하게 당시를 모방하는가의 문제가 아니라 당시의 습작 과정을 거침으로써 자득의 경지를 개척하는 데 있다고 하셨사옵니다. 조선 문단에서 학당의 맥을 계승한 사람은 허봉, 허난설헌, 권필, 백대붕이라고 말씀하셨지요. 소인이 백대붕과 함께 풍월향도를 조직한 것은 오로지 좋은 시를 쓰기 위함이었을 뿐이옵니다. 풍월향도는 절대 정치적인 조직이 아니라 순수한 시 단체이옵니다. 다만 금서인 『금오신화』를 읽은 것은 혐의가 되나 조선의 사대부 중 그 책을 읽지 않은 이가 누가 있겠사옵니까? 또한 일부 풍월향도 회원들이 노산군 복권 운동을 한다고 해 비난을 받으나 이는 현 왕조를 부정하는 것이 아니라 다만 파사현정(破邪顯正)**의 의미이올 뿐입니다."

이상허는 나를 구하기 위해 최중귀의 비리를 낱낱이 조사했다. 최중귀는 전쟁 후 장안에서도 몇 째 가라면 서러울 거부(巨富)가 되었고 이 사안으로 인해 사헌부에 소장(訴狀)이 제출되어 있다고 이상허가 내게 귀띔했다.

최중귀는 임진년 전쟁이 터져 곡가가 천정부지로 치솟아 쌀 두 되에 무명 한 필, 서너 되에 말 한 필을 내주어야 하고 다음 해인 계사년(1593년)에 황소 한 마리 값이 겨우 쌀 서너 말 값에 지나지 않을 때 곡식을 풀어 전국의 목화와 무명을 거둬들였다.

전쟁 막바지에 쌀이 천해지고 무명이 귀해져 보병목 1필에 콩 5석, 쌀 30말, 베 1필에 쌀이 40~50말에 달할 정도로 쌀값이 폭락하자 임진년과 계사년 두 해에 걸어 들인 무명을 내다 팔고 은화로 값을 받았다. 그

때까지 시중에서는 쌀과 무명이 유통의 수단이었는데 최중귀는 운반하기 편하도록 은화로만 거래했다. 이렇게 축적한 은화로 의정부, 육조, 승정원 등에 뇌물을 써 최중귀는 서인이 실각했음에도 요직에 앉아 승승장구할 수 있었다.

문제는 그가 임진년과 계사년에 전국에 푼 곡식의 출처였다.

최중귀는 임진년 본가가 있는 경산 현감으로 부임해 있었다. 왜구가 부산성을 함락했다는 보고를 받은 최중귀가 가장 먼저 한 행동은 무기를 점검하고 군대를 소집한 것이 아니라 도빗창을 시켜 조창(漕倉)의 곡식을 빼돌리고 심복처럼 부리는 청지기를 시켜 창고에 불을 질러 왜적의 소행으로 조작한 것이다. 그때 조창에서 빼돌린 곡식이 최중귀가 축재하는 밑천이 된 것이다. 오래전 정군호라는 경산 백성이 사헌부에 소장을 제출했다. 왜놈들이 조창을 탈취하고 불을 질렀다면 어째서 창고 안에 불에 탄 낟알이 단 한 개도 보이지 않느냐고 재조사를 요청했지만, 당시 최중귀에게 뇌물을 먹은 사헌부의 관리 놈이 오히려 정군호를 무고죄로 심하게 매를 쳐 죽여버렸다. 그 후로 경산 백성 중 누구도 조창의 일을 입에 올리지 않았다.

이 일로 철저히 재조사를 받고 최중귀는 귀양 가기에 이르렀고 나는 죽음의 위기에서 벗어나 양반 직첩을 받고 목숨을 구할 수 있었다.

백대붕이 죽고 나까지 면천되어 양반 직첩을 받으면서 풍월향도는 결국 해체되고 말았다.

어느 여름날 차천로가 찾아와 우리 집 앞의 냇가에서 시회를 열자고 제안했다. 이수광, 신흠, 김현성, 홍경신, 허균, 임숙영, 성여학, 조우인

등이 모였고 우리는 냇가에 돌을 쌓아 침류대라 명명하고 술잔을 물에 띄우며 시로써 화답했다. 이때 성여학이 허균을 놀리면서 부안의 여류 시인 이매창과 연애한다고 장안에 소문이 파다하다고 시설궂은 소리를 했다. 무릎을 둥둥 걷고 피족(避足)을 하던 나는 얼마나 놀랐는지 하마터면 돌에 미끄러지며 물속으로 고꾸라질 뻔했다. 젊고 재능 있는 천재 문사인 허균과 그녀가 연애하는 사이라니…… 나는 너무도 쓸쓸해져 그만 술맛도 다 달아나고 그다음부터는 누가 무슨 소리를 해도 귀에 들어오지 않았다.

정미년(1607년) 가을 나는 드디어 부안으로 그녀를 만나러 갈 수 있었다. 그동안 몇 번이나 부안으로 내려가 그녀를 만나고 싶었지만 그때마다 크고 작은 상(喪)이 생겨 내 마음대로 몸을 움직일 수가 없었다.

그녀의 모습은 기생이라기보다 수수한 여염집 아낙의 모습이었다. 물감 있는 옷보다 소색 옷을 즐겨 입었고 머리에도 가채를 올리지 않았으며 참선을 즐기고 있었다. 그녀는 마치 어제도 그제도 본 사람처럼 나를 심상하게 대하며 아무것도 묻지 않았다. 나는 그녀에게 한양으로 가기를 원한다면 속량해 데려가겠노라고 넌지시 운을 떼었다. 그녀는 옅은 미소를 지으며 가타부타 대답하지 않았다. 나는 그녀가 허균의 연인이라고 해도 상관없다고 생각했다. 그녀와 다정한 부녀처럼 서로 보거상의(輔車相依)***로 의지하고 여생을 지낼 수만 있다면 더 이상 바랄 것이 없을 것 같았다.

임진년의 그 봄날처럼 그녀와 나는 노새와 말을 타고 변산을 유람하며 몇 달을 보냈다. 개암사, 내소사, 월명암 등 유명한 절에도 다시

가보았다. 다만 예전과 달라진 것이라면 그녀가 남복을 하지 않았다는 것이다.

그녀가 직소폭포 앞에서 주자의 시 한 구절을 모래 위에 손가락으로 썼다.

"맑은 물은 근원으로부터 끊임없이 흐르는 물이 있기 때문이다(爲有源頭活水來)."

임진년 봄 내가 직소폭포 앞에서 그녀에게 써주었던 글귀다.

"아버지께서 지어주신 제 이름 계생(癸生)의 계(癸) 자는 가장 근원에서 오는 신비한 생명수를 이르지요. 아버지가 부안을 떠나면서 저를 데리고 원효방에 갔던 것은 어떤 운명에 처하더라도 제가 고귀한 존재임을 말해 주고 싶으셨던 것입니다. 신분의 귀천으로 인간이 규정되는 것이 아니라 마음을 어떻게 먹느냐에 따라 귀하고 천해짐을 깨우쳐주시려 했던 것이지요. 마음은 화엄경의 핵심 사상이지요. 일체유심조(一切唯心造). 세상사 모든 것이 마음먹기에 달려 있다는 뜻이 아니옵니까?"

나는 그녀가 왜 마음에 대해 말하는지 알 것 같았다.

그녀는 자신이 쓴 행록에서 누군가를 사랑하는 것은 마음에 슬픔을 키우는 것이라 썼다. 기생의 신분으로 한 남자를 사랑하는 것에 대한 고통을 그렇게 표현할 수밖에 없었으리라.

운명은 항상 그렇듯 우리가 오랜 시간을 함께하지 못하게 했다. 임금이 승하한 것이다. 나는 국상을 치르기 위해 다시 그녀와 동진강에서 작별하고 한양으로 돌아갔다.

그로부터 이 년 후 그녀가 죽었다는 슬픈 소식과 함께 죽기 전 유언으로 내게 전해달라고 했다는 책 한 권이 인편으로 전달되었다. 그녀가 쓴 자신의 행록이었다. 아니 아름다운 한 편의 연애편지라고 하는 것이 더 적절할 것이다.

책의 가장 첫 장에 그녀가 쓴 마지막 시가 적혀 있었다.

독수공방 외로워 병든 이 몸에
고달프고 쓸쓸한 사십 년 길기도 해라.
묻노니 인생길 얼마나 된다고
가슴속에 맺힌 슬픔으로 하루도 눈물 흘리지 않은 날 없네.

이 시가 그녀의 시참(詩讖)이라고 세상에 회자되지만 나는 이 시를 읽고 어쩌면 그녀가 스스로 죽음을 택했을지도 모른다고 생각했다. 정녕 그것이 사실이라면…… 그렇게 생각하면 가슴이 찢어질 듯 아프다.

나는 결코 그녀에게 어떤 아픔도 주고 싶지 않았다. 그녀가 아픈 만큼 나 역시 고통스러웠다. 하지만 아무리 아프다고 해도 누군가를 사랑하는 것은 가슴 벅찬 일이다. 가슴이 따스해지는 일이다. 그녀와의 사랑은 핍진한 내 생애에서 가장 아름답고 황홀하게 피어난 꽃이었다.

혹자들은 그녀가 나와 함께 한양에서 살기 위해 이런 시를 지어 일부러 죽은 것으로 소문내고 부안을 떠났다고 헛말들을 하기도 한다. 이 모두가 그녀가 고향에서 죽지 않고 객사한 탓이다.

그녀는 무엇 때문인지 모르지만 부안을 떠나 방랑길에 객사했고 지나가는 길손에 의해 시신이 발견되었다. 그녀는 고즈넉한 숲속 돌탑 앞에 거문고를 안고 자는 듯 죽어 있었다고 한다. 거문고에 새겨진 '이 오동은 나를 저버리지 않았다'는 글귀로 인해 그녀의 신분을 밝혀낼 수 있었다는 것이다.

시신은 부안으로 옮겨져 부안읍 봉두뫼에 그녀의 유언대로 거문고와 함께 매장되었다.

언젠가부터 부안 사람들은 그녀의 무덤이 있는 곳을 매창이뜸이라 부르기 시작했고 수성당의 개양할미가 칠산바다를 관장하듯 매창은 이리저리 떠도는 유랑 예인들의 수호신이 되었다. 이때부터 각설이패와 사당패, 광대들이 부안에 오면 가장 먼저 매창이뜸을 찾아 무덤에 참배하고 한바탕 공연을 펼친 후에야 읍성으로 들어갔다.

그녀가 죽은 다음 해 나는 남도로 여행을 떠났다.

최종 목적지는 그녀의 무덤을 찾아 참배하는 것이었다.

나는 그녀의 무덤을 찾기 전 옛날의 기억을 더듬으며 송 진사의 집을 먼저 찾았다.

송 진사는 오래전 죽었고 그의 외아들인 범삼도 기생 놀음에 빠져 그 많던 재산을 탕진하고 창질을 얻어 갖은 고생을 하다 죽는 바람에 집안이 아주 몰락했다고, 마을 입구의 정자에 모여 장기를 두던 노인네들이 내게 말해 주었다.

범삼은 창질을 고치기 위해 사람의 간만 빼놓고 좋다는 것은 다 구해 먹었지만 소용없었다고 한다. 마지막까지 구들치기를 한 늙은 여종의 말에 의하면 살이 썩어 문드러지고 고름이 흘러내려 눈조차 제대로 뜰 수 없게 된 지경에서도 버릇을 못 고치고 기생만을 찾았다고 한다.

부안 기생 이매창이 와서 소리 한 곡만 들려주면 자기 병이 다 나을 것이라고 입버릇처럼 뇌고 또 뇌었다는 것이다. 시주를 받으러 온 한 중이 돌탑을 쌓아 치성을 올리라는 말에 범삼은 매일 하인에게 업혀 산에 가 엉금엉금 기면서도 돌탑을 쌓고 또 쌓았다고 한다.

나는 동네 사람들에게 길을 물어 범삼이 쌓았다는 돌탑을 찾아가 보았다.

그곳에는 입이 딱 벌어지는 경이로운 광경이 나를 기다리고 있었다. 산기슭을 오르는 길 양옆이 다 돌탑이었다. 차라리 돌탑들의 향연이라고 해도 좋을 끝없는 행렬에 나는 벌어진 입을 다물지 못했다. 내 키보다 더 큰 돌탑도 보였고 아기 키보다 더 작은 것도 무수히 많았다. 마을 사람들이 하는 얘기로는 돌탑 천 개를 쌓으면 자기 병이 나을 거라는 믿음을 가지고 범삼은 비가 오나 눈이 오나 산에 가 돌탑을 쌓았다는 것이다.

돌탑이 쌓인 길을 계속해 올라가다가 나는 한 돌탑 위에 남근석이 올려져 있는 것을 발견할 수 있었다. 나는 그 돌이 어떤 돌인지 금방 알 수 있었다. 내가 그 돌을 집어 들려고 손을 가져간 순간 나는 뜨거운 기운에 놀라 돌에서 손을 떼냈다. 9월의 흐릿한 날이라 태양빛으로 인해 돌이 달구어졌을 리도 없었다. 나는 착각한 것은 아닌가 해 슬그머니 다시 돌로 손을 가져갔다. 여전히 돌은 뜨겁게 내 손에 반응하고 있었다. 내 가슴에서 말할 수 없이 뜨겁고 격정적인 덩어리가 치솟아 올랐다. 나는 그녀의 어린 연인 천이 처음 그곳에 올려놓았고 그녀가 몇 십 년이나 간직했던 그 돌을 내 손에 꼭 쥐었다. 찰나의 순간 나는 아주 높고 먼 시원(始原)의 어느 곳으로 내 자신이 높이 쳐들어 올려지는 것을 느꼈다. 나는 내가 아닌 전혀 다른 존재인 것만 같았다. 나는 천이었다. 그녀에게 처음 그 돌을 안겨주었던 열네 살의 순수하고 끌밋했던 소년 천. 늙은 나는 돌을 껴안고 그 자리에 그대로 무릎을 꺾었다. 그녀가 죽었다는 소식을 받고서도 단 한 번 마음 놓고 울어보지 못한 울음을 나는 마음껏 쏟아냈다.

    그리고 나는 알 수 있었다. 바로 이 자리에서 그녀가 거문고를 안고 죽었음을.

    그 돌을 주머니에 넣고 나는 부안으로 갔다.

    매창이뜸으로 가 그녀의 무덤에 술 한 잔을 부었다.

    무덤 속의 그녀가 내게 물었다.

    당신은 누구인가요?

작가 후기

독자에게 드립니다

처음 이 소설을 시작할 때 저는 기생 매창이 아닌 허균에 대해 쓰고 싶었습니다. 전작인 『난설헌, 나는 시인이다』를 집필할 때 허균의 『성소부부고』 전권을 읽고 또 읽으며 그의 글에 흠뻑 빠진 탓이었습니다. "쇠를 가지고 금을 만들고 썩은 것을 변화시켜 싱싱하게 하며, 평범하고 담담하되 천박하고 속스런 데에 흐르지 말고……" 허균이 쓴 시변(詩辨)의 한 구절입니다. 도대체 이런 글을 쓰는 사람이란 어떤 사람일까, 저는 그에게 매료되었고 그를 알고 싶었습니다. 그러나 이 남자, 조선 최초의 한글소설인 『홍길동전』을 쓰고 청일전쟁을 예언했던 천재 문사 허균은 역사의 부침 속에서 사지와 목이 네 마리의 말에 묶여 찢기는 거열형을 받고 참혹하게 죽어갑니다. 그 후 조선 말기까지 허균이란 이름은 사대부들 사이에서 절대 거론되어서는 안 되는 금기어였습니다.

너무도 뛰어났기에 시대와 불화할 수밖에 없었던 허균이 평생을 그리워한 여인이 있습니다. 허균은 그녀와의 만남을 『성소부부고』「조관기행」에 상세히 기록했으며 그녀에게 보낸 편지글을 「성수시화」에 남겨놓았습니다. 우리가 처음 만난 그때에 딴마음을 먹었더라면 우리의 우정이 십 년이나 지속될 수 있었겠냐고, 언제나 그대에게 이 마음을 다 털어놓으리까 하고 허균은 그녀에게 보낸 편지글에서 절절히 토로하고 있습니다.

허균의 정신적 연인이라 불리는 그녀가 바로 기생 매창입니다.

매창은 개성의 황진이, 성천의 김부용과 함께 조선의 3대 명기(名妓)로 불리며 기생으로서는 유일하게 생몰 연대와 부친의 신분과 이름이 전해지고 있습니다. 또한 여자는 왕비의 이름조차 기록하지 않는 남성 권위주의 사회에서 기명인 섬초와 어릴 때의 이름인 계생, 향금, 천향, 아호인 매창 등이 여러 선비들의 문집에 남아 있습니다. 그런 그녀가 죽고 오십여 년 후인 1668년에는 부안 사람들이 즐겨 외던 그녀의 시들을 부안현 아전들이 수집하고 십시일반으로 돈을 모아 개암사에서 목판본으로 『매창집』을 간행합니다.

조선 후기의 가집인 『화원악보』에는 매창의 시가 5천여 편이 넘는다고 기록되어 있으나 『매창집』에는 다만 58수가 수록되어 있을 뿐이고 그나마 한 시는 다른 사람의 시가 잘못 끼어든 것으로 밝혀졌습니다. 시집을 원하는 사람들이 너무 많아 목판본의 글자가 다 뭉개질 정도로 찍어도 공급이 딸려 선비들이 남의 시집을 빌려다 필사해 읽었다고 합니다. 하지만 찍어도 찍어도 종이가 모자라 절의 재정이 파탄 날 지경이라 결국 목판본을 불태워버려 지금은 전해지지 않고 원본이 간송문고에 두 권, 미국 하버드대에 한 권이 남아 있고 필사본 한 권이 서울대 가람문고에 소장되어 있을 뿐입니다.

허균의 『성소부부고』 외에도 매창에 대한 기록은 이수광의 『지봉유설』, 안왕거의 『열상규조』, 이능화의 『조선해어화사』 등 많은 선비들의 문집에 거론되는데 그중에서도 조선의 3대 가집인 박효관, 안민영의 『가곡원류』에 "이화우 흩날릴 제 울며 잡고 이별한 님"으로 시작하는 매창의 시가 유희경을 그리워해 지은 것이라는 기록이 남아 있습니다.

바로 이 단 한 줄의 기록이 저로 하여금 이 소설을 쓰게 한 동인이 되었습니다. 그토록 매력적이고 재능 있는 천재 문사 허균을 뿌리치고 그녀가 평생을 그리워한 유희경이란 남자는 어떤 인물일까, 두 사람의 사랑은 무슨 빛깔이었을까 하는 질문을 따라 저는 매창과 유희경, 허균이 살았던 16세기 말의 어느 한때로 돌아가 몇 년을 살았습니다.

처음에 저는 매창과 유희경, 이 두 사람의 사랑에 끊임없이 의문을 품었습니다. 열흘이었는지 한 달이었는지 모르지만 그들이 만난 시간은 매우 짧았고 그나마 전쟁으로 헤어지고 난 후에 매창이 죽기 삼 년 전인 1607년 재회할 때까지 두 사람이 만났다는 기록은 어디에도 없습니다.

작품을 쓰는 내내 제 마음속에서 한 가지 질문이 떠나지 않았습니다. 매창이 혹시 자신의 현실, 기생이라는 비참한 처지를 잊기 위한 장치로 스스로를 사랑의 중독, 연애의 중독에 함몰시킨 것은 아닐까 하는. 연애의 중독은 여성을 파괴하는 가장 큰 요인입니다. 이상적인 남자를 사랑함으로써 자기 자신을 그 남자와 같은 위치로 격상시키고 자신의 실존을 옹호하는 나약한 여자의 전형적인 방식 말입니다.

　버지니아 울프는 『자기만의 방』에서 여성은 수세기 동안 남성의 모습을 본래 크기의 두 배로 비춰주는 즐거운 마력을 지닌 거울 역할을 해왔다고 피력했습니다. 저는 매창의 마력에 의해 유희경이 빛나게 되었을 뿐이라고, 어쩌면 그녀는 유희경을 사랑했다기보다 그녀 속의 남성성이 투사된, 이상화된 또 하나의 자아와 사랑했을 뿐이라고 끝까지 고집했습니다. 거울 속에 비친 자기 자신의 모습을 보고 달려들다 머리를 짓찧어 죽고 마는 전설 속의 난새처럼 매창이 부재의 사랑에 자신을 밀어 넣고 더 큰 슬픔을 상쇄했을 뿐이라고. 그 사랑은 한 재능 있는 여자가 불모의 황폐한 땅에서 만들어낸 판타지일 뿐이라고 끝내 주장했습니다.

　하지만 삼 년도 넘게 긴 시간을 작품에 몰두하면서 마지막 순간 울컥하도록 매창이라는 한 여인이 제 영혼에 아프게 내재화되는 불꽃의 순간이 있었습니다. 그제야 저는 사랑이란 어떤 말로도 설명이 불가해한, 자기 자신조차도 도저히 납득시킬 수 없는 불가사의한 힘에 의해 속수무책으로 끌려가는 것임을 비로소 이해하게 되었습니다. 삶이 아픈 것이기에 사랑 그 자체도 고통스러울 수밖에 없으며 두 사람이 진정으로 사랑했다고 믿어지는 순간, 저는 3인칭으로 오래 써오던 소설을 1인칭으로 바꿔 쓰기 시작했고 그 때문에 탈고가 반년이나 늦어질 수밖에 없었습니다.

　소설을 쓰는 내내 저는 16세기 말의 부안 읍성과 17세기 초의 한양

운종가를 끊임없이 방황하며, 사멸했으나 영원히 존재하는 그들을 찾아 헤맸습니다. 그 시간은 제 삶에서 아프기도 했지만 가장 행복하고 역동적인 순간이었습니다. 빛나는 전범을 제게 보여준 그들이 눈물겹도록 그립습니다. 저의 부족한 이 작품이 그들의 고결한 영혼에 누가 되지 않기를 진심으로 바랄 뿐입니다.

  소설이 나오기까지 참으로 많은 분들의 도움을 받았습니다. 몇 년 동안 기다려주시고 물심양면으로 지원해 주신 부안문화원의 김원철 원장님, 필요한 모든 자료를 꼼꼼하게 챙겨주시고 세심하게 배려해 주신 김경성 국장님, 부안에서 자료를 찾아 이동할 때 승용차로 봉사해 주신 멋쟁이 김대영 간사님, 생면부지의 작가를 선뜻 안방에 재워주시고 먹여주신 부안 구진마을의 친정 부모님 같았던 김평수 회장님 내외분, 부안 이야기들을 생생하게 들려주신 『부안 이야기』의 저자이신 김형주 선생님, 작품 속의 부안 사투리를 보완해 주신 부안군 문화재 전문위원 김종운 박사님, 거문고에 대해 조언해 주신 거문고 명인 김영재 선생님, 명리학에 대해 조언해 준 동양철학 전공자인 벗 명우, 한의학에 관한 부분에 대해 세세히 일러주신 효성한의원의 임경섭 원장님, 마지막 탈고 기간인 두 달 동안 절에서 머무르게 해주신 개암사의 주지이신 재안 스님, 서울을 오갈 때 무거운 짐들을 버스까지 날라다 주신 개암사의 최유진 처사님, 이 모든 분들께 진심으로 감사의 인사를 드립니다. 일일이 거론할 수는 없지만 조선시대 연구자들과 매창 연구자들께도 지면을 빌려서나마 감사의 뜻을 전하고 싶습니다.

  매창과 유희경의 변산 유람은 이규보의 「남행월일기」와 심광세의 「유변산록』, 담배에 관한 부분은 이옥의 『연경』, 임란 당시의 상황은 『징비록』, 거문고에 대한 묘사는 국악해설가이신 최종민 선생님의 글을 인용했으며 쌍륙 놀이와 야연 등은 신윤복의 그림에서 영감을 얻었습니다.

마지막으로 부족한 원고를 선뜻 받아주신 위즈덤하우스의 박선영 부사장님, 따스한 말로 격려하고 지지해 주신 이효선 전 편집장님, 원고를 읽고 부족한 틈에 대해 지적해 주신 『멋지기 때문에 놀러 왔지』의 작가이신 설흔 선생님 등 많은 분들께 진심으로 감사의 인사를 드립니다.

작품을 쓰면서 힘들고 외로울 때면 카루소가 부른 비제의 '아뉴스데이'를 들었고 머릿속에 불이 날 때는 짐 모리슨의 'People are strange'와 버스커 버스커의 '향수'를 들었습니다. 프린스의 'Purple rain'과 조지 해리슨의 'While my guitar gently weeps', 가야금 연주자 정민아의 '무엇이 되어', 매주 일요일 저녁 8시 미사에서 듣는 둔촌동 성당 남성중창단 오라또리오의 특송곡, 로르카의 시 「작은 비엔나 왈츠」, 신대철 시인의 시집 『무인도를 위하여』 등이 제게 끊임없는 영감의 샘을 솟아나게 해주었습니다. 특히 내가 매일 오르던 그 산과 내가 쌓은 돌탑에 남근석을 올려놓은 미지의 손에 가장 깊이 감사하는 마음입니다. 그 손이 저로 하여금 모래의 집에 가장 먼저 매화꽃이 피어나게 한 부처의 손처럼 작품 전체에 분홍빛의 봄볕을 채색하게 해주었습니다.

저의 이 소설을 살아생전 단 한 번도 사랑한다고 말해 드리지 못한 너무나도 헌신적이셨던 아버지의 혼(魂)에 바칩니다. 어릴 때의 여름밤 동네 사람들이 놀러 오면 아버지는 구수하게 옛날이야기를 들려주시곤 했습니다. 아무리 방에 들어가 자라고 해도 저는 죽어라 말을 안 듣고 엄마 궁둥이 쪽에서 졸다가 잠이 들곤 했습니다. 아버지가 해주시던 옛 날이야기 중에 유일하게 기억에 남는 것이 장사를 하러 나갔다 돌아와 보니 마누라가 다른 남자와 바람이 났더라는 소금장수 얘기입니다. 저는 잠결에 듣는 어른들의 그 두런두런 지껄이는 말소리들이 참 좋았습니다. 그 소리들은 봄날의 지붕 위로, 혹은 여름날 꽃밭의 한련화 위로 도르르 떨어지던 빗방울처럼 특유의 가락을 가지고 있었고 제 영혼에 아늑한 평화를 가져다주었습니다. 하지만 그런 시절은 오래가지 않았습니다. 도시 계획에 밀려 집이 헐리고 길이 새로 났으며 개나리꽃으로 둘러쳐져 있던 우물이 사라졌으니까요. 지금은 모두가 각자의 네모난 집에서 손에 리모컨을 들고 네모 상자 앞에 홀로 앉아 있을 뿐입니다.

제 작품이 이 디지털 시대에 여름밤 쑥불을 피워놓고 모여앉아 두런두런 지껄이는 재미있는 옛날이야기처럼 독자들의 마음을 눅눅하게 해줄 수 있으면 좋겠습니다.

앞으로 더욱 좋은 글을 쓸 수 있도록 자꾸자꾸 새로워지겠습니다.

2013년 생강꽃 만발한 4월,
윤지강 드림.

주(註)

서(序)

*『초전법륜경』: 부처가 보리수나무 아래에서 깨달음을 얻은 뒤에 다섯 명의 제자들에게 설법한 최초의 법문이다.

1부

내 마음 알아줄 사람

*수삽석남(首揷石枏) : 고려 초기 박인량의 『수이전』에 실린 설화로 죽어서도 잊지 못하는 남녀의 사랑을 그렸다.

**강남곡 : 님을 그리는 노래

금낭 속 선약

*오중몰기(五中沒技) : 화살 다섯 대를 쏘아 다섯 번을 다 맞힌다.

**화광동진(和光同塵) : 빛을 감추고 티끌 속에 섞여 있다는 뜻으로 자신의 뛰어난 지덕을 나타내지 않고 세속을 따름을 이르는 말이다.

***유어출청(遊魚出聽) : 물고기도 올라와 귀를 기울였다는 『순자』의 「권학편」에 나오는 일화

****유생(劉生) : '생(生)'은 조선시대 학문을 닦는 가난한 선비들을 일컫는 호칭이다. 유희경이 비록 천민의 신분이지만 학문을 닦은 문사여서 양반들이 그의 성인 '유(劉)'를 붙여 유생이라 높여 불렀다.

*****원침(鴛針) : 금침(金針)을 이른다. 직녀가 채랑에게 전해주었다는 신비한 바늘로 시를 짓는 비법을 뜻하는 말로 쓴다.

천명(天命)

*시 : 조선시대의 시란 한시(漢詩)를 의미한다.

차가운 매창에 비치는 달그림자

*「시경」「왕풍」에 수록된 '님은 즐거워라'이다.
**전호후랑(前虎後狼) : 앞문에서 호랑이를 막고 있으려니까 뒷문으로 이리가 들어온다는 뜻으로 재앙이 끊일 새 없이 닥침을 비유적으로 이르는 말이다.
***연산군 대 어무적(魚無迹)의 시 「유민탄(流民歎)」이다.

2부

구슬 같은 눈물

*중국 한나라 때의 악부시(樂府詩) 「슬픈 노래(悲歌行)」다.
**여호모피(與虎謀皮) : 여우에게 제 가죽을 달라는 것처럼 도모하기 어렵다는 '여호모피(與狐謀皮)'가 후에 여우가 호랑이로 바뀌어 지금은 '여호모피(與虎謀皮)'로 흔히 쓰인다.

소나무처럼 푸르자 맹세했던 날

*일우명지(一牛鳴地) : 소의 울음소리가 들릴 정도로 매우 가까운 거리를 이르는 말이다.
**현구고례(見舅姑禮) : 신부가 시부모님께 폐백을 올리며 처음으로 뵙는 의식이다.
***주진지계(朱陳之計) : 진나라의 백성 양씨가 악정(惡政)을 피해 무릉도원에 들어가 혼인했다는 고사에서 유래한 말로 혼인함을 가리키는 말이다.

용을 타고 푸른 하늘로

*우물(尤物) : 얼굴이 잘생긴 여자아이를 폄하하여 이르는 말로 곧 요물이라는 뜻이다.

옥을 안고 형산에서 우노라

*거리책지(據離責之) : 사리를 따져 잘못을 꾸짖는다는 말이다.

3부

꿈속에서나 그릴 뿐

*여리박빙(如履薄氷) : 살얼음을 밟는 것과 같다는 뜻으로 아슬아슬하고 위험한 일을 비

유적으로 이른다.
간뇌도지(肝腦塗地) : 참혹한 죽임을 당하여 간장과 뇌수가 땅에 널려 있다는 뜻으로 전쟁의 참혹함을 이른다.

나는 거문고를 타네
*운산무소(雲散霧消) : 구름이나 안개가 걷힐 때처럼 산산이 흩어져 흔적도 없이 됨을 이르는 말로 의심이나 근심 등이 깨끗이 사라짐을 비유한다.
**해현경장(解弦更張) : '거문고의 줄을 바꾸어 매다'라는 뜻이다.
***유연천리래상회 무연대면불상봉(有緣千里來相會 無緣對面不相逢) : 인연이 있으면 천 리를 가도 서로 만나고, 인연이 없으면 얼굴을 맞대고 있어도 만나지 못한다는 뜻이다.

님의 마음까지 찢어질까
*허시중 : 허균을 이른다.
**운니지차(雲泥之差) : 구름과 진흙의 차이라는 뜻으로 서로간의 차이가 매우 심함을 이른다.
***납미허통(納米許通) : 임진왜란 때 어려워진 나라 재정을 돕기 위해 양인, 서얼, 종이 쌀이나 돈을 내면 과거 응시 자격을 주고 벼슬을 팔았다.
****천려일실(千慮一失) : 천 가지 생각 가운데 한 가지 실책이라는 뜻이다.

오늘처럼 쓸쓸할 줄 몰랐어라
*완월장취(玩月長醉) : 달을 벗 삼아 오래도록 술에 취한다는 뜻이다.
**절옥투향(竊玉偸香) : 향 훔치는 무리들이라는 뜻으로 곧 슬며시 여자를 훔치는 남자들을 이른다.

외로운 날새의 노래
*수서양단(首鼠兩端) : 구멍에서 머리만 내밀고 좌우를 살피는 쥐라는 뜻으로 거취를 정하지 못하고 망설일 때 쓰인다.
**구처무로(區處無路) : 변통하여 처리할 길이 없음을 이른다.
***하면목견지(何面目見地) : '무슨 면목으로 사람들을 대하랴'라는 뜻으로, 실패하고 고향에 돌아가 사람들을 볼 '낯이 없다는 말이다 「사기」 「항우열전」의 고사에서 유래했다.
****「시경」 「위풍」·「맹(氓)」에 나온다.

*****파랑새 : 편지를 이르는 옛말이다.

******백두음 : 중국 전한시대의 탁문근이 남편 사마상여가 첩을 얻으려고 하자 백두음을 지어 불러 사마상여가 첩을 들이는 것을 포기했다고 한다.

한 조각 무지갯빛 꿈

*폐월수화(閉月羞花) : 미인의 아름다움 때문에 달이 구름 뒤로 숨고 꽃이 부끄러워진다는 말이다.

**방장부절(方長不折) : 한창 자라는 풀이나 나무를 꺾지 아니한다는 뜻으로 앞길이 유망한 사람에 대해 헤살을 놓지 않음을 이른다.

외로운 학

*섭수절복(攝受折伏) : 부처와 보살이 중생을 인도하는 두 개의 법문

결(結)

*건저의(建儲議) : 왕세자를 세움에 따르는 의론을 말한다.

**파사현정(破邪顯正) : 그릇된 것을 깨뜨려 없애고 바른 것을 드러낸다는 뜻이다.

***보거상의(輔車相依) : 수레에서 덧방나무와 바퀴처럼 뗄 수 없다는 뜻으로 긴밀한 관계를 맺으면서 서로 돕고 의지함을 이른다.